THE PICK POCKET'S CURSE

CURSEBREAKER
BUCH FÜNF

JT LAWRENCE

FIRE FINCH

FIRE FINCH

ÜBER DIE AUTORIN
JT LAWRENCE

JT Lawrence ist eine USA Today Bestsellerautorin
mit mehr als 30 Büchern und ist ein Kindle Unlimited All-Star. Mutter
einer Menagerie aus Chaos, leidenschaftliche Leserin, Gin-Fan und
urbane Farmerin.

* * *

Bleib die ganze Nacht wach
mit USA Today Bestsellerautorin
JT Lawrence.
www.jt-lawrence.com

* * *

facebook.com/JanitaTLawrence

x.com/stay_up_allnite

instagram.com/authorjtlawrence

amazon.com/author/jtlawrence

bookbub.com/authors/jt-lawrence

pinterest.com/stay_up_all_night

patreon.com/jtlawrence

youtube.com/@jtlawrence79

DER FLUCH DES TASCHENDIEBS

CURSEBREAKER, BUCH 5

KAPITEL 1
SIRILLA ÜBERLEBEN

ASHA

Ich schaute aus dem offenen Autofenster, während die blasse aufgehende Sonne die Bäume silbern färbte. Die Morgenbrise war frisch und ungetrübt, aber dasselbe konnte ich nicht über die Luft in Ricks Monstertruck sagen. Orkgestank, abgestandener menschlicher Schweiß, verrauchte Klamotten und versengtes Haar, ganz zu schweigen vom nicht mehr ganz frischen Atem von jedem von uns nach billigem Bier in dieser Spelunke. Die beeindruckende Anzahl an Chicken Wings, die Salty im Ganzen verschlungen hatte, nahm jetzt an uns allen Rache. Der süße Hanuman-Weihrauch-Autodufthänger am Rückspiegel hatte keine Chance.

Rick setzte Sam und mich vor meinem Haus ab, und ich winkte ihnen zum Abschied. Wir würden alle ausruhen und rehydrieren und dann für den nächsten Teil unserer Mission wieder zusammenkommen: den Puppenspieler finden.

Sam fuhr sich nach dem Winken durch die Haare und schüttelte den Kopf, während der Truck mit lila Flammen zur Verabschiedung hüpfte. Wir lächelten beide über die Absurdität von all dem. Über den Kampf gegen Vampire und das Töten von Leichenköniginnen, über die Rettung durch einen Grimalkin auf einem Dinosauriervogel, über den tanzenden

1

Monstertruck und den üblen Kobold-Flatulenz. Darüber, dass wir wie frisch verliebte Teenager vor meinem Zuhause standen.

»Kommst du mit rein?«, fragte ich. Die Göttin wusste, dass keiner von uns nach unserem Abenteuer zu mehr als Löffeln in der Lage sein würde, und damit war ich zufrieden. Ich wollte nichts mehr, als Sams Arme um mich zu spüren, während wir gemeinsam einschliefen.

»Du könntest mich nicht draußen halten«, murmelte er, was mich zum Lächeln brachte.

Wir redeten nicht viel; wir mussten nicht. Sam ließ ein tiefes Schaumbad ein, und wir saßen gemeinsam darin, wuschen behutsam gegenseitig unsere blaue und schmutzige Haut und flüsterten kleine Sympathiebekundungen, wenn wir auf eine neue Abschürfung, einen fiesen Schnitt oder eine empfindliche Stelle stießen. Er wusch mein Haar und kämmte es aus. Sam war besonders vorsichtig mit meinem verstauchten Knöchel, half mir in die Wanne und wieder heraus und trocknete mich ab, damit ich die Verletzung nicht zu sehr belasten musste. Er wickelte mich in meinen Wonder-Woman-Bademantel, der an der Badezimmertür hing, und zog sich selbst eine alte Jogginghose an, die er in meinem Kleiderschrank gefunden hatte. Ich schloss alle Jalousien in meinem Schlafzimmer, und wir fielen ins Bett, als gehörten wir beide dorthin. Ich drückte meinen schmerzenden Rücken gegen seine muskulöse Front, und er legte seine Arme um mich, seine Lippen auf meinen Hinterkopf legend. Ich fühlte mich so sicher; sicherer als je zuvor. Ich seufzte, schloss meine Augen und verlor mich in seiner Stärke und Wärme.

Ich wachte zehn Stunden später zu einer dampfenden Tasse Tee und einer sanften Hand auf meiner Hüfte auf. Meine Augen waren noch verschwommen vom Schlaf.

»Ich wollte dich nicht wecken«, sagte Sam, dessen Gesicht ebenfalls vom tiefen Schlaf zerknittert war. »Aber ich wollte nicht gehen, ohne mich zu verabschieden.«

»Wohin?«, fragte ich mit krächzender Stimme.

»Arbeit«, sagte Sam und schaute auf seine Uhr. »Ich habe schon den größten Teil des Tages verpasst. Besser, ich zeige mich mal kurz.«

»Neeeiiin«, sagte ich. »Bleib bei mir.«

»Verführ mich nicht«, antwortete er. »Es ist alles, was ich will.«

»Dann tu es«, sagte ich und nahm seine Hand.

»Du bist so warm«, bemerkte er, und ich sah einen Funken Hunger in seinen Augen. Ich erhöhte den Druck auf seine Handfläche. Mit Blickkontakt hob ich die Bettdecke, und Sam nahm die Einladung an.

Es war sieben Uhr abends, als wir uns aus den Laken befreit, geduscht und angezogen hatten. Ich fütterte die Tiere, während der Detektiv Kaffee machte, und wir beschlossen, zum Abendessen ins Cog zu gehen.

»Ferra wird sich beschweren, dass wir zum Inventar werden«, sagte er während der Fahrt.

Ich lachte und schüttelte den Kopf. »Nein, sie liebt es, wenn wir da sind. Wenn es nach ihr ginge, wäre ich für fünf Mahlzeiten am Tag dort.«

»Du hast wahrscheinlich recht.«

»Ich habe definitiv recht«, sagte ich. »Essen ist ihre Liebessprache. Sie war schon immer so, weißt du, sogar als Matrone in Copperfield. Sie sorgte immer dafür, dass wir gut aßen, und schmuggelte uns Leckereien in ihrer Schürzentasche. Gewürzkekse, natürlich. Immer Gewürzkekse. Aber auch schmelzende Karamellbonbons und Toffee-Snaps. Kandierte Früchte. Stränge von rotem Lakritz.«

»Klingt, als wärst du ihr Liebling gewesen.«

»Nein«, antwortete ich, den Kopf schüttelnd. »Sie war zu uns allen nett. Aber besonders zu uns... Waisen.«

Das Wort hing in der Luft, keiner von uns wusste, was damit anzufangen.

»Was mich daran erinnert«, sagte ich mit einem geschickten Übergang, der es mir erlaubte, beim Thema zu bleiben, aber den Fokus von mir wegzulenken, »meine Priorität ist es jetzt, diese Frau zu finden, die Waisen entführt.«

Die seidenhäutige Vampirin, die ich Schattenschnee genannt hatte.

»Ich dachte, wir hätten uns geeinigt, dass wir Sirilla Voltanes Puppenspieler finden müssen«, sagte der Detektiv.

»Das müssen wir«, sagte ich. »Dies ist der einzige Weg, den ich kenne. Wenn wir die Waisenentführerin finden, sollte sie uns zu der Blutfarm-Operation führen.«

Armstrong nickte. »Okay, verstehe.«

Ja, das tust du, Detektiv, dachte ich bei mir und erinnerte mich an früher am Tag im Bett. *Ja, das tust du.*

Ferra war nicht im Cog, als wir ankamen. Ich war verwirrt. Die Zwergin war immer in der Gastropub, immer arbeitend – meist multitaskend – und ich war sofort besorgt, als ich sah, dass sie nicht da war. Die Belore-Zwillinge bedienten die Tische, was auch ungewöhnlich war. Normalerweise machten Ferras leibliche Kinder – die „Stinktiere" – die Busarbeit.

»Was ist los?«, fragte ich Pepin Belore.

Sie lächelte mich an, während sie ihr rundes Serviertablett umarmte. »Viele Dinge, an vielen Orten. Können Sie spezifischer sein?«

Nicht an eine so indirekte Antwort von einem Kind gewöhnt, brauchte ich einen Moment, um meine Antwort zu formulieren, während Pepin Sam mit sternenklaren Augen ansah. Wer konnte dem Mädchen das wirklich verübeln? Er sah fantastisch gut aus.

»Wo ist Ferra?«, fragte ich und hoffte, dass die direkte Frage spezifisch genug war.

»Sie ist in ihrem Labor«, antwortete das Belore-Mädchen. »Sie arbeitet an etwas.«

»Klingt wichtig«, sagte ich.

Pepin lächelte verschmitzt und huschte davon. Ich runzelte Sam die Stirn zu. Irgendetwas war im Gange. Der Detektiv ignorierte meinen misstrauischen Gesichtsausdruck und fand uns einen Tisch. Eine Flamme schwebte in der Luft zwischen uns, Kerzenlicht ohne Docht oder Wachs.

Eafaris, Pepins Bruder, kam, um unsere Bestellung aufzunehmen.

»Eafy«, sagte ich. »Wie geht's dir?«

»Gut«, sagte er, seine Stimme kurz vor dem Brechen. Ich konnte nicht glauben, wie schnell die Zwillinge gewachsen waren. Ferra hatte sie adoptiert, als ihre Eltern vor ein paar Jahren starben – ich glaube, sie müssen damals etwa zwölf Jahre alt gewesen sein – und sie hatten sich von trauernden Kindern zu glücklichen, selbstbewussten jungen Teenagern entwickelt. Ich schätze, das bewirkt das Leben mit Ferra. Das jährliche Fernak-Familienfoto war amüsant, mit den jungen zauberergeborenen Zwillingen, die über ihre Adoptiv-Zwergeneltern aufragten.

»Du bist gewachsen«, bemerkte ich.

»Hier ist das unmöglich nicht zu tun«, sagte er mit einem Grinsen. »Was möchten Sie trinken?«

Sam und ich sahen uns an. Ich war dabei, Bier vorzuschlagen, als er auf etwas auf der Speisekarte zeigte.

»Jawohl«, sagte Eafaris und kritzelte es in sein Notizbuch. Er sah zu mir auf. »Ferra sagte, dass der Koch dir etwas Besonderes gemacht hat.«

»Wie?«, fragte ich. »Ich meine, sie wusste nicht einmal, dass ich komme.«

Er schob sein Notizbuch in seine Gesäßtasche und zuckte auf diese schlaksige Teenager-Art mit den Schultern. »Keine Ahnung«, sagte er, »aber ich werde dem Koch sagen, dass du hier bist.«

Ich nickte zum Dank und schaute wieder zu Sam. »Es fühlt sich seltsam an, hier ohne Ferra zu sein. Ich habe die Zwergin noch nie fernbleiben sehen.«

»Oh, ich bin sicher, sie wird bald auftauchen«, sagte er und nahm meine Hand. Das Gefühl seiner Haut auf meiner war warm und köstlich. Würde ich jemals genug von ihm bekommen?

Eafaris kam mit einem silbernen Eiskübel und einer Flasche Champagner zurück. Ich muss äußerst verwirrt ausgesehen haben, denn Sam lachte.

»Was ist der Anlass?«, fragte ich.

»Muss es einen Anlass geben?«, antwortete er.

»Ja«, sagte ich. »Ich trinke nicht einfach so französischen Schaumwein, wenn es keinen Anlass gibt.«

»Ich auch nicht«, sagte er. Er nahm die Flasche vom Zauberergeborenen und riss die Folie ab. Eafy sah erleichtert aus – ich vermutete, dass er noch nie eine Flasche Champagner öffnen musste. Sam drehte den Schlüssel, löste den Drahtkäfig um den Korken und öffnete dann mit einer Serviette die Flasche mit einem befriedigenden *Plopp*. Er goss für jeden von uns ein halbes Glas ein und drückte die Flasche mit einem knirschenden Geräusch zurück ins Eis.

»Ich bin immer noch verwirrt«, sagte ich.

»Sei nicht verwirrt«, sagte Sam. »Genieße einfach den Moment.«

»Was feiern wir?«

»Alles«, antwortete er. »Aber vor allem, dass wir am Leben sind. Dass wir Sirilla überlebt haben.«

Ich erinnerte mich, wie ich Pfeil und Bogen auf sein Herz gerichtet hatte; ich erinnerte mich, wie er angeboten hatte zu sterben, damit der Rest von uns leben könnte.

»Vielleicht bin ich aus diesem Grund hier,« hatte er gesagt und mich fest gehalten. *»Um den Pfeil zu nehmen.«*

»Du hast recht«, sagte ich und hob mein Glas zu ihm. »Es gibt viel zu feiern.«

KAPITEL 2

EINE GEHEIME BOTSCHAFT
FÜR MEINE HAUT

ASHA

Der Champagner war leicht wie Luft und prickelte in meinem Mund. Ich wollte mich voll und ganz dem Moment hingeben, war aber abgelenkt. Eine Wolke der Schuld hing über mir. Wie konnte ich hier sitzen und Champagner trinken, während die Mädchen noch vermisst wurden? Ein Bier hätte sich in Ordnung angefühlt. Französischer Champagner fühlte sich einfach falsch an. Ich verdrängte den Gedanken. Wer wusste schon, ob ich dieses Abenteuer lebend überstehen würde? Die Chancen standen gegen mich. Soweit ich wusste, könnte dies mein letztes Abendmahl sein, also sollte ich es verdammt nochmal genießen. Ich nahm einen großen Schluck und lächelte Sam an.

»Danke«, sagte ich, und er berührte unter dem Tisch beruhigend mein Knie.

Ich verlor mich eine Weile in seinen Augen, bis ich jemanden hörte, der sich räusperte, und aufsah. Eafy war mit zwei Tellern dampfenden Essens zurück.

»Der Küchenchef sagt, er hat darauf gewartet, dass Sie vorbeikommen«, sagte der Junge. »Er konnte es kaum erwarten, dieses neue Rezept auszuprobieren.«

Neugierig betrachtete ich das Gericht und erkannte es nicht. Ich hob fragend meine Augenbrauen.

»Es ist Melanzane alla Parmigiana«, sagte Eafy. »Es ist im Grunde wie … Auberginen-Lasagne? Mit veganem Käse.«

»Nun, es sieht fantastisch aus«, sagte ich. »Bitte richten Sie dem Küchenchef meinen Dank aus.«

Eafy nickte und machte sich auf den Weg zurück in die Küche.

»Bevor ich dich kennengelernt habe«, bemerkte Sam, »wusste ich nicht einmal, dass es veganen Käse gibt.«

»Du wusstest eine Menge Dinge nicht«, neckte ich ihn. »Du wusstest auch nicht, dass Magie real ist.«

»Und jetzt weiß ich es«, murmelte er und drückte mein Knie.

Wir machten uns sofort über das Essen her, das sich als sehr geschmackvoll und gleichzeitig tröstlich erwies. Sam grinste.

»Was ist?«, fragte ich.

»Nichts«, antwortete er. »Ich vergleiche nur dieses Essen mit dem Müll, den wir gestern Abend hatten. Nachdem ich eine dieser Fleischbällchen gegessen hatte, bereute ich, kein Veganer zu sein.« Er schauderte, um seinen Punkt zu unterstreichen. »Ich will gar nicht wissen, was die da reingepackt haben.«

»Molchaugen«, sagte ich. »Schneckenfüße. Rattenschwänze.«

»Nee«, erwiderte er kopfschüttelnd. »Das hätte besser geschmeckt.«

Wir kicherten und wandten unsere Aufmerksamkeit wieder dem köstlichen Essen vor uns zu. Eafy brachte einen großen, knackigen grünen Salat, um die Reichhaltigkeit des Gerichts auszugleichen. Die sinnliche Spannung zwischen uns ließ nach, während wir redeten, aßen und unsere Flasche teuren Champagner leerten. Ich war insgeheim erleichtert, als einer der Stinktiere die leere Flasche und den Eiskübel wegnahm, und mir wurde bewusst, dass ich beunruhigt gewesen war, möglicherweise von den Chalices beim Entspannen erwischt zu werden. Ich hatte mir vorgestellt, wie sie hereinkämen und uns sähen, selbstzufrieden und zufrieden, während ihre Tochter von Vampiren ausgeblutet wurde. Es war Zeit, wieder in den Sattel zu steigen, sozusagen.

Aber zuerst Kaffee.

Obwohl ich lange geschlafen hatte, wurden meine Augenlider schwer. »Bereit, von hier zu verschwinden?«, fragte ich.

»Noch nicht ganz«, sagte er. »Ferra will uns im Garten sehen.«

»Ferra?«

»Das rothaarige Technikgenie von einer Zwergin, die diesen Ort leitet«, witzelte er.

Ich lachte. »Ich habe keine Amnesie mehr, weißt du.«

Ich hatte einen kurzen Flashback, wie ich im Krankenhaus aufwachte, ohne einen blassen Schimmer, wer oder wo ich war, und bekam sofort Kopfschmerzen an der Stelle, wo die Narbe auf meiner Kopfhaut war. Ich rieb sie gedankenverloren.

»Ich frage mich, ob du dich an alles erinnert hast?«, sinnierte er.

Ich zuckte mit den Schultern. »Ich werde es wohl nie erfahren.«

Man weiß nicht, was man nicht weiß, hatte Steiger einmal zu mir gesagt. Ich verspürte einen Anflug von Bedauern, wenn ich an den Betrüger dachte, der zum Helden wurde. Ich fragte mich, ob es zu spät war, ihn aus Oblivion herauszuholen.

»Asha?« Sam stand auf und bot mir seine Hand an. Er hatte die Rechnung bereits bezahlt und wartete darauf, dass ich aus meinen abgelenkten Gedanken auftauchte.

»Oh, entschuldige«, sagte ich und nahm sie. »Danke für das Abendessen, es war wunderbar. Nächstes Mal gebe ich einen aus.«

Falls es ein nächstes Mal gibt.

Sam zog mich näher zu sich und wir winkten den Kellnern zum Abschied, bevor wir durch die Vordertür hinausgingen und um das Steingebäude herumgingen. Die kühle Abendbrise war erfrischend nach der Gemütlichkeit des Pubs. Wir bahnten uns unseren Weg entlang des

Pfades zum hinteren Garten und zertraten dabei Kräuter, die die Luft parfümierten. Mein Knöchel zwickte kaum noch, und ich dankte der Leere für meine schnelle Heilung. Weiße Rosen leuchteten im Mondlicht. Ich wusste nicht, warum Ferra uns im Garten sehen wollte, aber ich ging mit Sam mit. Auf halbem Weg hielt er mich an. Er nahm mich in die Arme und küsste mich innig. Thymian, Lavendel, Rosen, Mondlicht und Sam. Es war ein perfekter Moment.

»Ach, kommt schon, ihr Turteltauben«, sagte eine vertraute Stimme. »Ich hab nicht die ganze Nacht Zeit.«

Unser Lachen beendete den Kuss, und wir eilten zu Ferra, die in der Mitte einer kleinen kreisförmigen Lichtung auf uns wartete, die mit noch mehr duftenden Kräutern bepflanzt war. Feenlichterketten schimmerten wie Sterne.

Ich hatte keine Ahnung, was vor sich ging. »Ferra?«

Sie schenkte mir ein Lächeln, das man nur als koboldhaft beschreiben konnte. »Bereit?«

Bereit wofür? Ich wollte gerade fragen, aber Sam kam mir zuvor.

»Bereit«, sagte er und nickte meiner Zwergen-Patin zu.

Wir gingen zu ihr, und sie legte etwas Kleines in seine Hand. Er dankte ihr und wandte sich mir zu. »Ich wollte dir etwas geben«, sagte der Detektiv. Seine Stimme war noch rauer als gewöhnlich. »Ferra hat mir geholfen, es zu fertigen.«

Er öffnete seine Finger und enthüllte einen Platinring. Ich verstand nicht. Dann wurde mir klar, dass Sam weder beim Abendessen seinen Ehering getragen hatte, noch vorhin im Bett, oder überhaupt in Obsidian Castle.

»Ich habe Ferra gebeten, ihn einzuschmelzen und für deine Größe anzupassen«, sagte er.

»Deinen ... deinen Ehering?«, fragte ich. So viele Gedanken konkurrierten um meine Aufmerksamkeit, während ich dort stand, wie erstarrt.

»Meinen Ehering«, bestätigte er. »Ich brauche ihn nicht mehr.«

Ich schluckte schwer. »Was meinst du damit?«

Er holte tief Luft und sah zu Ferra, die ihm bedeutete, fortzufahren.

»Asha, ich habe meinen Ehering seit Jahren nicht mehr gebraucht. Meine Frau – meine verstorbene Frau – als ich sie verlor, verlor ich alles.«

Ich blinzelte ihn an und spürte die nachwirkende Schmerzwelle, sah sie in seinen Augen. »Es tut mir so leid.«

»Ich habe den Ring weiter getragen, weil ich noch nicht bereit war, ihn abzunehmen.«

Ich nickte. Tränen brannten in meinen Augen. »Ich verstehe.«

Sam lächelte und hielt mich fester. »Keine Sorge«, sagte er. »Ich mache dir keinen Antrag. Also, ich meine, ich mache keinen *Heirats*antrag. Noch nicht, jedenfalls. Aber ich wollte dir etwas geben, um dir zu zeigen, wie viel du mir bedeutest.«

Ich betrachtete den Ring. Er sah schlicht aus, hatte aber eine Inschrift in der Innenseite. Eine kleine geheime Botschaft für meine Haut. Ich konnte sie nicht entziffern.

»Es war schwierig zu entscheiden, was ich eingravieren lassen sollte«, gab er zu. »Ich tendierte zu 'Friss einen Sack voll Schwänze'.«

Ich prusstete los, teilweise aus Nervosität.

»Aber Ferra hat es nicht erlaubt. Sie fand es nicht romantisch genug. Sie war nicht dabei bei unserer glorreichen ersten Begegnung, als ich dir Handschellen anlegte und du mir sagtest, ich solle – na ja, du weißt schon.«

Ferra strahlte. Die Feenlichter wiegten sich fröhlich um uns herum.

»Also, dann ist es wohl doch eine Art Antrag«, fuhr er fort. »Oder ein Versprechen.« Er rutschte ein wenig unruhig hin und her, und mir wurde klar, dass er auch nervös war, es aber vielleicht besser verstecken konnte als ich. Er straffte die Schultern und sah mir aufrichtig in die Augen. »Ein Versprechen, dir in jeder Hinsicht verpflichtet zu sein. Ich gebe dir mein Wort, dass ich da sein werde, wenn du mich brauchst. Ich werde an deiner Seite kämpfen und dich entschlossen beschützen. Du bist eine bessere Kämpferin als ich, aber ich werde tun, was ich kann, um dich zu schützen. Ich werde mich bemühen, dein Leben zu retten, aber ich habe keinen Zweifel daran, dass du viel öfter meines retten wirst. Das hast du bereits.«

Er ging auf ein Knie nieder und wartete auf meine Hand. Ich gab sie ihm. Ich hörte Ferra schniefen. Detektiv Sam Armstrong nahm meine zitternden Finger und streifte den Ring sanft über.

Er passte, wie erwartet, perfekt.

WIR WAREN EUPHORISCH nach der schlichten Ringzeremonie. Wir eilten nach Hause und fielen zurück in die zerwühlten Laken. Ich sah immer wieder den Ring an meinem Finger, spürte sein warmes Gewicht, wie gut er passte. Nachdem wir unsere neue Fast-Verlobung vollzogen hatten, lagen wir zurückgelehnt, hielten Händchen und sahen einander an. Mein nackter Körper schmerzte vor Vergnügen; ich konnte fast sehen, wie meine botanischen Tattoos pulsierten.

Ich lächelte träge. »Was hast du mit mir gemacht, Detektiv Armstrong?«

»Alles, was du wolltest – hoffentlich«, erwiderte er.

Wir lächelten einander wieder an. Er zog mich in eine Umarmung, und wir fielen gemeinsam in einen tiefen und zufriedenen Schlaf.

KAPITEL 3
NUR EIN TRAUM

ASHA

»Glaubst du, dass du ein glückliches Leben haben kannst?«, fragte Alyndra. »Glaubst du, ich werde es dir erlauben, nach dem, was du mir angetan hast? Greg?«

Ich rührte mich. Das Zimmer war dunkel. Es musste ein Traum gewesen sein. Ich tastete nach Sams warmer Haut, spürte aber nur kalte Laken, wo er gelegen hatte. *Nur ein Traum,* sagte ich zu mir selbst.

»Nein, Asha«, sagte die böse, einäugige Elfe. »Es ist nicht nur ein Traum. Nur weil du schläfst, macht es das nicht weniger real.«

Es ist nicht real, sagte ich zu mir selbst.

»Oh«, gurrte Alyndra. »Aber das ist es.«

Ich schüttelte den Kopf, wollte richtig aufwachen und nicht in diesem seltsamen, halbwachen Zustand feststecken.

»Es ist der einzige Ort, an dem ich dich erreichen kann«, sagte sie. »Und ich werde dich niemals in Ruhe lassen, verstehst du? Jedes einzelne Mal, wenn du die Augen schließt, wirst du mich sehen.«

»Nein«, sagte ich. »Das werde ich nicht zulassen.«

Die entstellte Elfe lachte bitter. »Das liegt nicht bei *dir*. Hast du Gregory eine Wahl gelassen, bevor du ihn getötet hast?«

»Es war Notwehr«, sagte ich.

»Es ist mir egal, was du behauptest. Du hast ihn *getötet*.«

»Ja«, sagte ich. »Und ich hätte auch dich töten sollen. Richtig, meine ich, damit du nicht in meinem Kopf feststeckst. Ich wünschte, ich könnte in der Zeit zurückgehen und die Sache einfach zu Ende bringen.«

Sie zischte mich an. Ich sah ihre blaue Zunge, ihre verfaulten Zähne.

»Du warst mal so schön«, seufzte ich. Sie war eitel, also war ich mir sicher, dass meine Bemerkung sie verletzen würde, und ich hatte Recht.

»Du dumme Hexe«, flüsterte sie, ihr gefährlicher Ton forderte mich fast heraus, weiterzumachen.

»Es stimmt aber«, sagte ich. »Perfekte Haut, perfekter Körper, perfektes Haar. Und jetzt schau dich an. Alles, was ich sehe ... ist Horror.«

Alyndras Auge schwenkte in meine Richtung, und ich spürte ihren laserartigen Blick. Ohne Vorwarnung fühlte ich einen heißen, stechenden Schlag. Ich keuchte und hielt mir die Wange. Wie war das möglich? Wie konnte ich in einem Traum Schmerz fühlen? Als Experiment kniff ich mich schnell selbst. Es tat weh.

»Ah«, hauchte die Elfe. »Jetzt beginnst du zu verstehen.«

»Wie?«, fragte ich. »Wie ist das möglich?«

»Du solltest die Antwort inzwischen kennen, Asha«, sagte sie. »Oblivion hätte dir beibringen sollen, dass der Tod nicht schwarz-weiß ist. Du bist nicht lebendig oder tot. Es gibt Abstufungen des Seins.«

Ich stellte die Frage, aber ich kannte die Antwort bereits. »Was willst du von mir?«

»Du weißt, was ich will, Hexe. Ich will, was du mir genommen hast.«

Wenn sie ihr Auge zurückhaben wollte, würde das nicht gut enden.

»Meinen Bruder«, sagte sie. »Gregory.«

»Geht nicht«, antwortete ich. Gregorys zerstückelter Körper lag wahrscheinlich auf dem Meeresgrund, an seinen fast sauberen Knochen knabberten glückliche Fische. »Ich bin gut in Magie«, sagte ich. »Aber *so* gut bin ich nicht.« Außerdem war Nekromantie nicht mein Ding.

»Du wirst einen Weg finden«, sagte Alyndra.

»Nein, werde ich nicht«, widersprach ich. »Ich habe Wichtigeres zu tun.«

Sie schlug mich erneut, ließ meine andere Wange brennen. Es war echter Schmerz – nicht geträumt, nicht eingebildet. Ich musste lernen, in meinen Träumen zu kämpfen, sonst wäre ich eine leichte Beute für Alyndra.

»Wichtigeres zu tun?«, zischte sie, ihr Auge quoll hervor. »Wie glücklich bis ans Ende aller Tage mit deinem menschlichen Haustier zu spielen?«

»Er ist kein Haustier.«

Alyndra kam näher. In dieser Dimension war sie größer als im wirklichen Leben. »Asha«, drohte sie. »Ich glaube, du verstehst nicht, wie... *gewalttätig* ich sein kann. Ich werde ein Tornado in deinem Leben sein, verstehst du? Ich werde dafür sorgen, dass du *alles* verlierst. Ich werde dein Leben *auf jede erdenkliche Weise* zerstören.«

Ich spürte einen kleinen, scharfen Schmerz in meinem Bein. Würde Alyndra mir das Bein nehmen? Ich schaffte es, mich auf meine Ellbogen zu stützen und meine Augen aufzuzwängen. Circe knetete mein Schienbein. Alyndra war vorerst verschwunden.

Ich seufzte erleichtert und fiel zurück in meine Kissen. »Danke, Circe«, sagte ich. *Extra Thunfischbelohnung für dich.*

Die Nacht zuvor war ich mit dem Gefühl eingeschlafen, so sicher und geliebt zu sein. Ich hatte das Gefühl, dass alles gut werden würde. Jetzt lag ich in einem schweißfeuchten Bett, und wo Sam geschlafen hatte, war es leer und kalt. Ich überprüfte meinen Finger, um zu sehen, ob die Nacht zuvor real gewesen war, und der frisch polierte Ring war immer noch da. Ich versuchte, ihn abzuziehen, um die Inschrift zu lesen, aber mein Finger war leicht geschwollen und der Ring weigerte sich, über meinen Knöchel zu gleiten.

Miaou, sagte Circe, was, grob übersetzt, wahrscheinlich bedeutete: *Mensch, ich verlange, dass mir Frühstück serviert wird.*

Ich seufzte erneut und kletterte aus dem Bett. Keine Zeit wie die Gegenwart. Ich tappte die Treppe hinunter, um die Katzen zu füttern und den Wasserkocher anzustellen. Auf halbem Weg zur Küche hörte ich ein Summen. Es klang fröhlich. War Salty in mein Haus eingebrochen?

Ich zog meinen Bademantel fester und strich mir die Haare glatt. »Hallo?«

Das Summen hörte auf und Dusty erschien, mit meiner Trankbrau-Schürze bekleidet.

TRANK IN SCHWUNG, stand in verblassten Buchstaben darauf.

»Hallo, Asha!«, zwitscherte sie, hüpfte auf mich zu und umarmte mich. Ich erwiderte die Umarmung. Ihr Haar duftete nach Apfel, und sie sah reizend aus.

»Dusty«, sagte ich, hielt sie an den Schultern und schob sie gerade weit genug weg, um sie zu mustern. »Du siehst ...«

»Normal aus?«, sagte sie und grinste.

Ich tadelte sie mit einem Zungenschnalzen für die Verwendung dieses Wortes. »Du siehst entspannt und glücklich aus«, sagte ich und ließ sie los. Was ich nicht laut sagte, um sie nicht zu beleidigen, war, dass sie aussah, wie ein Kind in ihrem Alter aussehen sollte – jung und frisch –, anstatt des gequälten Ausdrucks, den sie normalerweise trug.

»Ich mache dir Frühstück!«, verkündete sie.

»Oh«, sagte ich. Ich war eigentlich kein Frühstücksmensch, aber wer war ich, eine Mahlzeit abzulehnen, die ich nicht selbst kochen musste? »Wie schön.«

Ich folgte ihr in die Küche und sah das Chaos, das sie angerichtet hatte, und es machte mich so glücklich.

»Wann bist du zurückgekommen?«, fragte ich.

»Heute Morgen«, antwortete sie und überprüfte den Inhalt des Ofens. »Savvy hat mich auf dem Weg irgendwohin abgesetzt. Abi musste zur Schule.«

»Richtig«, sagte ich. Nach einer Mission fiel es mir immer schwer, mich wieder an das normale Leben zu gewöhnen. Ein Leben mit Frühstück, Schulen und Katzenfütterung. Nach dem Einäschern von Vampiren und dem Niederbrennen von Burgen erschienen alltägliche Aktivitäten immer übermäßig surreal. »Es war nett von ihnen, dich aufzunehmen.«

»Savvy meinte, ich könnte jederzeit wiederkommen«, sagte Dusty. »Und sie meinte es ernst. Als Abigail nicht im Raum war, nahm sie mich beiseite und sagte, wie froh sie sei, dass wir Freunde sind. Sie sagte, dass Abi mit mir in ihrem Leben glücklicher ist.«

»Sie hat mir etwas Ähnliches gesagt«, erwiderte ich. »Ich bin wirklich froh, dass es gut läuft. Savvy hat sich immer Sorgen um Abis... Emo-Tendenzen gemacht.«

»Nun, ich liebe ihre *Emo-Tendenzen*«, sagte Dusty. »Es ist, als... sie versteht es, weißt du?«

Ich nickte. »Ja«, sagte ich. »Ich weiß.«

Savvy hatte gesagt, dass der Anblick der beiden Mädchen zusammen sie an unsere Schulzeit und unsere enge Freundschaft erinnert hatte. Als wir junge Teenager waren, hatten wir in Copperfield eine Bindungszeremonie durchgeführt, bei der wir unsere Handflächen aufgeschnitten und Blutsschwestern wurden. Ich glaube, wir müssen es in einem Film gesehen oder in einem Buch gelesen haben. Ich beobachtete Dusty, wie sie sich in der Küche bewegte, öffnete, schloss, schnitt, goss. Bald standen eine Tasse Kaffee und ein Croissant vor mir.

»Danke«, sagte ich. »Es kommt nicht oft vor, dass ich zu einer Fee in meiner Küche aufwache.«

»Wie die Elfen und der Schuhmacher«, sagte Dusty. »Stell dir vor, ich könnte all deine Tränke für dich zubereiten, während du schläfst.«

Ich nickte ihr zu. »Nun, das klingt fantastisch. Noch ein Grund mehr, dich als meine Lehrling aufzunehmen.«

Dusty blieb wie angewurzelt stehen, mit weit aufgerissenen Augen, ihr Lächeln verblasste. »Sag das nicht, wenn du es nicht ernst meinst.«

Ich nahm einen Schluck Kaffee, und er war nicht schlecht. Ich sah sie an und lächelte. »Ich habe es ernst gemeint.«

KAPITEL 4
NICHT HEUTE, SATAN!

ASHA

Ich war so erfreut, Dusty so entspannt und glücklich zu sehen, dass ich anfing, den traumatischen Morgen zu vergessen, den ich in den Händen eines gewalttätigen, einäugigen Phantomelfen erlebt hatte. Nach einem leckeren Frühstück ging ich nach oben, um mich auf den Tag vorzubereiten. Ich wusste, es würde ein harter Tag werden. Mein Handy vibrierte und ich nahm es auf. Es war Captain Morgan. Ich stellte sie auf Lautsprecher, während ich mir meine Klamotten anzog.

»Meine Lieblings-Fluchbrecherin!«, sagte sie. »Du lebst. Gut.«

»Du klingst nur mäßig erfreut«, erwiderte ich.

»Überhaupt nicht, Liebling. Ich wäre am Boden zerstört, wenn dir jemals etwas zustoßen würde.«

»Mir ist eine Menge zugestoßen«, entgegnete ich. »Aber ja, ich lebe.«

Oblivion hätte dir beibringen sollen, dass der Tod nicht schwarz-weiß ist. Du bist nicht lebendig oder tot. Es gibt Abstufungen des Seins.

»Ausgezeichnet. Kannst du vorbeikommen?«

»Nein«, sagte ich. »Keine Zeit. Tut mir leid. Ich mache heute nur eines, und das ist, den Vampir zu finden, der Waisenkinder entführt.«

Es gab einen Moment der Stille, während ich nach meinen Stiefeln suchte.

»Warte, was?«

»Die Frau, von der die Kellerkinder uns erzählt haben«, sagte ich. »Die blasse Frau mit der weichen Haut. Sie nimmt immer noch Kinder. Die Kelche haben es mir erzählt. Wenn ich sie finden kann–«

»Es gibt wirklich kein Ende ihrer Verderbtheit«, sagte Morgan. »Sie stehlen *Waisenkinder*.«

Ich stellte mir vor, wie sie den Kopf schüttelte. Sie hatte in ihrem Leben so viel Böses gesehen.

»Sie nehmen auch obdachlose Kinder mit«, sagte Morgan. »Wir haben es nicht bemerkt, weil niemand sie als vermisst gemeldet hat. Aber ich habe einige Aufnahmen von Straßenüberwachungskameras bekommen, und es ist schwarz auf weiß zu sehen. Ein Auto ohne Kennzeichen fährt vor, ein Mann spricht mit dem Kind, und genau so steigt das Kind ins Auto. Es ist, als würden sie diese Kinder einfach wegbringen, um nie wieder gesehen zu werden.«

»Wir haben die Kellerkinder gefunden«, sagte ich und klammerte mich an diesen kleinen Hoffnungsschimmer.

»Ja«, sagte sie. »Haben wir. Nun... *du* hast.«

»Warum nehmen sie nur Mädchen?«, fragte ich.

»Ich schaudere bei dem Gedanken«, antwortete Morgan.

Schmeckt junges weibliches Blut besser für Vampire? Es würde mich nicht überraschen, wenn das der Grund wäre, aber ich hatte das Gefühl, dass es das nicht war.

»Warum wolltest du, dass ich vorbeikomme?«, fragte ich.

»Weil ich eine Umarmung brauche«, scherzte sie. Captain Morgan war vieles, aber sie war keine Umarmerin.

Ich schaute auf die Uhr. »Ich kann mit Kaffee vorbeikommen, aber ich kann nicht lange bleiben.«

»Du weißt immer genau, was du sagen musst. Bis gleich.«

Auf dem Weg nach draußen küsste ich Dusty auf den Kopf, wie ich es bei einer Tochter tun würde, und sagte ihr, sie solle auf sich aufpassen. Ihr Vater war immer noch im Krankenhaus, was, da war ich mir sicher, der Hauptgrund für ihre Fröhlichkeit war. Wenn er dort war, konnte er ihr nicht wehtun. Ich sagte ihr, sie solle sich nehmen, was immer sie wollte, und bat sie, etwas Zeit mit den Hühnern und Enten zu verbringen, die ich vernachlässigt hatte. Sie könnte alles ernten, was sie aus dem Garten für sich und für sie mochte. Aprikosen, Pekannüsse, Himbeeren – sie alle waren reif zum Pflücken. Dusty lächelte und winkte zum Abschied, und in diesem Moment stellte ich mir ein Leben als ihre Ersatzmutter – und Tränkelehrerin vor. Ich könnte mich vom Fluchbrechen und Töten zurückziehen. Es könnte ein gutes Leben sein.

Ich zog meinen Helm auf und sprang auf meine Wespe. Ich war in guter Stimmung, bis sich die Garagentür öffnete und eine einsame Gestalt in meiner Einfahrt stand.

»Ugh«, murrte ich. »Das kann doch nicht dein Ernst sein.«

Ich fuhr aus der Garage und schloss die Tür hinter mir. Sie zitterte in ihren Schienen. Ich bremste, wo der Vampir stand, schaltete den Motor aus und hob mein Visier.

»Was willst du?«, fragte ich Mordecai.

Er blieb cool. »Ist das eine Art, mit dem Mann zu sprechen, der deinem Freund das Leben gerettet hat?«

»Du hättest Sams Leben nicht retten müssen, wenn dein Clan nicht so verdammt brutal wäre. Willst du meinen ewigen Dank? Willst du, dass ich dir für immer verpflichtet bin? Vergiss es. Das hier ist nicht Stockholm.«

»So melodramatisch«, sinnierte er. »Ich will keine Dankbarkeit von dir.«

»Dann sag mir bitte, um alles Okkulte in der Welt, was es ist, das du willst, damit ich mit meinem Tag weitermachen kann.«

»Du weißt, was ich von dir will«, sagte er kopfschüttelnd. »Es ist die ganze Zeit dasselbe gewesen. Nichts hat sich geändert.«

»Und ich habe dir von Anfang an gesagt, dass ich mich von diesem Fall nicht zurückziehen werde. Egal wie sehr du mir drohst.«

»Asha«, bellte er. »Ich bin nicht die Bedrohung. Ich versuche *und habe immer versucht*, dir zu helfen. Sicherlich musst du das doch sehen? Müssen wir jedes Mal, wenn wir uns sehen, denselben Streit haben? Du bist doch sicherlich nicht so begriffsstutzig, wie du tust?«

Ich starrte ihn an. »Verzeih mir, wenn ich deine Warnungen mit einer Prise Salz nehme, Mordecai. Du bist wie ein bösartiger Wachhund, der seinen Besitzer beißt.«

Das Gesicht des Vampirs verdunkelte sich, und als er sprach, war seine Stimme tief. »Ich habe dich immer nur beschützt.«

Ich nahm mir einen Moment, um zu antworten. Er verdiente meinen Dank, trotz meiner Zurückhaltung, ihn auszusprechen. »Schau«, sagte ich. »Ich bin dankbar für das, was du für mich im Obsidianschloss getan hast. Und davor. Wirklich. Und du hast Recht – du hast Sams Leben gerettet, und du hast mir geholfen, Voltane auszuschalten.« Es war keine Kleinigkeit.

»Ihr wärt ohne mich nicht dort rausgekommen«, sagte der Vampir. »Keiner von euch.«

Ich nickte. »Du hast Recht. Aber es sind *deine Leute*, die versuchen, mich zu töten, *deine Leute*, die junge Mädchen stehlen. Also kannst du verstehen, warum ich nicht dein Loblied singe? Du bist immer noch der Feind. Du wirst immer der Feind sein.«

Seine Augen waren wie Eis. »Das Kopfgeld auf dich wurde verdreifacht.«

Ich spürte einen Anfall von Wut. »Siehst du, was ich meine?« Meine Stimme war schrill und emotional. »Drohung nach Drohung, und du erwartest, dass ich dir *vertraue*.«

Es war typisches psychopathisches, narzisstisches Verhalten. Der Missbraucher gibt sich nicht damit zufrieden, nur zu missbrauchen; er fordert Loyalität und bekommt sie oft auch. Aber nicht von mir. *Nicht heute, Satan!*

Ich schob mein Visier wieder herunter und startete den Roller. Ich hatte vor, mich auf eine schnelle und entschiedene Art zu verabschieden, aber Mordecai war verschwunden.

Verdammt typisch, dachte ich. Ich hasste es, dass er wusste, wo ich wohnte, und hoffte, dass es sein letzter Besuch sein würde. Ich beschleunigte kräftig, und meine Irritation verflog erst vollständig, als ich das Skorpion-Hauptquartier erreichte.

KAPITEL 5

BÜROKRATIE UND GERÜCHTE

ASHA

»Lass mich raten«, sagte ich, als ich Morgans Büro betrat. »Gnrok wird immer noch vermisst?« Ich reichte ihr einen doppelten Cappuccino.

»Du bist ein Engel und ich liebe dich«, antwortete die Kapitänin.

»Sagst du das zu jedem, der dir Kaffee kauft?«

Sie tat so, als müsse sie überlegen, und nickte dann. »Ja. Meine Zuneigung ist erschwinglich und leicht zu gewinnen.«

»Na ja«, sinnierte ich. »Es gibt Schlimmeres auf der Welt.«

Morgan nahm den Deckel ab und nahm einen großen Schluck, aber als sie meinen Ringfinger sah, hätte sie ihn fast wieder ausgespuckt. »Hast du mir etwas zu sagen?«

»Was?«, fragte ich. »Ach, das.« Ich steckte meine Hand tief in die Tasche meines Umhangs. »Das ist nichts.«

»Es ist *nichts*?«, wiederholte sie mit offenem Mund. »Ich habe dich noch nie auch nur ansatzweise in einer romantischen Beziehung gesehen, und jetzt bist du verlobt?«

»Nicht verlobt«, sagte ich. »Es ist kompliziert.«

»So kompliziert ist das nicht«, erwiderte sie. »Entweder bist du verlobt oder nicht verlobt.«

»Nicht verlobt«, sagte ich. »Nur... verbunden.«

»Ah«, sagte sie. »Wie wenn man die Jacke seines Freundes im Studium trägt.«

»Ja«, sagte ich und versuchte, es abzutun, damit wir über die Arbeit sprechen konnten. »So in der Art, schätze ich.« Ich war nie an einer Uni gewesen.

»Na, na, na«, sagte Morgan und sah zufrieden aus. »Das hätte ich nie vermutet.«

»Was soll das denn heißen?«, fragte ich und verengte meine Augen zu Schlitzen.

»Nichts!«, sagte sie. »Gar nichts. Du bist einfach voller Überraschungen. Ich frage mich, was ich sonst noch nicht über dich weiß.«

»Wie geht's dem Kobold?«, fragte ich in der Hoffnung, das Thema schnell zu wechseln.

»Dem Prof? Prima! Außer dass er ständig meine ungelösten Fälle wieder aufrollt. Er findet immer kleine Details, die uns Hoffnung geben, dass wir das Unlösbare lösen können. Es ist wirklich beunruhigend.«

»Und nichts von Gnrok?«

Morgan ging hinter ihren Schreibtisch und setzte sich niedergeschlagen hin. »Ich dachte wirklich, er kommt zurück, weißt du? Ich habe Witze darüber gemacht, dass er ein schlechter Fahrer ist, Witze über die Kaffeemaschine.« Ihr Blick wanderte zu der kaputten Maschine, die immer noch in ihrem Büro stand. »Aber ich habe nur Witze gemacht, weil ich dachte, er würde heil zurückkommen. Jetzt bin ich mir nicht mehr so sicher. Ich mache mir wirklich Sorgen.«

»Ich auch«, sagte ich. Ich hatte gesehen, was die Xarlugs mit den Orks anstellten, die nicht ihrer Armee beitraten, und daran wollte ich lieber nicht denken.

»Vielleicht finden wir ihn noch«, sagte ich, aber selbst ich konnte die Hoffnungslosigkeit in meiner Stimme hören.

»Ja«, antwortete Morgan im selben Tonfall. »Vielleicht.«

Ich erzählte ihr von der Zerstörung der Smaragde-Festung, und das schien sie aufzuheitern. Dann erzählte ich ihr, dass das Kopfgeld auf mich verdreifacht wurde, und ihr Lächeln verschwand.

»Ich dachte, das wäre vorbei«, sagte sie. »Die Sache mit den Dusk Reapers.«

»Ich auch«, sagte ich. Nachdem ich Adrathar getötet hatte, hatten die restlichen finsteren Kopfgeldjäger aufgegeben. Das ursprüngliche Kopfgeld war schon hoch gewesen, aber jetzt würde es unmöglich sein, es abzulehnen. Alle möglichen bösen Männer würden aus ihren Löchern kriechen, um mich zu finden.

»Du brauchst Schutz«, sagte Morgan. »Ich werde meine besten Leute organisieren.«

»Wir wissen beide, dass du dafür kein Budget hast«, sagte ich. »Aber danke. Ich werde Stoker und Rick anrufen. Sie sind darauf aus, meine persönlichen Leibwächter zu sein, also wenn nichts anderes, wird es sie glücklich machen, gerufen zu werden.«

»Und deinen heißen Detektiv.« Ihre Augenbrauen tanzten auf eine vielsagende Art und Weise.

»So kindisch«, erwiderte ich, nicht ohne zu lächeln. »Also, warum bin ich hier, abgesehen vom Kaffee – und der Umarmung?«

»Ich habe mich gefragt, was du über die neue Übernatürlichen-Einheit in der Polizeistation der Muggel weißt.«

Ich seufzte. »Sie wird von einem Widerling geleitet und mit Widerlingen besetzt. Ich sehe überhaupt keinen Sinn darin, um ehrlich zu sein. Die Skorpione sind die Ermittlungseinheit des Reiches. Wir brauchen keine weitere. Ich hoffe, sie wird bald aufgelöst.«

Sie zog ein bedauerndes Gesicht. »Keine Chance, dass das passiert, fürchte ich. Wenn überhaupt, bauen sie sie aus. Anscheinend wurde einer der Cops – der Leutnant – von einem kleinen Mädchen ausgetrickst.«

Jetzt war ich es, die fast an ihrem Kaffee erstickte. »Wirklich?«

Ich erinnerte mich an den Mann, groß und grausam, mit dem ich vor dem Fernak-Haus gekämpft hatte.

»Das Team, das geschickt wurde, um das Garrett-Mädchen zu holen, kam mit leeren Händen zurück, und war so verkatert, dass sie sich überhaupt nicht daran erinnern konnten, was passiert war.«

»Mmm«, sagte ich, vermied Blickkontakt und bewunderte den beachtlichen Riss in ihrer Bürodecke.

Die Kapitänin verschränkte die Arme. »Ich nehme an, du hattest nichts damit zu tun, oder?«

»Wer, ich?«, fragte ich. Ich riss meine Augen weit auf, um den Effekt zu verstärken.

Sie zerknüllte ihren leeren Kaffeebecher und warf ihn in einen bereits überlaufenden Papierkorb. Er prallte von der Wand ab und landete oben auf dem Haufen.

»Schöner Wurf«, sagte ich.

»Ich habe kein gutes Gefühl bei denen«, sagte Morgan. »Bei der Einheit.«

»Ich auch nicht. Ich würde gerne wissen, wer hinter der Einrichtung steckt und was ihr Endziel ist.«

»Ich habe versucht, es herauszufinden«, gab die Kapitänin zu. »Aber ich stoße immer wieder auf Bürokratie und Gerüchte.«

Ich zuckte mit den Schultern. »Ich schätze, wir müssen einfach abwarten.«

Das einzige Problem war, dass wir keine Zeit zum Warten hatten, da wir am Rande eines Bürgerkriegs standen.

»Vielleicht sind wir übermäßig paranoid«, schlug Morgan vor. »Vielleicht werden sie in den kommenden Schlachten einen Zweck erfüllen.

Die Leere weiß, dass wir jede Hilfe brauchen werden, die wir bekommen können. Wir erhalten bereits Berichte über Scharmützel. Übergriffe, Hassverbrechen, Brandstiftung. Die Lage spitzt sich zu. Die Wölfe sind nervös, die Vampire werden einen offenen Krieg wollen, sobald sich die Nachricht verbreitet, dass du Sirilla Voltane und den Smaragde-Clan erledigt hast. Und die Orks... nun, wir wissen alle, was die Orks wollen. Was sie schon immer wollten. Und wie wir wissen, haben sie überhaupt kein Problem damit, jedem, der ihnen im Weg steht, den Schädel einzuschlagen.«

»Das erinnert mich«, sagte ich. »Ich muss Sugar sehen.« Ich musste herausfinden, wie ihr Plan, bei den Xarlugs einzudringen, vorankam.

»Ha«, sagte die Kapitänin. »Sieh dich an, wie du dich mit den Reichen und Mächtigen abgibst.«

Ich lachte. »Ich wünschte, etwas davon würde auf mich abfärben«, sagte ich.

KAPITEL 6
SPIRITUS MORBUS

ASHA

Um Shadow Snow zu finden, die seidige Vampirin, die Waisenkinder entführte und an Degenerierte wie Gordon Taranath verkaufte, müsste ich tief in den Bankaufzeichnungen des alten Mannes graben und etwas knobeln. Ich wusste, es würde fast unmöglich sein, die benötigten Informationen zu finden, angesichts Taranaths schlauer Methoden, aber die kidnappende Vampirin war meine einzige Spur im Fall der vermissten Töchter. Na ja, das und die Tatsache, dass der Fleischpuppen-Meister eine Hexe war, aber ich konnte kaum jede böse Hexe im Reich aufspüren – und selbst wenn ich könnte, wie würde ich wissen, welche Sirilla Voltane verflucht hatte?

Die Idee von Shadow Snow, obwohl nebulös, war die konkreteste Spur, die ich hatte. Ich nahm das Stück Papier heraus, das Sam mir zugesteckt hatte, während er mir ins Ohr flüsterte: *»Das war alles, was ich kriegen konnte.«*

GORDON S. TARANATH

AURIC Girokonto 19X283V589

Die Auric Bank war auf allen Ebenen einschüchternd. Im Besitz von Elfen, wie die meisten Finanzinstitute im Reich, verfügte sie über hochmoderne Magitech-Sicherheit und wurde von Orks schwer bewacht. Die Leute scherzten, der einzige Weg, in die Bank zu kommen, sei, dort geboren zu werden. Ich stellte mir hochschwangere Frauen vor, die Schlange standen, um durch die goldene Drehtür zu gehen. Oder die Bankpräsidentin in ihrem schicken Büro mit Panoramablick auf die Stadt, die ihr Kind auf dem ansonsten makellosen Luxusteppich zur Welt brachte. Ich schüttelte die unsinnigen Gedanken aus meinem Kopf. Es würde knifflig werden, aber ich würde einen Weg hinein finden.

Ich hatte bereits die geistigen Skizzen eines Plans: Ich würde Spiritus Morbus benutzen, einen illegalen Trank, der fast unmöglich zu bekommen war. Er war nicht zum Verkauf erhältlich, wurde daher oft gestohlen und geschmuggelt. Glücklicherweise musste ich ihn weder stehlen noch schmuggeln. Es war ein Trank, und ich war eine Tränkemeisterin.

Spiritus Morbus erlaubte dem Zauberausführenden, für kurze Zeit den Körper eines anderen Wesens zu bewohnen. Während manche jugendlichen Zauberer es für Spritztourenin den Körpern verschiedener wilder Tiere nutzten oder in die Körper von Rockstars, die ihre Groupies abschleppten, richteten bösartigere Akteure Unheil damit an, sprangen in Körper von Politikern mitten in Reden, griffen andere an, und in einigen Fällen benutzten sie sogar die Hände unschuldiger Zielpersonen für Morde. Wenn ein Mörder auf der Anklagebank sitzt und sagt: »*Ich weiß nicht, was über mich gekommen ist*«, war es höchstwahrscheinlich Spiritus Morbus. Es war für alle klar, warum der potente Trank illegal war, aber korrekt und verantwortungsvoll eingesetzt, so überlegte ich, würde er niemandem schaden.

Ich hatte keinen in meinem Tränkelabor – es war zu riskant, ihn aufzubewahren – also müsste ich lwelchen herstellen, was nicht allzu schwierig sein würde. Der herausfordernde Teil wäre, einen persönlichen Gegenstand der Zielperson zu bekommen, da der Zauber ohne diesen nicht funktionieren würde. Ich müsste den persönlichen Bankberater finden, der Taranaths Konten betreut hatte, und etwas von ihm oder ihr nehmen, das nicht vermisst werden würde. Klingt einfach genug, oder? Außer dass ich weder wichtig noch wohlhabend genug war, um Zugang zur Bank zu erhalten.

Ich dachte eine Weile darüber nach und überlegte, wie ich in die Auric käme, ohne verhaftet und direkt nach BoulderKeep geschickt zu werden. Mir kam eine Idee. Ich sprang auf meine Wespe und machte mich auf den Weg nach Hause für eine schnelle Abholung, bevor ich zur Bank fuhr. Die Glamour-Vape-Stifte erwiesen sich tatsächlich als sehr nützlich.

KAPITEL 7

BERGAMOTTE

ASHA

Ich stand vor der Auric Bank. Ich versuchte, lässig, aber selbstbewusst auszusehen, so wie reiche Leute es tun. Ich trug einen cremefarbenen Leinenanzug und Kitten Heels, die meine Zehen einzwängten, dezenten, aber teuren Schmuck und eine Designerhandtasche, die sowohl zu den Schuhen passte als auch mehr wert war als mein Haus. Ich holte tief Luft und näherte mich der berühmten goldenen Drehtür, die tatsächlich so imposant war, wie man sagte. Nicht weniger als sechs übergroße Orks standen Wache und sahen in ihrer goldplattierten Rüstung fast lächerlich aus. Fast lächerlich, aber nicht ganz – sie sahen allesamt zu furchteinflößend aus, um ein Lächeln hervorzurufen. Das Logo der Bank, ein goldener Löffel, war auf ihren Brustplatten eingeprägt, direkt über den Herzen der Orks.

Als ich näher kam, stellte ich mir vor, sie würden mir mit ihren Speeren den Weg versperren und wissen wollen, wer ich zu sein glaubte, dass ich es wagte, diese mythische Schwelle zu überschreiten und das Land des Überflusses zu betreten ... aber sie taten es nicht. Alle sechs strafften ihre Wirbelsäulen und hoben ihre Kinne, während der Ork, den ich für den Wachhabenden hielt, zur Seite trat, um mich passieren zu lassen. Ich nickte ihm kurz zu und griff nach der Tür, um sie zu öffnen, aber er kam mir zuvor.

»Willkommen zurück, gnädige Frau«, sagte er.

»Danke«, erwiderte ich. Ich trat durch, hielt mich an der Stange fest und versuchte, meinen Kiefer nicht auf den Boden fallen zu lassen, als ich am Metalldetektor vorbeiging und einen Blick auf das Innere erhaschte. Die Empfangshalle war so groß, wie ich es erwartet hatte, aber die Opulenz überraschte mich. Ich dachte, es könnte zurückhaltend sein, wie viele alte Geldinstitute, aber wer auch immer das Innere von Auric gestaltet hatte, hatte offensichtlich keine Wertschätzung für Minimalismus oder Zurückhaltung. Ich hatte weiße Marmorböden und -theken mit goldenen Details und vielleicht einen überdimensionierten Kronleuchter erwartet. Stattdessen waren die Wände mit Blattgold überzogen und mit Dutzenden von Originalgemälden alter und neuer Meister überfüllt. Statuen und Skulpturen glänzten unter dem Licht des größten antiken Kronleuchters, den ich je gesehen hatte. Er hatte die Größe meiner Küche. Der Boden war aus schwarzem Marmor, so hochglänzend poliert, dass er wie ein Spiegel aussah. Ich wusste, dass es unbedingt notwendig war, nicht dazustehen und zu gaffen, also tat ich so, als hätte ich das alles schon einmal gesehen und wäre eher gelangweilt davon. Die Empfangsdame lehnte sich nicht in ihrem Stuhl zurück und feilte ihre Nägel, während sie so tat, als würde sie mich nicht sehen, wie die Empfangsdamen in meiner Bank es taten. Sobald ich den Detektor durchschritt, war sie auf den Beinen und kam zu mir herübergetrippelt.

»Oh, Frau Chalice«, sagte sie und sah aufrichtig erfreut aus, mich zu sehen. Sie war entweder eine gute Schauspielerin oder eine ausgezeichnete Empfangsdame.

Ihre Augen waren wunderschön, mit langen Wimpern und goldenen Iriden.

»Und Sie«, erwiderte ich und schielte unauffällig auf ihr vergoldetes Namensschild. *Agreement*, stand auf dem Schild. Mit so einem Namen und ihrer glänzenden braunen Haut stammte sie sicherlich aus Simbabwe, wo die Namenskonvention oft entlang günstiger Persönlichkeitsmerkmale verlief. In der jüngsten Vergangenheit hatte ich persönlich Honesty, Enthusiastic und Gracious kennengelernt.

»Wie geht es Ihnen?«, fragte ich. Mrs. Chalice war eine freundliche Frau, also vermutete ich, dass es nicht untypisch für sie wäre, nachzufragen.

»Ausgesprochen gut, danke«, sagte sie lächelnd. »Wie geht es Herrn Chalice?«

»So gut wie möglich«, antwortete ich.

»Mein kleiner Junge spielt immer noch mit der Xbox, die Sie ihm gekauft haben«, flüsterte Agreement. »Es ist sein allerliebstes Ding.«

»Ich freue mich, das zu hören«, erwiderte ich.

»Und danke für die Blumen zu meinem Geburtstag«, fuhr sie fort. »Sie hielten wochenlang und erhellten meine Küche. Mein Mann hat damit vor seiner ganzen Familie angegeben.«

»Gern geschehen.« Ich blickte zum gläsernen Aufzug und überlegte, wohin ich gehen sollte. Mrs. Chalice würde es wissen, und es würde verdächtig aussehen, wenn ich es nicht wüsste.

Agreements Augen weiteten sich. »Ich habe zu viel von Ihrer Zeit in Anspruch genommen. Ich entschuldige mich.«

»Unsinn. Es ist wunderbar, Sie zu sehen. Würden Sie mir tatsächlich den Gefallen tun und mich hineinbegleiten? Sie können mir mehr über die Xbox erzählen.«

Die Empfangsdame strahlte. »Natürlich! Es wäre mir ein Vergnügen.« Sie tippte auf ihr Namensschild, und eine andere Empfangsdame erschien und nahm ihren Platz hinter dem Tresen ein. Agreement grinste mich an. »Bitte folgen Sie mir.«

Der gläserne Aufzug fuhr sanft bis zum obersten Stockwerk. Während wir nach oben fuhren, betrachtete ich die unteren Etagen und sah schick gekleidete Banker bei ihrer Arbeit. Ich vermutete, dass die meisten von ihnen Elfen waren, angesichts ihrer überdurchschnittlichen Größe, schlanken Figuren und ansehnlichen Gesichtszüge. Der Aufzug klingelte, die Türen öffneten sich, und ich erinnerte mich erneut daran, nicht über den zur Schau gestellten Luxus zu staunen. Ich folgte Agreement zu einem Büro mit offener Tür, wo bereits ein Banker auf mich wartete.

Geschmierte Operation, dachte ich. Wenn ich jemals zu einem riesigen Vermögen kommen würde, würde ich es sicherlich hier anlegen wollen. Es stellte meine derzeitige Bank völlig in den Schatten... aber andererseits würden sie wahrscheinlich dasselbe empfinden, wenn sie einen Blick auf den Kontostand meines Girokontos werfen würden.

»Frau Chalice!«, begrüßte mich die persönliche Bankerin. Ihr Haar war bis zum Äußersten mit Highlights versehen und sie trug es kurz, wie eine Elfe. Es half, die Aufmerksamkeit auf ihre eleganten Elfenohren zu lenken, an denen sie kompliziert aussehende, filigrane Ohrringe trug. Sie nahm meine Hand in ihre und schüttelte sie enthusiastisch, was mir Zeit gab, ihren Namen zu lesen, der auf dem Abzeichen an ihrer champagnerfarbenen Rohseidenbluse glänzte.

»Davis«, las ich und lächelte herzlich. »Schön, Sie zu sehen.«

Agreement zog sich leise zurück und ließ uns im Türrahmen stehen.

»Oh bitte, kommen Sie herein, kommen Sie herein«, sagte die Bankerin. »Sind Sie hier, um die Papiere zu unterzeichnen?«

»Äh«, sagte ich. »Ja?«

Sie zeigte mir einen plüschigen Sitz und ging zu ihrem Computer. »Das wird nur einen Moment dauern.« Das Licht des Bildschirms erhellte ihr Gesicht, das perfekt geschminkt war. Ihr mattes karminrotes Lippenstift war gewagt und akribisch aufgetragen. Ich fragte mich, was für Papiere es waren und ob ich, wenn ich sie unterzeichnen würde, Betrug begehen würde. Ich meine, ich wusste, dass es Betrug sein würde, aber würde ich erwischt werden? Wenn es Papiere wären, die Chalice sowieso unterzeichnen würde-?

»Frau Chalice«, sagte hinter mir eine Stimme, die mich zusammenzucken ließ. Agreement hielt ein Tablett in den Händen mit einem hohen, farbigen Glas dampfenden Tee. »Bergamotte. Ist es immer noch Ihr Lieblings-Tee?«

Mein Herz raste, aber ich gab mich gelassen. »Natürlich ist er das«, sagte ich. »Sie sind so aufmerksam, vielen Dank.«

Agreements Gesicht versteinerte sich. »Schnappt sie«, befahl sie.

Drei goldplattierte Orks kamen um die Ecke und warfen sich auf mich, bevor ich überhaupt überlegen konnte, was passierte.

Davis sah so schockiert aus, wie ich es war. »Was soll das bedeuten?«

»Eindringling«, sagte Agreement. »Die Polizei ist unterwegs.«

»Ich bitte um Verzeihung«, sagte ich, während ich gegen die Orks ankämpfte und versuchte, ein gewisses Maß an Fassung zu bewahren. »Ich bin Sabine Chalice. Nehmen Sie Ihre Hände von mir!« Natürlich war Sabines zierlicher Körperbau den massigen Ungetümen nicht gewachsen. Ich wusste, dass ich keine Chance hatte.

Davis stand mit offenem Mund da. »Ich hoffe, Sie wissen, was Sie da tun.«

Agreements zuvor ängstlich-gefällige Haltung war eine ferne Erinnerung. »Ich weiß genau, was ich tue«, sagte sie gedehnt.

Verdammt, verdammt, verdammt, dachte ich bei mir. Ich war sicher gewesen, dass die List erfolgreich gewesen war; ich wusste nicht, was mich verraten hatte. Ich spürte, wie die fleischige Pranke des Wächters für eine Sekunde nachgab, und nutzte das, um mich nach vorne zu katapultieren, aus seinem Griff und auf den polierten Marmorboden. Ich kroch wie ein Leopard vorwärts und schob mich unter Davis' Schreibtisch. Der Wächter brüllte und packte meine Knöchel, bereit, mich zu sich zurückzuziehen. Ich fand keinen Halt auf dem glänzenden Boden; ich hätte genauso gut eine ölige Makrele auf einem Fabrikförderband sein können. Ich stieß schnell den Papierkorb um und griff eine Handvoll seines Inhalts, bevor ich vom Ork nach hinten gezogen wurde. Ich schob es in die Tasche meiner Leinenhose und hoffte, dass niemand es gesehen hatte.

»Bringt sie in den Sicherheitsraum«, sagte Agreement. »Wir werden sie dort verhören.«

Davis stand immer noch an der gleichen Stelle, wie erstarrt. »Werden Sie mir sagen, was hier vor sich geht?«

»Sie müssen nichts weiter wissen. Diese Diebin wird bestraft werden.«

»Diebin?«, sagte ich. »Ich habe nichts gestohlen.«

»Doch, das haben Sie«, erwiderte Agreement. »Sabine Chalices Identität.«

KAPITEL 8

KNAPP DANEBEN IST AUCH VORBEI

ASHA

Ich wehrte mich nicht gegen die Wachen; ich sah keinen Sinn darin. Zum Glück behandelten sie mich nicht grob – sie führten mich einfach den prunkvollen Gang entlang und dann über den Feuernotausgang zum Erdgeschoss hinunter, wo der Sicherheitsraum auf mich wartete. Sie schoben mich hinein und warteten vor der Tür. Bildschirme flackerten und Lichter blinkten.

Ein Zwerg in einem Tweedanzug und mit schwarz umrandeter Brille mit beeindruckend dicken Gläsern musterte mich von oben bis unten.

»Und wen haben wir denn hier?«, fragte er Agreement, scheinbar erfreut, einen Gefangenen zu haben.

»Eindringling«, antwortete sie.

»Hmm«, murmelte der Zwerg. »Wie faszinierend. Wer ist sie?«

»Keine Ahnung«, sagte Agreement. »Ich weiß nur, dass sie *nicht* Sabine Chalice ist.«

»Faszinierend«, sagte der Zwerg, und ich hatte das Gefühl, dass er sich die Hände rieb, obwohl sie an seiner Seite blieben.

41

»Ich dachte, das würde dich freuen«, sagte sie. »Du kannst meine Linsenaufnahmen überprüfen.«

Zuerst wusste ich nicht, wovon sie sprach, aber dann stürzte er sich auf seinen Bürostuhl mit Rollen und fuhr damit zur Wand voller Computerbildschirme auf der anderen Seite des kleinen, dämmrigen Raums. Er tippte ein paar Tasten und zeigte ein Video von Sabine – oder besser gesagt, von mir als Sabine getarnt – wie ich durch die Drehtür eintrat. Die Aufnahme stammte aus der Perspektive von Agreement, und ich fragte mich, wo sie eine Kamera an sich hatte, bis ich mich an ihre atemberaubenden goldenen Iris erinnerte. Ich hatte direkt hineingesehen und mich dadurch verraten. Aber das war nicht mein einziger Fehler gewesen. Ich sah meine Ansammlung von Fehlern auf dem Bildschirm von Anfang bis Ende, während rote Flaggen-Symbole auftauchten.

Ich hatte die Stange der Drehtür berührt, die sofort meinen Fingerabdruck gelesen hatte. Meine Glamour-Tränke waren ausgeklügelt, aber ohne eine Vorlage von Sabine Chalices tatsächlichem Fingerabdruck hatte ich meinen eigenen behalten. Rote Flagge.

Als Nächstes kam der sogenannte Metalldetektor, der mein Skelett und meine Zähne gescannt hatte. Es war laut Software nur eine 94%ige Übereinstimmung. Nicht nah genug dran. Rote Flagge.

»Huh«, sagte der Zwerg und zwinkerte mir zu. »Knapp daneben ist auch vorbei.«

»Werd nicht zu freundlich mit der Schwindlerin«, warnte Agreement. »Du weißt, was letztes Mal passiert ist.«

Der Zwerg, angemessen zurechtgewiesen, wandte seinen Blick wieder dem Bildschirm zu.

Die nächste rote Flagge erschien, als die schlaue Empfangsdame mir in die Augen geschaut hatte. Äußerlich sahen sie wie Sabines wässrig hellblaue Augen aus, aber das System ließ sich nicht täuschen. Mein Irismuster stimmte überhaupt nicht mit dem Profil überein.

»Sehr beeindruckend«, sagte der Zwerg, und ich konnte nicht anders, als zuzustimmen. Ich hatte gehört, wie fortschrittlich die Sicherheit bei Auric war, aber das war unglaublich.

»Es war nicht schwer zu erkennen, dass sie eine Betrügerin ist«, wehrte Agreement in einem leicht selbstgefälligen Ton ab. »Man muss nur aufmerksam sein.«

»Ich meinte nicht dich«, sagte der Zwerg, drehte sich in seinem Stuhl und inspizierte mich durch seine zolldicken Brillengläser. »Ich meinte den Glamour. Er ist sehr gut, oder?«

Agreement seufzte. »Ich nehme an, schon. Aber nicht gut genug.«

Den habe ich selbst entworfen, wollte ich sagen, hielt es aber für klüger, den Mund zu halten.

»Du bist eine Seelenverwandte«, sagte er zu mir und rückte seine Brille zurecht. »Ich kann das spüren.«

»Halfpint, ich warne dich. Werd nicht zu freundlich. Wir wissen noch nicht, womit wir es zu tun haben. Sie könnte jeder sein. Sie könnte gefährlich sein.«

»Sie ist nicht gefährlich«, antwortete der Zwerg, den ich immer sympathischer fand.

»Überlass sie den Polizisten«, fuhr Agreement fort. »Ich bin sicher, die werden sich über sie freuen. Wilkinson hat mir erzählt, dass sie ihre Häftlingszahlen im Straflager erhöhen müssen. Die Zahlen sinken anscheinend. Zu viele Gefangene springen aus ihren Zellen im Schwarzen Turm.«

Ich stellte mir die raue See vor, die dunklen Wellen, die gegen schwarze Felsen schlugen, den berüchtigten Turm, der seine Bewohner zum Fliegen trieb, nur um an den Felsen unten zerschmettert zu werden.

»Wilkinson?«, fragte ich.

Agreement betrachtete mich mit frischem Interesse. »Was weißt du über Wilkinson?«

»Nichts«, antwortete ich schnell. »Wahrscheinlich nicht die Person, an die ich gedacht habe.«

Sie beäugte mich misstrauisch, dann wandte sie ihre Aufmerksamkeit wieder dem Zwerg zu. »Dann ist sie bei den Sicherheitsfragen durchgefallen. Offensichtlich.«

Jetzt war ich an der Reihe, sie anzustarren. Sie war wirklich eine Schlaue.

»Ich habe ihr für die Xbox für meinen Sohn gedankt«, sagte sie.

Der Zwerg kicherte und weihte mich dann in den Witz ein. »Agreement hat keinen Sohn.«

»Dann habe ich ihr für die Blumen zu meinem Geburtstag gedankt.«

Halfpint sog seine Lippen ein. »Agreement feiert ihren Geburtstag nicht.«

Okay, okay. Ich hatte die Botschaft verstanden. Ich war über jedes mögliche Detail gestolpert.

»Und dann«, fuhr die Empfangsdame fort, jetzt offen zufrieden mit sich selbst, »stimmte sie zu, dass Bergamotte-Tee immer noch ihr Lieblingstee sei.«

»Ich verstehe schon«, schnappte ich. »Ich bin bei jeder Sicherheitsfrage durchgefallen. Aber ich habe einen guten Grund, hier zu sein. Ich versuche nicht, etwas zu stehlen.«

Agreement schielte zu mir rüber. »Du bist also in Auric einmarschiert und hast dich als die wohlhabendste Frau im Reich ausgegeben... und wolltest nichts stehlen?«

»Korrekt«, sagte ich.

»Hmm«, murmelte sie und runzelte die Stirn.

»Was ist los?«, fragte Halfpint.

Agreement holte tief Luft und verschränkte die Arme. »Sie sagt die Wahrheit.«

Was nun? Ich warf dem Zwerg einen verwirrten Blick zu. Ich dachte, sie wäre der böse Polizist in ihrem Guter-Polizist-böser-Polizist-Spiel, aber jetzt sagte sie, dass ich nicht log.

Halfpint blinzelte hinter seinen dicken Brillengläsern hervor. »Lügende-
tektor-Funktion«, sagte er und sah äußerst zufrieden mit sich selbst aus.

»In den Linsen?«, fragte ich und machte mir nicht die Mühe zu verbergen, dass ich von seiner Magietechnologie beeindruckt war.

Er nickte, und seine roten Wangen bekamen einen zusätzlichen Glanz.
»Deshalb zahlen sie mir die dicke Kohle.«

KAPITEL 9
SABINES HAUT

ASHA

»Werden wir sie wirklich diesem Creep ausliefern?«, fragte der bebrillte Zwerg.

Agreement verengte ihre Augen und musterte mich. »Ich sehe keine bessere Lösung.«

»Es scheint einfach eine Verschwendung«, sagte er.

Die Rezeptionistin warf ihm einen genervten Blick zu. »Eine Verschwendung wovon?«

Halfpint drückte sich vom Schreibtisch ab, sodass der Bürostuhl mit Rollen eine kleine Pirouette drehte. »Die Hexe ist offensichtlich eine talentierte Tränkemeisterin. Wir könnten von ihr lernen. Wenn wir Glamourzauber verstehen würden-«

»Ach bitte«, seufzte die Frau. »Du willst sie doch nur als Haustier behalten.«

Er wurde rot. »Was? Nein.«

»Doch«, sagte sie. »Gib's zu. Du hättest gerne ein hübsches kleines Hexlein als Haustier.«

Er schüttelte den Kopf. »Sie ist nicht klein genug, um mein Haustier zu sein. Würdest du ein Haustier wollen, das größer ist als du?«

Ich musste unwillkürlich an Rap denken, der mittlerweile sogar über das größte Teammitglied hinausragte. Aber ich nahm an, er war weniger ein Haustier als vielmehr ein gefährlicher, feuerspeiender Dinosaurier-Vogel.

»Na dann, vielleicht kannst *du* ja *ihr* Haustier sein«, sagte Agreement, und ich erstarrte. Hatte sie gerade einen Witz gemacht? Hatte sie Humor? Damit hatte ich nicht gerechnet. Ich unterdrückte mein Lächeln.

»Ich denke nur, wir können von ihr lernen«, beharrte Halfpint. »Unser Spiel verbessern. Was bringt es, sie in den sicheren Tod durch die Zauberer der Strafkolonie zu schicken?«

Agreement gab einen Laut von sich, der nach Zustimmung klang, aber ich war mir nicht sicher. »Es ist ja nicht so, als hätte Wilkinson je etwas für uns getan«, räumte sie ein.

Ich beschloss, meinen Vorteil zu nutzen. »Ich bringe euch alles bei, was ich über Glamourzauber weiß«, sagte ich. »Und jeden anderen Trank, über den ihr Bescheid wissen wollt. Ich gebe euch Proben, wenn das hilft.«

Beide beobachteten mich und schätzten mich ab, während sie überlegten, was zu tun sei.

Ich zappelte herum und fühlte mich unwohl in Sabines Haut. »Wir sind im gleichen Team, das verspreche ich.«

Agreement presste ihre Lippen zusammen. »Und welches Team wäre das?«

»Die Guten«, sagte Halfpint, und ich nickte.

Die misstrauische Rezeptionistin war nicht überzeugt, aber ich konnte erkennen, dass sie dazu neigte, mich nicht zu einem kalten und schrecklichen Tod im Turm zu verurteilen. »Wir werden einen Bericht schreiben müssen«, sagte sie.

Ich nickte. »Natürlich.«

»Und wir werden es Mrs. Chalice sagen müssen.«

Verdammt. »Ich wünschte, ihr würdet das nicht tun«, sagte ich. »Ich brauche ihr Vertrauen. Es ist unbedingt notwendig, dass sie an mich glaubt für das... *Projekt*, an dem ich arbeite. Eines, für das sie mich angeheuert hat.«

Agreement trat auf mich zu. »Wenn ich meine Linsen nicht drin hätte, wäre ich sicher, dass du lügst.«

»Ich arbeite an dem Fall der vermissten Töchter«, sagte ich. Normalerweise würde ich nicht alle Karten auf den Tisch legen wollen, aber ich sah keinen anderen Ausweg aus diesem stickigen Kontrollraum – zumindest nicht ohne Handschellen.

Agreement blieb standhaft. »Ich hoffe, du denkst nicht, dass wir dir helfen werden, in die Auric-Sicherheit einzudringen.«

»Natürlich nicht«, sagte ich. »Ich meine, es wäre hilfreich...«

»Denk nicht mal daran«, warnte sie mich.

»Ich habe nur Spaß gemacht«, flunkerte ich. »Ich brauche nichts von euch. Ich meine, abgesehen von meiner Freiheit.«

Je früher, desto besser, dachte ich, denn ich konnte spüren, wie der Glamour-Dunst nachließ. Die Haut in meinem Gesicht wurde straffer, und meine Brüste wurden fester.

»Ich habe einen möglichen Weg nach vorne«, sagte Halfpint.

Wir drehten uns beide um, um ihn anzusehen.

»Wir lassen die clevere Hexe mit einer strengen Verwarnung gehen«, er zwinkerte mir zu. »Wir schreiben den Bericht und geben Agreement die ganze Anerkennung, die sie verdient, weil sie besagte clevere Hexe gefasst hat. Und alle sind glücklich.« Er lehnte sich in seinem Bürostuhl zurück und sah selbstzufrieden aus.

»Und was erzählen wir Inspektor Wilkinson?«, fragte sie und schaute auf ihre Uhr. »Er und sein Team sind unterwegs.«

»Ich mochte den Mann noch nie«, sagte Halfpint. »Ich finde ihn furchtbar arrogant. Wenn meine Mutter heute hier wäre, möge sie in Frieden ruhen, hätte sie gesagt, er sei viel zu groß für seine Schuhe. Und lass mich dir sagen, ein Zwerg würde das nicht leichtfertig sagen. In der feinen Gesellschaft redet man nicht über die Größe von Schuhen, ganz bestimmt nicht.«

Halfpints Mutter klang sympathisch. Tatsächlich hatte ich noch nie einen Zwerg getroffen, den ich nicht mochte, und in meiner begrenzten Lebenserfahrung schienen Zwergenmütter die allerbesten zu sein. Ich nickte Halfpint zu, damit er fortfuhr. Es schien, als würde er mich gehen lassen.

»Ehrlich gesagt, meinetwegen«, fuhr er fort, »kann Wilkinson mich am zwergi-«

»Ahem«, unterbrach die Rezeptionistin. Ohne dass wir es bemerkt hatten, hatte sich die Tür lautlos geöffnet, und ein schmächtiger Mann mit flammenförmigen, wilden weißen Haaren stand auf der Schwelle. Keiner von uns wusste, wie lange er schon dort gestanden hatte. Männer in Uniform mit silbernen Handschellen, die von ihren Gürteln baumelten, standen standhaft hinter ihm. Ich spürte, wie meine Muskeln zurückkehrten, was hilfreich sein würde, falls ich weglaufen müsste.

Halfpint verstummte und rückte seine Brille zurecht. Zu seiner Verteidigung sah er weder verschämt noch entschuldigend aus. Ich konnte mir vorstellen, dass er dachte: *Ich stehe zu dem, was ich gesagt habe.*

Wilkinson trat einen Schritt in den dämmrigen Sicherheitskontrollraum. Ich spürte, wie Agreements Atmung flach wurde, und ich war mir nicht sicher, ob sie nervös oder aufgeregt war, im selben Raum mit dem Mann zu sein, den sie offensichtlich bewunderte.

Hades' Höllenkatzen, dachte ich. Ich musste fliehen, und die weiße Flamme und seine Mundatmer blockierten meinen Weg.

Wilkinsons Augen bohrten sich in meine. »Komm mit uns«, befahl er. Seine silbernen Iriden waren seltsam zwingend. Ich blinzelte und trat einen Schritt zurück, und Halfpint rollte mit seinem Stuhl zwischen den Inspektor und mich.

»Immer mit der Ruhe, Wilcox«, sagte er. »Wir sind noch nicht fertig mit der Befragung der Verdächtigen.«

»Es heißt Wilkinson«, sagte er genervt.

Der Zwerg zuckte mit den Schultern, als wollte er sagen »was auch immer«.

»Wir kümmern uns um das Verhör«, sagte der Inspektor und kam auf mich zu. »Ihr habt euren Teil getan, danke.«

»Ich glaube, Sie verstehen nicht«, sagte der Zwerg. »Diese Frau ist unsere Verdächtige, nicht Ihre. Dieses Gebäude ist unser Bereich. Wir werden entscheiden, was mit ihr geschieht.«

»Falsch«, sagte Wilkinson. »Sie hat das Gesetz gebrochen. Sie kommt mit uns.«

Halfpint runzelte die Stirn und sah den Inspektor an. »Welches Gesetz wäre das?«, fragte er.

»Einbruch und Hausfriedensbruch«, sagte Wilkinson.

Agreement und Halfpint schüttelten beide ihre Köpfe. »Nein.«

Er versuchte es noch einmal. »Versuchter Raub.«

Wieder schüttelten meine Lieblings-Rezeptionistin und der Sicherheitstechniker-Zwerg ihre Köpfe, wie Wackeldackel auf dem Armaturenbrett eines fahrenden Autos.

Der Inspektor blähte verärgert seine Nasenlöcher auf und sprach dann durch zusammengebissene Zähne. »Wenn ihr so sicher seid, dass die Verdächtige nichts falsch gemacht hat, warum habt ihr uns dann gerufen?«

»Bitte akzeptieren Sie unsere aufrichtige Entschuldigung«, sagte Halfpint. »Es war ein unglückliches Missverständnis.«

»Ihr verschwendet nicht meine Zeit«, knurrte Wilkinson. »Wir nehmen sie mit, ob es euch gefällt oder nicht.« Er stürzte auf mich zu und packte meinen Arm. Der Glamourzauber verblasste jetzt schnell, und ich spürte, wie sich mein Bizeps unter seinem Griff bewegte. Ich musste dort raus, bevor er mich identifizieren konnte. Es gab keine Spiegel im Kontrollraum, also wusste ich nicht, wie sehr meine Maske verrutscht war.

Ich ging schnell meine Optionen durch. Der Unsichtbarkeitszauber würde nicht helfen, weil der Türeingang blockiert war. Ich konnte die Spezialeinheit nicht angreifen, weil ich wusste, dass das in einer Einbahnstraße zum Turm enden würde. Ich würde mich nicht für Zerstörung, Blitze oder Feuer entscheiden – aus offensichtlichen Gründen – also blieben mir sehr wenige Optionen. Halfpint hatte einen kleinen Ficus-Topf auf seinem Schreibtisch. Er war klein, aber gesund, und ich hoffte, dass ich genug Void-Energie daraus ziehen könnte. Ich begann, sie einzuatmen, begann, die Funken in meinen Fingern zu spüren, die beunruhigenderweise – sehr nach meinen eigenen aussahen.

Wilkinsons Griff verstärkte sich, und er flüsterte in mein Ohr: »Jetzt komm mit, bevor wir dich ruhigstellen müssen.«

Ruhigstellen müssen. Das war eine Drohung, wenn ich je eine gehört habe.

Ich schaute zu Halfpint, erwiderte sein freches Augenzwinkern von vorhin und flüsterte den Zauberspruch unter meinem Atem. »*Nebulam. Fumum.*« Verdampfen.

»Was war das?«, forderte der Inspektor.

Ich grinste ihn an, während mein Fleisch sich von seinem löste. Ich fühlte mich kindisch und wollte etwas Albernes sagen wie »Riech dich später«, aber ich zeigte große Zurückhaltung, wenn ich das selbst sagen darf, und blieb stattdessen still. Wilkinson, der seinen Griff an mir verlor, während ich zu grauem Nebel wurde, stolperte und versuchte, mich zurückzuzerren, aber es war zu spät. Er packte die teure Strickjacke, die ich trug, und hielt fest, während ich verschwand. Ich schwebte über ihm und genoss seine Wut, als er feststellte, dass er nur eine Strickjacke in der Hand hielt, bis auch das Kleidungsstück zu Dampf wurde.

KAPITEL 10

DER SIRUP DES VERFALLS

ASHA

»Na ja«, sagte ich zu Ferra. »Das ist nichts, was ich in nächster Zeit wieder tun möchte.«

»Du armes Ding!«, sagte meine wunderbare Zwergen-Feenpatin und reichte mir noch einen Kaffee, während sie den Teller mit Honig-Haferkeksen näher schob. Sie hatte die Geschichte über meinen Einbruch in die renommierteste Bank des Reiches genossen. Ich erzählte ihr gerne Geschichten, weil sie immer an den richtigen Stellen *ooh*-te und *aah*-te. Sie liebte es, von Halfpints fortschrittlicher Sicherheitstechnik zu hören, und kicherte über meine perfekte Dampf-Flucht, als ich wie ein Geist über allen schwebte und zur Tür hinaus entkam.

»Aber du hast bekommen, was du brauchtest, oder?«

»Richtig«, sagte ich, griff in meine Umhangtasche und holte das mit Lippenstift befleckte Taschentuch hervor, das ich im Papierkorb des Bankers gefunden hatte.

»Ihr Name war Davis.«

»Gut gemacht, Mädel.«

»Ich weiß nur nicht, wie viel von meinem Gesicht dieser verdammte Inspektor gesehen hat.« Ich wollte gar nicht darüber nachdenken, wie viel Ärger das für Sams Job bedeuten würde. Hoffentlich hatte Wilkinson in diesem dämmrigen Raum nur jemanden gesehen, der größtenteils wie Sabine Chalice aussah.

Ferra hackte einen Bund selbst angebautes Basilikum und gab es in das riesige Becken ihres Mörsers, zu dem bereits Knoblauch, Parmesan und geröstete Pinienkerne kamen. Sie fügte einen großzügigen Schuss Olivenöl hinzu und begann dann, die Zutaten zu einem seidigen Pesto zu zerstampfen und zu verreiben.

»Das riecht fantastisch«, sagte ich ihr.

»Ich werde dir etwas davon zubereiten«, antwortete Ferra. »Ich habe ein Olivenciabatta im Ofen, das gut dazu passen wird. Dazu gebratene Kirschtomaten. Mit einem Spritzer Balsamico-Glasur, und fertig ist die Laube!«

Ich wusste nicht, was Balsamico-Reduktion mit einer Laube zu tun hatte, aber ich wusste, dass es besser war, Ferra nicht zu hinterfragen. Außerdem klang es so verdammt köstlich, dass mir die Laube völlig egal war.

»Klingt lecker«, sagte ich. »Danke.«

»Du bist zu dünn«, erwiderte Ferra. »Du tust mir einen Gefallen, wenn du etwas Fleisch auf diese dünnen Knochen bekommst. Ich werde besser schlafen, das werde ich.«

Dünne Knochen, dachte ich und konnte nicht anders, als mir ein ultraschlankes Skelett vorzustellen, das einen Jig tanzte. Nur Ferra konnte es so darstellen, als würde *ich ihr* einen Gefallen tun, wenn sie mich mit köstlichem Essen versorgte. Ein Piepsen aus der Küche ließ die wikingerhaft anmutende Zwergin einen Finger heben und ihre freundlichen Muskataugen aufblitzen. Während sie die riesige Schüssel Pesto anhob und in die Küche eilte, steckte ich das mit Lippenstift befleckte Taschentuch zurück in meine Tasche. Es war genau das, was ich für meinen Spiritus-Morbus-Zaubertrank brauchte, und ich wollte das Eisen schmieden, solange es heiß war, wie die Zwerge gerne sagen.

Dusty war nicht zu Hause, als ich ankam, also nahm ich an, dass sie bei Savvy und Abigail war. Ich schrieb Savvy eine Nachricht, um nachzufragen, und machte mir eine gedankliche Notiz, Dusty ein Handy zu kaufen, damit wir in engem Kontakt bleiben konnten. Ich mochte es nicht, wenn ich nicht wusste, wo sie war. Es machte mich nervös – und die Leere weiß, dass ich schon genug hatte, worüber ich nervös sein konnte. Während ich auf Savvys Antwort wartete, begann ich mit der Vorbereitung für den Zauber. Ich würde einen frischen Trank, das befleckte Taschentuch und einen starken Magen brauchen.

Ich holte mein Buch der Schatten hervor und schlug das Rezept nach, das ich in der Vergangenheit mit gutem Erfolg verwendet hatte. Dann zog ich meine Gartenstiefel an und nahm meinen Erntekorb und meine Handschneider. Die Enten schossen an mir vorbei, sobald ich aus der Hintertür trat, und stürzten sich auf das Katzenfutter. Ich beschloss, sie die Schüssel leer fressen zu lassen und mich später mit den empörten Katzen auseinanderzusetzen. Sie würden schweigend zu ihrem Futter tapsen und vor einem staubigen Teller und schlammigem Wasser stehen, und ihren Zorn genau dann zum Ausdruck bringen, wenn ich es am wenigsten erwartete. Das erinnerte mich daran, dass ich bei Chione nachsehen musste, der sicherlich das Futter für Rap und die anderen magischen Kreaturen im Thomas-Harvey-Naturschutzprojekt ausging.

Ich bahnte mir einen Weg durch meinen Dschungelgarten und sammelte alles, was ich für den Trank brauchte. Natürlich waren einige der Zutaten nicht in der Saison, also würde ich für diese meine Konserven verwenden. Nachdem ich alles Nötige hatte, richtete ich meinen Arbeitsplatz im Trankzimmer ein. Die Verwendung meines eigenen Rosenquarz-Mörsers erinnerte mich an Ferra, außer dass meine Paste schrecklich schmecken und mich durch die Leere wirbeln würde, anstatt die perfekte Soße für ein italienisches Sandwich zu sein.

Ich arbeitete langsam und methodisch und überprüfte die richtigen Mengen immer wieder anhand des bewährten Rezepts. Ich wusste, dass bei der Zubereitung von Tränken immer die Gefahr bestand, zu selbstsicher zu werden, besonders bei den am häufigsten hergestellten Tinkturen. Man hört auf, das Rezept zu studieren, man rundet Mengen ab, man rät bei der Methode, man fügt hier eine Prise hinzu und vergisst dort einen Hauch. Man denkt, man hat es hundertmal erfolgreich gemacht, also muss man nicht mehr präzise sein. Und genau da, würde dir jeder erfahrene Bäcker sagen, fällt der Kuchen zusammen. Und wenn der Einsatz so hoch war, konnten zusammengefallene Kuchen tödlich sein.

Mein Rücken schmerzte vom Beugen über die Theke und dem genauen Betrachten jeder Zutat, und meine Lider fühlten sich kratzig an, aber ich würde mich von kleinen Unannehmlichkeiten nicht aufhalten lassen. Ich schwenkte den fertigen Trank in seinem Glas, bewunderte die Klarheit und die Art, wie er beim Bewegen schimmerte. Meine Ängstlichkeit zog ihre Krallen ein. Ich atmete leichter. Mein Hexeninstinkt sagte mir, dass es funktionieren würde.

Savvy hatte meine Nachricht nicht beantwortet, also nahm ich an, dass sie alle irgendwo unterwegs waren oder einfach im echten Leben beschäftigt waren und nicht auf ihre Handys schauten. Es sah so aus, als könnte ich mit dem Zauber fortfahren – es sollte nicht zu lange dauern – und mich melden, wenn ich fertig war. Ich trank ein Glas Wasser, dann ließ ich mich in meinen Lieblingssessel sinken. Ich hielt das Taschentuch der Bankerin an meine Brust. Es war weich und vom Lippenstift parfümiert. Ich sammelte meinen Mut, hob dann das Reagenzglas mit der richtigen Dosis des Voodoo-Serums an meine Lippen. Es war nicht das erste Mal, dass ich einen vom Rat verbotenen Trank zu mir nahm, aber das machte es nicht weniger zu einem Verbrechen oder weniger beängstigend. Um den Angstfaktor zu erhöhen, roch das Serum absolut ranzig.

»*Spiritus Morbus*«, murmelte ich, obwohl kein einleitender Sprechgesang notwendig war, und trank die illegale Mixtur.

Runter damit.

Es fühlte sich ölig in meinem Mund an, dann intensiv bitter, wie warmer Teer. Eine Süße kam, aber es war keine angenehme Süße. Es war der Sirup des Verfalls, den ich schmeckte, der blubbernde Schleim verfaulender Früchte. Ich würgte, konnte den kostbaren Trank aber bei mir behalten. Mein Inneres rebellierte gegen den fürchterlichen Gestank, mein Hals drohte sich zu verschließen, mein Magen rumorte. Als ich das Gefühl hatte, dass es sicher war, meinen Mund wieder zu öffnen, rezitierte ich den Zauberspruch aus meinem Schattenbuch, änderte die Details, die ich brauchte, um den Zauber anzupassen, und achtete darauf, so deutlich wie möglich zu sprechen. Ich versuchte, in meinem neutralsten englischen Akzent zu sprechen, anstatt in meiner gewöhnlichen Joburger Aussprache, die weniger klar ist.

Feuer, Erde, Wasser und Luft

Die alte Magie wird dort sein

Bring meinen Geist zur Auric Bank

Platziere meine Seele in Davis' Stuhl

Lass mich ihren Körper tragen

Haut und Knochen und Herz und Haar.

Es ist immer eine merkwürdige Zeit, wenn man darauf wartet, dass ein Zauber wirkt. Es ist ein bisschen so, als ob man eine Party gibt und in den ersten zehn Minuten niemand kommt, und man fragt sich, ob überhaupt jemand erscheinen wird. Ich konnte spüren, wie der Trank seinen langsamen Angriff auf mein Inneres fortsetzte, aber ob ich in den äußeren Raum der Leere geschleudert werden würde, war fraglich. Ich konnte die Uhr ticken hören, als ob sie sich dasselbe fragte.

Plötzlich wurde mein Körper steif, und mein Kopf schnellte gegen die Rückenlehne des Sessels. Ich spürte ein Gurgeln in meiner Kehle, und meine Augen rollten so weit nach hinten, dass ich mich fragte, ob sie sich völlig von ihren Sehnerven lösen und einfach weiterdrehen würden, wie ein Golfball in einer Reinigungsmaschine. Mein Gesicht wurde beunruhigend taub, so sehr, dass ich meine Lippen nicht zusammenhalten konnte, und Speichel lief an meinem Kinn herunter.

Ansteckende Magie. Voodoo-Serum. Spiritus Morbus. Wenn du etwas Intimes von jemandem besitzt – DNA, Handschrift, ein Glas mit einem Fingerabdruck darauf – kannst du Spiritus Morbus benutzen, um deine Magie in ihren Körper zu schleudern, egal wo du bist, und ich begann es zu spüren. Mein Körper veränderte sich von steif zu so weich, dass ich das Gefühl hatte, ich würde die Kontrolle über all meine Muskeln verlieren. Ich bereute es, das Glas Wasser getrunken zu haben, und hoffte, dass ich nicht in einer Pfütze aufwachen würde. Meine Haut bestand aus trockenem Sand, bereit, weggeblasen und für immer verloren zu werden.

ren. Ich bereute es, das Glas Wasser getrunken zu haben, und hoffte, dass ich nicht in einer Pfütze aufwachen würde. Meine Haut bestand aus trockenem Sand, bereit, weggeblasen und für immer verloren zu werden.

EINE DUNKELHEIT, DIE DICH ERTRÄNKEN KÖNNTE

ASHA

Ich schloss meine Augen, und während ich das tat, fühlte ich, wie mein Körper in sich selbst schmolz. Die Schwerkraft zerrte meine Wangen nach unten, als wäre ich in der Todesraumfahrt in Goblin City. Ich hielt meinen Magen fest und versuchte, mich in die seltsamen Empfindungen zu entspannen, was weitaus leichter gesagt als getan war. Menschliche Körper reisen nicht gerne durch die Leere – aus gutem Grund – aber selbst Seelen, wenn man eine hat, genießen den Trip nicht. Ich hatte mich an diesem Morgen bereits im Sicherheitskontrollraum von Auric verdampft, also war mein irdisches Wesen alles andere als begeistert von der Aussicht, so kurz nach dem Wiederzusammenkommen etwas Ähnliches zu tun.

Ich musste mich zusammenreißen und es einfach durchziehen. Ich wurde bereits zu jemand anderem, dachte ich, denn ich konnte den Ausdruck »sich zusammenreißen« nicht ausstehen und würde ihn nie sagen, geschweige denn denken. Aber vielleicht würde die Bankberaterin namens Davis das tun. Vielleicht mochte sie Wörter wie »feucht« und »prägnant« und peinliche Redensarten wie »die tief hängenden Früchte ernten«.

Ja, es geschah. Mein Magen drehte sich ein letztes Mal und ich war ohne Körper, katapultierte durch den Äther wie ein Phantom mit

Termin. Ich hatte keine Augen, doch ich konnte eine Version der Stadt sehen, die ich noch nie zuvor gesehen hatte. Sie war überfüllt mit Geistern, die ihrem Tagesgeschäft nachgingen. Eine Schule war überlaufen mit energiegeladenen Mini-Phantomen, Geister gingen mit ihren Geister-Hunden im Park spazieren, und Autos wurden von Gestalten gefahren. So viele Geister in der Stadt, dachte ich. Das ergab Sinn – Johannesburgs Kriminalitätsrate würde Gotham City nervös machen – hier in der Stadt des Goldes werden mehr Männer ermordet als in aktiven Kriegsgebieten. Aber ich erkannte, dass die Wesen, die ich sah, nicht unbedingt tot waren. Ich sah nur die Seelen der Menschen, anstatt ihrer Fleischhüllen.

Bevor ich länger über diese Aussicht nachdenken konnte, kam ich am schicken Auric-Gebäude an und schwebte mühelos durch ihre dunkel getönte Glasfassade, landete sanft im Körper von Davis. Mein Geist strömte ohne Reibung in ihren Körper, und als er sicher drinnen war, hatte ich das Gefühl, er wurde verschlossen, wie ein Reißverschluss an einer Lederjacke. Ich saß in Davis' Stuhl, in Davis' Körper, und wartete einen Moment, um mich zu akklimatisieren. Mir war schwindelig und ein bisschen beschwipst. Ihr Körperbau war schwerer als meiner, weicher. Ein schneller Blick unter ihre Seidenbluse enthüllte einen Diamantanhänger und einen teuren Push-up-BH. Ich konnte ihren Lippenstift schmecken und den schwachen Rückstand von Spearmint-Kaugummi. Ein gerahmtes Bild von ihr mit einer anderen Frau war der einzige persönliche Gegenstand, den ich sehen konnte. Eine Schwester, eine Freundin oder eine Liebhaberin. Ihr Schreibtisch war außergewöhnlich ordentlich. Ich war versucht, ihre Schubladen zu durchsuchen, erinnerte mich aber daran, dass ich nicht hier war, um sie zu untersuchen, und sollte ihre Privatsphäre respektieren. Ich setzte mich gerade hin und zog ihre Tastatur näher heran. Zeit, mit der Arbeit zu beginnen, bevor die Wirkung des Tranks nachließ.

Ich griff leicht auf das System zu – Davis hatte sich bereits angemeldet und die relevanten Sicherheitsinformationen bereitgestellt. Eine Slack-Benachrichtigung erschien auf dem Bildschirm, die Davis daran erinnerte, einen Bericht fertigzustellen und einzureichen, und sie bei ihrem Vornamen nannte, Chrissy, was wahrscheinlich die Kurzform von Christine war.

»In Ordnung, Chrissy«, murmelte ich leise vor mich hin. Der Akzent war knapp, die Stimme angenehm. »Schauen wir uns mal das Konto des alten Taranath an.«

Ich tippte die Kontonummer ein, die Sam für mich gefunden hatte, und das Programm forderte mich zur weiteren Authentifizierung auf. *Verdammt.* Ich hatte keine Zeit, Passwörter zu erraten. Aber ich hätte mir keine Sorgen machen müssen, denn das Sicherheitssystem bei Auric hatte sich weit über muffige und unendlich hackbare persönliche Passwörter hinaus entwickelt. Alles, was ich tun musste, vom Computer aufgefordert, war in die Linse der integrierten Kamera zu schauen und meinen Daumen – oder vielmehr Chrissys wunderschön manikürten Daumen – auf das nun blinkende Gerät darunter zu legen. Ich tat wie angewiesen und erhielt Zugang zu Taranaths Bankkonto.

»Ja!«, zischte ich und widerstand dem Drang, die Faust in die Luft zu stoßen. Ich bezweifelte, dass anspruchsvolle Unternehmenstypen wie Christine Davis faustschwingend herumsprangen. Durstig von der Reise, beäugte ich die Wasserflasche auf dem Schreibtisch. Sie würde sicher nichts dagegen haben, wenn ich einen Schluck nahm, oder? Ich meine, das Mindeste, was ich tun konnte, war, den Körper meiner Gastgeberin mit Flüssigkeit zu versorgen. Ich nahm die Flasche und trank einen großen Schluck, sprühte ihn dann sofort wieder aus, vage in Richtung des Papierkorbs zielend. Es war kein Wasser. Es war Wodka.

Ich fühlte mich sofort leid für Christine Davis, saß da mit brennendem Mund und fragte mich nach ihrem Leben. Aber ich hatte keine Zeit dafür. Ich wandte meine Aufmerksamkeit zurück zum Bildschirm.

Taranath. *Meine Güte, der Mann war tatsächlich vermögend.* Ich fragte mich, was mit seinem Vermögen passieren würde, jetzt, wo er tot war und sein einziger Erbe … wahrscheinlich auch tot. Der schlechte, böse Teil von mir wollte die immense Menge an Koins zum Harvey-Projekt überweisen, aber das würde Davis wahrscheinlich ihren Job kosten, und nach ihrer einzigartigen Wahl an abgefülltem Wasser zu urteilen, hatte sie genug eigene Probleme.

Ich seufzte und gab den Drang auf, die Mittel zu enteignen, obwohl die Leere wusste, dass wir es brauchten. Die arme Chione schrieb mir jeden

Tag eine Nachricht und fragte, wann wir Geld haben würden, um mehr Futter für die magischen Tiere zu kaufen. Wir müssten das Naturschutzprojekt bald schließen. Thomas Harvey, möge seine sanfte Seele in Frieden ruhen, wäre untröstlich, sein Lebenswerk so verblassen zu sehen.

Ein Zucken in meiner Wange erinnerte mich daran, mich zu konzentrieren. Ich hatte nicht viel Zeit. Ich scrollte durch die Transaktionen des bösen alten Zauberers. Die meisten ergaben für mich keinen Sinn, da die Beschreibungen aus Zahlen und Codes bestanden. Ich scrollte weiter und dachte, dass die Zahlungen an Shadow Snow wahrscheinlich vor etwa sechs Monaten aufgehört hätten, als er schwer krank geworden war. Was würde die Zahlungsbeschreibung für diese Ausgaben sein, fragte ich mich. Wie nannte man eine Transaktion, wenn es um Menschenhandel aus Waisenhäusern ging? Bald sah ich es, und es hätte nicht offensichtlicher sein können.

BLACK. Es tauchte immer wieder über fünf Jahre hinweg auf, und mir stiegen Tränen in die Augen. Fünf JAHRE lang Kinder für den Keller des alten Bastards entführen? Ich schniefte und nahm einen kleinen Schluck Wodka. Diesmal spuckte ich ihn nicht aus.

Black, Black, Black. Offensichtlich nicht ihr richtiger Name, aber der Pseudonym passte perfekt zu ihr. Sie war eine Dunkelheit, die dich ertränken könnte. Ich kopierte ihre Kontonummer und suchte danach, ohne zu erwarten, sie im System zu finden, aber da war sie.

LILIAN BLACK.

Ich konnte mein Glück kaum fassen. Die Vampirin hatte ein Konto bei der Auric Bank. Meine kurzlebige Freude verflog, als ich sah, wie viele große Einzahlungen sie seit Taranaths *unzeitigem* Ableben erhalten hatte. Sie hatte also viele Kunden, wie ich vermutet hatte. Ich entdeckte den häufigsten Geldgeber und suchte nach diesem Bankkonto, aber das System teilte mir höflich mit, dass ich nicht die Sicherheitsfreigabe hätte, um auf das Konto zuzugreifen. Ich prägte mir die Nummer ein, in der Hoffnung, mehr Glück zu haben, wenn ich in meinem eigenen Körper zurück wäre, um herauszufinden, wem sie gehörte. Ich wünschte, ich könnte einen Screenshot der Liste ihrer Kundenkontennummern machen. Ich würde sie einen nach dem anderen aufspüren und sie gehörig erschrecken. Aber vorerst hatte ich endlich den Namen und die Bankdaten der entführenden Vampirin, und ich hatte die Kontonummer des Hauptkunden. Mein Magen kribbelte. Das war der Anfang, das konnte ich spüren, vom Ende des Falls der vermissten Töchter.

KAPITEL 12

EINE GEISTERHAFTE INTERVENTION

ASHA

Bevor ich den Körper meiner Gastgeberin verließ, nahm ich ein paar kleine, aber freche Verbesserungen an ihrem Arbeitsplatz vor. Ich schrieb eine E-Mail an die Personalabteilung, in der ich mitteilte, wie beeindruckt ich von Agreement und Halfpint war und dass sie Gehaltserhöhungen verdienten. Ich leerte die Wodkaflasche und füllte sie mit echtem Wasser. Dann durchsuchte ich ihre Schreibtischschubladen und beschlagnahmte die dreieinhalb Flaschen Luxuswodka, die sie unter einem Aktenordner und einem Designerschal versteckt hatte. Auf ihrem Computer öffnete ich ein paar Tabs mit Informationen darüber, wie man Hilfe beim Aufhören mit dem Trinken bekommt, und ich suchte nach den nächstgelegenen AA-Treffpunkten und trug Treffen mit ihrer eigenen ordentlichen, formellen Handschrift in ihren Kalender ein. Ich fügte unterstützende Kommentare hinzu, damit die Betreffzeilen der Meetings nicht wie Vorwürfe klingen würden. Es war nicht viel, aber vielleicht würde es sie zum Nachdenken über den Weg bringen, auf dem sie sich befand, bevor es zu spät war. Man konnte es nur versuchen. Ich hoffte, dass es sie nicht zu sehr erschrecken würde, aber ein kleiner Schreck könnte gut sein. Eine geisterhafte Intervention.

Ich hatte gerade Blacks Kontodaten geschlossen, als ich Schritte im Flur hörte. Ich schloss meine Augen und gab der G-Kraft nach, die bereits an mir zog, und innerhalb von Sekunden flog ich zurück in meine eigene fleischliche Hülle. Ohne auf die Anpassung zu warten, sprang ich auf und griff nach einem Stift, und schrieb die Kontonummer von Blacks Gönner auf die Rückseite eines Flyers, der einen Baumfälldienst namens "The Tree Fellas" bewarb.

Hab's, dachte ich bei mir und spürte wieder dieses kribbelnde Gefühl. Aufregung, Angst, Hoffnung. Endlich würde ich diese Mädchen finden.

Euphorisch war ich bereit, sofort damit anzufangen, Shadow Snow-*Lilian Black*-zu finden und herauszufinden, wer die Waisen kaufte. Ich überlegte, ob Halfpint mir helfen würde. Ich beschloss, ihn anzurufen, aber als ich mein Handy in die Hand nahm, sah ich zweiunddreißig verpasste Anrufe von Savvy. Mein Körper brannte sofort eher vor Angst als vor Aufregung, als wäre ich eine Zündschnur und jemand hätte mich angezündet. Meine Hände zitterten, als ich versuchte, sie zurückzuru-fen, aber ich kam nicht durch.

»Dusty?«, rief ich. »Dusty??« Ich rannte durch das Haus und suchte nach meinem Hexling, aber sie war nicht zu Hause.

Nein nein nein nein nein. Etwas war sehr falsch. Ich konnte es in jeder Zelle spüren. Ich sagte mir, nicht in Panik zu geraten, nicht das Schlimmste zu denken, ruhig zu bleiben, aber meine Instinkte schrien das Gegenteil. Ich versuchte immer wieder, Savvys Nummer zu wählen, und bekam immer wieder den blöden Besetztton, bis ich mein Handy fast gegen die Wand geschleudert hätte. Ich hielt mich gerade noch rechtzeitig zurück. Ich brauchte das Telefon jetzt mehr denn je. Ich versuchte es weiter, scheiterte weiter. Ich würde zu Savvys Haus fahren. Ich würde im Krankenhaus und auf der Polizeiwache anrufen. Aber bevor ich mich genug zusammenreißen konnte, um meine Schlüssel zu finden, klingelte es an der Tür.

Ich kann mich nicht erinnern, die Schlüssel gefunden und aufge-schlossen zu haben. Ich stand panisch in der Küche, und im nächsten Moment war ich vor meinem Haus und Savvy hatte sich auf mich gestürzt, hielt mich so fest, wie ich es noch nie bei einem Menschen gespürt hatte, und schluchzte in mein Haar.

»Es ist gut«, sagte ich zusammenhanglos. »Es ist gut. Ich bin bei dir.«

Sie schüttelte den Kopf, weinte, Mascara lief in Streifen von ihren geschwollenen Augen über ihre Wangen.

»Nicht gut«, sagte sie. »Ich werde nie wieder gut sein.«

»Doch, das wirst du«, gurrte ich. »Ich werde dir helfen.«

Was ich wirklich sagen wollte, war: *Was zum Teufel ist passiert, und wo ist Dusty?* Aber ich konnte sehen, dass sie kurz davor war, wirklich durchzudrehen. Also entschied ich mich, so sanft und konfrontationsarm wie möglich zu sein.

»Lass uns reingehen«, sagte ich. »Ich mache dir eine Tasse Tee.«

»Tee?«, fragte sie und blinzelte mich an, als wäre ich die Verrückte. »Tee? Asha! Er hat Abigail mitgenommen!«

Die Zündschnur meiner Angst glühte richtig durch mich hindurch. »Was?«

Es war eine lächerliche Sache zu sagen, aber es war mir egal. Worte versagten mir, Gedanken und Logik versagten mir. Ich konnte nur eine Sache immer wieder hören.

Er hat Abigail mitgenommen.

Er hat Abigail mitgenommen.

Er hat Abigail mitgenommen.

KAPITEL 13

DER TASCHENDIEB

APOLLO

Ich schaute in den Spiegel, während ich meinen gelben Bleistiftstummel hinter mein linkes Ohr steckte und meine Mütze zurechtrückte. Es war eine gute Mütze. Eine graue Schiebermütze, die ich vor ein paar Jahren bei einem Open-Air-Konzert aufgegabelt hatte. Open-Air-Konzerte boten die besten Gelegenheiten zum Klauen, besonders wenn es ein paar Stunden später war und die Menge in der Sonne ihr warmes Bier getrunken hatte. Berauscht von Musik, frischer Luft und einem optimalen Alkohol-Blut-Verhältnis neigt das Publikum dazu, seine Vorsicht auf wunderbare Weise zu vergessen. Früher habe ich so viele Geldbörsen erbeutet, aber die Menschen benutzen immer weniger Geldbörsen. Handys sind sowieso mehr wert und leichter zu stehlen.

In den alten Zeiten nannte man uns »Beutelschneider«, aber heutzutage wäre es wohl treffender, uns »Handy-Schnapper« zu nennen. Handys sind wirklich ein Geschenk für uns. Sie hypnotisieren ihre Besitzer. Sie rauben ihnen die Aufmerksamkeit und machen sie gleichzeitig zu selbstsicher. Wir nutzen diese Lücke aus. Natürlich hilft es auch, dass sie viel Kohle einbringen. Ein Handy pro Woche reicht aus, um die Miete zu zahlen und Lebensmittel für uns zu kaufen. Es ist leicht verdientes Geld und das wissen wir.

69

Ich sage »wir« nicht, weil ich eine Bande von Taschendieben anführe – das Gegenteil ist der Fall; ich wurde als Einzelgänger geboren – sondern weil es so viele von uns gibt. Ich kann einen Taschendieb auf einen Kilometer Entfernung erkennen, selbst wenn er gut in seinem Beruf ist.

Ich warf einen letzten Blick auf mein Spiegelbild, ignorierte die Teile, die ich nicht mag, und bewunderte stattdessen meine unterschiedlichen Irisfarben – eine grün, eine kupferfarben – und meine geraden weißen Zähne. Man braucht gute Zähne, wenn man es in dieser Welt zu etwas bringen will. Menschen vertrauen dir, wenn du tolle Zähne hast. Mit sechsundzwanzig Jahren sah ich immer noch aus wie zwanzig, was gut war, denn –

»Apol-lo-o-o-o!«

»Ich komme gleich!«, antwortete ich und zog meine Glückssneaker an.

»Apollo!«

Ich stampfte zu meiner Zimmertür. »Ich habe gesagt, ich komme gleich!«

Jung auszusehen war gut, verstehst du, denn ich lebte immer noch bei meinen Eltern.

Aber es ist nicht das, was du denkst. Ich bin nicht dort, weil ich nicht alleine leben will. Ich hätte gerne meine eigene Wohnung, würde mein eigenes Essen kochen und die ganze Nacht zocken. Aber das Leben ist nicht so einfach, oder? Man konnte nicht einfach herumgehen und sein bestes Leben leben, nicht mit Eltern wie meinen. Ich trottete die Treppe hinunter in die Küche, wo meine Mutter nach mir gerufen hatte. Ich hatte gehofft – etwas optimistisch, gebe ich zu –, dass sie mich zum Frühstück rief. Speck und Rührei, Würstchen mit HP-Sauce, Toast mit Butter. Aber es gab kein Essen, nur eine Standpauke.

»Morgen, Mum«, sagte ich und beugte mich runter, um sie auf die Wange zu küssen.

»Pass auf, wo du mit diesem Schirm hinkommst«, warnte sie. »Fast hättest du mir das Auge ausgestochen!«

Ich lachte. »Es ist nur eine Mütze, Mum. Nicht der Schirm eines Peaky Blinders.«

»Du siehst aus wie ein Verbrecher damit«, sagte sie.

»Wenn es dir so wichtig ist«, sagte ich, »nehme ich sie ab.« Und das tat ich. Es hatte keinen Sinn, die alte Dame zu verärgern. Ich liebte sie ja, auch wenn sie mich in den Wahnsinn trieb.

»So«, sagte sie und schaute zu mir hoch. »Das ist besser. Jetzt kann ich dein hübsches Gesicht sehen.«

Ich war größer als sie, bevor ich fünfzehn wurde, aber sie hatte immer noch kein Problem damit, einen Kochlöffel zu schwingen, wenn ich frech war.

»Kein Frühstück heute?«, fragte ich.

»Im Schrank steht Müsli«, antwortete sie.

Ich öffnete die Kühlschranktür und rümpfte die Nase, während ich die Enttäuschung eines leeren Kühlschranks roch.

»Mach nicht so ein Gesicht!«, ermahnte sie mich. »Du hast keine Lebensmittel bestellt. Es ist nicht die verdammte Schuld des Kühlschranks.«

»Ich habe dem Kühlschrank keine Schuld gegeben, Mum.«

»Was kommt als Nächstes?«, fuhr sie fort. »Gibst du dem Spülbecken die Schuld, dass es den Abwasch nicht macht?« Dann änderte sich ihr Gesichtsausdruck, und sie lachte.

Ich schüttelte den Kopf und lächelte. Sie war eine echte Verrückte, aber ich liebte sie.

»Denk dran«, sagte sie, während immer noch ein Lächeln an ihren Lippen zerrte. »Es ist Donnerstag. Also heute keine Pizza essen und keinen Rock 'n' Roll hören.«

»Ja, Mum.«

»Und keine Mayonnaise auf deinen Sandwiches vor Mittag.«

»Ich weiß.«

»Und –«

»Mum! Ich kenne die Donnerstagsregeln. Kein Duschen vor Sonnenaufgang. Kein Baden nach Sonnenuntergang. Keine Kerzen zu jeder Tageszeit. Kein Mundwasser. Kein Fernsehen, es sei denn, es ist die *Antiques Roadshow*, und kein Joggen, niemals, egal zu welcher Tageszeit.«

»Kein Summen in der Küche und kein Singen auf der Treppe«, fügte sie hinzu.

»Ich singe nicht auf der Treppe«, erwiderte ich.

»Nur für den Fall, dass du in Versuchung gerätst.«

»Was ist mit der Miete?«, fragte ich. »Darf ich heute Miete zahlen?«

Mein subtiler Hinweis ging an ihr vorbei. Sie blähte ihre Nasenlöcher auf, als hätte ich eine schwierige Frage gestellt. »Du kannst sie morgen bezahlen.«

»Sie ist heute fällig«, sagte ich.

»Oh, na gut«, gab sie nach. »Aber tätige die Zahlung so spät wie möglich. Kurz bevor die Banken schließen.«

Teil von Mums seltsamer Realität war, dass sie dachte, Menschen würden noch tatsächlich Banken besuchen.

»Ja, Mum. Ich werde tun, was du sagst.«

Sie seufzte und schaltete den Wasserkocher ein. »Du bist ein guter Junge.«

Ich umarmte sie und machte einen hastigen Abgang, wobei ich unterwegs meine Mütze aufsammelte.

KAPITEL 14
DER ZORN GESCHÄDIGTER HEXEN

APOLLO

Ich sprang in meinen Mini Cooper. Jetzt, wo ich außer Hörweite meiner Mutter war, konnte ich nach Herzenslust singen, und ich nutzte das auf dem ganzen Weg in die Stadt voll aus. Ich beschloss, dass ich in einer fantastischen Stimmung war. Wenn alles nach Plan laufen würde – was, seien wir ehrlich, kaum jemals passierte, aber ich bin ein Optimist, also nahm ich die Dinge, wie sie kamen – dann wäre dies mein allerletzter Diebeszug.

Es war nicht so, dass ich es nicht genoss, Taschendieb zu sein. Das tat ich durchaus. Und selbst wenn ich nicht eitel wäre, würde ich dir sagen, dass ich wahrscheinlich der Beste in der Stadt bin, also schien es fast wie eine Verschwendung meiner einzigartigen Talente. Trotzdem weiß jeder Kriminelle, dass man das Spiel beenden sollte, bevor das Spiel dich beendet. Ich hatte mehr als ein Jahrzehnt erfolgreicher Diebstähle hinter mir, und mein Glück würde sicher bald aufgebraucht sein. Die Leere weiß, dass ich Glück habe, nach meinem letzten Raubzug überhaupt noch am Leben zu sein. Ms. M bestrafte mich, anstatt mir das Leben zu nehmen. Es war, als ob sie *wusste*, was die schlimmste Strafe für mich sein würde. Ich weiß nicht, woher sie das wusste, aber ich schätze, Hexen sind eben so. Ich werde für immer mit den Konsequenzen leben müssen, und glaub mir, es ist schrecklich, ständig an deine Fehler erinnert zu werden. Es ist eine einzigartige und furchtbare Sache, jeden Tag deines Lebens bestraft zu werden, nachdem du einen – ziemlich harmlosen – Fehler gemacht hast.

Aber genug vom Zorn geschädigter Hexen. Ich musste das jetzt aus meinem Kopf verbannen und mich auf meine allerletzte Entwendung von Gütern konzentrieren. Es versprach äußerst profitabel zu werden, sodass ich für ein paar Monate Geld auf der Bank haben würde, während ich mir einen ehrlichen Lebensunterhalt suchte.

Ich wollte schon immer einen Job, der mit Tieren zu tun hatte. Ich habe Lebewesen aller Art immer geliebt, und Mama hat das gefördert. Sie war verwirrt, als ich nach dem unglücklichen Vorfall mit dem Hund des Nachbarn alle meine Haustiere weggab, aber ich konnte ihr kaum sagen, warum oder was passiert war. Keiner meiner Eltern hat Magie im Blut, was mich zu einer Anomalie macht. Früher dachte ich, ich sei adoptiert, besonders wenn ich mit meinen verschiedenfarbigen Pupillen in den Spiegel schaute.

Ich musste meine Träume aufgeben, Safariguide, Vorstadttierarzt, Schlangenbeschwörer, Hundebesitzer oder Katzendiener zu werden. Es tut immer noch ein bisschen weh, aber es ist, wie es ist. Jetzt schreibe ich Gedichte und ich singe. Das ist die Silberstreif, verstehst du, wenn du etwas aufgeben musst, das du liebst, macht es mehr Zeit und Raum für andere Hobbys frei. Das ist wieder mein halbvolles Glas.

Ich parkte mein Auto vor einem Discountmodegeschäft und nachdem ich die Türen abgeschlossen hatte, legte ich einen Schutzzauber darauf. Ich liebe meinen Mini, außerdem ist er abbezahlt, also war das Letzte, was ich wollte, dass jemand wie ich daherkommt und ihn heimlich wegschafft. Ich ging die Innenstadt-Straße entlang und begrüßte ein paar Bettler und Obststandbesitzer im Vorbeigehen. Es gab nicht viele pfirsichhäutige Fußgänger in dieser Gegend, also war ich leicht zu erkennen. Ich hielt an einem Verkaufsstand an, der Äpfel und große leuchtende Orangen verkaufte, und bat um eine Wegbeschreibung zu einem Ort, den ich gar nicht besuchen wollte. Während sie sich auf die Karte in ihrem Kopf konzentrierte, während sie mich anleitete, konnte ich zwei Orangen stehlen. Als sie fertig war mit ihrer Erklärung, sagte ich ihr, sie solle in ihrer oberen Tasche nachsehen, wo sie einen Zwanzig-Rand-Schein fand. Sie lachte über meinen Trick, und ich sagte ihr, sie solle das Wechselgeld behalten.

Während ich lief, schälte ich eine Orange und aß sie Stück für Stück, genoss das Gefühl der kühlen Frucht in meinem Mund und den sauren Saft. Die andere warf ich einem obdachlosen Kind zu, das ich dabei ertappte, wie es mich neidisch beim Essen beobachtete. Dann überprüfte ich, ob ich noch den Bleistiftstummel hinter meinem Ohr hatte. Ja, heute würde ein großartiger Tag werden.

Ich erreichte die Portaltür: ein riesiges Metallblatt, das so oft mit Sprühfarbe besprüht worden war, dass es wunderschön gegen die gleichermaßen bemalte, schmutzige Wand getarnt war. Es gab überall in der Stadt versteckte Portaltüren. Echte Türen wie diese und andere Orte, die dieselbe Funktion erfüllten, aber wie alltägliche Gegenstände aussahen. Eine Parkbank, ein Aufzug, eine Kinderspielplatzschaukel. Sie alle hatten diese schimmernde Qualität, die ich leicht erkennen konnte, während andere nichts Ungewöhnliches zu bemerken schienen. Die Schimmerungen waren schnelle und einfache Wege, um in andere Reiche zu reisen – und wenn mich dieser Job eines gelehrt hat, dann wie unentbehrlich sie sein können. Portale sind der beste Freund eines Taschendiebs. Die Chancen, beim Stehlen erwischt zu werden, sind immer hoch, aber wenn du leicht entkommen kannst, spielt das keine Rolle. Hüte, Sonnenbrillen und Portale sind unentbehrliche Werkzeuge.

Ich hatte gemischte Gefühle. Ich fühlte eine Art Nostalgie für den Job, den ich hinter mir ließ, obwohl es meine Entscheidung war, aufzuhören. Ich erinnerte mich, dass ich mich am letzten Schultag ähnlich gefühlt hatte. Ich mochte die Schule nie besonders, aber am letzten Tag schien jeder Moment bedeutsam, weil ich wusste, dass es das letzte Mal sein würde, dass ich es tat. Als ich also diese Metalltür öffnete, war es sowohl ein glücklicher als auch ein wehmütiger Moment. Würde dies wirklich das letzte Mal sein, dass ich für einen meiner Kunden auf Mission ging? Ich hoffte es. Sie waren kaum tugendhafte Menschen, und ich würde lieber eine Kraft des Guten sein, anstatt schlechten Menschen bei ihren niederträchtigen Plänen zu helfen. Ich freute mich darauf, ein reines Gewissen zu haben; freute mich darauf, nachts gut zu schlafen, anstatt von Mini-Rückblenden der vielen kleinen Vergehen, die ich begangen hatte, geweckt zu werden. Ja, ich traf die richtige Entscheidung. Ich schloss die Tür hinter mir und stand im Dunkeln. Die Dunkelheit wartete auf das Passwort. Ich gab es, und ich wurde sofort zu Staub.

KAPITEL 15

DIE ELFEN VON AVALON

APOLLO

Als meine Partikel sich wieder zusammenfügten, befand ich mich tief in der Elfenvorstadt. Ich kramte in meiner Tasche nach meinen Elfenohrenspitzen, die ich schnell auf meine normalen menschlichen Ohren steckte, um etwas überzeugender zu wirken. Avalon – entstanden aus „Elfenland" – war ein seltsamer und surrealer Ort zum Besuchen. Stellt euch Stepford-Country vor, aber mit misstrauischen, spitzohrigen Wesen. Ihr Reichtum war in jedem Aspekt offensichtlich: glatte, dunkle Straßen, wunderschöne Gebäude, perfekt gepflegte Landschaften. Die Bewohner schienen genauso makellos wie ihre Umgebung.

Obwohl Avalon technisch gesehen zum Reich gehörte, bekam man das deutliche Gefühl, dass es sich vom Rest der chaotischen magischen Welt abgrenzte. Hier gab es keine gewalttätigen Glatzkopf-Orks, keine blutsaugenden Vampire oder dunklen Zauberer. Tatsächlich lebten hier auch keine traditionell „guten" Wesen. Nur Elfen, Elfen und noch mehr Elfen. Wenn du eine vielfältige, weltoffene Gesellschaft suchst, wirst du sie in Avalon nicht finden. Bei meinem ersten Besuch in den Elfenvorstädten erinnerte mich das an den eindeutig nicht-magischen Ort in Südafrika namens Orania, wo du nicht willkommen bist, um zu leben oder zu arbeiten, es sei denn, du hast afrikaanische Wurzeln. Es ist wie eine kleine, vom Land umschlossene Insel von Neoapartheid-Rassisten, die sich nur mit ihresgleichen umgeben wollen. Die meisten Menschen sind über diese Politik entsetzt – sogar jemand so unwokes wie ich – und trotzdem gedeiht die Orania-Gemeinschaft. Sie hatten, wie die Elfen von Avalon, eine wunderbare Infrastruktur, null (gemeldete) Kriminalität, sichere Schulen und die Möglichkeit, rund um die Uhr Wasser und Strom zu haben, was die meisten Bewohner von Industrieländern als selbstverständlich ansehen, Südafrikaner aber sicher nicht. Die schwer zu schluckende Wahrheit ist, dass Orania trotz seiner engstirnigen Politik und allgemeinen Fremdenfeindlichkeit funktioniert, und Avalon ist Orania auf Elfensteroiden.

Ich richtete mich auf, korrigierte meine Haltung entsprechend der Elfen um mich herum und wünschte mir, ich hätte für diese Gelegenheit neue Kleidung gekauft. Mein Outfit war in Ordnung, aber nicht so neu wie das aller anderen. Ich fragte mich, wie sie immer so gut gekleidet sein konnten. Wo landeten die leicht getragenen Klamotten? Hatten sie eigene Fabriken, die ständig neue Kleidung produzierten? Oder war die Elfenmode einfach eine magische Fassade, wie ich wusste, dass es einige Teile der Umgebung waren? Ich wusste, dass nur weil Dinge perfekt aussahen, sie es nicht unbedingt waren. Der riesige Garten, an dem ich gerade vorbeilief, war beispielsweise einfach zu perfekt. Kein totes Blatt in Sicht, keine verblühte Blume. Ich fragte mich, wie Avalon aussehen würde, wenn man die Magie wegschaffen würde. Nicht dass es wichtig wäre, da dies mein letzter Besuch sein würde. Ich schlenderte über den glatten Asphalt und suchte nach einem Fleck auf dem Gehweg oder einem Unkraut, das sich durch einen Spalt kämpfte, fand aber nichts. Es war seltsam beruhigend und verstörend zugleich. Wie du dir wahrscheinlich vorstellen kannst, spielte mir die Tatsache, dass die Elfen hier keine Kriminalität erwarteten, in die Hände. Es gab keine hohen Mauern, verstärkt mit Elektrozäunen, keine Schilder, die vor Videoüberwachung warnten – obwohl ich einige versteckte Kameras entdeckte – und keine Sicherheitsfahrzeuge, die ständig patrouillierten. Ich wusste aus Erfahrung, dass die Bewohner der Elfenvorstadt keine Fenstergitter hatten, die ihre Aussicht störten, und ihre Türen auch nicht abschlossen. Natürlich braucht es eine besondere Art von Person, um solche Unschuldigen auszunutzen. Zum Glück bin ich genau diese Art von besonderer Person.

Bald hatte ich mein Ziel im Blick. Kleeblattweg 61, das Zuhause eines milliardenschweren Junggesellen-Elfen, der gerne magische Artefakte sammelte. Haryk Virvaris war nicht schüchtern bezüglich seiner Sammlung und mochte es, sie „mit der Öffentlichkeit zu teilen" – mit anderen Worten, damit anzugeben – und nahm oft an Sonderausstellungen im Museum für Magie in Muldersdrift teil, an kurzlebigen Pop-up-Ausstellungen in Kunstgalerien und natürlich an der von Elfen geführten und von Kobolden betriebenen Magischen Expo, die täglich Hunderte von Besuchern aus dem ganzen Reich und darüber hinaus anzog. Bei solchen Ausstellungen bemerkten meine Kunden genau die Dinge, die sie haben wollten, und baten mich um Hilfe, sie zu beschaffen.

Ich lächelte höflich einem vorbeilaufenden Jogger zu. Sie hatte nicht geschwitzt, und es ließ mich darüber nachdenken, ob Elfen überhaupt jemals transpirierten. Sie schienen über solchen Dingen zu stehen. Ich war es sicherlich nicht, was durch die feuchten Stellen unter meinen Armen deutlich wurde. Ich kreuzte den Weg eines jungen Paares, das einen Kinderwagen schob. Das Wetter war sonnig, aber mild, und es war perfektes Wetter für einen Spaziergang mit einem Baby. Ich nickte ihnen zu, und sie nickten zurück. Dann tauchte ein Pudel mit einer Haube aus dem Kinderwagen auf, und ich schaute schnell weg. Eines war sicher – ich könnte nicht in dieser Welt leben. Es war zu künstlich, zu süßlich, zu kitschig. Ich fühlte mich viel wohler in den dämmrigen Straßen der Innenstadt von Jo'burg. So schmutzig und gefährlich es auch sein mochte, zumindest war es echt. Die Obst- und Gemüseverkäufer, Hausierer, Prostituierten, Bettler, Müllsammler. Rau und stinkend, aber echt. Nichts in Avalon fühlte sich jemals authentisch an. Die Passanten verschwanden langsam aus meinem Blickfeld, also dachte ich, es wäre sicher zu prüfen, ob jemand in der Virvaris-Villa zu Hause war. Ich entdeckte eine versteckte Kamera an der Veranda, die, da war ich mir ziemlich sicher, mein Gesicht bereits aufgenommen hatte.

»*Ignem exquiris*«, murmelte ich leise. Die Kamera funkelte und stieß eine Wolke grauen Rauchs aus. Ich lief durch den üppigen Garten. Ich kenne die Namen vieler Pflanzen nicht, aber sie sahen wirklich sehr schön aus. Ich legte auch die versteckte Kamera an der Hintertür lahm.

Das Öffnen der Hintertür erforderte keine Magie – es sei denn, du betrachtest eine Kreditkarte als magisch, und dafür gibt es sicherlich Argumente – und ich ließ mich selbst hinein, wobei ich die Tür vorsichtig hinter mir schloss. Es bestand keine Gefahr, dem Besitzer des Hauses zu begegnen. Ich hatte sichergestellt, dass er woanders sein würde, während ich sein Anwesen besichtigte. In diesem Moment spielte Haryk Virvaris Golf bei einer Wohltätigkeitsveranstaltung der BesseresReich-Stiftung. Die Kelche kommunizierten es nicht offen, aber jeder wusste, dass sie hauptsächlich Elfen als Spender ansprachen, aus dem einzigen Grund, dass sie bei weitem die Wohlhabendsten im Reich waren. Also während der liebe Herr Virvaris seinen Ball aus einem Bunker hackte, hätte ich mehr als genug Zeit, seine Sammlung zu begutachten. Möge die Leere die BesseresReich-Stiftung für alles segnen, was sie taten, einschließlich meinen letzten Raubzug sicher und einfach zu machen. Ich nahm mir vor, eine beträchtliche Spende für die Sache zu leisten, sobald mein Kunde mich für diesen Job bezahlt hatte. Es könnte jemandem helfen, der weniger Glück hatte als Virvaris – und ich vermutete, dass 99,9% des Reiches weniger Glück hatten als Virvaris – und wenn nichts anderes, würde es helfen, mein lang leidendes Gewissen zu beruhigen.

KAPITEL 16
SEX MIT EINEM VAMPIR

ASHA

Irgendwie standen Savvy und ich wieder in der Küche. Ich konnte mich nicht erinnern, wie wir ins Haus gekommen waren. Wir heulten beide unsere Augen aus. Es war ein unbeholfenes, hastiges, schreckliches Gespräch, in dem ich Fragen stellte und sie versuchte, sie zu beantworten. In meinem Kopf drehte sich alles vor Verleugnung, gleichzeitig schmerzte meine Kehle vor Trauer.

»Was meinst du?«, würgte ich hervor. »Wer hat Abigail mitgenommen?«

Ihr ganzer Körper zitterte so stark, dass ich dachte, sie würde umfallen.

Sie musste den Namen regelrecht aus ihrem Mund zwingen. Ich sah hilflos zu, wie ihre Zähne aufeinander mahlten; ihr Gesicht war zu einer solchen Grimasse verzerrt, dass ich sie kaum erkannte.

»*Griffin*«, presste sie hervor. »*Griffin* hat sie genommen.«

»Nein«, antwortete ich. Nicht weil ich ihr nicht glaubte, sondern weil ich den Gedanken, dass es wahr sein könnte, nicht ertrug. Aus demselben Grund schüttelte ich den Kopf. Es konnte nicht wahr sein. »Griffin würde sie nicht mitnehmen«, sagte ich. »Das ist ein Missverständnis.«

»Asha!«, kreischte Savvy, und ich trat unwillkürlich einen Schritt zurück. Den Schmerz in der Stimme meiner besten Freundin zu hören, war unerträglich. »Hör mir zu. *Griffin hat Abigail mitgenommen.* Er ist weg. Er kommt nicht zurück.«

Speichel sammelte sich in meinem Mund. Ich lief zum Waschbecken und spuckte ihn aus, während ich die Galle zurückhielt, die aufsteigen wollte. *Nein, nein, nein!* Ich musste klar denken, einen Plan machen, aber meine Gefühle blockierten jedes logische Denken.

Savvy wühlte in meinem Getränkeschrank. Sie holte eine Flasche Gin heraus, was mich an Christine Davis erinnerte. Ich nahm die Flasche aus ihren zitternden Händen und goss uns beiden einen Schnaps ein, den wir in einem Zug leerten. Sie deutete auf mehr, aber ich lehnte sanft ab.

»Wir müssen klar denken können«, sagte ich, und Savvy begann wieder zu schluchzen. Ich schaltete den Wasserkocher ein, drückte sie auf einen Stuhl und stellte eine Schachtel Papiertaschentücher vor sie hin. »Hast du die Polizei gerufen?«

»Natürlich habe ich das«, sagte sie. »Nicht dass es etwas nützen wird.«

»Ich rufe jetzt Morgan an«, sagte ich. »Um zu sehen, ob sie etwas gehört hat.«

Morgans Nummer war besetzt, ebenso wie Sams. Ich atmete tief durch und legte das Telefon hin.

»Ich versuche es gleich noch mal. Erzähl mir, was du weißt.«

Savvys Mundwinkel zogen sich nach unten. »Ich bin aufgewacht und sie war weg. Einfach so.«

»Sie hat nichts mitgenommen?«, fragte ich, um sicherzugehen, dass sie nicht weggelaufen war – nicht, dass ich dachte, dass sie so etwas jemals tun würde, Emo-Kid hin oder her.

Savvy schüttelte den Kopf, ihre Haare ein verfilztes Nest, das sich mitbewegte. »Nichts, gar nichts. Sie war noch in ihrem Schlafanzug. Sie ist nicht weggegangen. Sie wurde mitgenommen!«

Ich nickte. »Ich verstehe, Savvy. Ich verstehe. Sie wurde mitgenommen.«

Savvy jammerte wie ein verwundetes Tier und verbarg ihr verschmiertes und geschwollenes Gesicht in ihren zitternden Händen. »Ich kann das nicht aushalten, Asha«, weinte sie. »Ich kann nicht. Ich würde lieber sterben.«

»Du musst atmen«, sagte ich.

»Ich will nicht atmen. Ich will nie wieder atmen.«

»Ich verstehe, dass du verzweifelt bist«, sagte ich. »Aber wir müssen die Fassung bewahren, damit wir sie zurückholen können.«

»Zurückholen?«, weinte Savvy. »Sie *zurückholen*? Asha, um Himmels willen, sie kommt nicht zurück! Keine der Mädchen kommt zurück! Das war von Anfang an klar. Nur du warst zu verdammt naiv, um das zu verstehen.«

»Das stimmt nicht«, erwiderte ich mit schmerzendem Kiefer. »Ich werde sie finden.«

Sie schüttelte den Kopf und warf mir einen mitleidigen Blick zu. »Arme Hexe«, flüsterte sie. »Du hast keine Ahnung.«

Ich bohrte weiter. »Sag mir, was du weißt. Warum denkst du, dass Griffin sie mitgenommen hat?«

Savvy schnäuzte sich lautstark die Nase und schaute dann zur Decke, um ihre Tränen zu trocknen. »Als ich aufwachte, war Griffin weg. Ich war nicht beunruhigt – er arbeitet zu seltsamen Zeiten – aber dann bemerkte ich, dass auch alle seine Sachen verschwunden waren. Ich wurde unruhig. Die Dinge liefen -« Sie räusperte sich. »Die Dinge liefen wirklich gut zwischen uns.«

»Zu gut«, schlug ich vor.

Sie nickte. »Ja. Zu gut. Jetzt erkenne ich das. Ich hatte immer einen miesen Männergeschmack, aber Griffin war perfekt. Zu schön, um wahr zu sein. Er tat alles, was ich wollte, bevor ich überhaupt wusste, dass ich es wollte. Es war, als könnte er meine Gedanken lesen. Er brachte mich an Orte, an die ich schon immer gehen wollte. Er servierte mir mein Lieblingsessen, ohne dass ich ihm gesagt hatte, was es war.«

Der Kerl hatte sie verdammt noch mal hypnotisiert, und ich hatte es nicht einmal bemerkt. So viel zu meinen Qualitäten als gute Freundin. »Savvy. Hat Griffin dich jemals... hat er dich jemals dazu gebracht, Dinge zu tun, die nicht deinem Charakter entsprechen, oder hattest du, ich weiß nicht, ungewohnte Gedanken?«

Sie sah erschöpft aus. »Ich weiß nicht, was du meinst.«

Ich holte tief Luft. »Ich frage dich, ob Griffin ein Vampir war.«

Sie hustete vor Schreck, warf mir dann einen Blick voll Ärger und Unglauben zu. »Ich hätte schon gemerkt, wenn ich mit *einem Vampir* geschlafen hätte, Asha.«

»Nicht unbedingt«, sagte ich. »Ich glaube, er hat dich hypnotisiert.«

Ihre Lippen öffneten sich, wahrscheinlich um zu widersprechen, aber dann neigte sich ihr Kopf leicht nach hinten und in ihren Augen lag ein neues Grauen. »Er hat mich manipuliert«, flüsterte sie, ihr Gesicht bleich wie Porzellan. »Und dann hat er Abigail manipuliert.«

KAPITEL 17

IHRE HAUT SO KALT
UND BLAU

ASHA

»Und Dusty?«, fragte ich so behutsam wie möglich.

Savvy warf mir einen verwirrten Blick zu. »Dusty?«

»Sie war nicht hier, also dachte ich, sie wäre vielleicht bei dir.«

Savvy schüttelte den Kopf. »Ich habe sie seit gestern nicht gesehen.«

Die Knoten in meinem Magen zogen sich noch fester zusammen. Ich konnte nicht sagen, ob das gute oder schlechte Neuigkeiten waren. Gute Nachrichten, weil sie nicht zusammen mit meinem Feenpatenkindjentführt worden war. Schlechte Nachrichten, weil ich keine Ahnung hatte, wo sie steckte.

Savvy stand auf, setzte sich dann wieder hin und schlang die Arme um sich selbst. Sie wusste nicht, was sie tun sollte, und ich wusste nicht, wie ich sie trösten sollte. Bilder von Maxine Malachay blitzten vor mir auf, ihre Haut so kalt und blau. Ich fühlte mich, als wäre ich zurück in diesem gekühlten Leichenschauhaus, wo ich die kühle, antiseptische Luft einatmete.

Savvys Zähneknirschen und Weinen holten mich zurück in den Moment. Ich fühlte mich so machtlos.

»Ich werde sie finden«, flüsterte ich. Dann wiederholte ich es lauter, damit Savvy es hören konnte, während ich ihr in die blutunterlaufenen Augen sah. *»Ich werde sie finden.«*

»Oh, Asha«, sagte sie traurig. »Die Leere weiß, dass ich dich mehr als mein Leben liebe. Und ich denke, du bist die beste Hexe im Reich. Aber du wirst sie nicht finden. Sie sind weg.«

Ich wollte widersprechen, wollte ihr Hoffnung geben. Aber was, wenn sie Recht hatte?

Ich brachte Savvy mit einem heißen Toddy und einem Schlaftrunk ins Bett. Sie musste für eine Weile vor ihren schrecklichen Gedanken fliehen, und ihr Körper brauchte Ruhe. Als ich gerade eine zweite Decke über sie zog, hörte ich, wie das Gartentor geöffnet und geschlossen wurde. Ich eilte, um zu sehen, wer es war, und als ich Dustys tränenverschmiertes Gesicht sah, war ich so erleichtert, dass ich sie in eine riesige Umarmung schloss. Sie sah, dass auch ich geweint hatte.

»Was ist los, Asha?«, fragte sie mit leiser Stimme.

Wut durchströmte meine Erleichterung. Ich hielt sie an den Armen fest und widerstand dem starken Drang, sie zu schütteln.

»Wo warst du?«, verlangte ich zu wissen. »Weißt du, wie besorgt ich um dich war?«

Sie stolperte über eine Antwort, und ich unterbrach sie.

»Du weißt, dass Vampire Mädchen in deinem Alter entführen. Du *weißt* das. Und du verschwindest stundenlang, ohne mir zu sagen, wohin du gehst.«

Ihr Gesicht glühte rot vor Scham. »Oh, Asha, es tut mir so leid.«

»Das sollte es auch!«, schimpfte ich. »Wenn du nur eine Nachricht hinterlassen hättest. Eine Notiz! Wäre das so schwierig gewesen?«

Sie bedeckte ihr Gesicht. »Es tut mir so, so leid. Dich aufzuregen war das Letzte, was ich wollte. Du bist mein Lieblingsmensch auf der ganzen Welt. Du hast mein Leben gerettet!«

Ich zitterte innerlich und äußerlich. Ich war eindeutig nicht dazu geeignet, eine anständige Mutter zu sein, was mich verletzte.

»Bitte verzeih mir«, flehte Dusty. »Bitte. Ich werde alles tun, um es wieder gutzumachen.«

Der verzweifelte Blick auf ihrem Gesicht ließ meinen Zorn verpuffen. Als sie sah, wie sich mein Gesichtsausdruck änderte, begann sie zu weinen. Ich stimmte mit ein, und wir umarmten uns lange. Wie konnte ich ihr böse sein, weil sie mir nicht gesagt hatte, wo sie war, wenn sie von einem Haus zum anderen getrieben war, ohne einen Ort, den sie ihr Zuhause nennen konnte? Als sie von zu Hause weggelaufen war, war sie ihre eigene Chefin geworden, und jetzt versuchte ich, sie zu kontrollieren. Sie verdiente einen milden Tadel, das war wahr, aber sie verdiente sicherlich nicht meinen Zorn.

»Ich werde es nie wieder tun«, versprach sie. Sie sah aus wie ein geschlagener Hund, und ich fühlte mich schrecklich, weil ich sie angeschrien hatte. Sie kam aus einem Missbrauchshaushalt, und hier schrie ich sie an.

»Es tut mir leid«, sagte sie noch einmal.

»Mir auch«, antwortete ich. »Ich wollte nicht schreien. Ich war nur wirklich besorgt und …«

»Und?«

»Und Savvy ist hier. Sie hatte erschreckende Neuigkeiten. Sie ruht sich aus.«

Dusty legte den Kopf schräg vor Verwirrung.

»Komm rein«, sagte ich zu ihr. »Du solltest dich setzen.«

NACHDEM ICH DUSTY von Griffin erzählt hatte, der Abigail entführt hatte, konnte sie nicht stillsitzen. Sie wetterte gegen Vampire, Orks, Elfen und den Rest des Reiches. Wir vergossen beide genug Tränen, um einen Kobold zu ertränken. Ich sagte ihr dasselbe, was ich zu Savannah gesagt hatte – dass ich die vermissten Töchter finden würde, wenn es das Letzte wäre, was ich je tat.

»Ich will helfen«, sagte Dusty.

»Du hast schon geholfen«, erwiderte ich. »Du hast Maples Gedanken gelesen und uns in Richtung des Smaragde-Clans gelenkt.«

Sie schlug frustriert auf die Theke. »Und du hast den Clan im Obsidian-Schloss ausgelöscht, also warum verschwinden immer noch Mädchen?«

»Nun«, sagte ich und reichte ihr eine Tasse Tee, »das bedeutet wahrscheinlich, dass die Smaragdes für jemand anderen gearbeitet haben, genau wie Lilian Black.«

Ich erzählte ihr die Geschichte von Shadow Snow, der Waisenkidnapperin, und wie ich ihren echten Namen – oder zumindest den Namen, den sie für geschäftliche Zwecke verwendete – herausgefunden hatte und wie ich plante, sie mithilfe der Kontonummer, die ich bei Auric gefunden hatte, aufzuspüren.

»Sie nehmen auch obdachlose Mädchen mit«, sagte ich. »Morgan hat die Überwachungsaufnahmen aus der Innenstadt.«

Wir waren beide für einen Moment still, wissend, dass Dusty leicht zusammen mit den anderen Straßenkindern hätte mitgenommen werden können.

Ihr schmerzverzerrtes Gesicht hellte sich auf. »Das ist es, was ich tun kann«, sagte sie.

»Entschuldige?«

»Das ist genau das, was ich tun sollte«, wiederholte sie. »Ich gehe zurück auf die Straße. Ich werde vom Entführer aufgegriffen, dann werde ich entkommen und dir sagen, wo die Mädchen sind.«

»Ah«, seufzte ich. »Dusty. Du hast ein Herz aus Gold, wirklich.«

»Es ist das Mindeste, was ich tun kann, um es wiedergutzumachen, dass ich dich verärgert habe«, sagte sie. »Und wir werden Abi retten können, und dann wird alles gut.«

Erneut brannten Tränen in meinen Augen. Ich ging um die Theke herum und zog sie in eine Umarmung. »Ich weiß deine Freiwilligkeit wirklich zu schätzen, aber es gibt absolut keine Möglichkeit, dass ich dich das tun lasse.«

»Asha«, sagte sie eindringlich. »Denk darüber nach. Es ist ein perfekter Plan!«

Ich schüttelte den Kopf. »Nein, Dusty, ist es nicht. Wenn es möglich wäre zu entkommen, denkst du nicht, dass *wenigstens eines* der Mädchen das bisher getan hätte?«

»Aber ich bin nicht wie andere Mädchen«, protestierte sie. »Ich meine nicht, dass ich besser bin. Ich bin einfach anders. Ich habe meine Kräfte.«

Ich erinnerte mich daran, wie die kleine Hexe das Auto ihrer Eltern wie einen Käfer umgedreht hatte.

»Es ist zu gefährlich«, sagte ich. »Ich weiß, dass du helfen willst, aber dich fangen zu lassen, würde die Dinge nur verschlimmern. Ich werde mich nicht auf meine Arbeit konzentrieren können, wenn du in Gefahr bist, und alle zählen auf mich, die Mädchen zurückzubringen.«

Es war klar, dass Dusty mir nicht zustimmte, aber sie war klug genug, es für sich zu behalten.

»Wo warst du heute?«, fragte ich, in der Hoffnung, das Thema zu wechseln und sie von weiteren Planungen abzuhalten.

Dusty verlor ihren hoffnungsvollen Ausdruck, und ihre Augen verwandelten sich wieder in Seen des Bedauerns. »Ich war bei meiner Mutter.«

Mein Mund fiel auf. »Was?«

»Ich weiß«, antwortete sie. »Ich weiß, ich habe gesagt, ich würde nie zurückgehen. Aber ich dachte, während mein Vater im Krankenhaus ist, dass wir vielleicht normal reden könnten, weißt du, ohne dass er uns manipuliert.«

»Das ergibt Sinn«, sagte ich. Was ich nicht sagte, war, dass Missbrauchsopfer häufiger als nicht zu ihren Tätern zurückkehren, besonders wenn sie in ihren prägenden Jahren waren wie Dusty. Missbrauch verbindet dich mit deinem Missbraucher auf eine tragische und schreckliche Weise. Es hätte also keine Überraschung sein sollen, aber es war eine.

»Und?«, sagte ich und erinnerte mich an ihre tränennassen Wangen, als sie nach Hause gekommen war.

Sie zog ihre Lippen zur Seite und schluckte, und schüttelte den Kopf. »Mom ist in mancher Hinsicht genauso schlimm wie er.«

»Was meinst du?«

»Sie hat mir die Schuld an allem gegeben. Sie sagte, Dad wäre nicht so verletzt, wenn ich nicht weggelaufen wäre, und ich weiß, dass das stimmt. Er könnte sogar ins Gefängnis kommen, und dann haben wir kein Geld mehr.«

»Dein Vater ist verletzt, weil er ein gewalttätiger Mann ist«, brachte ich trotz des Kloßes in meinem Hals heraus. »Und Gewalt erzeugt Gewalt.«

»Mom sagte, dass wir alle zusammen wären, wenn es nicht an meinen Handlungen läge. Sie sagte, ich hätte die Familie auseinandergebracht ... was ich auch getan habe.«

»Eine missbräuchliche Situation zu beenden ist etwas anderes, als eine glückliche Familie zu zerbrechen«, sagte ich. »Lass dich nicht vom Gegenteil überzeugen.«

»Ich weiß. Aber ich fühle mich trotzdem schlecht«, sagte Dusty und blickte nach unten. »Ich kann nichts dafür.«

Ich nahm einen tiefen Atemzug und seufzte, dann öffnete ich die Gefriertruhe und holte eine Packung entschieden nicht-veganes Salzkaramelleis heraus. Ich gab uns beiden eine großzügige Portion, und wir nahmen sie mit nach draußen, zusammen mit einer Picknickdecke, und setzten uns auf den Rasen aus Klee und Katzenminze.

»Sie hat allerdings etwas Interessantes gesagt«, sagte Dusty.

»Deine Mutter?«

Sie nickte. »Nun, sie hat es nicht *laut* gesagt.«

Ich lächelte sie an.

»Sie dachte, dass ihr Leben viel besser gewesen wäre, wenn sie bei ihrem Ex-Freund geblieben wäre. Sie glaubt, dass sie zusammen glücklich wären. Und vielleicht würde er noch leben.«

Ich wurde an den hitzigen Streit der Garretts auf dem Parkplatz des Familiengerichts erinnert. Dusty hatte Garrett gegenüber erwähnt, dass er möglicherweise nicht ihr Vater sei, und er hatte erschrocken reagiert. Ein kurzer Blick zu Mrs. Garrett sagte mir, dass da vielleicht etwas Wahres an der Enthüllung war.

»Als sie feststellte, dass sie mit mir schwanger war, beschlossen Mom und Dad zu heiraten. Aber in ihren Gedanken war das Baby – ich meine, ich – nicht Dads. Sie hatte jemand anderen getroffen, bevor sie ihn kennenlernte, aber es war kompliziert, weil er verheiratet war und seine Frau liebte.«

Die Person zu betrügen, die man liebt, schien mir eine seltsame Gewohnheit, aber ich wusste, dass es häufiger vorkam, als jeder zugeben mochte.

»Sie scheint zu denken, ich sei das Kind dieses Mannes.«

Wenn Garret nicht ihr biologischer Vater war, vernichtete das sofort seinen Fall für ihr Sorgerecht. Alles, was wir bräuchten, wäre ein einfacher Vaterschaftstest.

»Dieser Mann«, sagte ich und wurde aufmerksam. »Benutzt deine Mutter jemals seinen Namen, wenn sie an ihn denkt?«

»Heute hat sie das getan«, antwortete Dusty. »Aber ich denke, es muss ein Spitzname sein, weil es wie etwas aus einem Asterix-Comic klingt.«

Ich stellte meine leere Eisschale ab.

»Sie nannte ihn Trix, was wie ein Name für einen süßen Hund klingt. Aber auch Ametrix.«

Ich blinzelte sie an. »Ametrix?«

»Du kennst ihn?«, fragte Dusty, ihre Augen leuchtend.

»Ich wusste von ihm«, antwortete ich langsam. »Dusty, Ametrix Belore war ein mächtiger Zauberer.«

Sie starrte mich an. »Belore?«

»Wenn du Belore-Blut hast ... Nun, das erklärt, warum du Berührt bist. Warum du magische Kräfte hast.«

Dusty ließ ihren Löffel fallen, und er klapperte in der Schüssel.

»Kennst du die Stelle in Harry Potter, wo Hagrid zu ihm sagt: '*Du bist ein Zauberer, Harry!*'?«

»Meine Eltern haben mich Harry Potter nicht lesen lassen.«

»Nun, Dusty«, sagte ich. »Ich habe nicht dieselbe Gravitas wie Hagrid, aber die Wahrheit ist offensichtlich. Du bist eine *Zauberin*.«

»Bin ich nicht«, widersprach sie, mit bleichem Gesicht.

»Jax wird begeistert sein«, fuhr ich fort. »Jetzt wird sie nicht mehr die einzige weibliche Zauberin im Reich sein.«

»Ich will keine Zauberin sein«, sagte sie. »Ich will sein wie du.«

»Oh, Dust. Du wirst immer meine kleine Hexe sein«, versprach ich. »Und es gibt noch mehr gute Neuigkeiten.«

Sie nahm einen tiefen Atemzug, vielleicht um sich auf weitere unerwünschte Informationen vorzubereiten.

»Du bist kein Einzelkind mehr.«

Dusty schenkte mir ein kleines Lächeln. »Jetzt hast du mich verloren.«

»Kennst du diese Zwillinge, die bei Ferra und Fighour Fernak leben? Die Nicht-Zwergen, normalen menschengroßen Zwillinge? Die Belore-Zwillinge?«

»Du meinst Eafy und Pip?«

»Ferra hat sie adoptiert, als ihre Eltern vor dem Leerenbruch getötet wurden.«

Sie atmete voller Verwunderung aus.

»Ich werde dich so bald wie möglich zu ihnen bringen. Nach einem Tag mit schrecklichen Nachrichten ist das eine große Erleichterung«, sagte ich zu ihr. »Nicht nur hat Garrett jetzt null Chancen auf das Sorgerecht, sondern wir haben auch deine Magie bestätigt, und du hast Halbgeschwister gewonnen!«

Dusty zwang sich zu einem Lächeln. »Ja«, nickte sie. »Das sind brillante Neuigkeiten.«

KAPITEL 18

BRENNENDE SCHULD

ASHA

Ich brauche dich, schrieb ich Sam. Dann fügte ich schnell hinzu: *Ich bin nicht in Gefahr*, damit er nicht erschreckt.

Er antwortete schnell. *Ich komme, sobald ich kann. Bin auf dem Revier. Disziplinaranhörung.*

Was?? Warum?

Besser, wir sprechen persönlich, meinte er. *Aber geht es dir gut?*

Nicht wirklich, antwortete ich. *Dir?*

Ich werd's überleben, schrieb er zurück. *Und ich komme, sobald ich kann.*

»Du wirst rot«, sagte Dusty, als ich mein Handy weglegte. »Hast du mit Detective Armstrong geschrieben?«

»Ja«, antwortete ich. »Noch mehr schlechte Nachrichten. Er hat Ärger bei der Arbeit, und ich weiß, dass es wegen mir ist.«

Ich wusste, es lag an seiner Rolle beim Versuch, Mr. Garrett etwas anzuhängen. Er war so ein anständiger Mann gewesen, als ich ihn kennenlernte. Ehrlich und gesetztestreu. Ich blickte auf den Ring an meinem Finger und spürte, wie meine Schuld meine Haut verbrannte.

95

Ich schüttelte den Kopf, um die negativen Gedanken loszuwerden. Ich konnte mich selbst dafür beschuldigen, dass er für uns das Gesetz gebrochen hatte, oder ich konnte einfach mit dem Tag und all meinen Plänen weitermachen. Nicht dass ich einen weiteren Grund brauchte, die vermissten Mädchen zu finden, aber jetzt, da Abi verschwunden war, musste mein Plan mit Volldampf vorangehen.

»Lass uns gehen«, sagte ich zu Dusty.

Ich dachte, sie würde fragen wohin, anstatt einfach zu nicken. Dann fiel mir ein, dass sie meine Gedanken lesen konnte. Sie wusste, wohin wir gingen, noch bevor ich richtig entschieden hatte.

»Wenn das alles vorbei ist«, sagte ich, »werde ich dich mit Jax bekannt machen. Es wird gut sein, eine weitere großartige Zauberin in deinem Leben zu haben.«

Dusty hatte Sterne in den Augen. Jax hatte diese Wirkung auf Menschen. »Wirklich? Denkst du, sie würde zustimmen?«

Ich nickte. »Wenn sie auch nur die Hälfte des Potenzials sieht, das ich in dir sehe, wird sie begeistert sein, dich kennenzulernen.«

Das Mädchen schenkte mir ein dankbares Lächeln, und ich umarmte sie. Wenn die Situation nicht so ernst gewesen wäre, mit der vermissten Abi, wäre es ein wunderschöner Moment gewesen. Aber nichts konnte mehr gut oder schön sein, nicht mit meinem Feenpatenkind in den Händen von Vampiren und meiner besten Freundin, die gebrochen in meinem Gästezimmer lag.

»Erinnere mich daran, dass ich-«, sagte ich, aber Dusty wusste es bereits.

»Gewürzkekse für Savvy mit nach Hause bringe«, sagte sie und beendete meinen Satz.

»Das kann ein bisschen unheimlich sein, weißt du«, sagte ich zu ihr, und sie lachte. Es tat gut, sie lachen zu hören.

»Ich habe einen Ersatzhelm«, sagte ich. »Möchtest du mit der Wasp fahren?«

Ihre Augen leuchteten auf. »Ja, bitte!«

Vielleicht bringe ich ihr bei, wie man einen Roller fährt, dachte ich. *Vielleicht bringe ich ihr* – aber dann stoppte ich meine Tagträumerei. Dafür würde später noch genug Zeit sein.

WIR KAMEN IM COG AN, und Ferra steuerte direkt auf uns zu, ungewöhnlich geschäftsmäßig aussehend.

»Was ist passiert?«, verlangte sie zu wissen. Mir wurde klar, dass Dustys und meine Augen noch immer vom Weinen geschwollen waren.

»So viel«, antwortete ich kopfschüttelnd.

»Gutes oder Schlechtes?«, fragte die Zwergin.

»Beides«, sagte Dusty.

»Setzt euch, meine Lieben«, sagte Ferra. »Ich bring' euch Trost auf Tellern – oder in Gläsern.«

»Ich fürchte, wir haben keine Zeit für Trost«, erwiderte ich. »Sie haben Abigail genommen. Savvys Tochter.«

Die sonst so rosigen Wangen der Zwergin wurden blass, und sie griff nach der Rückenlehne eines Stuhls, um sich abzustützen. »Nein«, stöhnte sie. »Wird das niemals aufhören?«

»Es wird aufhören«, sagte ich, etwas heftiger als beabsichtigt. »Weil ich es aufhalten werde.«

Ferra nickte. »Wenn jemand diese Mädchen finden kann, dann du«, sagte sie. »Ich glaube an dich, Asha.«

Wir blickten einander intensiv in die Augen, und der Hintergrund verschwamm.

Ich glaube an dich, Asha.

»Wir haben einen Plan«, meldete sich Dusty zu Wort.

»Natürlich habt ihr den«, antwortete Ferra. »Wie kann ich helfen?«

KAPITEL 19

DREI ERBSEN IN EINER SCHOTE

ASHA

Ferra stimmte dem Aktionsplan zu und brachte uns direkt zu den Belore-Zwillingen, die mit Fighour draußen in der Werkstatt waren.

»Fig!«, rief sie. »Ich brauche die Zwillinge.«

Drei fröhliche Gesichter schauten zu uns auf. »Dusty!«, sagten die Kinder.

Pepin ließ fallen, was sie gerade in der Hand hielt. »Wir haben uns schon gefragt, wann du zurückkommst. Wirst du wieder bei uns bleiben?«

»Ich hoffe es«, sagte Eafaris. Sein Gesicht war mit irgendeiner Art Schmiere verschmiert. »Du kannst uns bei unserer neuesten Erfindung helfen.«

Die Werkbank war mit allerlei Teilen aus verschiedenen Materialien bedeckt, zusammen mit Figs Werkzeugen.

»Was baut ihr?«, fragte Dusty.

Pepin begann zu antworten, aber Fig warf ihr einen spielerischen Blick zu, und sie bedeckte ihren Mund mit ihrer schmutzigen Hand, was einen

99

kleinen Pfotenabdruck aus Dreck auf ihrer Oberlippe hinterließ. »Das ist vorerst ein Geheimnis.«

Fig lächelte und nickte. Er war ein Zwerg der wenigen Worte.

»*Streng* geheim«, fügte Eafy mit einem schelmischen Grinsen hinzu. »Aber es wird dir gefallen, ich schwöre.«

Dusty lächelte zurück.

»Ich muss mir die Kleinen kurz ausleihen«, sagte Ferra. »Kannst du sie eine Weile entbehren?«

»Für dich doch alles, meine Liebste«, sagte Fig und zwinkerte. »Achte nur darauf, dass du sie in gutem Zustand zurückbringst.«

»Weißt du, Jax dachte, wir tun ihr einen Gefallen, als wir die Zwillinge aufgenommen haben«, sagte Ferra, laut genug, damit die Belore-Kinder es hören konnten. »Aber eigentlich waren sie ein Segen für uns, besonders für Fig. Sie sind verdammt schlau.«

»Und geschickt noch dazu«, sagte Fig. »Sie kennen sich mit dem Werkzeugkasten aus, das steht fest.«

»Nur weil du es uns beigebracht hast«, sagte Pepin.

»*Ja*«, stimmte ihr Bruder zu. »Nur weil du ein großartiger Lehrer bist.«

»Och, jetzt hört auf damit, ihr beiden«, knurrte der kräftige Zwerg mit Rührung in der Stimme. »Jetzt macht schnell, ihr alle. Ich brauche euch hier zurück, um beim Löten zu helfen.«

»Ja, Fig«, sagten sie im Chor.

Ferra schickte sie zum Waschen, und bald gesellten sie sich zu uns, fast schmutzfrei, im privaten Speisezimmer des Restaurants. Wie durch Zauberhand erschienen Platten mit Essen in der Tischmitte. Erst da sah ich die Stinktiere, die zurück in die Küche huschten.

»Ich weiß, du sagtest, ihr hättet keine Zeit zum Essen«, sagte sie. »Aber ein, zwei Bissen werden euch nicht viel aufhalten.«

Dusty grinste Ferra an, und die Zwergin gab ihr eine knochenbrechende Umarmung.

Ich versuchte, die Mahlzeit zu ignorieren, aber die Zwergin hatte recht. Nachdem alle Kinder einen Teller hatten, nahm ich mir ein paar mit Parmesan überbackene Kartoffelspalten und tauchte sie in die Basilikum-Tomaten-Sauce. Auch Krüge mit Limonade, in denen Eis klimperte, waren aufgetaucht, und wir alle hatten ein Glas.

Die Belore-Zwillinge saugten das Essen förmlich von ihren Tellern und beobachteten mich mit erwartungsvollen Gesichtern.

Was will die Hexe von uns? konnte ich sie förmlich denken hören.

»Pip, Eafy, ich habe gute Nachrichten für euch. Und eine Bitte.«

Sie nickten begeistert. »Was auch immer du brauchst, Asha. Alles.«

Ich lächelte sie an. Wirklich gute Kinder, trotz der Hölle, die sie durchgemacht hatten.

»Dann fangen wir mit den guten Nachrichten an«, sagte ich. »Das könnte ein Schock für euch sein, also ist es gut, dass wir alle sitzen.«

Ich zögerte. Ich hatte noch nicht herausgearbeitet, wie ich ihnen mitteilen sollte, dass ihr Vater ihre Mutter betrogen hatte, und man sollte ja nie schlecht über Tote sprechen, aber es führte kein Weg daran vorbei.

»Ich vermute, es gibt ein bisschen schlechte Nachrichten, bevor wir zu den guten kommen.«

Zwei Augenpaare blinzelten mich an und drängten mich, zur Sache zu kommen, also tat ich das.

»Es gibt keine einfache Art, das zu sagen, aber es scheint, dass euer Vater vor etwa zwölf Jahren ein...« *Eine Affäre? Einen One-Night-Stand?* »Er hatte ein Kind mit einer anderen Frau.«

Die Zwillinge neigten gleichzeitig ihre Köpfe. Ich beschloss, einfach weiterzumachen und nicht bei dem unglücklichen Verrat zu verweilen, den sie im Namen ihrer verstorbenen Mutter empfinden mussten.

»Die gute Nachricht«, stolperte ich weiter, »ist, dass ihr eine Halbschwester habt, die ungefähr in eurem Alter ist!«

Sie sagten kein Wort; die Stille am Tisch war beunruhigend.

»Noch besser, ihr habt diese Schwester bereits kennengelernt, und ihr mögt sie.« Ich achtete darauf, zu Dusty zu schauen, die unbeholfen lächelte, und dann zurück zu den Zwillingen.

»Niemals«, sagte Pip. Es kam als Keuchen heraus.

»Das ist *genial*«, sagte Eafy.

Dustys Erleichterung war spürbar.

»Niemals!«, sagte Pip noch einmal und sprang auf, wobei sie fast den Krug umstieß. Sie eilte um den Tisch herum und fiel Dusty in die Arme. Sie sahen sich ähnlicher denn je. Eafy gesellte sich bald dazu, und sie waren wie drei Erbsen in einer Schote.

»Das sind *großartige* Neuigkeiten«, sagte Eafaris. »Wirklich tolle Neuigkeiten.«

»Wir dachten, wir hätten unsere ganze Familie verloren, als Mama und Papa starben«, sagte Pip. »Aber jetzt sind wir zu dritt.«

»Plus ein Dutzend Stinktiere«, sagte Ferra.

»Natürlich«, antwortete Eafy grinsend. »Wir dürfen unsere Zwergenfamilie nicht vergessen, die beste Familie der Welt.«

Jetzt war ich an der Reihe, erleichtert aufzuatmen. Die Zwillinge hatten vorerst darüber hinweggesehen, dass ihr Vater untreu gewesen war, und beschlossen, sich auf die positive Seite zu konzentrieren. Es würde später sicher noch irgendwelche Nachwirkungen geben, aber für den Moment konnten sie sich über die Erkenntnis freuen, eine neue Schwester zu haben.

»Was ist der Gefallen, den du brauchst?«, fragte Pepin.

»Bist du immer noch so gut im Hacken?«, fragte ich sie.

Eafaris lachte. »Das ist, als würde man einen Sternekoch fragen, ob er immer noch gut Eier kochen kann.«

»Was weißt *du* denn über Michelin-Sterne?«, fragte Ferra mit Lachen in der Stimme.

»Ich weiß, dass du welche haben solltest«, antwortete er. »Dein Essen ist das beste im Reich, das sagen alle.«

Wir nickten alle. »Er sagt die Wahrheit«, sagte ich und nahm mir noch eine Kartoffelspalte, was kein gutes Timing war, denn während ich kaute, schauten mich alle an und warteten darauf zu hören, was genau ich gehackt haben wollte. Ich schluckte schnell und nahm einen Schluck Limonade. Es war wirklich gute Limonade.

Ich schaute wieder zu Pip. »Denkst du, du könntest in die Datenbank der nationalen Adoptionsbehörde einhacken?«

Pepin sah nachdenklich aus. »Ich sehe keinen Grund, warum nicht.«

»Pip ist bescheiden«, sagte Eafy. »Sie könnte in die CIA einhacken, wenn sie wollte.«

»Quatsch«, sagte Pip und lachte. Aber ich hatte das Gefühl, wenn sie sich das vornahm, hätte sie wahrscheinlich eine Chance.

»Was musst du wissen?«, fragte sie. »Aus den Daten?«

»Ich versuche jemanden zu finden. Eine Frau – eigentlich eine Vampirin –, die unter falschen Vorwänden Waisen 'adoptiert'.«

»Du meinst den Fall der verschwundenen Töchter?«, fragte Pip. »Ich verfolge das in den Nachrichten.«

Natürlich tat sie das. Sie war vom Geschlecht und Alter her genau im Profil, um entführt zu werden, also interessierte sie der Fall natürlich.

»Ja«, antwortete ich. »Ich denke, sie arbeitet für dieselben Leute, die Mädchen aus ihren Häusern entführt haben.«

»Warum?«, fragte Eafy. »Was machen sie mit ihnen?«

»Wir wissen es noch nicht, aber ich vermute, sie betreiben eine gehobene Blutfarm.«

Die Zwillinge sahen alarmiert aus, und Eafy rückte ein bisschen näher an Pip heran, als wolle er sie beschützen. »Ich lasse niemals zu, dass sie dich holen«, sagte er. »Niemals.« Dann schien er sich zu erinnern, dass Dusty auch sein Fleisch und Blut war. »Oder dich«, fügte er hinzu, und

Dusty schenkte ihm ein schüchternes Lächeln. Es war ein ergreifender Moment.

»Keine Sorge. Ich werde sie davon abhalten, überhaupt Mädchen zu nehmen. Mit deiner Hilfe«, sagte ich zu Pip.

»Ich werde sie finden«, versprach sie. »Ich werde die Vampirin finden, die Waisen stiehlt. Und sie wird uns zu den anderen führen.«

Ich ließ eine halbwegs getröstete Dusty mit ihren neuen Halbgeschwistern in der Fernak-Werkstatt zurück. Pepin hatte bereits ihren hochmodifizierten Laptop ausgepackt – etwas, das aussah, als käme es direkt aus einem Steampunk-Hacker-Film – und hatte begonnen, an der Durchbrechung der Mauern der nationalen Adoptionsbehördendatenbank zu arbeiten. Eafy zeigte Dusty die Erfindung, an der er und Fighour gearbeitet hatten, als wir sie unterbrochen hatten.

»Sie wird völlig in Ordnung sein«, flüsterte Ferra. »Wir werden gut auf sie aufpassen, während du unterwegs bist, um das Reich zu verteidigen.«

»Du lässt es fast glorreich klingen«, sagte ich. »Als würde ich in die Schlacht ziehen, statt in die Bibliothek von Copperfield zu gehen.«

»Die Feder ist mächtiger als das Schwert, Rookie.« Sie gab mir einen quadratischen To-go-Behälter mit dem Käsekuchen, den ich vorbestellt hatte. »Geröstete Kokosnusskruste, wie gewünscht.«

Sie hatte auch Gewürzkekse für Savvy eingeschmuggelt.

»Vielleicht ist Käsekuchen auch mächtiger als das Schwert«, scherzte ich.

Ferra kicherte. »Das würde mich nicht wundern.«

KAPITEL 20

DER DIEBSTAHL ALLER DIEBSTÄHLE

APOLLO

Das Innere der Villa sah genau so aus, wie ich es erwartet hatte: teure Brokatapeten, luxuriöse Einrichtung und vollgestellt mit Kunst und Schätzen aller Art. Und doch wirkte es nicht überladen oder übertrieben. Es sah verdammt nahezu perfekt aus. Ich schlich durch die Küche in das elegante Esszimmer, das groß genug war, um ein Dutzend Gäste zu bewirten, und dann die Treppe hinauf. Große, hohe Schlafzimmer mit eigenen Badezimmern nahmen den oberen Stock ein, ohne Hinweise auf seine berühmte Artefaktsammlung, also machte ich mich wieder auf den Weg nach unten, auf der Suche nach einem versteckten Lagerraum, den ich nicht fand. Als Nächstes suchte ich nach dem Eingang zum Keller. Ich wusste, dass das Haus einen hatte, wie man an der Außenseite des Gebäudes erkennen konnte, aber wie man ihn erreichen könnte, war nicht klar. Ich stand in der Mitte des Salons und wusste nicht, was ich als Nächstes tun sollte. Einbruch war nicht meine Spezialität. Ich bevorzugte die Psychologie des menschlichen Geistes und wie ich mein Verständnis davon nutzen konnte, um Leute abzulenken, während ich sie von ihren Besitztümern befreite. Ich stimmte Jobs wie diesem nur zu, weil sie so gut bezahlten und weil ich mich weniger schuldig fühlte, einen Milliardär zu bestehlen als einen beschwipsten Teenager auf einem Musikfestival. Dieser Job insbesondere kam mit einer riesigen Belohnung, genug, um mich für lange Zeit abzusichern, während ich mich in einem neuen Beruf einfand. Genug, um aus dem Haus meiner Eltern auszuziehen und trotzdem für ihre Miete und Essen sowie für meine eigenen zu bezahlen. Es war der Diebstahl, der alle anderen Diebstähle beenden würde. Oder eher ein Mini-Diebstahl, wirklich. Es war ein relativ kleiner Gegenstand, und Virvaris hatte so viel Zeug, dass er es vermutlich nicht einmal vermissen würde, wenn es weg wäre. Alles, was ich tun musste, war, es zu finden und es wegzuschaffen, ohne erwischt zu werden. In der Mitte des Raumes stehend, versuchte ich wie ein Milliardärself zu denken. Er war in gewisser Weise wie eine Krähe. Bewegte sich durchs Leben mit scharfen Augen, immer auf der Suche nach glänzenden Dingen zum Sammeln. Ich setzte mir seine Vogelaugen auf und betrachtete die Wände mit frischem Blick.

Die Ölgemälde, die die Wände im Esszimmer schmückten, ähnelten sich – zu sehr, als wären sie vom selben KI-Kunstwerkgenerator mit verschiedenen Vorgaben erstellt worden. Ich trat näher an das mir am nächsten hängende heran und untersuchte es. Es waren keine Pinselstriche zu sehen. Es war ein Druck. Das an sich war natürlich nicht ungewöhnlich. Das Haus meiner Eltern rühmte sich nicht vieler Kunstwerke, und die an ihren Wänden waren sicherlich keine Originale. Dennoch waren diese anders. Der Rahmen, das Motiv und der Stil unterschieden sich, doch es gab etwas, das sie alle verband. Ich holte einen Stuhl vom Esstisch und benutzte ihn als Stufe, um die Oberkante des Rahmens zu erreichen. Ich hakte es aus und nahm es herunter, darauf achtend, nicht zu fallen, mir den Knöchel zu verstauchen und das Ding zu zerstören. Ich schaute genau auf die Rückseite des Gemäldes und auf das blasse Rechteck an der Wand, das es freigelegt hatte. Ich sah nichts Ungewöhnliches, was mich an mir selbst zweifeln ließ. Ich starrte eine Weile, die Arme verschränkt, mit dem Fuß tippend und dem Nichts dankend, dass Golf ein langes Spiel war.

Ich ließ das Bild auf dem Tisch und begann, die anderen Gemälde zu studieren, und erkannte mit einem kleinen Hüpfer in meinem Schritt, dass die magischen Gegenstände *im eigentlichen Bild waren*, nicht hinter einer Wand in einem Safe versteckt, wie ich erwartet hatte. Da war eine Königin mit einer rubinbesetzten Krone. Ein Mungo mit einem gelben Seidenhalsband. Ein Bauernjunge, der eine Art Hüpfstein

– einen Edelstein? – in einen See warf. Die Artefakte waren tatsächlich im Verborgenen sichtbar, aber wie würde man sie aus dem Bild bergen? Ich versuchte einfach, hineinzugreifen, aber die Leinwand gab nicht nach.

»Gib mir deine Krone«, sagte ich zu der Königin, aber sie reagierte nicht. »Bitte«, fügte ich hinzu, aber es funktionierte nicht, obwohl es ein Zauberwort war. Ich ging weiter zum Mungo. »Darf ich bitte dein Seidenhalsband haben?« Wieder nichts zu machen. Dies würde offensichtlich Magie erfordern, aber ich wusste nicht, welche Art oder wie man sie anwendete. Ich ging weiter, lief im Raum herum, als wäre ich in einer Kunstgalerie, und bewunderte die Werke. Ich hatte fast einen vollen Kreis zurückgelegt, als ich es sah – genau das, weswegen ich hier war. Das Gemälde war kleiner als die anderen – die Größe selbst eine Art Ablenkungsmanöver –, da der Gegenstand, den es enthielt, der wertvollste im Raum war. Es war auch leicht zu übersehen, da das Motiv nicht offensichtlich erkennbar war. Auf den ersten Blick war es eine Nahaufnahme einer schönen Frau mit leuchtender Haut, langen dunklen Haaren, vollen Lippen und überraschend grünen Augen. Nur wenn man es wirklich genau betrachtete, sah man, dass es eigentlich die *Spiegelung* der Frau in einem Spiegel war – genau dem Spiegel, nach dem ich suchte. In ihren Augen war noch eine weitere Spiegelung, und so ging der Tunnel der Spiegelungen in ihren Augen weiter, der dich für die Ewigkeit hineinzog.

Der Spiegel war das, wonach ich suchte.

»Und wie bekomme ich dich jetzt heraus?«, fragte ich die Frau im Gemälde. Sie antwortete nicht.

Ich erwog, das Gemälde so zu stehlen und später am Rest zu arbeiten, aber ich war besorgt, dass ich nicht die spezifische Magie haben würde, um den Spiegel zu bergen, wenn ich Avalon verließe. Ich wollte auch keine kahle Stelle an der Wand hinterlassen, die Virvaris darauf hinweisen würde, dass etwas genommen worden war. Es wäre am besten, es gleich hier zu erledigen.

Ich starrte in die schönen Augen der Frau, während ich über meine nächsten Schritte nachdachte. Wäre die Lösung ein einfacher Zauber, oder würde es eine komplexere Vorgehensweise erfordern? Ich würde mit einem Zauberspruch beginnen.

»Monstras«, sagte ich. *Enthülle dich.*

Nichts geschah. Ich versuchte es noch zweimal ohne Erfolg und spürte dann, wie ich frustriert wurde.

Verdammte Elfen, dachte ich bei mir. *So clever. Zu clever.*

Ich lief wieder im Raum herum und betrachtete die verschiedenen Gemälde, während ich überlegte, was ich als nächstes tun sollte. Ich sah eine Gruppe von Jungen, die von einem Pier aus angelten, einer von ihnen benutzte einen Zauberstab als Rute. Ich schaute auf eine wunderschöne goldene Landschaft mit Kornfeldern und blauem Himmel, wo eine Voodoo-Puppe als Vogelscheuche diente. Ich bewunderte einen jungen Mann, der aus einer Teetasse trank, die den Kosmos enthielt. Die Antwort war irgendwo hier, ich musste sie nur finden.

KAPITEL 21

FRECHER DIEBSTAHL

APOLLO

Ich grübelte gut zwanzig Minuten über das Gemälde nach, ohne viel zu erreichen. Dieser „Raubzug" dauerte länger als erwartet, und ich wusste, dass ich mich beeilen musste. Da hörte ich den BMW, der vor dem Haus anhielt, und die Garagentür, die sich öffnete. Das schwarze Cabrio hatte sein Verdeck heruntergefahren, und Virvaris sah besonders wohlhabend aus, wie er auf dem Fahrersitz saß, mit Sonnenbrille, gebräunten Armen und einem Designergolfshirt, das nagelneu aussah.

Verdammt!

Ich klemmte das Gemälde unter meinen Arm und entschuldigte mich im Stillen bei der gerahmten Frau für den feuchten Empfang, den sie dort vielleicht vorfinden würde, rannte aus dem Esszimmer, durch die Küche und ließ mich schnell durch die Hintertür hinaus. Dieselbe Joggerin lief vorbei, schaute mich aber nicht an. Sie schwitzte immer noch nicht. Vielleicht war sie eine Art Elfen-Android, der den ganzen Tag durch die Vorstadt lief. Eine bewegliche Dekoration. Oder, wie der paranoide Teil von mir vorschlug, vielleicht war sie Teil eines unsichtbaren Sicherheitsdienstes. Avalon hatte vielleicht keine Wachpatrouillen, die durch die Straßen fuhren, aber möglicherweise Joggerinnen mit Laseraugen, die nach Eindringlingen und anderen unerwünschten Leuten Ausschau hielten. Ich schüttelte den Gedanken ab. Meiner Erfahrung nach hatte übermäßiges Misstrauen der Sache nie geholfen.

Ich drückte das Gemälde unter meinem Arm, um mich zu vergewissern, dass es noch da war, fest unter meiner Jacke, und entfernte mich schnell – aber nicht zu schnell – von der Villa des Milliardärs-Elfen. Er würde bald bemerken, dass seine Kamera kurzgeschlossen worden war und ein Gemälde fehlte, und ich wollte nicht in der Nähe seines Hauses sein, wenn das geschah. Ich versuchte, dem Drang zu widerstehen, zurückzublicken, da ich nicht verdächtig wirken wollte, und bald war ich am Portaltor, durch das ich mühelos schritt, und ehe ich mich versah, war ich zurück in den zwielichtigen Straßen der Innenstadt, wo mich die vertrauten Abgase und der Holzrauch willkommen hießen.

Ich schlenderte in keine bestimmte Richtung, grüßte bekannte Gesichter, als ich an ihnen vorbeiging, aber diesmal gab es kein Plaudern oder Zaubertricks. Mit der nur teilweise abgeschlossenen Mission fühlte ich mich unwohl. Mein Auftraggeber würde sich bald für ein Update bei mir melden, und es war keines, das ich geben wollte. Ich zerbrach mir den Kopf und versuchte, kreative Wege zu finden, den magischen Spiegel aus dem Rahmen zu lösen. Mit einem frustrierten Grunzen erkannte ich, dass ich vielleicht Hilfe brauchte, und war darüber nicht glücklich. Ich wollte nicht, dass Virvaris zu Ohren kam, dass ein Eindringling sein kostbares Gemälde geklaut hatte, aber nicht wusste, wie man auf das Artefakt zugreifen konnte.

Dennoch, welche Wahl hatte ich? Ohne den Spiegel würde ich nicht die ziemlich große Zahlung bekommen, die ich brauchte, um mich aus meinem Leben des Stehlens und Wilderns zurückzuziehen. Ich würde dazu verdammt sein, für wer weiß wie lange ein manischer Plünderer zu bleiben. Ich wäre daran gebunden, ein Laufbursche für zwielichtige Gestalten wie den Zauberer zu sein, vor dem ich mich jetzt fürchtete. Ich spürte, wie sich ein kleines Gedicht in meinem Hinterkopf zusammenbraute, also nahm ich den Bleistift hinter meinem Ohr und notierte es schnell in dem kleinen, spiralgebundenen Notizbuch, das ich in meiner Jackentasche aufbewahrte.

Oh, ein ehrlicher Mann zu werden

Ein Dieb muss einen exzellenten Plan haben

Doch wenn dieser Plan durchkreuzt wird

Obwohl die Mühe vereint war

Braucht der Plünderer ein wenig Hilfe

Bei diesem besonderen frechen Diebstahl

Denn Elfen sind rücksichtslos, clever und schlau

Und dieser Schleichdieb will nicht sterben

Nein, dieser Schleichdieb will nicht sterben.

Aber wer würde mir helfen? Das war die Milliarden-Koin-Frage. Nachdem ich eine Weile darüber nachgedacht hatte, beschloss ich, jemanden zu besuchen, dem ich versprochen hatte, niemals zu vertrauen, angesichts dessen Beruf, und ich war ziemlich sicher, dass diese Person dasselbe über mich gesagt hatte.

KAPITEL 22

BESITZER MIT BIERBAUCH

APOLLO

Meine Beine wussten anscheinend früher als mein Gehirn, wohin ich unterwegs war, denn ich war gar nicht weit von meinem Ziel entfernt. Ich lief ein paar Blocks nach Süden und dann noch ein paar nach Osten. Ich grüßte Leroy, den blinden Bettler an der Ecke vor dem Brathähnchenladen, und Roley, die Prostituierte, der diese Ecke gehörte und die auf Leroy aufpasste.

»Na, wie geht's, Roley«, sagte ich zu der Callgirl. »Wie läuft's Geschäft?«

»Kann nicht klagen«, antwortete sie und blies eine lange weiße Rauchfahne durch ihre frisch geschminkten Lippen. Ihre Nägel waren lang und scharlachrot lackiert.

»Hat Leroy heute schon was gegessen?«, fragte ich mit leiserer Stimme.

Sie zog an ihrer Zigarette, bis sie den Filter ansengte, bevor sie sie auf den Bürgersteig fallen ließ und mit ihrem abgenutzten Absatz austrat. »Nee«, antwortete sie und schaute auf ihre Uhr. »Ich brauch noch ein paar Herren, bevor er was kriegt.«

Ich kramte in meiner Jackentasche und zog einen Hundert-Rand-Schein heraus. Sie nahm ihn mit flinken Fingern an sich, und ich konnte nicht anders, als zu denken, dass ich sie als Lehrling einstellen würde, wenn die Dinge anders lägen. Aber das taten sie nicht. Dies war mein letzter Job, bevor ich einen ehrlichen Mann aus mir machen würde.

»Danke«, sagte sie und zwinkerte mir zu, wobei der Geldschein längst in einem ihrer Verstecke verschwunden war.

»Ist Skippy da?«, fragte ich.

»Ist er«, antwortete sie und hob die Augenbraue, vielleicht fragte sie sich, was ich für unseren gemeinsamen Freund auf der anderen Straßenseite mitgebracht hatte.

Ich dankte ihr und begann, die belebte Straße zu überqueren, aber nicht bevor ich zurückrief: »Weißt du, das Zeug bringt dich noch um.«

Sie lachte. »Zigaretten?«

»Nein«, sagte ich. »Das Brathähnchen.«

Ich wich ein paar hupenden Autos und Minibustaxis aus, während ich die Straße überquerte, und erreichte die verschmutzte Ladenfront, die kühn mit »SKIPPYS PORN PFANDHAUS« beschriftet war. Ich stieß die klappernde Glastür auf, und ein elektronischer Gong ertönte, der meine Anwesenheit ankündigte, als ob die laute Tür das nicht gerade getan hätte. Ich sah mich ängstlich um, da ich wusste, dass er gerne aus dem Nichts auftauchte und mir den Scheibenkleister einjagen wollte.

»Polly will einen Keks«, sagte der grüne Papagei, der im Laden das Sagen hatte, während Skippy sich versteckte. Ohne den Vogel anzusehen, nahm ich einen Schal und warf ihn über ihren Käfig.

»Ich bitte um Verzeihung«, sagte der Vogel.

»Tut mir leid, Polly«, sagte ich. »Du kennst das Spiel.«

»Wie unhöflich«, kreischte sie. »Unhöflich, unhöflich-unhöflich.«

»Ich habe ein neues Gedicht, das ich dir vorlesen will«, sagte ich.

Das sollte sie ruhigstellen, dachte ich, und es funktionierte. Tatsächlich war die Stille des Papageis ohrenbetäubend. Und da redet man von unhöflich.

»Skippy?«, rief ich.

»Apollo!«, brüllte der Kobold und tauchte hinter dem Tresen auf. Ich war nach meinem Ausflug immer noch nervös und sprang einen Meter in die Luft. Ich fasste mir an die Brust, als würde ich befürchten, dass mein Herz durch meine Rippen brechen und wie ein aufgescheuchter Vogel davonfliegen könnte. Ich hätte schwören können, dass ich Polly kichern hörte.

»Heilige Maria und Josef«, rief ich aus und versuchte, mich zusammenzureißen. »Skippy, um Himmels willen! Versuchst du, deine Kunden umzubringen? Das scheint kein sehr gutes Geschäftsmodell zu sein.«

Der Kobold stocherte mit einem kleinen silbernen Dolch in seinen Zähnen. »Du bist kein Kunde.«

»Eines Tages könnte ich einer sein«, antwortete ich. »Wenn ich lange genug lebe.«

Skippy schüttelte den Kopf. »Bezweifle ich.«

»Du bezweifelst, dass ich lange leben werde?«

»Das auch.«

»Erinnere mich daran, dich nie zu besuchen, wenn ich mich schlecht fühle. Du könntest mich gerade über die Kante stoßen.«

»Warum warten, bis man gestoßen wird, wenn man springen kann?« Skippy legte die Klinge weg und grinste mich mit seinen frisch gereinigten Zähnen an. Er trug eines der fröhlichen Hemden, für die er berühmt war. Die meisten von Skippys Kleidungsstücken hatten eingebackene Glücksmagie. Dieses hier war mit Regenbögen bedeckt und trug die Aufschrift *BERÜHRE MICH FÜR GLÜCK**

Auf der Rückseite stand **FUNKTIONIERT NUR BEI SUPERMODELS*

»Was kann ich für dich tun?«

»Polly will einen Keks«, sagte Polly.

»Und Skippy will eine Flasche Rum«, sagte Skippy, »aber man bekommt, was man bekommt, und nicht, was man will. Außerdem gibt's nichts umsonst.« Der Kobold sah mich bedeutungsvoll an. »Also, was ist? Zeit ist Geld, weißt du.«

»Ich bin hier, um Rat zu suchen«, sagte ich.

Skippy seufzte. »Du und alle anderen auch.«

»Wirklich?«, fragte ich und schaute mich demonstrativ um. Es war sonst niemand da.

Der Besitzer mit dem Bierbauch verengte seine Augen. »Was hast du da drunter?«

Ich öffnete meine Jacke und zeigte ihm das Gemälde, das ich gerade geklaut hatte. Er griff nach der Lupe, die er an einer Kette um den Hals trug, hielt sie an sein Auge und begann, es zu untersuchen. Ich beobachtete, wie sein vergrößertes Auge hervorquoll. »Woher hast du das?«

»Du weißt, dass ich das nicht beantworten kann.«

»Hmm«, antwortete der Kobold. »Ich gebe dir hundert Koin dafür.«

»Ich bin nicht hier, um es zu verhökern«, antwortete ich. »Dieses spezielle Stück wurde angefordert, und ich habe den Job angenommen - und er zahlt tausendmal mehr, als du anbietest.«

Skippy sah beeindruckt aus. »Du spielst jetzt also in der ersten Liga, was? Ich erinnere mich an die Zeiten, in denen du hier und da ein kleines Schmuckstück oder ein Buch hereingebracht hast, und schau dich jetzt an! Du klaust bei den großen Fischen.«

»Ich bin dabei, mich zur Ruhe zu setzen«, informierte ich ihn.

»Wenn du weiterhin Artefakte wie dieses stiehlst, wirst du dich nicht zur Ruhe setzen müssen.«

Als ich ihm einen fragenden Blick zuwarf, beantwortete er meine ungestellte Frage. »Weil du dann tot sein wirst.«

»Tot!«, kreischte Polly. »Ruhe in Frieden!«

Skippy schenkte mir ein reumütiges Lächeln. »Polly mag zwar ein Spatzenhirn haben, aber selbst sie versteht, dass man nicht herumgehen und Milliardärselfen beklauen kann.«

»Moment«, antwortete ich. »Was? Woher wusstest du, dass es-«

»Heute Morgen von Haryk Virvaris gestohlen wurde? Weil er es gemeldet hat und eine ziemlich großzügige Belohnung ausgesetzt hat … eine, die ich nicht ungern kassieren würde.«

Der hinterhältige kleine Gremlin. Er hatte mir nur hundert dafür angeboten.

Er betrachtete immer noch das Gemälde, aber jetzt war ein neuer Funke des Verlangens in seinen Augen.

»Das würdest du nicht tun«, sagte ich.

»Du unterschätzt mich, Junge. Es ist hart da draußen, und ich muss meinen Vermieter bezahlen, der zufällig ein Ork ist, der gebaut ist wie ein Scheißhaus.« Er rümpfte die Nase und sah einen Moment lang nachdenklich aus. »Riecht irgendwie auch so.«

»Das würdest du nicht tun«, wiederholte ich und verstärkte meinen Griff um den Rahmen.

Skippy lachte bellend und ließ das Gemälde los. »Ha! Du hast recht. Würde ich nicht. Zumindest nicht bei dir.«

Ich atmete erleichtert auf. »Also wirst du mir helfen?«

Er schüttelte den Kopf. »Auf keinen Fall, José. Ich werde meinen hübschen Kopf nicht ins Visier von Virvaris' Gewehr stellen. Wer würde sich dann um Polly kümmern? Du bist auf dich allein gestellt.«

»Polly will einen Keks«, zwitscherte der Papagei.

»Jetzt verschwinde von hier, damit ich mich um meine anderen Kunden kümmern kann.«

Wieder schaute ich mich um. Der Laden war immer noch leer.

»Skippy, bitte. Sag mir, wie ich das Objekt aus dem Gemälde herausbekomme.«

»Ich würde, wenn ich könnte, mein Junge. Aber Elfenmagietech ist ein bisschen über meinem Gehaltsniveau.« Seine Augen wanderten zu dem kleinen Messer, das er zuvor benutzt hatte. »Wir könnten versuchen, es herauszuschneiden.«

»Nein!« Ich riss es von ihm weg. Meine Vermutung war, dass, wenn man das Gemälde beschädigte, das magische Objekt für immer verloren wäre. Ich ärgerte mich darüber, dass ich keines der kleineren Gemälde mitgebracht hatte, damit wir damit experimentieren konnten, bevor wir meinen Zahltag zerstörten.

Skippy lachte wieder. Es war kein angenehmer Klang.

»Tot!«, kreischte der Vogel. »Apollo ruhe in Frieden.«

Es war nur ein alberner Vogel, aber ich konnte nicht anders, als zu spüren, wie eine kriechende kühle Furcht in meine Knochen eindrang. Der Kobold und sein Vogel könnten recht haben. Ich könnte mich übernommen haben.

KAPITEL 23

DER GESCHICKTE TASCHENDIEB

APOLLO

Ich beschloss, das Gemälde in seinem jetzigen Zustand zum Kunden zu bringen, der es bestellt hatte. Die romantische Vorstellung vom Ruhestand war zwar schön und gut, aber ich wollte nicht mit einer Zielscheibe auf dem Rücken leben. Skippy hatte recht; von einem superreichen Elf zu stehlen war nicht gerade die hellste Idee gewesen. Ich hätte wissen müssen, wie gefährlich der Job sein würde, als ich all diese Nullen auf dem Angebot des Zauberers sah. Er bot zu viel, und ich war ein Trottel gewesen, nicht zu verstehen, warum das Angebot so hoch war.

Es gibt kein kostenloses Mittagessen, hatte der schmierige Kerl mich belehrt, und er hatte recht.

Ich überlegte, ihm das Gemälde zu verkaufen, damit er die Belohnung kassieren könnte, aber diesmal dachte ich es durch. Wenn Skippy den Gegenstand zurückbringen würde, würde er verhört werden, wie er daran gekommen sei, und ich wusste genau, dass die Behörden die Kreatur nicht foltern müssten, um die Antwort zu bekommen. Ein gutes Kitzeln würde reichen, um ihn zum Geständnis zu bringen. Geschwätzige Plaudertaschen, allesamt.

Stattdessen beschloss ich, es zum schwerreichen Zauberer zu bringen und mein Glück mit ihm zu versuchen. Je schneller ich die Beweise loswerden konnte, desto besser.

Ich berührte den Bleistift hinter meinem Ohr. Es war definitiv der Tod eines Traums. Mein Wunsch, ein Dichter zu sein, müsste warten, und das machte mich ehrlich gesagt ziemlich niedergeschlagen. Aber andererseits war ich ein gewisses Maß an Melancholie gewohnt – alle Dichter sind es. Wir fühlen zu viel, verstehst du. Wir haben zu viel Einfühlungsvermögen. Ich würde bis auf weiteres in einem Leben voller Verbrechen feststecken.

Ich holte tief Luft und rief den Zauberer an.

»Ich habe dir gesagt, du sollst mich nicht unter dieser Nummer anrufen«, zischte er.

»Und dennoch haben Sie keine alternative Nummer bereitgestellt«, erwiderte ich. Es war unhöflich, wie Polly sagen würde, aber jetzt, da meine Bestrebungen zunichte gemacht wurden, fühlte ich mich ein wenig selbstzerstörerisch. Später würde ich wahrscheinlich meine Gefühle in mich hineinfressen. Ein völlerei-artiges Festmahl aus Junkfood wäre die perfekte Bestrafung. Salzige Chips, eine Tafel Schokolade mit Haselnüssen, ein Eimer mit Popcorn mit Butter und eine große Flasche Coca-Cola sollten reichen. Und eine Marathon-Sitzung auf Netflix, wenn meine verrückte Mutter mich damit durchkommen ließe. Ich seufzte. Ich brauchte wirklich eine eigene Wohnung.

»Nun?« verlangte der Zauberer. »Ich nehme an, du rufst mit guten Neuigkeiten an, die nicht warten konnten?«

»Ja und nein«, antwortete ich. »Es sind eher schlechte Neuigkeiten, die nicht warten können.«

»Verdammt, Apollo«, beschwerte sich der mürrische Zauberer. Er war zwar jung genug, hatte aber die griesgrämige Einstellung von jemandem, der dreimal so alt war.

Ich hatte ihn nie in guter Stimmung erlebt. Eine meiner Lebensphilosophien ist, dass die Jagd nach Glück nie dazu führt, es zu erreichen. Glück wird überbewertet. Wer im Leben ist wirklich *glücklich*? Nein, meiner

Erfahrung nach kann man höchstens verlangen, gute Laune zu haben. Dein Leben kann beschissen sein, aber wenn du gute Laune hast, spielt das kaum eine Rolle.

»Ich dachte, du seist angeblich der beste Dieb im ganzen Reich.«

»Sie ehren mich, Sir.«

»Aber hier bist du und sagst, du hättest bei der Mission, die ich dir gegeben habe, versagt.«

»Versagen ist ein interessanter Begriff«, entgegnete ich, bereit, eine weitere meiner Philosophien zu erläutern: dass Versagen nur ein Ausdruck für langsamen Erfolg ist. Du fühlst vielleicht, dass du versagst, aber eigentlich bist du mittendrin, erfolgreich zu sein. Ich fühlte mich schon leicht aufgemuntert.

Der Zauberer wollte nichts von meinen weitschweifigen Theorien wissen. »Hör zu, du kleiner inkompetenter Schwachkopf.«

Wieder einmal unhöflich, dachte ich.

»Ich weiß, dass du den Spiegel hast. Bring ihn mir, oder sonst.«

Natürlich hatte Skippy mir gerade gesagt, dass Virvaris den Diebstahl gemeldet hatte, also wusste der Zauberer natürlich davon, angesichts seines Berufs.

»Ich habe nicht gesagt, dass ich den Spiegel nicht habe«, erwiderte ich. »Es ist nur ... kompliziert.«

»Hm«, grunzte der Zauberer. »Mir war nicht klar, dass wir in einer Beziehung auf Facebook sind.«

Ich verstand seinen Witz nicht, aber ich würde ihn sicher nicht um eine Gedankenzusammenkunft zu Social-Media-Begriffen bitten. Ich hatte genug Missgeschicke in meinem Leben, ohne auf Streitigkeiten im Internet zurückgreifen zu müssen. Ich räusperte mich und versuchte es erneut.

Hör mal, du selbstgefälliger, mürrischer alter Kauz, wollte ich sagen. »Obwohl es stimmt, dass ich den Spiegel habe, bin ich mir nicht sicher, wie ich ihn aus seiner ... Verpackung ... extrahieren soll.« Ich würde mich nicht darauf einlassen, ihm das komplexe Sicherheitssystem auf einer Leitung zu erklären, bei der er sich nicht wohlfühlte.

»Triff mich in meiner Wohnung«, sagte er. »Ich bin in ... zwanzig Minuten da.«

Ich würde sehr froh sein, das Gemälde loszuwerden, das jetzt ein Loch unter meinem Arm brannte. Je früher, desto besser. »Jawohl, Sir«, sagte ich und nahm mir mental vor, nie wieder einen Auftrag von ihm anzunehmen. Zauberer waren bekanntermaßen schwierig in der Zusammenarbeit, und jetzt wusste ich, warum.

Ich wartete vor dem Wohnblock des Zauberers und versuchte, nicht wie ein Drogendealer auszusehen, was leichter gesagt als getan ist. Als ich sein Auto erkannte, das langsamer wurde und einbog, lüftete ich meinen Hut, und er warf mir einen genervten Blick zu. Ich fragte mich, ob er schon immer so verdammt reizbar gewesen war. Bald würde ich anbieten, den Kaktus zu entfernen, der ihm offensichtlich im Hintern steckte, aber vielleicht nicht heute. Er parkte auf seinem üblichen Platz, und wir nahmen zusammen den alten Aufzug und fuhren drei Stockwerke in unbehaglichem Schweigen hoch. Schließlich, als wir sicher in seiner Wohnung waren, krümmte er ungeduldig die Finger in meine Richtung.

»Lass mich das sehen«, forderte er.

»Hat dir deine Mutter nie Manieren beigebracht?«, fragte ich laut, und bereute es sofort. Was kümmerte es mich wirklich, ob der Mann Etikette hatte oder nicht?

»Wir haben keine Zeit für soziale Höflichkeiten«, spuckte er aus. »Es gibt einen Großalarm dafür. Bald wird jeder Bulle in der Stadt danach suchen.«

Ich war so froh, es abzugeben. Ich entschied, dass das Leben zu kurz war, um ständig über die Schulter zu schauen. Ich reichte es ihm, und er sah mich an, als wäre ich ein Gerbil mit fehlendem Hamsterrad.

»Das ist nicht das, worum ich gebeten habe!«, schrie er.

Ich wich seinem kreischenden Speichel aus. »Doch, ist es«, beharrte ich. »Aber wie ich Ihnen sagte, es ist kompliziert.«

Er betrachtete das Kunstwerk grimmig, als ob er wütend auf die Frau darin wäre.

»Haryk Virvaris hat seine gesamte Sammlung magischer Artefakte in Gemälde verzaubert«, erklärte ich. »Es müssen hundert in seinem Speisesaal allein gewesen sein.«

»Wie?«, fragte der Zauberer.

Ich zuckte mit den Schultern. »Ich hatte gehofft, Sie würden es wissen.«

Schließlich war ich der Experte im Stehlen von Dingen, nicht für Zaubersprüche. Das war sein Fachgebiet.

Er warf mir einen angewiderten Blick zu, als hätte ich ihm einen schönen frischen Haufen gebracht.

»Es ist da drin«, sagte ich ihm und zeigte auf den Rahmen. »Wir müssen es nur herausholen.«

Er versuchte, in das Gemälde zu greifen, wie ich es getan hatte, aber es funktionierte nicht.

»Was werden wir tun?«, fragte ich.

»Es gibt kein *wir*«, höhnte der Zauberer. »Ich bin nicht in deiner Bande von diebischen Gören.«

»Ich habe keine Bande von diebischen Gören«, sagte ich. Der Mann zeigte eine große Verachtung für einen Beruf, den er in Anspruch nahm. Er hielt sich offensichtlich für überlegen, allein wegen der Tatsache, dass er es nicht genoss, sich die Hände schmutzig zu machen.

»Ich bin ein Ein-Mann-Betrieb«, sagte ich.

Woher nahmen die Leute die Idee, dass alle Taschendiebe in Banden arbeiteten? Vielleicht war es ein Überbleibsel aus Dickens' Zeiten. Wenn überhaupt, war ich Oliver Twist, nicht Fagin, und sicher nicht The Artful Dodger Dawkins – obwohl ich den Spitznamen mochte.

»Bitte, Sir, ich möchte noch mehr

Grütze verschüttet auf dem Boden, welch ein Pech

Was für ein Durcheinander, was für eine Verschwendung

Ich kam nicht mal dazu, zu haben einen Geschmack

Klatsch! Ein Holzlöffel auf meinem Hinterteil

War alles, was es brauchte, mich verschwinden zu lassen.«

»Was ist los mit dir?«, verlangte der Zauberer zu wissen.

»Äh«, sagte ich. »Können Sie da etwas spezifischer sein?«

»Du solltest in einer Anstalt sein.«

»Das scheint ein wenig hart«, erwiderte ich.

»Du kannst nicht Wortsalat vor dich hin murmeln, Apollo. Nimm es von mir. Ich weiß über solche Dinge Bescheid. Was auch immer du murmelst, hör auf damit. Es ist dumm und beunruhigend. Du wirst eingesperrt werden.«

»Ich habe gehört, Sie sind gut darin«, antwortete ich. »Leute einzusperren.«

Ich hoffte, er würde die Ironie bemerken, aber wenn er es tat, schien es ihn nicht zu stören.

»Was ist es überhaupt?«, fragte ich. »Ich meine, was macht der Spiegel?«

»Das geht dich nichts an«, schnauzte er.

Also gut, ich weiß, wann ich nicht erwünscht bin. »Dann mache ich mich mal auf den Weg.«

»Gut«, sagte der Zauberer, ohne auch nur in meine Richtung zu schauen.

Ich wartete, während er das Porträt nach möglichen Hinweisen absuchte. Als er nichts weiter sagte, räusperte ich mich. »Da ist nur noch die kleine Sache mit der ... Bezahlung.«

Der Zauberer riss seine Augen vom Gemälde weg und sah mir direkt in die Augen. »Ich sagte, ich würde dich dafür bezahlen, dass du mir den Spiegel bringst.«

»Ja, Sir.«

»Was du nicht getan hast.«

Ich öffnete meinen Mund, um zu argumentieren, aber er ließ das nicht zu. »Mach die Tür hinter dir zu, wenn du gehst.«

»Ich ... ich habe Ihnen den S-Spiegel gebracht.« Ugh, ich hasste es, wenn ich stotterte.

»Nein, Junge, hast du nicht. Du hast mir ein Gemälde von einer Frau gebracht.«

»Eine Spiegelung einer Frau *im Spiegel*.«

»Ist es das wirklich?«, fragte er mit neutralem Gesichtsausdruck. »Es ist schwer zu erkennen.«

Mein Magen begann zu brodeln. »Sie *wissen*, dass es der Spiegel ist. Der Spiegel, nach dem Sie gefragt haben.«

»Ich sage dir was«, sagte der reizbare Schurke. »Wenn es mir gelingt, das Artefakt aus diesem Gemälde zu befreien, zahle ich dir die Hälfte von dem, was wir vereinbart haben.«

»Die Hälfte!«, rief ich.

»Das ist nur fair«, argumentierte er. »Und Fairness ist unerlässlich, wie du sicher zustimmst.«

»Nein«, sagte ich, den Kopf schüttelnd. »Kein Deal. Geben Sie es zurück, wenn Sie nicht zahlen wollen, was Sie versprochen haben. Virvaris bietet eine riesige Belohnung. Ich werde es woanders verkaufen.«

Der Zauberer sah genervt aus, aber dann lachte er leise. »Nein, das wird nicht funktionieren.«

Trotz meiner Nervosität blieb ich standhaft. »Bezahlen Sie mich, oder ich nehme es zurück.«

Der Zauberer seufzte und erinnerte mich an den Klang, den mein Vater machte, wenn er enttäuscht von mir war – was oft vorkam. Mir fiel dann auf, dass die Zwillingsbücherregale des Zauberers fast leer von Büchern waren. Ich hätte jemandem mit leeren Bücherregalen nie vertrauen sollen.

»Ich möchte nicht, dass die Dinge ... hässlich werden«, sagte er, sein Ton summte vor Gefahr. »Aber wenn du jetzt nicht gehst, wirst du es bereuen.«

Ich schluckte. »Ich gehe, sobald ich mein Geld habe.«

Das nächste, was ich wusste, war, dass ich in den Lauf einer Pistole blickte. Ich trat einen Schritt zurück und hob meine Hände in Kapitulation. »Kein Grund, abdrückfreudig zu werden.«

So viel zur Ehre unter Dieben. Erinnere mich daran, nie wieder einen Job von einem Zauberer mit Pistole anzunehmen.

»Raus«, befahl er, und diesmal musste er nicht zweimal fragen.

KAPITEL 24

WEICHES BESTECK

APOLLO

Ich wollte ein Gedicht über den intriganten Zauberer schreiben, aber meine Muse hatte mich verlassen – wahrscheinlich weil Musen bekanntlich schussscheu sind. Als ich vom Wohnblock des Zauberers wegging, fühlte ich mich elender denn je. Ich hatte gedacht, er würde mir wenigstens einen Teil dessen zahlen, was wir vereinbart hatten, und jetzt würde ich mit der Miete knapp werden, und die Rente schien weiter entfernt als jemals zuvor. Ich ging an einem Fenster vorbei, in dem eine rotgetigerte Katze saß, die Augen geschlossen, und die Wärme der Sonne genoss. Ich schaute schnell weg, bevor sie ihre Augen öffnen konnte, und rettete ihr damit knapp das Leben – oder nahm es ihr zumindest nicht, was nicht ganz dasselbe ist. Ich dachte an all die Tiere in meinem Leben, die nicht so viel Glück gehabt hatten, und meine vertraute Angst kehrte zurück und hüllte mich in ihre kalte Umarmung.

Es war kein guter Tag gewesen, und jetzt fühlte ich *alle* Gefühle. Ich brauchte dieses Junkfood, und zwar schnell. Ich überflog die Reihe von Geschäften und entdeckte ein kleines Café, das alles haben würde, was ich brauchte. Ich überquerte die Straße, zu sehr in meine Niedergeschlagenheit versunken, um auf herannahende Autos zu achten, und wäre fast von einem 4x4 überfahren worden, der in meine Richtung raste. Es gab ein Quietschen von Reifen und lautes Hupen, als der Fahrer auf seine Hupe drückte. Das Auto hielt so nah an, dass ich meine Handfläche auf seinen Bullenfänger legen konnte. Ich beobachtete, wie der Fahrer mich beschimpfte, fühlte aber keine Emotion. Vielleicht wäre es besser gewesen, wenn er mich überfahren und mein trauriges kleines Leben beendet hätte. Meiner langweiligen Litanei von Enttäuschungen ein Ende gesetzt hätte. Ich erwiderte die Beschimpfungen nicht, noch entschuldigte ich mich. Warum fuhr ein Stadtbewohner überhaupt so ein riesiges Ungetüm? Kletterte über Gehwege und schluckte Benzin, als würde ihm die Straße gehören.

Der Fahrer wich zurück, vielleicht verunsichert durch meinen ausdruckslosen Gesichtsausdruck. Ein psychisch gesunder Mensch hätte sicherlich schockiert und dann entschuldigend ausgesehen, und ich war keines von beidem. Vielleicht hatte der Zauberer recht. Vielleicht gehörte ich tatsächlich an einen Ort mit gepolsterten Wänden und weichem Besteck.

Ich schaffte es ins Café, ohne dass Traktorspuren meinen Körper verunstalteten, wofür ich – ziemlich erfolglos – versuchte, dankbar zu sein, aber der Anblick der Backwaren heiterte mich auf. Donuts, Chelsea-Brötchen, Muffins, Croissants, Schoko-Eclairs und Pecan-Pies. Ich wollte sie alle essen. *Das Problem mit dieser Art von wunderbarer Auslage*, dachte ich, *ist, dass man sie nicht ohne FOMO verlassen kann.* Selbst wenn du mehr kaufen würdest, als du tragen könntest, würdest du dich immer noch fragen, wie köstlich die Dinge waren, die du nicht mitgenommen hast. Ich bin mir ziemlich sicher, dass das eine Metapher für das Leben war, aber ich beschäftigte mich nicht damit. Nicht heute. Ich wählte einen mit Schokolade glasierten Donut mit Streuseln und ging zu den Regalen, um den Rest des Brennstoffs für mein melancholisches Festmahl zu holen, schnappte mir bunt verpackte Päckchen von allem, was mir gefiel. Bevor ich zur Kasse ging, fügte ich noch ein paar fertige U-Boot-Sandwiches hinzu, die tatsächlich erkennbare Lebensmittelzutaten enthielten statt der verarbeiteten Pappe voller Konservierungsstoffe, die meinen Einkaufskorb bereits füllten. Der nett aussehende Mann hinter der Kasse schien von meiner Auswahl amüsiert. Ich hatte das Gefühl, er wusste genau, was ich vorhatte.

»Einen rauen Morgen gehabt?«, fragte er, als er begann, die Barcodes zu scannen. Er wirkte nicht verurteilend, was ich zu schätzen wusste. Ich hatte nicht das Bedürfnis zu lügen und zu sagen, dass es nicht alles für mich sei. Ich hatte sowieso das Gefühl, dass er mir nicht geglaubt hätte.

»Was hat mich verraten?«, fragte ich und betrachtete die verschiedenen Snacks auf dem Tresen.

»Dein Gesichtsausdruck«, antwortete er. »Und die Tatsache, dass du da draußen versucht hast, dich umzubringen«, er neigte seinen Kopf in Richtung der Straße, wo ich beinahe meine Milz verloren hätte.

»Oh«, sagte ich. »Ich dachte, es wäre die Kombination aus dem schokoladenüberzogenen frittierten Teig und den farbstoffreichen Käselocken. Seltsam benannt, weil sie natürlich absolut null Käse enthalten.«

Er lächelte gutmütig hinter der Kasse, während er die Tüte fertig packte. »Das auch.«

Der zu zahlende Gesamtbetrag blinkte auf dem Display auf. Einhundertsechsundfünfzig Rand. Ich nahm die Brieftasche heraus, die ich gerade aus der Tasche des Zauberers geklaut hatte, bezahlte mit einem Zweihundert-Rand-Schein und sagte dem freundlich dreinblickenden Mann, er solle das Wechselgeld behalten.

KAPITEL 25
TÖTE DEINE LIEBLINGE

APOLLO

»Iss zuerst das richtige Essen«, rief er mir nach, als ich den Laden verließ. »Und schau nach beiden Seiten, bevor du die Straße überquerst!«

Ich winkte ihm zu und trat in die Brise hinaus. Es war warm. Vielleicht würde der Tag doch nicht völlig im Eimer sein. Die dicke Geldbörse enthielt genug Scheine, um die Miete zu bezahlen, und ich hatte eine große Tüte mit Leckereien, mit denen ich eine schöne Zeit verbringen konnte. Ein Parkwächter lehnte an einer Säule und sah fast so niedergeschlagen aus, wie ich mich noch vor ein paar Minuten gefühlt hatte. Ich öffnete die Tüte und gab ihm eines meiner Sandwiches und einen Kit-Kat.

»Gott segne dich, Mann«, sagte er. Ich wollte ihn gerade fragen, welcher Gott, überlegte es mir dann aber anders. Spielte es eine Rolle, welcher Gott? Vielleicht ja, vielleicht nein.

Anstatt einen Uber zu rufen, beschloss ich zu laufen. Ich brauchte Zeit, um über das Leben nachzudenken, und ein Kaloriendefizit für das Fress-meine-Gefühle-weg-Fest, das noch kommen würde. Ich lief etwa eine Stunde, bevor ich mich ausruhen wollte, und entdeckte dann das Schild für das Copper Cog & Ale. Es war eine Institution, aber nicht die Art mit gepolsterten Wänden. Wenn es Bier verkaufte, wovon ich ausging, wäre es ein guter Ort, um ein oder zwei Handys zu besorgen oder eine goldene Uhr. Es war ungefähr Mittagszeit, also schienen sich die Planeten endlich zu meinen Gunsten auszurichten. Ich genoss noch einen Moment lang das Gefühl der Sonne auf meinem Gesicht, durchschritt dann den flackernden Schleier und betrat den gastronomischen Pub, der von mehreren Feuern in glühenden Wikinger-Kohlenbecken und den lebhaften Melodien des *artiste du jour* – Elvish Preshley – erwärmt wurde.

Es war ein großer und lebhafter Ort, der sich dennoch gemütlich anfühlte. Die Wärme und der Duft köstlichen Essens machten es zu einer einzigen großen Umarmung. Ich setzte mich an einen kleinen runden Tisch nahe dem knisternden Kamin.

»Was kann ich dir bringen?«, fragte eine rothaarige Zwergin mit Zöpfen und einem Wikingerhelm. Sie hatte ein Geschirrtuch über die Schulter geworfen und hielt mühelos ein Tablett mit einem Dutzend Bieren in einer Hand. Obwohl die Gläser bis zum Rand gefüllt waren, verschütteten sie nichts. Das war eine ganz eigene Art von Magie.

Iss zuerst das richtige Essen, hatte der Mann an der Kasse gesagt.

»Was empfiehlst du?«, fragte ich.

»Die klebrigen Rippechen gehen heute schnell weg«, antwortete die Zwergin. »Pflaumen-Rosmarin-Marinade.«

»Ja, bitte«, antwortete ich. »Und ein...« Ich überflog die Getränkekarte. »Feuriges Ingwerbier.«

»Kommt sofort«, sagte sie und winkte leicht, bevor sie zurück in die Küche ging.

Ich verbrachte dort eine wundervolle Stunde. Die Rippechen schmeckten noch besser, als sie klangen, die handgeschnittenen Pommes waren möglicherweise die besten, die ich je gegessen hatte, und das Ingwerbier verbrannte mir den Hals – aber auf eine gute Art. Die außergewöhnlich gastfreundliche Zwergin ließ mir dann keine andere Wahl, als noch ein Dessert zu nehmen – eine niederländische Spezialität namens *Poffertjes* – unglaublich leichte, runde Krapfen, bestäubt mit

Puderzucker. In der Schüssel waren drei Stück mit einer Kugel Vanilleeis und einem Splitter Mandel-Krokant, und der dazu servierte Kaffee ließ alles wunderbar runtergehen.

»Wow«, sagte ich zu der Zwergin, als sie zurückkam, um die Schüssel abzuräumen, die ich möglicherweise blank geleckt hatte. »Alles war so köstlich. Danke!«

»Kann ich dir noch etwas bringen, Schätzchen?«

»Frau-«, begann ich. Ich hatte gerade davon fantasiert, diesen herrlichen Ort zu meinem zweiten Zuhause zu machen.

»Nenn mich Ferra«, sagte sie, ihre geröteten Wangen glühten vom ständigen Unterwegs-Sein.

»Ferra. Hättest du vielleicht Interesse daran, einen Poetry-Slam zu veranstalten?«

Ferra hielt sich den Bauch und lachte schallend. »Poesie?«, fragte sie und versuchte herauszufinden, ob ich es ernst meinte oder nicht, und tendierte zu nicht.

»Ich bin Dichter«, sagte ich. Meine Wangen waren jetzt genauso rot wie ihre.

»Och, Schätzchen, das ist wunderbar. Ich habe in meiner Zeit auch gerne ein bisschen Poesie gelesen.«

Ich spürte, wie mein Gesicht aufleuchtete, bemerkte dann aber, dass sie den Kopf schüttelte.

»Ich fürchte, das ist einfach nicht die richtige Zielgruppe.« Sie deutete um sich, und ich betrachtete die Tische, auf die sie sich bezog. Kobolde, die beim Pokern über ihren Pub-Platten saßen, Zauberer, die in den dunklen Ecken leise mit Kollegen sprachen, riesige Tische voller Orks, die Hähnchenschenkel aßen und Bier hinunterstürzten, als wäre es ihr letzter Tag auf Erden.

»Ich verstehe, was du meinst«, sagte ich. Meine Niedergeschlagenheit muss sich auf meinem Gesicht gezeigt haben, denn Ferras Ausdruck wandelte sich von belustigt zu besorgt, und sie setzte sich halb auf einen Stuhl zu mir.

»Ich habe dich hier noch nie gesehen«, sagte sie. »Wie heißt du, Junge?«

»Apollo«, antwortete ich.

»Apollo«, wiederholte sie, als würde sie das Wort kosten. »Ich habe diesen Namen schon mal hier gehört.«

Ich schluckte, und mein Gesicht fühlte sich heiß an, wahrscheinlich vom feurigen Ingwerbier.

»Bist du berühmt?«, fragte sie.

Ich bin mir ziemlich sicher, dass sie das als Dichter meinte, also schüttelte ich den Kopf. Eher *berüchtigt*.

»Was ist deine Geschichte?«, fragte sie. Sie veränderte ihre Position, sodass sie nicht mehr auf dem Stuhlrand saß – als würde sie jeden Moment aufstehen –, sondern sich stattdessen in ihren Stuhl setzte.

»Oh, ich habe keine Geschichte«, antwortete ich.

»Papperlapapp!«, schnaubte die Zwergin. »Jeder hat eine Geschichte.«

Ein Kellner ging vorbei. Er sah kaum alt genug aus, um lesen zu können, geschweige denn, um einen Job zu haben. Ferra rief ihn zu sich. »Skunk, bring uns bitte zwei Kaffee. Und ein paar Kekse.«

»Ja, Mama«, antwortete der Mini-Kellner, der offenbar froh war, gerufen worden zu sein.

»Ich bin bettelarm in einer riesigen Familie ohne Mutter aufgewachsen«, vertraute sie mir an. »Ich dachte nicht, dass ich jemals etwas Sinnvolles im Leben tun würde. Ich habe einfach nur überlebt. Dann hatte ich Glück, als Madame Copperfield mich als Hausdame einstellte. Sie ist eine wunderbare Frau. Ich habe jahrelang dort gearbeitet und jeden übrigen Koin gespart, bis ich genug zusammenhatte, um diesen Ort zu gründen.« Sie deutete auf die tick-tackenden Wände. »Jetzt habe ich meine eigene riesige Familie und auch meine Cog-Familie.«

»Ich habe noch meine Mutter«, sagte ich. »Ehrlich gesagt ist sie ein bisschen seltsam, aber sie ist ein guter Kumpel.«

»Du hast Glück«, sagte sie lächelnd.

»Ja, das habe ich«, antwortete ich. »Aber ich gehe gerade durch eine... schwierige Phase. Versuche, mit der Poesie voranzukommen, weißt du.«

»Was bedrückt dich sonst noch, Junge? Ich kann es kilometerweit erkennen. Das ist so ein sechster Sinn, den Zwergen-Mütter haben, verstehst du.«

»Nun, ich habe Dinge getan, auf die ich nicht stolz bin.«

Die Zwergin nickte. »Also bist du menschlich.«

»Sehr menschlich.«

»Es gibt Schlimmeres, glaub mir. Ich habe es mit eigenen Augen gesehen.«

Ich zuckte mit den Schultern. »Vermutlich.«

Der Kaffee und die Kekse kamen, und ich konnte den Zimt riechen.

»Du musst dir selbst etwas Gnade schenken. Selbstmitgefühl, wie die Jungen es nennen.«

»Ich weiß nicht, ob ich Mitgefühl verdiene«, gestand ich.

»Jeder verdient Mitgefühl, Schätzchen. Selbst die Schlimmsten von uns.« Sie beäugte einen Tisch mit Vampiren in der fernen Ecke. »Die gute Nachricht ist, dass es nicht zu spät ist. Du bist ein junger Bursche, dein ganzes Leben liegt noch vor dir. Es ist nicht zu spät, der Mensch zu werden, der du sein willst.«

»So einfach ist das leider nicht.«

Die Zwergin blickte über ihre Kaffeetasse hinweg und wartete darauf, dass ich fortfuhr.

»Vor etwa einem Jahr wurde ich dafür bestraft, dass ich etwas genommen habe. Ich wusste, dass es falsch war, aber ich tat es trotzdem.«

Ferra nickte, und ich sah keine Verurteilung in ihren Augen, nur Empathie.

»Es ist eine fortlaufende Strafe, verstehst du. Ich werde ihr nie entkommen. Die Person, von der ich es genommen habe... hat mich verflucht.«

»Du sagtest, du hättest keine Geschichte«, sagte Ferra. »Aber das ist eine großartige! Was hast du genommen? Von wem hast du es genommen? Und was ist der Fluch?«

»Ich kann dir von dem Fluch erzählen.«

»Ich bin ganz Ohr.«

»Sie nannte es den Töte-deine-Lieblinge-Fluch.«

»Noch nie davon gehört«, sagte Ferra. »Erzähl mehr.«

Ich hatte noch nie jemandem vom Fluch erzählt. Es war mein tiefstes, dunkelstes Geheimnis – noch tiefer und dunkler als meine Karriere als Taschendieb. Aber Ferra hatte etwas an sich, das mich ihr einfach alles erzählen ließ, mit ihren freundlichen Augen und ihrer großzügigen Art. Sie war wie eine Kekse anbietende Zwergen-Psychologin.

Ich holte tief Luft. »Ich habe Tiere immer geliebt, weißt du. Schon immer. Also hat sie mir das weggenommen. Der Töte-deine-Lieblinge-Fluch tut genau das... er tötet deine Lieben. In diesem Fall tötet er die Tiere in meinem Leben. Ich wusste nicht einmal, wie er funktionierte, bis es zu spät war. Ich habe es auf die harte Tour gelernt.«

Ferra sah entsetzt aus. »Das ist einfach schrecklich«, sagte sie. »Schrecklich!«

»Also, wenn ich Blickkontakt mit einem Tier habe-«

»Nein«, sagte sie und schlug auf den Tisch. »Das ist die traurigste Geschichte, die ich je gehört habe.«

Ich atmete wieder tief durch und blinzelte meine Tränen zurück. Ich versuchte nicht zu viel über den Fluch nachzudenken, versuchte einfach weiterzumachen, aber es tat immer noch weh. Sie schob die Kekse zu mir herüber.

Ich zuckte wieder mit den Schultern. »Es ist hart, aber ich denke, es könnte schlimmer sein.« Zumindest lebten meine Eltern noch.

»Du hast recht«, sagte Ferra. »Es könnte schlimmer sein. Aber ich sage dir noch etwas. Es könnte auch besser sein!«

Ich folgte nicht ganz.

»Die Leere wirkt auf mysteriöse Weise, junger Apollo«, sagte sie. »Du bist heute hier hereinspaziert, mit deinem Fluch, der wie eine brodelnde Gewitterwolke über deinem Kopf hing. Du denkst, dass du für immer bestraft wirst – oder zumindest bis die Frau stirbt, die dich verflucht hat.«

»Ja«, sagte ich und senkte den Kopf.

»Was du nicht wusstest: Heute ist der erste Tag vom Rest deines Lebens.«

Ich schaute zu ihr auf.

»Denn ich kenne zufällig den besten Fluchbrecher im ganzen Reich.«

KAPITEL 26

WIE EIN SOHN

APOLLO

Ich ging nach Hause, um meine Wunden in Ruhe zu lecken. Moment, das klang seltsam. Besser gesagt, ich ging nach Hause, um eine Pause von diesem bisher schwierigen Tag zu machen. Ich würde nicht so leicht aufgeben. Es war noch Zeit, daraus einen Guten Tag zu machen. Ich musste mich nur sammeln und neue Kraft tanken. Da ich meinen Mini Cooper in der Stadt gelassen hatte, benutzte ich meine Portalmagie, um nach Hause zu kommen, und stolperte dabei unbeabsichtigt über meine Eltern, die eine hitzige Diskussion führten. Ich blieb stehen und lauschte, mehr überrascht als alles andere. Meine Eltern stritten sich kaum jemals, trotz der eigentümlichen Weltanschauung meiner Mutter.

»Wir müssen es ihm sagen«, sagte meine Mutter gerade. »Er hat ein Recht, es zu wissen.« Ich erstarrte.

»Du übertreibst«, erwiderte mein Vater.

»Tue ich nicht«, widersprach sie. »Ich sorge mich um ihn.«

»Und ich etwa nicht?«, fragte er empört. »Ich liebe ihn wie einen Sohn!«

Ähm.

Was?

WIE einen Sohn? WIE einen Sohn?!

Es war, als wäre eine Bombe in meinem Gehirn explodiert. Ich hörte die nächsten Gesprächsfetzen nicht mehr, weil in meinem Kopf nur noch Schock-Rauschen herrschte. Schließlich gelang es mir, mich zu beruhigen und wieder zuzuhören.

»Es geht hier nicht um *uns*«, sagte Mutter. »Es geht darum, ihn zu beschützen.«

»Genau das tun wir doch«, sagte der Mann, von dem ich mein Leben lang gedacht hatte, er wäre mein Vater. »Genau das haben wir versprochen.«

Wem versprochen? Was soll ich wissen? Ich verhielt mich absolut still und atmete so leise wie möglich.

»Das war vor siebenundzwanzig Jahren, um Himmels willen!«

»Ein Versprechen ist ein Versprechen, Deirdre.«

»Die Dinge ändern sich.«

»Umso mehr ein Grund, unserem Versprechen treu zu bleiben.«

»Ich sage nicht, dass wir aussteigen sollen, Reg. Ich meine nur, wir sollten ihn wissen lassen, was passiert ist, damit er-«

»Teil dieses Versprechens ist es, zu schweigen, Dee. Du kannst nicht aussuchen, welche Teile des Versprechens du einhalten willst. Ich weiß, dass es dich belastet hat, auf ihn aufzupassen.«

»Lass uns wenigstens ein Treffen arrangieren und sie fragen, ob wir ihm die Wahrheit sagen dürfen.«

»Sie haben gerade genug eigene Probleme. Hast du nicht gehört? Die Dinge geraten völlig außer Kontrolle. Es wird von Krieg jenseits des Schleiers gemunkelt.«

Ich hörte, wie meine Mutter frustriert schnaubte. »Es ist kein Gemunkel. Es passiert wirklich. Deshalb *muss* er es wissen.«

Ich überlegte, meine Anwesenheit anzukündigen und zu verlangen, zu erfahren, was sie vor mir verheimlichten, aber ich blieb wie versteinert im Flur stehen, wie betäubt. Reggie seufzte. Ich vermutete, so würde ich ihn von nun an nennen. Und ich nahm an, ich würde die Frau Deirdre nennen. Oder wie ihre Freunde sie nannten, Reg und Dee.

Mein Kopf drehte sich von den halben Enthüllungen, die ich belauscht hatte. Ich wartete auf mehr, aber sie schienen sich auf ein Unentschieden geeinigt zu haben, denn ich hörte, wie der Wasserkocher eingeschaltet wurde, um Tee zu machen.

Ich begriff, dass sich das Haus nicht mehr wie ein Zuhause anfühlte, und mit schwerem Herzen flüsterte ich meinen Portalzauber und zielte auf den Ort, der im letzten Jahr zu meinem zweiten Zuhause geworden war.

KAPITEL 27

SCHWARZE KERBEN

ASHA

Als ich mit dem Käsekuchen in Copperfield ankam, stand die Direktorin am Tor, um mich einzulassen, was ungewöhnlich war.

»Wir sind besonders vorsichtig mit der Sicherheit«, sagte sie und schaute die Straße nach verdächtigen Aktivitäten ab. »Seit wir die Werwölfe beurlaubt haben, müssen wir auf der Hut sein. Wie geht es übrigens Stoker?«

»Ihm geht's gut«, antwortete ich. »Er ist eine hervorragende Ergänzung für das Team. Rusty wäre stolz gewesen. Aber so praktisch es auch ist, ihn um uns zu haben, hoffe ich, dass er bald wieder zu euch zurückkehren kann.« Ich fühlte mich mit dem Status quo nicht wohl. »Das Copperfield-Institut braucht und verdient die beste Sicherheit, besonders bei den anhaltenden Unruhen.«

»Ja«, sagte die Direktorin. »Ich muss zugeben, es ist ziemlich beunruhigend, besonders nach ... nun, es hat keinen Sinn, in der Vergangenheit zu schwelgen.«

Besonders nachdem es während des Putsches fast dem Erdboden gleichgemacht wurde, meinte sie. Wir alle trugen noch die Narben als Erinne-

143

rung, und das Copperfield-Gebäude war da keine Ausnahme. Das Gebäude und die Anlagen waren mit Hilfe der HighFire-Krone, die sicher in einer verzauberten Glasbox verschlossen und versteckt war, magisch wiederhergestellt worden. Aber selbst mit der wiederherstellenden Magie der Krone gab es noch Spuren des Angriffs. Eine Erinnerung daran, welch schreckliche Dinge passieren können, wenn die falschen Leute an die Macht kommen.

Die Direktorin bot mir Tee an, aber ich hatte keine Zeit. Ich informierte sie schnell über die Situation mit Abigail und Dusty und fragte, ob ich Zugang zu ihrer Bibliothek bekommen könnte, was sie sofort genehmigte.

»Natürlich, natürlich«, sagte sie, während sie voranging, und bevor ich mich versah, war ich durch die Insta-Portal-Drehtür gegangen.

Die Bibliothek war so prächtig wie eh und je, und der Duft der Bücher köstlich. Ich versprach mir selbst, sie in Zukunft regelmäßiger zu besuchen, wenn die Dinge nicht so kompliziert, dringend und gefährlich sein würden. Es gab so viele unglaubliche Bücher zu lesen, und es würde mich nur zu einer besseren Hexe machen.

»Blackloth?«, rief ich und ging über einen schmalen Absatz, wo verschiedene Bücher herausrutschten, um mich zu begrüßen. »Craic Blackloth?« Es war so still in dem riesigen Raum, dass ich mich schlecht fühlte, die Ruhe zu stören. »Black-«

Gerade als ich einen Hauch von Naphthalin wahrnahm, räusperte sich der Kobold mit der Weste hinter mir, und ich hätte fast den Käsekuchen fallen lassen. Er sah mürrisch aus, unglücklich, gestört worden zu sein, aber als er die Schachtel in meiner Hand bemerkte, verschwanden seine Falten und seine ohnehin schon vergrößerten Augen wurden noch weiter. Er schnüffelte in der Luft zwischen uns und lächelte dann, wobei er seine Seeigel-Stachel-Zähne entblößte.

Ich reichte ihm den Karton. Er öffnete ihn vorsichtig, als könnte er einen Sprengsatz enthalten, aber seine Schultern entspannten sich, als er anerkennende Blicke auf den Preis legte.

»Womit habe ich die Ehre verdient?«, fragte er.

»Es ist, um mich für das letzte Mal zu bedanken«, sagte ich.

Sein hungriger Blick blieb auf dem Essen. »Und um mich um einen Gefallen zu bitten.«

Ich lächelte ihn an. »Ja. Und um Sie um einen Gefallen zu bitten.«

Der Kobold stellte den Karton vorsichtig auf den Tisch und nahm seine Holzpfeife heraus. Er führte sie an seine Lippen und inhalierte etwas bücherduftende Luft. »Ich höre.«

»Als ich das letzte Mal hier war, habe ich Sie nach dem Matahandi-Buch gefragt. Das über Elixiere.«

»Ich erinnere mich. Aber es war auf unverschämte Weise aus meinem Gedächtnispalast entwendet worden.«

»Ja. Ich muss wissen, wer es gestohlen hat.«

Blackloth sah mich an, als hätte ich nicht zwei Gehirnzellen, die ich aneinander reiben könnte. »Offensichtlich kenne ich die Antwort darauf nicht«, sagte er, »sonst würden wir mit dem Dieb statt hier über einem besonders köstlich aussehenden Käsekuchen sprechen.«

»Oh, ich weiß, dass Sie nicht wissen, wer es gestohlen hat«, sagte ich. »Aber ich habe mich gefragt, ob Sie mich hereinlassen würden, damit ich versuchen kann herauszufinden, wer es war.«

»Sie hereinlassen?«

»Mich in Ihren Gedächtnispalast lassen«, sagte ich.

Er neigte seinen Kopf zur Seite. »Wie?«

Enttäuscht zuckte ich mit den Schultern. »Ich dachte, Sie würden es vielleicht wissen.«

»Das tue ich ganz sicher nicht«, antwortete er, als hätte ich etwas völlig Unanständiges vorgeschlagen.

»Aber es ist möglich«, drängte ich ihn. »Sonst hätte der Dieb nicht hineinkommen können.«

»Möglich, sicherlich. Aber andererseits sind eine große Anzahl von Dingen auf dieser Welt möglich. Das bedeutet nicht unbedingt, dass es sich um gut durchdachte Ideen handelt.«

»Blackloth, bitte. Ich muss wissen, wer dieses Buch gestohlen hat, um die Vampire zu finden, die für die Entführung der verschwundenen Töchter verantwortlich sind. Leben stehen auf dem Spiel.«

Falls er das unbeabsichtigte Wortspiel bemerkte, zeigte er keine Wertschätzung dafür, was für einen Kobold ungewöhnlich war. Er spielte mit den goldenen Rahmen seiner Bifokalbrille, während er meine Bitte erwog.

»Meine Liebe, es ist nicht eine Frage der Erlaubnis, sondern vielmehr des praktischen Wissens. Ich weiß einfach nicht, wie der Einbrecher meinen Palast betreten hat oder wie Sie es könnten.«

Ich ließ mich in einen Stuhl sinken und spürte, dass Tränen nahe waren. Warum konnte nicht einfach mal etwas leicht sein? Warum konnten die Dinge nicht einfach mal eine Weile in meinem Sinne laufen? Zu wissen, dass Abigail in den Händen irgendeines degenerierten Vampirs war, lastete sehr schwer auf mir, und ich konnte es nicht ertragen, nicht zu wissen, wo oder wie es ihr ging.

Der Bibliothekar für verbotene Bücher nahm den Sitz neben mir ein und schaute in meine funkelnden Augen, während ich versuchte, meine Emotionen zurückzuhalten. »Ihr Herz ist gut«, sagte er. »Ich weiß solche Dinge. Ich kann erkennen, wenn jemand rechtschaffen oder niederträchtig ist, und Sie sind ganz sicher Ersteres. Ich weiß, dass Sie verzweifelt die Mädchen finden wollen.«

Er hatte Recht mit meiner Verzweiflung, aber ich wusste nicht so viel über die *Gutes-Herz*-Geschichte. Ich würde denken, dass mein Herz schwarze Kerben für all die Menschen hatte, die ich getötet hatte.

Er nahm einen langen Zug Luft durch seine Pfeife und steckte sie dann zurück in seine Tasche. »Ich weiß nicht, wie ich Sie in meinen Gedächtnispalast lassen kann«, sagte er nachdenklich, »aber ich kann Ihnen eine Führung aus zweiter Hand geben.«

Ich war mir nicht sicher, was der Kobold meinte.

»Wenn Sie Ihre Augen schließen und meine Hände nehmen«, sagte er und streckte seine pistaziengrünen Handflächen aus, »können wir vielleicht gemeinsam in unseren Gedanken dorthin reisen. Sie müssen Ihre Vorstellungskraft einsetzen.«

KAPITEL 28

KALT WIE EINE LEICHE

ASHA

Ich nahm Blackloths Hände. Ich zwang mich, nicht vor der Berührung seiner Haut zurückzuschrecken: glatt, schleimig und kalt wie eine Leiche. Ich schluckte schwer und schloss meine Augen.

»Jetzt werden wir damit beginnen, in unser Bewusstsein hinabzutauchen«, sagte er.

»Ich weiß nicht, wie das geht«, flüsterte ich.

»Das weiß niemand«, antwortete der Kobold. »Und doch scheitert niemand, der es versucht.«

Ich kniff meine Augen zusammen und versuchte, hinabzutauchen, wie der Kobold es angewiesen hatte. Ich watete hinab in die trüben Tiefen meines Geistes, wie ein toter Körper, der zum Meeresgrund treibt. Es fühlte sich dort kalt und dunkel an, und ich mochte das Gefühl nicht.

»Nun werden wir den ersten Raum öffnen«, sagte Blackloth. »Siehst du ihn?«

»Nein«, antwortete ich.

»Benutze deine Fantasie«, erinnerte er mich.

»Okay«, sagte ich und stellte mir einen Raum in einem Palast vor. »Ich sehe einen Raum.«

»Er ist warm«, sagte der Kobold. »Es gibt ein Feuer und brennende Kerzen.«

»Ja«, sagte ich. Ich konnte die Hitze des Feuers spüren und roch das schmelzende Kerzenwachs.

»Bücherregale bedecken jede verfügbare Wand. Es gibt auch Bücherstapel in den Ecken, wo uns der Regalplatz ausgegangen ist.«

Ich sah die wackeligen Büchertürme und konnte fast den Staub im Raum schmecken.

»Jetzt werden wir diesen Raum verlassen und den Gang hinuntergehen. Es gibt Dutzende von Räumen hier, aber ich bringe dich zu dem Ort, an dem das Matahandi-Buch aufbewahrt wurde. Wir gehen den Gang hinunter. An den Wänden hängt Kunst. Kannst du sie sehen?«

Ich betrachtete die Steinwände. »Ja«, antwortete ich. In meiner Vorstellung waren die Gemälde Blackloths Vorgänger. Die alten Kobolde sahen in ihren altmodischen Outfits ziemlich grandios aus.

»Wir nähern uns jetzt unserem Ziel«, sagte er. »Bieg rechts in diesen Türrahmen ein.«

Ich tat, wie mir geheißen wurde. Der Raum ähnelte dem Ausgangsort. Gleiches Feuer, gleiche Kerzen. Ich wusste nicht, wie Blackloth die verschiedenen Räume auseinanderhalten konnte.

»Du!« schrie der Kobold, und ich erschrak so sehr, dass ich meine Augen öffnete, und der Palast verschwand. Verwirrt starrte ich den alten Kobold an und fragte mich, was ihn zum Schreien gebracht hatte.

»Du!« sagte er erneut, und ich versuchte, seine Hände loszulassen, aber er hielt fest. »Du bist derjenige, der das Buch gestohlen hat!«

Angst ließ meine Wangen erröten. Beschuldigte er mich, der Bücherdieb zu sein? Ich schloss erneut meine Augen und versuchte, zurück in den Raum zu gelangen, um zu sehen, was passierte, aber ich konnte nichts sehen außer meinen Augenlidern. Ich öffnete sie wieder und beobachtete ihn.

»Komm sofort zurück!« rief der Kobold und ließ eine meiner Hände los, um eine drohende Faust in die Luft zu strecken. Dann verzog sich sein Gesicht vor Ekel. »Igitt!«

Er ließ auch meine andere Hand los, und ich fragte mich, ob meine feuchte Handfläche der Grund für seine Abscheu gewesen war. Ich wischte den Schweiß an meinem Oberschenkel ab.

Blackloths Augen flogen auf und erschreckten mich erneut. »Gaunerei!« rief er aus. »Schwindel! Diebstahl!«

Ich fragte mich kurz, ob er an einem Thesaurus-Syndrom litt.

»Was ist passiert?« flüsterte ich.

Der Kobold war empört über den Eindringling. »Er war da! Im Raum! Hast du ihn nicht gesehen?«

Ich schüttelte den Kopf. Schließlich war ich nicht wirklich im Palast gewesen – oder doch?

»Als er mich sah, verschwand er«, sagte der Kobold.

»Wie?« fragte ich.

»Durch ein *Portal*, Hexe. Wie sonst?«

Das Wort »Portal« ließ mich aufhorchen. Es war also möglich, in den Gedächtnispalast zu portalen? *Warum nicht? Es ist schließlich eine Taschenrealm.*

»Aber das ist wirklich seltsam«, sagte Blackloth, als er seine Augen wieder schloss, um den Tatort zu untersuchen. »Er hat diesmal keine Bücher gestohlen.«

»Was hat er gestohlen?«

»Nichts«, antwortete der Kobold, seine silbernen Augenbrauen zusammengezogen.

»Was hat er dann getan?«

»Er hat sie *zurückgebracht*.«

»Die Bücher zurückgebracht? Das Matahandi-Buch?«

»Nein. Andere Bücher, von denen ich nicht einmal wusste, dass sie fehlen.«

»Also ... ist er nicht so sehr ein Dieb als vielmehr ein ... Ausleiher?« Dies war immerhin eine Bibliothek.

»Und er hat eine tote Ratte auf dem Tisch hinterlassen. Sie ist noch warm.«

Das war also der Grund für seinen Ekel gewesen.

»Wie sehr seltsam«, sagte Blackloth. »Wie sehr, sehr seltsam.«

»Und jetzt ist er weg«, murmelte ich. Wie würde ich jemals herausfinden, wer er war und warum er das Kompendium der Elixiere gestohlen hatte? »Ist die tote Ratte eine Warnung?«

»Vielleicht«, antwortete er. »Beim letzten Mal war es ein toter Vogel.«

»Ja«, antwortete ich. »Ich erinnere mich.«

Der Kobold sah mich an. »Kopf hoch, Hexe. Wir haben den Jungen fast auf frischer Tat ertappt. Er muss Spuren hinterlassen haben.«

»Gibt es Fingerabdrücke in Taschenrealms?« fragte ich. »DNA?«

»Nicht in meiner«, antwortete er.

»Welche Bücher hat er zurückgebracht?«

Blackloth schloss erneut die Augen. »*Tränke, Kuchen und Poesie. Taschenspielertricks. Elfen-Sicherheitssysteme: Alle Geheimnisse, die du wissen musst.*«

»Warum sollte ein Buch über Kuchen und Poesie verboten sein?« fragte ich.

Blackloth öffnete wieder seine Augen und zuckte mit den Schultern. »Vielleicht ist es bemerkenswert schlechte Poesie.«

Ich hatte plötzlich das düstere Gefühl, dass ich kostbare Zeit verschwendete, indem ich versuchte, die falsche Person aufzuspüren. »Glaubst du, dass dieser Bücherausleiher-Dieb mit dem Verschwinden der Mädchen zu tun hat?« fragte ich.

»Ja«, antwortete der Kobold entschieden. »Aber vielleicht weiß er es noch nicht.«

KAPITEL 29

UNGLÜCKSBRINGENDE
UNTERWÄSCHE

ASHA

Mein Kopf schwirrte vor Möglichkeiten, während ich mich auf den Weg in die Stadt machte, um Salty zu treffen. Sie hatte zugestimmt, mich in der Rollschuhbahn zu treffen, die in der Nähe des Ladens lag, den sie mir zeigen wollte.

Bring deine Inliner mit! hatte sie in ihrer Nachricht geschrieben. Offensichtlich war ihr nicht klar, wie gestresst ich war ... oder vielleicht doch. Vielleicht war Rollschuhlaufen ihre Art, Dampf abzulassen.

Als ich am Wolkenkratzer ankam, in dessen oberster Etage die Rollschuhbahn untergebracht war, wurde mir wieder bewusst, wie hoch er war. Die Fahrt mit dem Aufzug war nervenaufreibend, nicht wegen der Höhe, sondern weil er auf dem Weg nach oben immer wieder zitterte, als würde er drohen, steckenzubleiben oder schlimmer. Der Effekt wurde durch das flackernde Licht noch verstärkt. Ich atmete tief durch und beobachtete, wie mein Spiegelbild im harten, stotternden Schein älter wurde.

Es war eine Erleichterung, als ich dem Metallwürfel entkam, und die verspielt bemalten Wände und das gedämpfte Licht des Korridors beruhigten meine Nerven, während ich zur Rollschuhbahn ging.

155

Zum Glück, hatte Nilve SaltySnap gesagt, *ist heute Montag, denn montags ist die Bahn für unberührte Menschen geschlossen.*

Ich war mir nicht sicher, ob das bedeutete, dass wir einbrechen würden oder ob die Betreiber irgendwie Ausnahmen für magische Wesen machten, um montags zu kommen, aber der Ort sah definitiv geöffnet aus. Sechziger-Jahre Rock 'n' Roll dröhnte aus den Surround-Lautsprechern, wirbelnde Lichter erleuchteten den glatten Boden und der Geruch von Hotdogs und Popcorn erfüllte die Luft. Kein Wunder, dass Salty diesen Ort so sehr liebte. Da ich nicht wusste, wann ich wieder eine Gelegenheit zum Essen bekommen würde, schnappte ich mir etwas Popcorn und eine Coke Zero. Es war kaum traditionelles Hexenessen, aber ein Mädchen muss essen, und es kam gar nicht in Frage, dass ich eine dieser nach Höllenhunden benannten Nahrungsmitteltravestien runterwürgen würde. Kein Ketchup der Welt konnte das Wissen darüber aufwiegen, was in einem Frankfurter steckt.

Ich saß auf den Tribünen, während ich auf den Kobold wartete, schaufelte Popcorn in meinen Mund und beobachtete euphorische Skater, die herumrasten, sprinteten, tanzten und wirbelten. Die meisten Skater waren Kobolde, aber es gab auch einige Orks, was mich überraschte, da diese Spezies nicht gerade für anmutige Bewegungen bekannt ist. Es gab auch Menschen. Magier, Zauberer und Hexen, die ihre Magie nutzten, um ihre Sprünge zu erhöhen und ihre Stürze abzufedern.

»Asha!«, sagte Salty hinter mir. Sie klang außer Atem. Ich drehte mich um und lächelte, nur um von einem Team aus sieben schmierigen Kreaturen begrüßt zu werden, die mich alle mit Nadelzähnen angrinsten. Einige von ihnen wirkten etwas verprügelt – hier ein bandagierter Arm und da ein Pflaster auf der Wange. Der Skater neben Salty schien eine frisch gebrochene Nase zu haben, die mit Taschentüchern verstopft war.

»Oh«, sagte ich überrascht. Ich hatte keine Empfangsparty mit verletzten Kobolden erwartet.

Sie trugen alle passende, pinke Roller-Derby-Uniformen: Helme, Ellbogen- und Knieschützer sowie Mini-Cheerleader-Outfits, die sich über ihre Bierbäuche spannten. Am besten gefielen mir ihre extra langen, gestreiften Strümpfe, die mich an die Strümpfe der bösen Hexe in *Der Zauberer von Oz* erinnerten.

»Du bist in einem Roller-Derby-Team?«, fragte ich. Kobolde steckten immer voller Überraschungen.

Sie nickten alle heftig, das Licht reflektierte von ihren polierten Helmen.

»Haben gerade unser Rennen beendet«, sagte Salty und nahm einen Schluck aus ihrer pinkfarbenen Wasserflasche. »Bis nächste Woche, Mädels.«

Ihr Team winkte und rief Abschiede, als sie sich auf den Weg zur Imbissbude machten. Salty nahm ihren Helm ab und setzte sich neben mich.

»Heute entwickelt sich zu einem sehr interessanten Tag«, sagte ich und reichte Salty den Rest meines Popcorns, das sie schnell in ihren Mund leerte.

»Nicht genug Salz«, beschwerte sie sich und gab mir den leeren Behälter zurück.

»Gern geschehen«, antwortete ich.

»Willst du Skaten?«, fragte sie.

»Nächstes Mal«, sagte ich und erzählte ihr dann von der erneuerten Dringlichkeit meiner Mission, beginnend mit Abigails Entführung und endend mit dem Buchausleiher-Dieb. Während ich sprach, schnürte sie ihre Rollschuhe auf, band die Schnürsenkel zusammen und hängte sie sich um den Hals.

»Ah«, sagte sie, jetzt verstehend, warum ich wollte, dass sie mich zu dem Laden jenseits des Schleiers bringt. »Nun, es gibt keine bessere Zeit als die Gegenwart.«

Es war ein kurzer Weg vom Wolkenkratzer zum Pfandleihhaus. Unser Eintreten wurde durch ein elektronisches Klingeln angekündigt.

»Polly will einen Keks!«, schrie es aus der Ecke neben der Kasse.

»Polly muss einige Manieren lernen«, erwiderte Salty. »Haben dir deine hirnlosen Erzeuger nicht die wichtigsten Anstandsregeln beigebracht?«

»Polly will einen Keks!«, wiederholte der Papagei. Ihre glatten Federn waren in einem brillanten Grün, ihr geschärfter Schnabel rot und lebhaft.

Salty starrte den Vogel an. »Polly! Wie heißt das Zauberwort?«

Polly wollte dem Kobold nicht die Genugtuung geben. Sie flatterte mit ihrem langen Schwanz und wackelte mit dem Kopf.

»Poll-eee«, sagte Nilve in einem Ton, der wie eine Warnung klang.

Der Vogel wartete stur. Ich widerstand dem Drang, ungeduldig mit dem Fuß zu tippen, während ich darauf wartete, dass die beiden Kreaturen ihr stilles Kräftemessen austrugen. Der Kobold holte eine Schachtel Kekse aus ihrem Rucksack und wackelte damit gerade außerhalb der Reichweite des Vogels. Ich hätte sie ihr am liebsten weggerissen und durch den Käfig gefüttert.

»Polly will einen Keks«, sagte der Papagei und murmelte dann »*bitte.*«

Ich ließ den Atem heraus, den ich angehalten hatte, und Salty hüpfte aufgeregt auf der Stelle. Da der Käfig außerhalb ihrer Reichweite war, reichte sie mir die Schachtel und ich öffnete sie und gab Polly ein paar Kekse.

»Immer weiter! Immer weiter!«, sagte sie und beäugte mit ihren Knopfaugen den Rest der Schachtel.

Leichte Schritte näherten sich, und als ich vom Käfig wegschaute, sah ich, wen ich für den Besitzer des Pfandhauses hielt. Ich hatte an diesem Tag genug Kobolde getroffen, um ein Leben lang zu reichen. Glücklicherweise waren sie alle angenehm genug gewesen. Ich wusste aus früherer Erfahrung, dass das sicherlich nicht immer der Fall war. In der Schule wurde uns beigebracht, dass Kobolde keine Skrupel haben, jemanden zu hintergehen, buchstäblich oder im übertragenen Sinne, und die Tatsache, dass ein kleines scharfes Messer auf dem Tresen lag, flößte mir nicht gerade Vertrauen ein.

»Ich dachte, ich hätte deine Stimme gehört«, sagte der Besitzer des Ladens. Er betrachtete Saltys Roller-Derby-Uniform und pfiff anerkennend. Polly, die das Spiel genoss, wiederholte den Pfiff nach ihm. Ich dachte, Salty würde ihm dafür die Lichter ausblasen, aber stattdessen errötete sie und lächelte.

»Mir gefällt, was du mit deinem ...« Er gestikulierte auf ihr Outfit.

»Danke, Skippy«, sagte sie und klimperte mit ihren fast nicht vorhandenen Wimpern. Ich hatte Salty noch nie kokett erlebt, und mit dieser und der Roller-Derby-Sache fühlte ich mich, als würde ich sie überhaupt nicht kennen.

»Was führt dich in die Innenstadt, hübsches Gesicht?«, fragte er. Er hatte eine Art, sie anzusehen, die schmeichelhaft, aber nicht lüstern war. Das war keine geringe Leistung für einen Kobold.

»Wir brauchen deine Hilfe, Skip.«

»Wir?«, fragte er, als ob ich nicht existierte.

Salty deutete auf die Stelle, wo ich stand. »Das ist meine Freundin, Asha.«

»Oh!«, rief er. »Ich habe dich gar nicht gesehen.«

Autsch. Er muss *wirklich* auf Salty stehen, wenn er eine ausgewachsene Frau in seinem Laden nicht gesehen hat. »Hallo«, sagte ich und fühlte mich aus dem Gleichgewicht gebracht, immer noch mit der Schachtel Kekse in der Hand.

»Sie ist eine Hexe«, fügte Nilve hinzu.

»Freut mich, dich kennenzulernen, Hexe«, sagte Skippy, und ich spürte, dass er es ernst meinte. »Was kann ich nun für euch reizenden Damen tun?«

»Ruhe in Frieden!«, kreischte Polly.

»War das eine Warnung?«, fragte ich.

»Keineswegs«, versicherte mir Skippy. »Sie wiederholt nur etwas aus einem Gespräch mit einem Kunden von früher.«

»Ist dieser Kunde noch am Leben?«, fragte ich. Es war eigentlich als Scherz gemeint.

Skippy lachte laut. »Ja, ja«, sagte er. »Er lebt und ist wohlauf. Oder zumindest war er es, als er den Laden verließ.«

»Tot«, rief Polly. »Tot.«

Skippy runzelte die Stirn in Richtung des Vogels. »Sei nicht so makaber, Poll, du wirst noch die Kunden vertreiben.« Er griff unter den Tresen und holte eine kleine Dose Tomatensaft hervor, öffnete dann die Tür des Käfigs und reichte sie dem Papagei. Polly machte einen kleinen aufgeregten Tanz auf ihrer Stange, nahm dann die Dose von Skippy in ihren Schnabel, öffnete sie und trank alles aus, während ich erstaunt zusah.

»Das ist ihr Partytrick«, sagte Salty.

Ich war beeindruckt. »Guter Trick, Polly.«

Skippy lehnte sich an den Tresen und wartete darauf zu hören, warum wir hier waren.

»Wir haben uns gefragt, ob du uns etwas über einen deiner ... Lieferanten erzählen könntest«, sagte ich.

Salty neigte ihren Kopf zu mir. »Sie meint jemanden, für den du Hehlerei betreibst.«

Seine unbeschwerte Miene veränderte sich. »Bist du ein Bulle?«

Salty tadelte ihn. »Würde ich dir das antun, Skip?« Als er ihr nicht antwortete, drängte sie ihn: »Würde ich?«

Er sah aus, als fühlte er sich ein bisschen albern, und rieb sein Kinn. »Natürlich nicht«, antwortete er. »Ich bin nur heute etwas nervös, denke ich. Es ist keine einfache Zeit, um in diesem Geschäft zu sein.«

»Warum ist das so?«, fragte Salty.

Er zuckte mit den Schultern. »Alles nur Gerüchte. Es gibt Gespräche über eine neue Polizeieinheit, die hart gegen übernatürliche Verbrechen vorgeht. Dann die Werwolf-Gewalt ... und die Xarlug-Schläger, die ihr Gewicht in die Waagschale werfen. Wir sind alle ein bisschen angespannt, schätze ich.«

»Ich bin kein Bulle«, sagte ich. »Und ich werde deinen Lieferanten nicht in Schwierigkeiten bringen, das verspreche ich. Ich muss nur mit ihm sprechen.«

Er nahm sich noch einen Moment, um mich einzuschätzen. »Wen genau suchst du?«

»Es gibt einen jungen Mann, der in der Lage war, in Direktorin Copperfields private Bibliothek verbotener Bücher einzubrechen.«

»Niemand hat Bücher hergebracht«, sagte Skippy und schüttelte den Kopf. Er sah bei der Erwähnung von Copperfield nervös aus, wahrscheinlich weil die Direktorin mit einem VIP-Zauberer im Rat zusammen war.

»Gibt es jemanden, den du kennst, der dazu in der Lage wäre?«, fragte ich.

Er zögerte zu antworten. »Schaut, Mädels, ich würde euch gerne helfen, aber ich weiß nicht, von wem ihr sprecht.«

»Apollo!«, kreischte der Papagei.

Skippys Augen weiteten sich.

»Er ist jung«, fuhr ich fort. »Und er trägt eine flache Schiebermütze.« Es war das einzige erkennbare Detail, das Blackloth mir geben konnte.

»Wie eine Peaky-Blinder-Mütze«, fügte Salty hinzu.

»Apollo!«, wiederholte der Vogel.

Ich sah, wie sich die Muskeln in Skippys Kiefer anspannten. »Ich fürchte, ich muss jetzt mit meiner Arbeit weitermachen«, sagte er. »Diese Artefakte werden sich nicht von selbst verkaufen.«

»Ich werde ihn nicht anzeigen oder ihm in irgendeiner Weise schaden«, sagte ich. »Das schwöre ich. Ich brauche nur einige Informationen, die mir helfen werden, das Leben einiger unschuldiger Mädchen zu retten.«

»Weiß nichts«, sagte Skippy.

»Wie viel?«, fragte Salty.

Entsetzt drehte er sich zu ihr um. »Was?«

»Wie viel willst du für die Wahrheit?«

Er schüttelte den Kopf. »Es geht nicht um *Geld*.«

»Du bist ein Kobold«, sagte Salty. »Alles dreht sich ums Geld.«

Skippy schwieg eine Weile. »Er ist ein guter Junge. Er versucht, sein Leben zu ändern. Für jemanden wie mich ist es zu spät, aber er hat noch sein ganzes Leben vor sich. Ich will nicht der Grund sein, warum er in ein Leben voller Verbrechen zurückfällt.«

»Das verstehe ich«, sagte ich. »Und ich bewundere dich dafür, dass du dich um ihn sorgst. Aber es stehen Dutzende von Mädchenleben auf dem Spiel, und ich bin überzeugt, dass dein Freund uns helfen kann, sie zu finden.«

»Wir werden auf ihn aufpassen«, sagte Salty. »Du hast mein Wort.«

Ich konnte sehen, dass der Kobold wirklich zerrissen war wegen des möglichen Verrats an seinem Freund. »Hör zu«, sagte ich. »Nimm dir ein paar Minuten, um darüber nachzudenken, während wir uns im Laden umsehen. Ich habe bereits einige Dinge entdeckt, die ich gerne kaufen würde.«

Das schien weniger unverschämt, als ihm einfach ein Bargeldbestechung in die Hand zu drücken.

Skippy nickte, also warf ich einen Blick auf Salty und begann, mir die Waren des Kobolds anzusehen. Ich fragte mich, wie viele Gegenstände von ihren Besitzern gekauft und wie viele gestohlen worden waren. Es gab viele Ritualmesser, ähnlich dem, das ich an meinem Oberschenkel trug, und mehr Kristalle, als ich an einem Ort gesehen hatte, seit ich als Teenager ein Hippie-Festival besucht hatte. Flaschen und Fläschchen aller Arten von Tränken und Philtren, einige deutlicher beschriftet als andere, was mich immer nervös machte. Unser Tränkemeister in Copperfield hatte es uns eingetrichtert, dass die letzte Zutat in jedem guten Trank ein deutliches und unauslöschliches Etikett ist. Worte, nach denen man leben kann – oder sterben kann, wenn man es falsch macht.

Amulette, Ringe, Armbänder, Kronen. Verzauberte Kleidung, wie ich sie auf dem EverShade-Nachtmarkt gesehen hatte, aber diese waren eine freundlichere Version. Die Orks auf dem Schwarzmarkt verkauften toxische T-Shirts und vergiftete Dessous – unglücksbringende Unterwäsche – aber Skippys Waren versprachen positivere Ergebnisse. »Bester Tag aller Zeiten«-Hosen, »Verliebe dich in dein Leben«-Boxershorts und »Bleib ruhig und mach weiter«-Socken, die bessere beruhigende Wirkung versprachen als das beste Beruhigungsmittel auf dem Markt. Es versteht sich von selbst, dass ich mir mehrere Farben von allen dreien schnappte. Der nächste Bereich hatte Perücken aus echtem Menschenhaar – anscheinend das Haar berühmter magischer Personen und mit DNA-Zertifikat als Beweis. Ich kratzte mir am Kopf und ging weiter.

Salty schaute in einen Kühlschrank voller magischer Milchshakes. Ihr Atem beschlug die kalte, klare Glastür.

»Gibt es Limettengeschmack?«, fragte ich sie, weil ich wusste, dass es ihr Lieblingsgeschmack war.

»Kein Limetten«, antwortete sie. »Aber es gibt Schockierende Erdbeere und Besoffenes Bubblegum. Außerdem ... Gewalttätige Vanille?«

Skippy zuckte mit den Schultern. »Verkauft sich ganz gut. Wer bin ich, dass ich argumentieren könnte? Aber ich rate von der Cha-Cha-Schokolade ab, es sei denn, ihr wollt tagelang tanzen.«

Ein Regal mit Stofftieren fiel mir ins Auge. Die Affen waren besonders niedlich, aber ich hatte Sugars Baby bereits einen Stoffaffen geschenkt. Leider war es einer, der dem Baby mehrere Schimpfwörter beibrachte, aber ich konnte ihn schlecht zurücknehmen. Ich nahm ein Krokodil auf. Es hatte ein liebenswertes, kurz-davor-dich-zu-fressen-Grinsen und ein weiches, grünes Fell.

»Das ist nicht giftig oder so, oder?«, fragte ich.

Skippy sah wirklich alarmiert aus. »Für was für ein Monster hältst du mich?«

»Frage nur«, sagte ich. Jeder im Reich kannte die Geschichte vom Verfluchten Kätzchen, einem giftigen Plüschtier, das viele Babys und Mütter tötete, bevor es als Schuldiger identifiziert wurde. Alle kannten die Geschichte, aber die Identität des Verfluchers blieb immer noch ein Rätsel.

»Ich verkaufe nichts Giftiges«, sagte Skippy. »Ich bin nicht im Geschäft, Menschen zu verletzen. Selbst wenn ich es wäre, habe ich zu oft gesehen, wie Gift nach hinten losgeht.«

Meine Finger wanderten zu dem Fläschchen, das ich um meinen Hals trug. Essenz des Grünen Knollenblätterpilzes.

Ich durchstöberte einige magische Zeitschriften und wählte eine mit Zauberer-Thema, die Dusty gefallen könnte, und nahm mir einen Becher für mich selbst, um den kürzlich zerbrochenen zu ersetzen. Es war ein ziemlich verstörender mit nur den Worten »Ich beobachte dich« und einem Bösen Auge, das innen auf dem Boden gedruckt war, so dass es erst sichtbar wurde, wenn man sein Getränk ausgetrunken hatte.

»Warum magst du gruselige Dinge?«, fragte mich Salty.

»Wenn ich das nicht täte, wären wir keine Freunde«, antwortete ich. Sie schlug mir spielerisch auf den Arm.

»Außerdem ist es gar nicht *so* gruselig«, sagte ich. »Es ist zum Schutz vor Flüchen.«

Salty grinste. »Viel Glück damit«, sagte sie.

Ich wählte noch ein paar Sachen aus: eine kupferne Brosche mit einem nordischen Symbol für Ferra, von der Skippy mir sagte, dass sie Odins Raben, Huginn und Muninn, darstellte, übersetzt etwa als Gedanke und Erinnerung. Ich war entzückt, eine goldene Anstecknadel für den Leprechaun-Professor zu finden, geformt als vierblättriges Kleeblatt. Lippenstift für Morgan. Ein Seidenschal mit einem schwarz-goldenen Katzenprint für Chione.

Ich legte die Waren auf den Tresen, bereit zu zahlen, als etwas hinter Skippy meine Aufmerksamkeit erregte. Anstelle einer Wand mit Zigaretten und Kondomen war es eher wie ein riesiger Druckersetzkasten mit interessanten Schmuckstücken. Skippy sah, wie ich die Etiketten anstarrte, also lud er mich hinter den Tresen ein, damit ich richtig schauen konnte. Die meisten Objekte waren Schmuckanhänger: ein silbernes Medaillon für die Liebe, ein Hufeisen für Glück, ein ägyptisches Auge des Horus für Gesundheitswiederherstellung und Schutz. Verzauberte Ohrringe funkelten mit Diamanten, und dicke Goldketten versprachen Stärke und Vitalität. Aber inmitten all der hübschen Dinge gab es eine transparente Box mit einem einzelnen Samen darin. Es sah aus wie ein Apfelsamen.

»Was ist das?«, fragte ich.

Skippy schaute darauf. »Es ist ein Samen«, antwortete er.

»Das sehe ich. Was für ein Samen?«

»Ein magischer Samen«, sagte er. »Ich würde ihn nicht empfehlen.«

»Warum?«

»Ah, weißt du. Magische Samen. Sie sind unberechenbar. Erinnerst du dich an Hans und die magische Bohnenranke?«

»Nein«, sagte ich. »Ich bin wild im Wald aufgewachsen, und der Wolf, der mich fütterte, hatte kein Interesse daran, mir Märchen zu erzählen.«

Ich konnte sehen, dass er nicht sicher war, ob ich scherzte oder nicht. Ich blieb ausdruckslos.

»Verräter-Verhängnis«, antwortete er.

»Der Samen heißt *Verräter-Verhängnis*?«

»Jep.«

»Ich nehme ihn«, sagte ich, ohne nachzudenken.

Skippy entriegelte vorsichtig die Glastür des Schranks und holte ihn für mich. Es schien ein kostbares kleines Ding zu sein, zu klein, um seinem Namen gerecht zu werden, und ich war froh, es gefunden zu haben. Nilve hatte bereits drei der Milchshakes ausgetrunken. Ich stellte die leeren Flaschen auf den Tresen, damit Skippy sie zusammen mit meinen anderen Einkäufen abrechnen konnte.

Er hielt eine der leeren Flaschen hoch und sah besorgt aus. »Hast du drei verschiedene Geschmacksrichtungen getrunken?«

Salty nickte und rülpste laut. »Ooh«, sagte sie und hielt ihren Bierbauch. »Diese Vanille *ist* wirklich gewalttätig.«

»Du sollst die Milchshakes nicht mischen«, sagte er.

Salty sah besorgt aus. »Was? Warum? Warum hast du mir das nicht gesagt?«

Skippy gestikulierte auf den großen Aufkleber an der Kühlschranktür.

MILCHSHAKE-GESCHMACKSRICHTUNGEN NICHT MISCHEN, stand dort in klarer, unverkennbarer Schrift. Es war begleitet von einem Totenkopf mit gekreuzten Knochen.

»Oh«, sagte sie und rülpste wieder. Es war vermutlich der längste, lauteste, kühnste Rülpser, den ich je gehört hatte. Skippy schaute bewundernd zu.

»Unhöflich«, sagte Polly.

Salty legte ihre Hände um ihren Hals. Ihre Augen quollen hervor. »Werde ich sterben?«

»Ja«, sagte Skippy, laut und deutlich. Wir beide drehten uns zu ihm um.

»WAS?«, schrie ich.

»R.I.P.«, kreischte Polly. »Ruhe in Frieden, Milchshake-Gesicht.«

»Ich werde sterben-n-n-n-n«, jammerte Salty und fiel auf die Knie. Sie stand wirklich ganz vorne in der Reihe, als die Leere Dramatik verteilte. Ich funkelte Skippy an. Ich weigerte mich, meine beste Koboldfreundin wegen eines magischen Milchshake-Unfalls zu verlieren.

»Jeder wird sterben«, sagte Skippy und zuckte mit den Schultern. »Das ist die Natur des Lebens.«

»Aber sie wird nicht vom Mischen von Milchshakes sterben, oder?«

»Richtig«, sagte er und nickte fröhlich. »Sie könnte sich nur für eine Weile ziemlich ... unwohl ... fühlen.«

Ich seufzte tief, hauptsächlich aus Erleichterung. Das waren zwei

Minuten Panik, die mich unnötigerweise altern ließen. *Verdammte Kobolde.*

Ich schüttelte den Kopf und zog meine Kreditkarte heraus. Nachdem ich die Transaktion abgeschlossen hatte, wartete ich, während Skippy die Sachen in eine Papiertüte packte, in der Hoffnung, dass er genug Zeit gehabt hatte, um darüber nachzudenken, mir zu sagen, wo ich den jungen Mann finden könnte, der verbotene Bücher auslieh.

Salty stöhnte. Der Kobold sah grüner aus als gewöhnlich.

»Wirst du mir sagen, wo ich den Jungen finden kann?«, fragte ich.

»Ich kann dir nicht sagen, wo du ihn finden kannst«, sagte Skippy langsam und nachdenklich. »Einfach weil ich nicht weiß, wo er wohnt. Ich kann dir auch nicht seine Nummer geben, weil er nur Wegwerftelefone benutzt.«

»Was *kannst* du uns sagen?«, fragte ich und versuchte, geduldig zu sein.

»Ich kann dir sagen, dass er möglicherweise der schlechteste Dichter im Reich und definitiv der beste Taschendieb ist.«

»Okay«, sagte ich. Das war ein Anfang. Das waren nützliche Informationen. »Kannst du uns seinen Namen sagen?«

»Das wird nicht nötig sein«, sagte Skippy. Er blickte zu seinem Papagei.

»Apollo!«, sagte Polly und machte ihren kleinen Tanz auf der Stange.

Beim Hinausgehen gab ich ihr den Rest der Kekse.

ICH VERLIEß SCHLIEßLICH den Pfandleihladen mit einer schweren Einkaufstasche und einem stöhnenden und nörgelnden Kobold im Schlepptau.

»Verdammt, Nilve«, sagte ich. »Hast du in der Koboldschule nicht lesen gelernt?«

Sie spuckte auf den Boden. »Ich weiß nicht, was lustiger ist«, sagte sie.

»Die Tatsache, dass du denkst, ich würde Warnhinweise lesen, oder dass Kobolde zur Schule gehen.«

Sie trug immer noch ihr pinkes Roller-Derby-Outfit mit den Rollschuhen um den Hals. Sie band die Schnürsenkel auf und zog sie an, die ganze Zeit über jammernd.

»Was machst du da?«, fragte ich.

»Skate zurück zur Koboldstadt«, sagte sie und setzte ihren Helm auf.

»Was? Es ist meilenweit entfernt. Komm mit zu mir nach Hause, und ich mixe dir einen Trank.«

»Nö«, sagte sie und rülpste wieder. »Ich werde etwas Privatsphäre auf dem Porzellan-Thron brauchen. Es wird nicht hübsch sein. Ich rufe dich an, wenn ich-« Sie stöhnte wieder. »Ugh. Muss los.«

Sie machte sich mit ihren Skates davon und war innerhalb von Sekunden verschwunden. Ich konnte nicht sagen, ob sie einfach super-schnell auf diesen Dingen war oder ob sie durch ein schnelles, selbst gezaubertes Portal raste.

Na dann, dachte ich bei mir. Es schien, als wäre ich in meiner Mission, Apollo zu finden, auf mich allein gestellt.

Ich schritt den Bürgersteig der Stadt entlang und überlegte meine Möglichkeiten. Wie geht man vor, um einen bekanntermaßen effizi-enten Schleichdieb zu finden? Ich würde Morgan fragen, ob sie irgend-welche Hinweise hatte. Wenn etwas als vermisst gemeldet worden wäre, könnte das meine erste Spur sein. Ich war überrascht, den Schwung in meinen Schritten zu bemerken. Ich hatte mich so schrecklich gefühlt, als ich von Abigails Verschwinden hörte, aber jetzt hatte ich zwei mögliche Wege, um die Mädchen zu finden, und je näher ich ihnen kam, desto mehr Kontrolle über den Fall fühlte ich. Ich würde Abigail finden oder bei dem Versuch sterben.

KAPITEL 30

HERR FATTUS RATTUS

APOLLO

Sobald ich die Präsenz des alten Goblins spürte, rannte ich wie der Wind. Oder genauer gesagt, ich erschuf ein Portal so schnell, dass ich mich kaum daran erinnern konnte, es getan zu haben, und sprang dann direkt hindurch ohne ein bestimmtes Ziel im Kopf, was zu einer holprigen und schwindelerregenden Fahrt führte. Als ich durch den Äther taumelte und rollte, entschied ich mich schnell für das Apartmentgebäude des Zauberers, wahrscheinlich weil es nach meinem früheren Besuch dort noch frisch in meinem Gedächtnis war. Außerdem wollte ich seine Brieftasche zurückgeben. Oder besser gesagt, ich fühlte, dass ich seine Brieftasche zurückgeben musste, sonst würde ich wahrscheinlich gejagt und verhaftet werden.

Ich erschien auf dem Parkplatz und sah, dass sein Auto nicht da war, was ein gutes Zeichen war. Ich würde in der Lage sein, den gestohlenen Gegenstand in seiner Wohnung zu platzieren, ohne dass er es mitbekam. Hoffentlich würde er denken, er wäre einfach nachlässig gewesen und hätte seine Brieftasche zurückgelassen. In südafrikanischer Umgangssprache würde man jemanden, der mit seinen Sachen nachlässig umgeht, einen »*Loskop*« nennen – einen lockeren Kopf. Mama nennt mich manchmal immer noch so. *Loskop! Du würdest deinen Kopf verlieren, wenn er nicht an deinem Körper befestigt wäre!*

Ich hoffte, dass der Zauberer genug von einem *Loskop* war, um zu glauben, er hätte seine Brieftasche zurückgelassen, aber ich war nicht vollständig davon überzeugt.

Mein Herz raste noch immer, mein Gang war unsicher. Spontanes Portalen ist nie eine gute Idee, aber es war das oder von dem alten Zwerg der verbotenen Bücherei erwischt werden. Ich spürte auch einen Stich von Schuld wegen der Ratte. Ich meine, ich bin genauso empfindlich bei Ratten wie jeder andere, aber das arme Ding hatte mir nichts getan. Es war einfach schlechtes Timing. Er war es offensichtlich gewohnt, den Palast für sich zu haben. Ich hatte still dagesessen, gelesen, und er hatte wahrscheinlich nicht einmal gewusst, dass ich da war, als er auf dem Tisch landete. Ohne es zu wollen, machte ich Blickkontakt, und das war's für Herrn Fattus Rattus.

Armer Herr Ratte

Groß wie 'ne Katze

Landete auf dem Tische

Und dann ging's platsche.

Als die Ratte starb

Der Taschendieb weinte bitterlich.

Er wollte sie nicht töten, verstehst du?

Es war der Fluch in ihm drin.

Die Zwergin, der dieser prächtige Cog-Laden gehört, sagte mir, dass sie einen Fluchbrecher kennt und uns in Kontakt bringen würde. Ich gab ihr meine Nummer. Ich weiß nicht, ob sie nur Mitleid mit mir hatte und mir Hoffnung machen wollte, aber ich schätze, ich muss einfach geduldig und optimistisch bleiben.

In der Zwischenzeit würde ich zum dritten Mal an einem Tag einbrechen und mich hoffentlich gänzlich des Zauberers entledigen. Er war kein guter Mann, und ich wollte nichts mehr mit ihm zu tun haben. Ich machte mich auf den Weg zu seiner Haustür und benutzte meine Kreditkarte, um sie aufzuschließen. Ich hätte einen Feuerzauber benutzen können, um den Metallriegel zu schmelzen, aber ich wollte keine Schäden hinterlassen. Ich hatte für einen Tag genug Schaden angerichtet. Die Kreditkarte funktionierte – wie immer – und ich schlüpfte leise in die Wohnung des Zauberers.

Ich wusste sofort, dass etwas nicht stimmte. Ob es ein bestimmter Geruch oder eine Energie war, oder etwas ganz anderes, mein Körper bemerkte etwas Verdächtiges. Ich spürte den Drang zu fliehen – wieder – aber meine Neugier gewann die Oberhand. Ich schnüffelte in der Luft. Da war etwas, das herumschwamm, aber ich wusste nicht was. Ich schlich vorwärts. Der Ort sah ordentlich genug aus, wie schon früher am Tag. Es gab keine Anzeichen von Handgreiflichkeiten oder einem Einbruch. Warum war die Energie dann so seltsam? Ich ging weiter, trat lautlos auf dem Teppich auf. Die Küche war leer, genauso wie das Wohnzimmer. Das Schlafzimmer des Zauberers war unordentlich, aber nicht besorgniserregend. Bald hatte ich jeden Raum überprüft und nichts Außergewöhnliches gefunden.

Vielleicht waren es nur meine überreizten Nerven, da ich Minuten zuvor fast erwischt worden wäre. Vielleicht waren es nur Überreste des Adrenalins, das durch mich gepumpt war. Ich habe irgendwo einmal gelesen, dass Tiere sich nach einem Schreck schütteln, weil es hilft, die nervöse Spannung abzubauen. Vielleicht brauchte ich auch eine gute Durchschüttelung. Ich nahm die Brieftasche des Zauberers aus meiner Tasche, bediente mich an ein paar Scheinen als Bezahlung für das am Morgen gelieferte Gemälde und ließ die Brieftasche auf der Küchenanrichte liegen. Da sah ich etwas auf dem Boden. Ich hockte mich hin, um einen besseren Blick auf die ansonsten saubere Bodenfliese zu werfen. Es war ein Tropfen frisches Blut. Ich blieb in der Hocke und dachte über alles nach.

Nun, mir war klar, dass ein Tropfen Blut nicht unbedingt etwas bedeuten musste. Der Zauberer könnte sich in Eile rasiert und sich am Kinn geschnitten haben. Es könnte Nasenbluten gewesen sein. Gleichzeitig sagte mir mein Bauchgefühl, dass etwas ganz und gar nicht stimmte.

Aus diesem Winkel bemerkte ich eine Lichtlinie, die durch die Zwillingsregale schien, die ich vorher nicht gesehen hatte. Ich stand auf und schlich hinüber. Es sah fast wie ein Schimmern aus – eine Portaltür – aber es war heller. Ich legte meine Hände an die Ränder der fast aneinanderstoßenden Regale, aus denen das Licht kam, bekam einen guten Griff und zwang sie auseinander.

Ich hatte nicht viel Zeit, den Geheimraum zu überblicken, weil eine Silhouette mir sofort einen Schlag auf den Kiefer verpasste. Wie in Zeitlupe sah ich, während ich fiel, die zwei finsteren Schattengestalten, aber sie störten mich nicht so sehr wie der, den ich in der Mitte des Raumes sah. Haryk Virvaris war an einen Stuhl gefesselt, geschlagen und blutig, und es war meine Schuld.

Ich sah Sterne und verlor die Funktionsfähigkeit meiner Knie und dann mein Bewusstsein.

KAPITEL 31

LANGSAME MAGIE

APOLLO

Schwimmend durch die Dunkelheit der Bewusstlosigkeit begann ich Schmerzen zu spüren. Der Schlag auf den Kiefer hatte etwas gebrochen, dachte ich, denn meine Kiefer schienen nicht mehr so zusammenzupassen wie zuvor. Ich spürte brennende Seilabschürfungen an meinen Handgelenken und unnachgiebiges, hartes Holz gegen meinen Rücken. Diese Hinweise reichten aus, um zu erkennen, wo ich war, bevor ich die Augen öffnete.

Virvaris war immer noch im Raum, wie ich jetzt auch gefesselt, aber in weitaus schlimmerem Zustand. Das Gemälde lehnte an der strahlend weißen Wand. Es begann alles einen Sinn zu ergeben.

»Letzte Chance, Elf«, sagte einer der schwarzherzigen Männer. Jetzt konnte ich sehen, wie sie aussahen. Ich hatte gewalttätige Orks erwartet, aber dies waren Menschen – Menschen in schwarzen Uniformen. Sie waren die Handlanger des Zauberers.

»Wenn ihr mich tötet«, hustete Haryk, »werdet ihr nie erfahren, wie man den Spiegel bergen kann.« Seine Stimme war blubbrig vor Blut, und mir wurde übel. Es klang, als hätten sie ihm wirklich schweren Schaden zugefügt. Schuld wallte in mir auf. Ich musste ihn retten.

Einer der Handlanger bemerkte, dass ich wieder zu Bewusstsein gekommen war. »Du«, platzte er heraus. »Wer zum Teufel bist du?«

»Ich arbeite für den Zauberer«, sagte ich. Es tat weh zu sprechen.

Der Handlanger grunzte. »Das werden wir ja sehen. Er wird bald hier sein.«

Virvaris schaute zu mir herüber, ein Auge völlig zugeschwollen. »Du arbeitest für den Zauberer«, sagte er. Seine Lippe war aufgeplatzt. »Du hast das Gemälde gestohlen.«

»Es tut mir so leid«, sagte ich, mein Kiefer schmerzte. »Es war mein letzter Auftrag. Ich fange ein neues Leben an.«

Der kleinste Schläger lachte hämisch. »Ein neues Leben anfangen, was? Den Spruch hab ich schon oft gehört.«

Ich ignorierte ihn. »Dieser Auftrag sollte mir genug Geld einbringen, um aus dem Geschäft auszusteigen. Es tut mir leid. Ich wusste nicht, dass jemand verletzt werden würde.«

»Oh, jemand wird definitiv verletzt werden«, versprach der Anführer. Er hatte eine glänzende Glatze, und die Ränder einer Brusttätowierung lugten aus dem Kragen seines Hemdes hervor.

Ich musste uns hier rausholen, aber meine Arme und Füße waren sicher gefesselt, und selbst wenn nicht, wären wir zwei schmächtige Gestalten gegen die muskelbepackten Blockköpfe gewesen. Ich versuchte zu spüren, ob meine Portalenergie verfügbar war, aber die Magie wollte nicht greifen. Es war, als versuchte man, einen nassen Kerzendocht anzuzünden. Wir mussten einen anderen Weg finden, um zu entkommen.

»Warum sagst du ihnen nicht, wie man den Spiegel aus dem Gemälde holt?«, fragte ich.

»Weil sie dann keinen Grund mehr haben, mich am Leben zu lassen«, antwortete er.

»Wir lassen dich gehen«, sagte der Kleine.

Der Elf stieß ein schmerzerfülltes Lachen aus. »Nein, werdet ihr nicht.«

Haryk hatte recht. Ich hatte das ungute Gefühl, dass diese Ratten uns so oder so töten würden. Ich schloss die Augen und konzentrierte mich auf das Seil, das meine Arme an den Stuhl fesselte. Meine Magie war nicht stark – der Ausdruck *schwach wie Wasser* kam mir in den Sinn –, aber wenn ich mich darauf konzentrierte und langsam an den Fasern arbeitete, könnte ich mit der Zeit hindurchschneiden, so wie Wasser Felsen formt. Ich stellte mir die Fesseln in meinem Geist vor und begann allmählich, den ersten Strang zu verbrennen. Ich fragte mich, ob etwas in den Wänden war, das Energie aus der Leere abschirmte.

»Hey!«, schrie der Glatzkopf-Schläger, trat gegen mein Schienbein und zwang mich, die Augen aufzureißen. »Ich beobachte dich. Keine Faxen, verstanden?«

Ich funkelte ihn an. *Keine Faxen*? Ernsthaft? Woher hatte er seine Bösewicht-Sprüche? Aus den Fernsehserien der Achtziger?

Wenn das Schließen meiner Augen sie misstrauisch machte, würde ich es mit offenen Augen tun. Ich konzentrierte mich auf das Gemälde an der Wand, während ich weiter die ersten Fäden verbrannte. Der Verbrennungsprozess war langsam, wie die Sonne durch das Vergrößerungsglas eines grausamen Kindes. Sobald ich den Rauch roch, hörte ich auf. Wenn er sich verzogen hatte, begann ich von Neuem. Mein Fortschritt war qualvoll langsam, aber nach etwa einer Stunde, wie ich schätzte, begann ich zu spüren, wie die Fessel lockerer wurde. Es war gut, eine Aufgabe zum Fokussieren zu haben, denn das half mir, auszublenden, was sie Virvaris antaten. Ich erkannte, dass ich seinen Schmerz nutzen konnte, um meine Magie anzutreiben, die kurz davor war, völlig zu versagen. Schließlich spürte ich, wie das angesengte Seil nachgab, und ich konnte meine Handgelenke gerade genug bewegen, um den Rest des Knotens zu lösen, wobei ich darauf achtete, ihn festzuhalten, damit er nicht auf den Boden fiel. Ich bewahrte eine möglichst ruhige Haltung, wissend, dass meine stundenlange langsame Magie umsonst gewesen wäre, wenn einer von ihnen etwas vermutete.

KAPITEL 32
BLUTENDER MILLIARDÄR

APOLLO

Haryk Virvaris war halb bei Bewusstsein und blutete. Ich beobachtete, wie die Flüssigkeit wie rote Farbe auf dem polierten Boden vergossen wurde. Die Schläger in schwarzen Uniformen schienen den Wahrheitsextraktionsprozess zu genießen, obwohl er keine Informationen lieferte. Meine Hände waren frei und schweißnass. Ich wartete auf den richtigen Moment, um meinen Zug zu machen, wusste nur nicht, welcher Zug das sein würde. Ich nutzte meine Ablenkungssuperkraft jeden Tag, um Dinge zu stehlen; ich könnte es genauso gut versuchen, um unsere Leben zu retten.

»Hey, Leute«, sagte ich zu den Brutalen. »Riecht ihr etwas Brennendes?«

»Halt die Klappe«, fauchte der Kleinere der beiden.

»So viel Charme und elegante Manieren«, antwortete ich. »Ich wusste gar nicht, dass man euresgleichen auf die Benimmschule schickt.«

Der Mann starrte mich finster an und ballte seine Finger. »Wenn du nicht aufpasst, bringe ich dir ein paar Manieren bei.«

Das war reich, von ihm kommend. »Im Ernst aber«, sagte ich. »Ich rieche etwas Brennendes.«

Der Größere mit dem Tattoo, das sich seinen Hals hochschlängelte, schnüffelte in der Luft. »Ich rieche tatsächlich etwas«, sagte er. »Geh und schau nach.«

Der Kleine war sauer darüber, herumkommandiert zu werden, tat aber wie ihm geheißen und verließ den geheimen Raum. Ein Schläger weniger, noch einer übrig. Ich war mir sicher, dass ich entkommen könnte und den blutenden Milliardär mitnehmen würde. Das war ich ihm schuldig. Es war gewissermaßen meine Schuld, dass er überhaupt hier war.

»Liest du jemals Gedichte?«, fragte ich den Raufbold.

»Halt den Mund«, sagte er.

»Ich bin Dichter«, erklärte ich ihm. »Ich schreibe Gedichte.«

»Ich weiß, was ein Dichter ist«, schnappte er.

»Ich könnte ein Gedicht über dich schreiben«, sagte ich. »Oder ein Lied. Liedtexte sind nur Gedichte mit Musik. Ich singe auch gerne.«

»Ich warne dich. Wenn du nicht die Klappe hältst, werde ich sie für dich halten.«

Der Elf stöhnte, seine Handgelenke immer noch gefesselt, sein Kopf blutete noch immer.

»Magst du Tiere?«, fragte ich den Schläger. »Ich kann mir ein Gedicht über Tiere ausdenken, wenn du willst. Oder Kuchen. Oder eigentlich alles. Sag einfach Bescheid.«

Er ignorierte mich. Ich schloss meine Augen, während ich mein kleines Liedchen komponierte.

»Es war einmal ein Mann in schwarzer Uniform«, begann ich, konnte dann aber kein Wort finden, das sich auf *Uniform* reimte. »Ah«, sagte ich. »Jetzt hab ich's.«

Da war ein Mann in schwarzer Uniform

Sein Gesicht wie eine Wolke im Gewittersturm

Eine Echse im Schneesturm, er folgte dem Orden eines Zauberers!

Oh ja, der Mann in schwarzer Uniform.

»Das ist das schlechteste Gedicht, das ich je in meinem Leben gehört habe«, sagte der Schläger. »Du hast keine Ahnung vom jambischen Pentameter.«

»Jambischer was?«, fragte ich.

»Jambischer Pentameter«, sagte er. »Eine Zeile aus zehn Silben in einem bestimmten Muster aus unbetonter Silbe gefolgt von einer betonten Silbe, oder einer kurzen Silbe gefolgt von einer langen Silbe. Es ist ein Reimschema.«

»Da hast du mich verloren«, sagte ich.

Er seufzte und starrte an die Decke, bevor er mich wieder ansah. »Es ist wie der menschliche Herzschlag, verstehst du? Da-DUM, da-DUM, da-DUM. Eine Standardzeile im jambischen Pentameter besteht aus fünf jambischen Versfüßen in einer Reihe.«

»Versfüße?«

Er seufzte erneut, als wäre ich möglicherweise die dümmste Person, der er je begegnet war. »Rhythmus wird in Gruppen von Silben gemessen, die Versfüße genannt werden, richtig? Der jambische Pentameter verwendet eine Art Versfuß, genannt Jambus, der aus einer kurzen unbetonten Silbe gefolgt von einer längeren betonten Silbe besteht.«

»Okay, ich glaube, ich verstehe es jetzt langsam.«

»Eine Zeile im jambischen *Penta*meter enthält also fünf Versfüße.«

Ich nickte. »Also fünf Herzschläge.«

»Es ist ein grundlegender Baustein der Poesie im Englischen«, sagte er. »*Romeo und Julia. Macbeth.* Robert Brownings ›My Last Duchess‹. John Donnes ›Holy Sonnet‹.«

»Okay«, sagte ich.

»Und was soll der Echse-Schneesturm-Unsinn?«, fragte er. »Du kannst nicht einfach Unsinn in einen Reim packen und es ein Gedicht nennen.«

»Oh«, sagte ich. »Ich versuchte zu sagen, dass du kalt bist. Kaltherzig. So kalt wie eine Echse im Schneesturm, verstehst du? Weil Echsen kaltblütig sind–«

Der Mann verdrehte wieder die Augen. »Das schlechteste Gedicht aller Zeiten. Ich übertreibe nicht einmal. Du solltest für diese Art von Müll verhaftet werden.«

»Meine Güte«, antwortete ich. »Das ist ein bisschen hart, findest du nicht?«

Er gab mir einen Todesblick, den ich tapfer mit meiner eigenen Version konterte.

»Nenn mich nicht ›Meine Güte‹«, sagte er. »Nur meine Freunde nennen mich so.«

Für einen Moment war ich sprachlos. Hatte der Mann gerade einen *Witz* gemacht? Wir starrten uns weiter an, und dann ließ er das kleinste aller Mikro-Kichern hören.

»Hast du gerade einen Witz gemacht?«, fragte ich. »Das ist nicht sehr professionell. Du solltest uns eigentlich foltern.«

»Du bist derjenige, der mich foltert, mit deiner schrecklichen Poesie.«

»Ha!«, rief ich. »Du hast gerade gereimt.«

Er wackelte ein bisschen mit dem Kopf. »Ich hab früher auch mal gedichtet.«

Der andere Typ kam zurück. »Kein Rauch. Kein Feuer.«

Kein Rauch. Kein Feuer. Da-DUM. Da-DUM.

»Was ist los?«, fragte der Kleine.

»Nichts«, antworteten wir beide und versuchten, unschuldig zu wirken.

Seine Augen verengten sich misstrauisch. »Ich habe euch reden gehört«, sagte er. »Worüber habt ihr gesprochen?«

»Du würdest mir nicht glauben, wenn ich es dir sagen würde«, antwortete ich.

KAPITEL 33
GEFANGEN IM SIRUP EINES ZEITLUPEN-ZAUBERS

APOLLO

Der kleine Schläger krempelte seine Ärmel wieder hoch. »Bereit für Runde zwei?«, fragte er den halb bewusstlosen Elfen.

»Hör mal«, sagte der Größere, den ich in meinem Kopf als »Louise« bezeichnete. »Er wird nicht reden. Wenn wir noch mehr Schaden anrichten, wird er nicht mehr am Leben sein, um zu reden.«

Kurzer nickte, aber seine Hände waren immer noch zu Fäusten geballt. »Sieht aus, als wären wir am Arsch.«

»Nicht unbedingt«, sagte ich.

»Wenn wir deine Meinung haben wollen, *Unkraut*, werden wir dich danach fragen.«

»Tut mir leid«, sagte ich. »Es ist nur so, dass ihr noch nicht am Arsch seid. Noch nicht.«

Beide sahen in meine Richtung. Kurzer trat einen Schritt näher, um mich einzuschüchtern. »Wir können ihn nicht zum Reden bringen, und wir können ihn nicht sterben lassen. Welchen Teil davon verstehst du nicht?«

»Ich verstehe, dass ihr für einen Zauberer arbeitet, der unvernünftige Forderungen stellt«, erwiderte ich. »Warum ist er nicht hier, um Haryk zum Reden zu bringen? Warum hat er es zu eurem Problem gemacht?«

»Du scheinst die Definition eines Söldners nicht zu verstehen«, sagte Louise. »Wir werden dafür bezahlt, die Probleme anderer Leute zu lösen.«

»Ah«, sagte ich. »Das erklärt tatsächlich eine Menge.«

»Und was jetzt, Klugscheißer?«

Ich schaute zu Kurzer. »Du fragst jetzt nach meiner Meinung?«

»Du hast gesagt, wir sind noch nicht am Arsch. Sag mir warum.« Er dehnte seine Finger.

»Nun, ihr seid Söldner, richtig?«

»Die gesamte Metro-Realm-Einheit ist es«, antwortete Louise und kratzte sich an seinem Halstattoo. »Kanonen zu vermieten.«

»Richtig«, sagte ich. »Und ihr wisst, wie wertvoll dieses Gemälde ist.«

»Ja«, sagte Kurzer.

»Ihr könntet es auf dem Schwarzmarkt für viel mehr verkaufen, als ihr jetzt bezahlt bekommt.«

Beide starrten mich eine Weile an und dachten nach.

»Ihr könnt das Gemälde nehmen und uns gehen lassen«, sagte ich, falls mein Punkt nicht klar war. »Wir werden nichts sagen. Und selbst wenn wir es täten, wäre es zu spät. Ihr Jungs werdet irgendwo in den Sonnenuntergang segeln mit mehr Geld, als ihr in einem ganzen Leben verdienen würdet, wenn ihr die Drecksarbeit eines Zauberers macht.«

Sie nahmen ihre Augen von mir und sahen einander an.

»Kein schlechter Plan«, sagte Kurzer.

»Aber riskant«, sagte Louise. »Wenn wir erwischt werden...«

»Je größer das Risiko, desto größer die Belohnung. Das sagen die Krypto-Bros.«

»Ha«, sagte Louise. »Du solltest niemals etwas glauben, was die Krypto-Bros sagen.«

Kurzer neigte seinen Kopf und verzog seine Mundwinkel nach unten, um den Punkt einzuräumen.

»Aber was für ein Leben würden wir führen, wenn wir ständig über die Schulter schauen müssten?«, fragte Louise. Das war eine berechtigte Frage. Es ist ja nicht so, als wären sie in einem Zeugenschutzprogramm. Sie hätten einen wütenden Zauberer – und vielleicht ein paar rachsüchtige Elfen – für alle Ewigkeit auf ihren Fersen. Nicht unbedingt die beste Lebensentscheidung, nehme ich an.

»Lass es uns machen«, sagte Kurzer.

»Bist du sicher?«, fragte Louise.

»Es wird besser sein, als hier rumzuhängen. Ich habe gehört, Mexiko ist großartig.«

»Mexiko ist wunderbar zu dieser Jahreszeit«, log ich. Ich war noch nie in Mexiko gewesen und wusste nicht einmal, welche Jahreszeit gerade auf der Nordhalbkugel herrschte. Ich hatte jedoch Gerüchte über die GSS gehört. Sie waren legendär. »Es gibt eine Gruppe von *abuelas*, die Geriatrische Zauber-Truppe genannt wird. Wenn ihr sie aufsucht, sagt ihnen, ich lasse grüßen. Sie könnten euch sogar Tacos machen.«

»Hast du dir das gerade ausgedacht?«, fragte Kurzer.

»Nein«, ich schüttelte den Kopf. »Es ist wahr. Sie existieren wirklich. Bei den Tacos bin ich mir allerdings nicht sicher. Das könnte ein Gerücht sein.«

»Wenn wir es tun wollen, dann lass uns abhauen«, sagte Louise. »Der Boss wird jeden Moment zurück sein, und wir brauchen einen so großen Vorsprung wie möglich.«

Kurzer nahm das Gemälde. Haryk Virvaris schreckte auf, als wäre er mit dem Artefakt durch einen stromführenden Draht verbunden.

»Was tut ihr da?«, fragte er. Seine Stimme klang immer noch schrecklich, als hätte er mit geronnenem Blut gegurgelt.

»Tut mir leid, Milliardärs-Bruder«, sagte Kurzer. »Es gab eine Plan-änderung.«

Der Elf blinzelte und versuchte, sich auf die beiden Männer in Uniform zu konzentrieren.

»Ihr könnt das Gemälde nicht mitnehmen«, sagte Haryk. »Es ist zu gefährlich.«

»Gefährlich?«, fragte Kurzehose. »Ich glaube, du bist verwirrt. Es ist nur ein Gemälde.« Er klopfte auf den Rahmen, und sowohl Haryk als auch ich zuckten zusammen. Ich hatte diesen Film schon gesehen. Jemand warnt vor einem verfluchten Gemälde, wird ignoriert, und das Nächste, was man weiß, ist, dass ein bösartiger Geist aus dem Rahmen steigt und versucht, deine Familie zu töten.

Der Elf kämpfte darum, seine Augen offen zu halten. »Gefährlich«, wiederholte er.

Ich sah, wie Louise schluckte und ihre Entscheidung hinterfragte.

»Okay«, sagte ich. »Ich nehme meine Idee zurück. Ich glaube nicht, dass ihr das Gemälde mitnehmen solltet.«

»Zu spät«, sagte Kurzer. »Die Entscheidung ist gefallen.« Er sah Louise an. »Lass uns gehen.«

Virvaris schüttelte seinen Kopf. »Ihr versteht nicht, was in diesem Gemälde ist. *Wer* in diesem Gemälde ist.«

Die schöne Frau?, dachte ich. *Sie sah nicht besonders gefährlich aus.*

»Ich verstehe schon«, sagte Kurzehose und zog sein Messer heraus. »Er versucht, uns reinzulegen. Sie sind listige Kreaturen, diese Elfen. Wir wurden vor euresgleichen gewarnt.«

»Ich glaube nicht, dass er versucht, euch reinzulegen«, sagte ich. Ich spürte die Angst in seiner Stimme – und es war keine Angst vor diesen beiden. Es war etwas Größeres als sie, größer als wir alle. Mir wurde klar, dass ich wirklich etwas tun musste, nicht darauf warten, dass die anderen die richtige Entscheidung träfen. Ich nahm einen tiefen Atem-zug, um mich vorzubereiten. Ich war jung und dünn, und die Schläger waren, nun ja, Schläger. Ich hatte keine Chance, es sei denn, ich könnte Kurzer das Messer abnehmen, eine Vorstellung, die mir überhaupt nicht gefiel. Aber meine Handgelenke waren frei und die des Elfen nicht, also war es an mir, das Gemälde zu schützen.

Ich holte noch einmal tief Luft, sammelte meinen Mut und sprang von meinem Stuhl auf. Alles verlangsamte sich, als wären wir im Sirup eines Zeitlupen-Zaubers gefangen. Louise griff nach dem Gemälde und Kurzer richtete das Messer auf mich, bereit, mich aufzuspießen. Virvaris brüllte: »Ne-e-e-e-e-e-in!«

Ich sah, wie die Klinge immer näher an meinen Bauch kam. Ich konnte fast spüren, wie der Stahl durch meine Haut schnitt und meine Organe durchbohrte. Näher, näher, bis nur noch ein Zentimeter fehlte und ich nichts dagegen tun konnte.

Ich hörte Geflüster. Virvaris hatte aufgehört zu schreien und murmelte etwas vor sich hin. Als die Messerspitze meinen T-Shirt berührte, spürte ich dort einen scharfen, glühenden Schmerz, wie einen Hornissenstich.

Ich will nicht so sterben, dachte ich.

Es gab ein Klappern. Das Messer war auf den Boden gefallen, und Virvaris und ich waren die einzigen, die noch im Raum waren.

KAPITEL 34
ARMES KINDERMÄDCHEN

APOLLO

»Was ist gerade passiert?«, fragte ich. Wir bewegten uns nicht mehr in Zeitlupe. Der Panikraum war still. Der Elf schaute kurz zu mir auf, seine geschwollenen Augen erschöpft, dann deutete er nachdrücklich auf das Gemälde. Ich verstand nicht. Ich ging dorthin, wo Louise es hatte fallen lassen, und betrachtete das Gesicht der Frau. Es schien unverändert.

»Schau genauer hin«, sagte der Elf.

Ich konnte immer noch nichts erkennen ... bis ich es dann doch sah. In der Spiegelung der Augen der Frau bemerkte ich Bewegung. Zwei winzige Schlägerschatten, die gegen irgendetwas schlugen, das sie dort festhielt.

»Was.« Es war keine Frage. Ich beobachtete sie eine Weile lang, wie gebannt, bis ich hörte, wie Virvaris sich in seinem Stuhl bewegte. Ich nahm die Klinge und schnitt ihn schnell frei. Er dankte mir leise und rieb sich eine Weile seine Handgelenke, ohne aufzustehen.

»Ich habe Fragen«, sagte ich.

»Die müssen warten«, erwiderte der Elf.

187

Ich half ihm hoch, aber er konnte nicht alleine stehen. Ich nahm das Gemälde auf, legte seinen Arm über meine Schulter und führte ihn aus dem Geheimraum heraus, in der Hoffnung, dass der Zauberer nicht genau in diesem Moment nach Hause kommen und uns schnappen würde. Sobald wir die Schwelle überschritten hatten, spürte ich, wie meine Magie zurück in meine Adern strömte.

»Warum hast du so lange gewartet, um sie einzusperren?«, fragte ich. »Du hättest dir viele Verletzungen ersparen können.«

»Es ist eine schreckliche Sache, jemanden so wegzusperren«, antwortete er.

»Aber warum so lange warten?«

»Ich habe nicht gewartet. Ich habe sofort angefangen, aber der Zauber wollte nicht greifen. Da war etwas in diesen Wänden ... etwas, das meine Magie blockiert hat. Aber als ich sah, wie das Messer auf dich zuflog, gab mir das genug Adrenalin, um den Zauber endlich zu vollenden.« Ich muss ängstlich ausgesehen haben, denn er tippte mir auf den Arm. »Du hast dich gut geschlagen. Katastrophe abgewendet.«

Ich schaute noch einmal auf das Gemälde.

Katastrophe vorerst abgewendet, jedenfalls.

»Ich bin zu schwach, um zu reisen«, sagte Virvaris.

Das war noch untertrieben. Die Knie des Mannes knickten bei jedem Schritt ein.

»Keine Sorge«, sagte ich. »Ich bringe dich per Portal nach Hause.«

»Das kannst du nicht«, sagte der Elf. »Ich lebe in Avalon. Wir haben fortschrittliche-«

»Fortschrittliche Sicherheitsmaßnahmen, ja, ich weiß. Es tut mir leid.«

»Es tut dir *leid*? Weißt du, was hätte passieren können, wenn das Gemälde in die falschen Hände geraten wäre?«

»Ich hatte keine Ahnung, dass es so wichtig ist«, sagte ich. »Und ich wusste nicht, dass sie dich gefangen nehmen würden. Dich verletzen würden.«

»Meine Verletzungen sind nichts, *nichts* im Vergleich zu dem, was hätte passieren können.« Ich spürte, wie Wellen von Wut von ihm ausgingen, wie wenn Hitze die Luft über einer heißen Straße verzerrt.

Ich wusste nicht, was ich sonst sagen sollte. Er wollte meine Entschuldigung nicht, aber es war alles, was ich geben konnte. »Es tut mir wirklich sehr leid. Ich wusste es nicht.«

Virvaris sah etwas weniger wütend aus, also nahm ich das als Erfolg. »Wir sind immer noch in Gefahr, solange wir hier sind. Lass uns jetzt das Portal öffnen, und du kannst mich später verprügeln.«

»Abgemacht«, sagte er.

Ich hielt das Gemälde unter einem Arm, wünschte mir, ich hätte es nie zu Gesicht bekommen, und hielt den Elfen fest mit dem anderen. »*Ianua sit*«, sagte ich, und wir wurden davongeschleudert.

»Wo hast du gelernt, so zu portalen?«, fragte Haryk, nachdem wir uns von der Reise erholt hatten und, umgeben von Gemälden, in seinem teuer eingerichteten Esszimmer saßen und Ibuprofen mit Sprudelwasser tranken. Er lag auf seiner Chaiselongue und war mit einer dünnen Decke zugedeckt.

Ich zuckte mit den Schultern. »Ich weiß nicht. Ich erinnere mich nicht.«

»Haben deine Eltern es dir beigebracht?«, fragte er sich.

»Nein, sie haben die Gabe nicht.«

»Nicht? Woher hast du sie dann?«

Ich zuckte wieder mit den Schultern. »Ich weiß nicht.« Das waren nicht die befriedigendsten Antworten, aber ich hatte nichts anderes. »Eines Tages habe ich einfach, ich weiß nicht, gespielt? In einem Park. Auf einem Spielplatz vor einer Bibliothek. Und ich sah dieses... Schimmern.«

»Ein Durchgang?«

»Ich wusste es damals nicht. Aber ja. Es war beängstigend. Ich war klein. Wahrscheinlich ungefähr fünf oder sechs Jahre alt.«

Haryk sah entsetzt aus. »Du hast mit fünf oder sechs Jahren allein portalt?«

»Nicht mit Absicht«, sagte ich und lachte.

»Ich war nur ein paar Minuten weg, aber mein Kindermädchen sah mich verschwinden und wieder auftauchen, und sie kündigte noch am selben Tag. Hat wahrscheinlich gedacht, ich sei ein Dämonenkind.«

»Armes Kindermädchen«, sagte der Elf und kämpfte damit, sein Grinsen zu verbergen.

»Ja«, stimmte ich zu und lächelte. »Armes Kindermädchen.«

»Und armes Kind«, fuhr Virvaris fort. »Was hast du auf der anderen Seite gesehen?«

»Ich glaube, es war etwas Traumatisches«, antwortete ich.

Er runzelte die Stirn. »Du erinnerst dich nicht?«

»Ich glaube, ich habe es verdrängt. Ich glaube, ich hatte solche Angst, dass ich einfach aus wo auch immer ich war abgehauen bin und es dann verdrängt habe. Alles, woran ich mich erinnere, ist, dass ich zurück durch den silbernen Luftvorhang gesprungen bin – so habe ich es meiner Mutter erklärt, *ein silberner Luftvorhang* – und ich war wieder im Sonnenschein, stand auf dem Gras neben der Rutsche. Und das Kindermädchen schrie.«

»Und deine Eltern haben dir geglaubt?«

Ich dachte eine Weile über die Frage nach. »Ich glaube, sie glaubten, dass *ich* es glaubte. Also, sie haben mich nicht beschuldigt zu lügen. Und die Kündigung des Kindermädchens hat mich wohl bestätigt. Aber ich lernte bald, es geheim zu halten. Ich begann, andere kleine magische Dinge zu bemerken, die ich tun konnte – kleine, subtile Dinge, die ich nicht verstehen konnte. Da habe ich angefangen, über Magie zu lesen.«

Virvaris nickte. »Wann hast du beschlossen, deine Kraft zum Stehlen zu nutzen?«

Wir waren ganz gut miteinander ausgekommen, also überraschte mich die Frage. Ich fühlte mich angegriffen, obwohl ich kein Recht dazu hatte.

»Meine Eltern mussten aufhören zu arbeiten, als ich ungefähr vierzehn war«, erzählte ich ihm. »Meine Mutter hat psychische Probleme. Mein Vater kümmert sich um sie. Sie verloren ihre Ersparnisse. Wir verloren unser Haus. Wir steckten also in Schwierigkeiten.«

»Also fingst du an zu stehlen.«

»Nicht sofort. Ich versuchte, einen Job zu finden, den ich nach der Schule machen konnte, aber es war einfach nicht genug Geld. Mir wurde klar, dass ich Taschendiebstähle begehen könnte, ohne je erwischt zu werden, wenn ich portalen konnte. Also fing ich damit an. Ganz langsam, weißt du. Erst eine Sache, dann eine andere. Das Problem war, dass ich ziemlich gut darin war und begann, mich darauf zu verlassen. Meine Eltern auch, obwohl sie nicht wussten, dass ich stahl. Sie dachten, das ganze Geld käme von meinem Nebenjob und hielten es für das Beste, keine Fragen zu stellen. Ich nahm nie mehr, als ich brauchte.«

»Bis jetzt«, sagte Virvaris.

Ich schaute beschämt auf meine Hände. »Ich werde dir nicht verübeln, wenn du mir nicht glaubst, aber das sollte mein letzter Auftrag sein. Ich brauchte genug Kapital, um endgültig auszusteigen. Ich wusste nichts über das Gemälde, nur dass ich gut dafür bezahlt werden würde.«

»Und wurdest du das?«, fragte er. »Gut dafür bezahlt?«

Ich schüttelte den Kopf. »Wir konnten nicht herausfinden, wie man den Spiegel aus dem Gemälde bekommt.«

»Dem Nichts sei Dank«, sagte Haryk.

»Wie fühlst du dich?«, fragte ich. »Musst du ins Krankenhaus? Deine Augen sind weniger geschwollen.«

»Nein, mir geht's gut«, sagte er, berührte seinen Brustkorb und zuckte zusammen. »Ein paar gebrochene Rippen. Und ich glaube, meine Milz ist geplatzt, aber wer braucht schon eine Milz, richtig?«

»Ich könnte dir eine neue besorgen«, scherzte ich. »Das Opfer wird es nicht einmal bemerken.«

»Das könntest du wahrscheinlich!«, lachte der Elf und zuckte wieder zusammen.

»Die Leute sind so abgelenkt«, sagte ich. »Deshalb ist es so leicht, shoppen zu gehen.«

Ich stellte mir vor, wie ich jemandem auf einem Rockkonzert die Milz herauszog, während er durch seinen TikTok-Feed scrollte.

»Warum bist du so nett zu mir?«, fragte ich. »Hast du die Polizei gerufen, um mich verhaften zu lassen, und du hältst mich im Gespräch, damit ich bleibe, während du darauf wartest, dass sie eintreffen?«

»Es gibt keine Polizei in Avalon«, antwortete Virvaris. »Keine Kriminalität.«

Ich schämte mich wieder. »Bis jetzt.« Ich schaute mich um und betrachtete die Gemälde, weil ich das Thema wechseln wollte. »Du hast hier eine unglaubliche Sammlung.«

»Keine Ideen bekommen«, sagte der Elf und lächelte.

Haryk Virvaris setzte sich leicht auf. Ich sah den Schmerz über sein Gesicht huschen. »Wir müssen einen Ort finden, um das Gemälde zu verstecken«, sagte er. »Es werden mehr von diesen Männern in Uniform kommen, die es suchen. Die mich suchen.«

»Bist du der Einzige, der weiß, wie man den Spiegel aus dem Gemälde herausholt?«, fragte ich.

Er nickte. »Es ist definitiv keine sichere Lage.«

»Du könntest bei mir bleiben, bis sich die Lage beruhigt hat«, bot ich an. »Ich schmuggele dich an meinen Eltern vorbei.«

»Ich möchte deine Eltern nicht in Gefahr bringen«, erwiderte er.

»Ich könnte dich überall hinportalen, wo du willst«, sagte ich. »Wir können einen neuen Versteckplatz dafür finden. Und du kannst einen schönen langen Urlaub irgendwo machen, während du heilst und wir darauf warten, dass sich alles beruhigt.«

»Ja«, sagte der Elf. »Aber die Frage ist, wo?«

»Barbados?«

»Nein, ich meine, wo werden wir das Gemälde verstecken?«

»In einem Banktresor«, schlug ich vor. »Die Sicherheit von Auric ist erstklassig.«

»Aber das würde eine Papierspur hinterlassen.«

»Die sich in eine Spur von... Leichen verwandeln könnte.«

»Richtig. Wir versuchen, Kollateralschäden zu begrenzen.«

Ich dachte eine Weile nach. »Ich habe eine Idee, aber es könnte eine großzügige Bestechung erfordern.«

»Zum Glück für uns habe ich Geld.«

»Geld ist eine Sache«, sagte ich. »Aber hast du auch Käsekuchen?«

KAPITEL 35

FRANZÖSISCHES ROT

ASHA

»Du bist ein Anblick für müde Augen«, sagte Captain Morgan. »Und glaub mir, meine Augen sind müde. Ich hatte nicht erwartet, dich so bald wiederzusehen.«

»Ich brauche Informationen«, antwortete ich.

»Manchmal glaube ich, du benutzt mich nur«, scherzte sie.

»Stimmt nicht«, entgegnete ich und hob meine Einkaufstasche hoch. »Ich bringe Geschenke mit.«

»Eine neue Kaffeemaschine?«, riet sie und tat so, als wäre sie hoffnungsvoll.

»Nein«, sagte ich. »Etwas bei Weitem nicht so Nützliches, fürchte ich.«

»Verdammt, Hexe«, sagte sie. »Wofür bezahle ich dich überhaupt?«

»Du bezahlst mich? Ist mir gar nicht aufgefallen.«

Die »Beratungshonorare«, die die Skorpione mir zahlten, könnten selbst die leerste Geldbörse verhöhnen.

Ich holte den Lippenstift heraus und warf ihn ihr zu. Sie fing ihn mühelos und prüfte die Farbe. »Du kennst mich so gut. *Merci.*«

Ich verstand ihre Verwendung des französischen Wortes erst, als ich mich daran erinnerte, dass der Name der Lippenstiftfarbe »Französisches Rot« war, was für mich nach Wein klang.

Sie lächelte. »Das wird eine nette Abwechslung zu meinem ›Londoner Bus-Rot‹ sein.«

»Sieh dich an, wie du durch Europa reist, nur über deine Lippenstiftfarben. Was kommt als Nächstes?«

»Schweizer-Flaggen-Rot?«, sagte sie. »Rotkohl-Sauerkraut?«

Ich verzog mein Gesicht. Nichts gegen Rotkohl, aber ich wollte einfach kein Sauerkraut auf meinen Lippen haben.

»Sei nur vorsichtig damit«, sagte ich.

»Mit Sauerkraut?«, sagte sie. »Ich behandle es immer mit Vorsicht.«

»Mit dem Französischen Rot«, sagte ich. »Ich habe es in einem Pfandleihhaus gekauft, das Goblins gehört und sich auf gestohlene magische Waren spezialisiert hat.«

»Ooh«, sagte sie. »Vielleicht bringt es mich magisch dazu, Französisch zu sprechen, wenn ich es trage.«

Ich blinzelte sie an. »Das ist eine ausgezeichnete Produktidee, Captain Morgan. Ich glaube, ich werde versuchen, sowas herzustellen, wenn dieses Chaos vorbei ist. Es könnte ein wirklich nützliches Produkt sein. Wir könnten Pop-up-Stores an internationalen Flughäfen eröffnen.«

»Du bist so ein Frechdachs«, sagte Morgan. »Wenn du so alt und abgestumpft bist wie ich, wirst du lernen, dass das Chaos nie nachlässt.«

»Hey«, sagte ich. »Ich bin nicht so viel jünger als du, aber genauso abgestumpft.«

Ich nahm die goldene Brosche für Professor Craven heraus und reichte sie ihr. »Für den forensischen Zauberer-Kobold.«

»Oh, er wird sie absolut lieben«, sagte Morgan. »Danke. Kommt die auch mit Warnhinweisen?«

»Ja«, antwortete ich. »Ich bin mir nur nicht sicher, welche es sind.«

»Vielleicht wird es einfach ein Glücksbringer sein, und er wird alle ungeklärten Fälle lösen können, die er sich wünscht.«

»Hmm«, stimmte ich zu. »Solange er mir zuerst hilft, die aktuellen Fälle zu lösen.«

»Apropos«, sagte die Kapitänin. »Welche Informationen brauchst du?«

Ich holte tief Luft. »Okay. Es gibt da einen berüchtigten, talentierten Taschendieb, der in Jozi operiert. Ich muss ihn finden.«

»Lustig, dass du das erwähnst«, antwortete Morgan, legte ihre Füße auf ihren unordentlichen Schreibtisch und spielte mit ihrem neuen Lippenstift, drehte ihn raus und wieder rein, dann schnappte sie den Deckel wieder drauf und warf ihn in ihre oberste Schublade. »Heute Morgen ist eine Meldung eingegangen über einen – rate mal was?«

»Einen... gestohlenen magischen Gegenstand?«

»Bingo!«, rief sie.

»Du hast Recht«, sagte ich. »Du *bist* steinalt. Niemand unter achtzig benutzt dieses Wort.«

Sie spitzte gespielt empört die Lippen. »Ein Gemälde wurde gestohlen, und zwar von niemand Geringerem als dem Milliardärs-Elfen Haryk Virvaris. Es genügt zu sagen, dass er eine riesige Belohnung für dessen Wiederbeschaffung ausgesetzt hat.«

»Wie riesig?«, fragte ich.

»Sagen wir mal, es reicht, um das gesamte Skorpion-Budget für achtzehn Monate zu decken, einschließlich Jahresend-Boni für alle und ein paar Auslandsurlaube für meine Wenigkeit.«

Ich lachte. Ich hatte Morgan noch nie einen freien Tag nehmen sehen. »Du kannst deinen sehr französischen Lippenstift tragen.«

»*Exactement*«, antwortete sie. Es war ein Luftschloss, aber ich würde es nicht zerstören.

»Nehmen wir also an, dieser unverschämt talentierte Taschendieb hat dieses Gemälde gestohlen«, spinnte ich weiter.

»Aha.«

»Und jetzt hat er die gesamte Skorpion-Einheit hinter sich her, wegen der *Belohnung*.«

»Korrekt. Sowie die Metro-Realm-Einheit«, fügte sie hinzu.

»Ugh«, antwortete ich. »Die hatte ich einen Moment lang vergessen. Kein Wunder, dass ich gute Laune hatte.«

»Du hattest gute Laune?«, fragte Morgan und tat so, als wäre sie verblüfft.

»Nicht mehr«, sagte ich. »Sie machen Sam das Leben schwer. Er wurde heute Morgen zu einer Disziplinaranhörung gerufen. Wir treffen uns heute Abend.«

»*Treffen*, aha?« Sie wackelte mit den Augenbrauen. »Ist es das, was man heutzutage so nennt?«

»Du kannst wirklich kindisch sein für ein so altes Exemplar«, neckte ich sie. »Und das ist übrigens *nicht*, was man heutzutage so nennt. Nur um dir peinliche Momente zu ersparen, wenn du das nächste Mal versuchst, jemanden aufzureißen.«

Morgan schnaubte. »Dafür habe ich keine Zeit. Ich schaffe mir mein Glück selbst, wenn du verstehst, was ich meine.«

Ich lachte. »Ich hätte nichts anderes erwartet.«

»Schäferstündchen beiseite«, sagte sie, richtete sich auf und wurde wieder sachlich. »Sie werden nichts gegen Sam in der Hand haben«, versicherte mir Morgan. »Ich kenne seinen Typ. Kann ich kilometerweit erkennen. Er ist so rechtschaffen, wie man nur sein kann.«

Er war so rechtschaffen, wie man nur sein kann, korrigierte ich sie im Stillen.

»Ja«, sagte ich. »Aber der Inspektor dort ist ein komplettes Arschloch. Es ist, als hätte er Sam im Visier und wird nicht aufhören, bis er aus dem Dienst entlassen ist.«

»Das kann nur eins bedeuten«, sagte Morgan. »Wenn du die Guten loswirst, dann nur, weil du sie aus dem Weg haben willst für-«

»Wofür?«, fragte ich.

»Ich schätze, das müssen wir herausfinden.«

Wir sahen uns einen Moment lang an. »Wo würde man diesen Haryk Virvaris finden?«, fragte ich. Allein der Gedanke an einen Milliardärs-Elfen machte mich nervös. Ich hatte immer noch PTBS vom Umgang mit den Sybil-Zwillingen. Sicher, es gab gute Milliardäre auf der Welt und gute Elfen, aber die Chance auf einen guten Milliardärs-Elfen war meiner Meinung nach verschwindend gering.

»Da wird es kompliziert«, sagte Morgan. »Er lebt in einer Villa in einem gesicherten Elfen-Taschenreich, zu dem keiner meiner Leute Zugang hat.«

Ich runzelte die Stirn. »Aber der Taschendieb hat es geschafft.«

»Vielleicht ist er deshalb als begabtester Dieb des Reiches bekannt?«

Ich spürte einen Funken von etwas in meinem Bauch. Aufregung oder Vorfreude.

»Warte«, sagte ich. »Also ist er nicht nur gut im Stehlen, sondern scheint auch ein Experte für Portale zu sein?«

»Ja«, nickte Morgan. »Ich nehme es an.«

Ich nehme es an. Plötzlich fügten sich eine ganze Reihe von Dingen zusammen. Es begann Sinn zu ergeben. »Ich bin ein Idiot«, murmelte ich.

»Nicht jeder wurde mit einem überragenden IQ geboren«, sagte Morgan. »Sei nicht so hart zu dir selbst.«

Ich nahm einen zerknüllten Papierballen und warf ihn nach ihr.

»Ich hätte das früher herausfinden sollen. Er ist in Copperfields verbotene Bücherbibliothek eingebrochen, die sich zufällig im Kopf des Bibliothekars befindet.«

Morgan neigte den Kopf. »Was sagst du da?«

Ich spürte, wie meine Augen sich weiteten, mein Kern sich zusammen-zog. Wärme breitete sich auf meinen Wangen aus, Gänsehaut bedeckte meine Haut. »Die Details sind egal«, sagte ich. »Er ist ein Experte für Portale, ein Gateway-Genie. Der Beste, den wir je gesehen haben. Wir brauchen diesen Kerl. Er ist der Schlüssel, um diese ganze Sache zu lösen.«

»Und mit *dieser ganzen Sache* meinst du...?«

»Die entführten Mädchen. Den Krieg des Vampirs. Und die Hexe, die dahintersteckt.«

KAPITEL 36

SCHLEICHDIEB ZU DIENSTEN

ASHA

Ich sprintete aus Morgans Büro, ohne mich zu erklären. Ich hatte keine Zeit. Ich musste Apollo finden. Gedanken rasten durch meinen Kopf wie ein außer Kontrolle geratener Zug.

Apollo war der Schlüssel.

Ich wusste, dass die vermissten Mädchen in einem Taschenreich festgehalten wurden, ich hatte nur das falsche im Sinn, was wir entdeckt hatten, als wir zur Festung des Smaragde-Clans in Obsidian Castle reisten. Wir hatten angenommen, dass die Vampire den Menschenhandelsring betrieben, weil wir dachten, es ginge nur um Blut und Blutfarmen. Aber als wir die Smaragde-Anführerin trafen – ich konnte immer noch ihr verwesendes Fleisch riechen und hörte sie »Mehr Holzscheite« sagen, obwohl es in diesem höllischen Thronsaal war, als befände man sich in einer Heißluftfritteuse – als wir Voltane trafen, wurde klar, dass sie nur eine Fleischmarionette unter einem mächtigen Voodoo-Zauber war, *der nur Hexen zur Verfügung stand.*

Die vermissten Mädchen mögen auf einer Blutfarm gefangen sein, aber es ging nie um Blut. Es ging darum, wofür dieses Blut verwendet wurde – um das ultimative Elixier herzustellen.

Ich schickte eine Flut von Textnachrichten an mein Team.

201

DRINGENDES TREFFEN, BEI MIR, SOFORT!

ICH BESORGE ESSEN UND GETRÄNKE

BRINGT EURE GEHIRNE MIT

Während Gedanken und Erkenntnisse in meinem Kopf zusammen-krachten, wusste ich, dass ich es mit den anderen besprechen musste, um meine Logik zu testen. Wir mussten herausfinden, wie wir den Portal-Experten finden konnten. Apollo würde nicht nur wissen, wie man zu den vermissten Mädchen portalt, sondern er könnte mir auch sagen, warum er das Buch über Elixiere gestohlen hatte. Ich war ziem-lich sicher, dass es nicht für ihn selbst war.

Apollo stahl Dinge für Leute. Ein Schleichdieb zu Diensten. Er hatte das Matahandi-Buch für jemanden gestohlen. Ich musste wissen, wer diese Person war, und ich würde alles, was ich besaß, darauf verwetten, dass es eine Hexe war.

Ihn aufzuspüren würde nicht ohne Risiko sein, dachte ich. Er hatte eindeutig Dämonen – er tötete einen Vogel und dann eine Ratte im Gedächtnispalast. Grausam zu kleinen Lebewesen zu sein, sagte viel über den Charakter einer Person aus. Ich wollte ihn auf unserer Seite haben, aber die Beweise zeigten, dass er mehr zur Dunkelheit tendierte als zum Licht.

Mein Handy piepte, und ich dachte, es wäre jemand aus meinem Team, aber ich lag falsch.

Hexe, stand in der Nachricht. *Komm sofort her.*

Es war von Sugar Shagar, und ich wusste, dass ich es nicht wagen durfte, ihr zu widersprechen. Ich könnte auch Essen mitnehmen, wenn ich schon dort war. Rick hatte mir erzählt, dass die Muschelsuppe ausge-zeichnet sei. Ich müsste mich jedoch beeilen, denn Savvy war noch immer in schlechter Verfassung, und ich wollte nicht, dass sie den Empfangsdamen für meine Teammitglieder spielen musste, wenn sie bei mir zu Hause eintrafen. Ich raste im Uber zum Hauptquartier der Ork-Patentante und wünschte mir, ich hätte auch nur einen Bruchteil von Apollos Portal-Fähigkeiten, um Zeit zu sparen. Ich stürmte durch das Restaurant, was die anderen Gäste interessiert aufblicken ließ. Ich gab schnell meine Essensbestellung auf und hielt erst an, als ihre Wachen mir den Zutritt zu ihrer Höhle versperrten.

»Bist du die Hexe?«, fragte einer der Wächter.

»Sie sieht nicht aus wie eine Hexe«, sagte der andere.

»Ich habe keine Zeit für sowas«, zischte ich. »Sugar hat mich herbestellt.«

Sie musste meine Stimme gehört haben, denn sie brüllte den Wachen zu, mich einzulassen. Ich funkelte beide an, als ich hineinstürmte.

»Hexe«, sagte sie zur Begrüßung. Nicht »Hi, Asha, vielen Dank, dass du so kurzfristig gekommen bist.« Nicht »Wie kommst du mit all dem Chaos zurecht?«

Ich war versucht, ihre Mürrischkeit zu erwidern, überlegte es mir aber anders. Wir waren, erinnerte ich mich, auf derselben Seite. Stattdessen nickte ich ihr nur zu und setzte mich. Wenn ich darauf warten würde, dass sie mir einen Platz anbietet, würde ich das ganze Treffen über stehen. Ich drehte mich um und sah das Baby in seinem Kinderbett stehen. Ich winkte.

»Verdammt!«, sagte das Baby und erinnerte mich an eine weniger höfliche Version des Papageis Polly.

Ich unterdrückte den Drang, mir an die Stirn zu schlagen. Warum musste ich auch ein Spielzeug mit Fluchworten schenken?

Sugar runzelte mich an. »Sie flucht jetzt ständig«, sagte der Ork. »Mit britischem Akzent.«

»Tut mir leid«, antwortete ich. »Ich nehme es heute mit. Ich habe einen Ersatz mitgebracht.«

»Wage es ja nicht«, sagte sie. Der Ork schlug auf ihren Schreibtisch, und ich zuckte zusammen. Ich dachte, es war aus Wut, aber als ich ihr Gesicht studierte, sah ich nur Belustigung. »Es ist zu ihrem hochgeschätzten Partytrick geworden.«

»Oh«, sagte ich. »Gut?«

»Gut«, antwortete sie, immer noch amüsiert. Ich war mir nicht sicher, ob ich sie jemals hatte lächeln sehen. Es war beunruhigend. Ich nahm das Plüschkrokodil aus meiner Tasche und gab es ihr. Sie musterte es misstrauisch, dann warf sie es auf ihren Schreibtisch.

Gern geschehen.

»Ich habe gute Neuigkeiten und schlechte Neuigkeiten«, sagte sie.

»Ich nehme an, die gute Nachricht ist nicht, dass es keine schlechte Nachricht gibt?«

Sie ignorierte mich, und ich konnte erkennen, dass sie mich für etwas begriffsstutzig hielt. Ich glaube nicht, dass es das erste Mal war, dass ihr dieser Gedanke durch den Kopf ging.

»Die gute Nachricht ist, dass ich erfolgreich in die Xarlug-Bewegung eingeschleust wurde.«

Sie nennen es jetzt eine Bewegung? Die müssen einen PR-Berater eingestellt haben. Die einzige Bewegung, der die Xarlugs ähneln, ist die im Darm.

»Oh, das ist ausgezeichnet«, sagte ich. Ich hielt mich davon ab zu sagen, dass sie mich vielleicht nächstes Mal einfach per SMS informieren könnte, anstatt mich herzubestellen. »Was ist die schlechte Nachricht?«

»Sie sind viel stärker als ich vermutet hatte, und sie sind bereit für den Krieg, was mich, wie du dir vorstellen kannst, in eine beneidenswerte Lage bringt.«

»Bereit für den Krieg?«, fragte ich. »Verdammt. Ich komme den Mädchen immer näher. Können sie nicht noch ein paar Tage warten?«

»Klar«, sagte Sugar mit triefendem Sarkasmus in der Stimme. »Kein Problem. Ich schicke ihnen einfach eine E-Mail.«

»Sie könnten auf dich hören«, sagte ich und überschlug mich in Gedanken. »Wenn wir uns einen guten Grund ausdenken würden, zu warten. Mir ist klar, dass ihnen die Mädchen egal sind.«

»Ich habe ihnen den Aufstieg versprochen«, sagte sie. »Wir wissen, dass wir das nur durch Krieg erreichen können.«

Ich begann mich deutlich unwohl zu fühlen. »Du sagst ›wir‹, als wärst du auf ihrer Seite.«

»Bin ich in gewisser Weise auch«, erwiderte sie. »Ich bin auf der Seite der Orks. Aller Orks.«

»Nein«, widersprach ich. »Das bist du nicht. Hast du vergessen, was sie deinen Leuten angetan haben?«

»Sie *sind* meine Leute«, sagte sie.

Ich betrachtete den Schreibtischmüll und konnte nicht umhin, einen Briefkopf mit dem Xarlug-Logo darauf zu bemerken. Wie tief steckte sie bei den Neo-Nazis drin? Wie sehr hatten sie sie manipuliert?

»Sugar!«, schrie ich frustriert. »Stammesdenken ist nicht der Weg, wie wir das gewinnen werden. Es geht nicht um Orks gegen Werwölfe oder Vampire gegen Hexen. Es geht um gute Menschen gegen böse. Das ist der einzige Weg, wie wir nachhaltigen Frieden im Reich haben werden.«

Die Matriarchin funkelte mich an. »Kannst du wirklich so naiv sein?«

»Kannst du wirklich so engstirnig sein?«

»Raus«, knurrte Sugar.

»Nein«, sagte ich. »Du hast mich gebeten, zum Reden zu kommen. Lass uns reden.«

»Nicht, während du sitzt und mich beleidigst. Ich lasse mich nicht von einer *Hexe* verleumden.«

»Genau da liegt dein Problem«, sagte ich. »Du siehst Menschen als Dinge. Dinge, die man etikettieren und in Gruppen sortieren und kontrollieren kann.« *Und töten, angesichts ihrer blutigen Vergangenheit.* »Ich bin für dich nur eine *Hexe*.«

»Eine freche Hexe«, erwiderte sie.

Ich schüttelte den Kopf. »Ich weiß nicht, warum ich meine Zeit verschwende.«

Die Mafia-Patentante stand auf. »*Du* verschwendest *deine* Zeit?«

Ich schloss meine Augen und öffnete sie dann langsam wieder. »Es tut mir leid. Ich entschuldige mich aufrichtig. Können wir bitte besprechen, wozu du mich herbestellt hast?«

Sie brauchte eine Weile, um sich zu entscheiden, dann setzte sie sich wieder. »Es gibt nichts zu besprechen«, sagte die Matriarchin in einem so frostigen Ton, dass es mir eiskalt den Rücken hinunterlief. »Ich habe dich aus Höflichkeit herbestellt, um dir zu sagen, dass wir in Kürze in den Krieg ziehen werden. Und auf die eine oder andere Weise werden die Orks gewinnen.«

KAPITEL 37

PULVERFASS

ASHA

Ich war außer mir vor Wut, als ich Or'Capone verließ. Ich schnappte mir die Tüte mit meiner Muschelsuppe vom Ork an der Theke, bezahlte und stürmte in die dunkle Straße hinaus.

Verdammte Sugar Shagar. Verdammte Orks. Neonazi-Abschaum.

Ich knirschte vor Frustration mit den Zähnen. Ich konnte nicht glauben, dass sie sich mit dem Feind verbündete. Schlimmer noch, ich konnte nicht glauben, dass ich ihr vertraut hatte! Am liebsten hätte ich die verfluchte Muschelsuppe gegen die Wand geworfen.

Sie konnten jetzt keinen Krieg anfangen. Es stand zu viel auf dem Spiel. Ich fühlte mich, als würde ich gleich explodieren, und nicht auf die gute Art.

Xarlugs.

Smaragdes.

Blutfarmen.

Unschuldige Mädchen.

Krieg.

Ich biss die Zähne fest zusammen, um zu versuchen, meine Fassung wiederzugewinnen. *Argh!* Als die Wut durch meinen Körper strömte, spürte ich, wie meine Magie in meinen Armen und Händen kribbelte. Meine Wut suchte nach einem Ausweg. Ich war ein Pulverfass, das nur auf einen Funken wartete. Ich konzentrierte mich auf meinen Atem und versuchte, meine Empörung unter Kontrolle zu bringen. Erst die verdammten Werwölfe, jetzt die Orks. Und die süße Abigail in den Händen von wer-zum-Hex-weiß-wem! Es war unerträglich. Mein Kiefer begann zu schmerzen. Ich blieb stehen und schloss die Augen.

Atme, Asha, sagte ich zu mir selbst. *Atme. Wenn du die Kontrolle verlierst, ist alles verloren.*

Als ich mich etwas weniger explosiv fühlte, rief ich mir einen Uber. Ich musste nach Hause und das Team sofort informieren. Ein schwarzes Auto hielt an, und ich sprang hinein.

Man sollte meinen, dass ich inzwischen verstanden hätte, wie wichtig es ist, zu überprüfen, ob das Auto, in das man einsteigt, tatsächlich der Uber ist, den man gerufen hat, aber mein Gehirn funktioniert nie richtig, wenn ich so durch-die-Decke ängstlich bin. Sobald ich den Geruch der Lederpolsterung wahrnahm, wusste ich, dass etwas nicht stimmte. Normalerweise riechen die Ubers, die ich mir leisten kann, nach Auto-lufterfrischer und Handdesinfektionsmittel. Das Klicken der sich verriegelnden Türen war mein nächster Hinweis. Ich war bereit, Mordecai anzuschreien. Wie konnte er es wagen, den gleichen Trick noch einmal abzuziehen? Es war beleidigend – vor allem für meine Intelligenz, denn ich hätte es besser wissen müssen.

Ich habe keine Zeit dafür, Vampir! Lass mich verdammt noch mal in Ruhe!

Aber es war nicht der Vampir, den ich liebte zu hassen, der auf dem Fahrersitz saß – es sei denn, er hätte gelernt, unsichtbar zu werden. Außer mir war das Auto leer. Der Motor schnurrte, und wir fuhren die Straße entlang. *Ein selbstfahrendes Auto,* dachte ich, *aber von wem geschickt?*

Als ich Mordecai das letzte Mal sah, warnte er mich, dass das Kopfgeld auf mich verdreifacht wurde, was selbst den zurückhaltendsten Kopfgeldjäger verlocken würde. War dieses Auto von einem Dusk Reaper geschickt worden?

Ich versuchte es mit dem Türgriff, obwohl ich wusste, dass ich gehört hatte, wie sie verriegelt wurde. Ich versuchte, sie zu entriegeln, aber alles, was das bewirkte, war, dass das Auto schneller wurde. Ich lehnte mich zurück mit der Muschelsuppe, die ich langsam hasste, obwohl sie nichts dafür konnte. Arme Muscheln. Auch sie waren entführt worden. Ich hoffte nur, dass ich nicht als jemandes Abendessen enden würde.

»Wohin fahren wir?«, fragte ich das leere Auto, aber es antwortete nicht, hatte auch keinen Bildschirm, um mir unseren Weg anzuzeigen. Meine Wut flammte wieder auf.

Wie WAGEN es jemand zu denken, er könne mich einfach mitnehmen? Wie WAGEN sie es?

Ich kletterte auf den Fahrersitz und griff nach dem Lenkrad, aber der Computer des Autos weigerte sich, sich überstimmen zu lassen. Ich versuchte die Bremsen, aber auch die ignorierten mich, also legte ich mich quer über die Vordersitze und versuchte, das Beifahrerfenster herauszutreten. Ich trat so hart ich konnte, immer und immer wieder, schrie und nutzte meine Wut, um meine Muskeln anzutreiben. Die verstärkten Fenster bewegten sich nicht einen Millimeter.

»Schön«, murmelte ich. »Schön.« Ich nahm meinen Zauberstab heraus, der praktisch vor Wut vibrierte, und richtete ihn auf das Fenster.

»*Rumpis!*«, schrie ich. *Zerstöre!*

Es gab eine Explosion aus Licht und scharfen Kanten. Ich bedeckte schnell mein Gesicht mit meinem Arm, als das Fenster in tausend Stücke zersprang und glitzernde Scherben wie Diamanten über mich regneten. Ich machte mir nicht die Mühe, sie abzuschütteln – ich war sicher, dass der Sprung aus dem Auto das erledigen würde. Ich ließ die viel geschmähte Muschelsuppe auf dem Rücksitz zurück, als ich mich durch die zackige Öffnung zwängte, mich aus dem fahrenden Fahrzeug warf und mir den Ellbogen aufschlug, als ich auf dem Asphalt darunter landete. Mein Kiefer vibrierte, als er auf den Boden traf, mein Schädel dröhnte von dem Aufprall. Geteerte Kieselsteine schabten an meiner Wange, aber das kümmerte mich nicht. Ich war frei.

Das Auto verlangsamte bis zum Stillstand und setzte dann zurück. Ich musste aufspringen und rennen, aber mein linkes Bein nahm keine Anrufe entgegen. Ich versuchte es erneut, aber es war völlig taub. Es gab keinen Schmerz, also dachte ich nicht, dass es gebrochen war. Schließlich konnte ich stehen, aber mit nur einem funktionierenden Bein wusste ich, dass ich nirgendwo schnell hinkommen würde. Das Auto setzte den ganzen Weg bis zu mir zurück, und seine Tür öffnete sich einladend.

Nein, danke, dachte ich.

»Steig ein«, sagte eine vertraute Stimme hinter mir. Ich drehte mich langsam um, um nicht das Gleichgewicht zu verlieren. Ein Tropfen Blut lief meine aufgeschürfte Wange hinunter und kitzelte mein Kinn. Ich wischte ihn weg.

Ich behielt das Gleichgewicht, aber mein Blut gefror zu Eis. »Oh, zum Hex noch mal«, sagte ich. »Habe ich dich nicht schon getötet?«

KAPITEL 38
HEISSER STROM

ASHA

Alyndra Großkotz-Sybil. Sie grinste mich an, wie es nur eine tote Elfe konnte.

»Sie sehen gut aus«, sagte ich.

Es stimmte. Sie sah viel besser aus, wie sie da stand, als in meinen Albträumen, wo ihr Fleisch regelmäßig von den Knochen schmolz und ihre geschwärzten Organe von hungrigen Insekten wimmelten. Jetzt war ihr Körper größtenteils intakt, und sie trug eine Art magisches Monokel über ihrer leeren Augenhöhle, was den Eindruck erweckte, sie hätte noch beide Augen.

»Lassen wir die Höflichkeiten beiseite, ja?«, sagte Alyndra.

»Natürlich«, antwortete ich und umklammerte meinen Zauberstab. »Ich war noch nie ein Fan von Smalltalk.«

»Ich habe auf diesen Moment gewartet«, sagte sie und justierte ihren Kopf auf ihrem beschädigten Hals, sodass er in dieselbe Richtung zeigte wie ihr Körper. »Sie haben keine Ahnung, was ich durchgemacht habe, um hierher zu gelangen.«

»Ich habe eine vage Vorstellung«, sagte ich. Immerhin hatte ich Oblivion überlebt. »Halten wir das kurz. Mein Team wartet auf mich.«

Die Elfe lachte. »Die werden lange warten müssen.«

»Was wollen Sie?«

»Sie wissen, was ich will«, erwiderte sie. Sie lächelte. Ihre Lippen waren rissig, ihre Zähne hatten die Farbe von schwachem Tee, und ihr Monokel blitzte unter der Straßenlaterne auf.

»Rache«, sagte ich. »Vergeltung.«

Sie nickte, und ich hörte ihre Halswirbel knirschen. »Auge um Auge.«

»Poetische Gerechtigkeit«, sagte ich. »Nette Idee, aber daraus wird nichts.« Mein linkes Auge begann zu zucken, und ich hoffte, dass sie es nicht bemerkte. »Wie fühlt es sich an?«

»Wie fühlt sich was an?«, fragte Alyndra. »Größtenteils tot zu sein?«

»Wie fühlt es sich an zu wissen, dass Gregory sein Leben für Sie gegeben hat?«

Trotz ihres kalten Herzens sah ich den Schmerz in ihren Augen, dem echten und dem magischen. »Er hätte das nicht tun müssen, wenn Sie uns nicht getötet hätten.«

»Hören Sie auf damit. Gaslighting ist ein billiger Trick, und einer, auf den ich nicht hereinfalle. Sie wissen sehr genau, dass Sie beide die Angreifer waren, nicht ich. Ich würde in einem nassen Grab liegen, wenn Sie in Charybdis Harbor Ihren Willen bekommen hätten. Sie hätten mich getötet, genau wie Sie Thomas Harvey getötet haben.« Mein Zauberstab summte in meiner Hand. »Wenn jemand Rache verdient, dann bin ich das.«

»Tiirak«, sagte sie. Zuerst dachte ich, es sei ein Zauber, aber dann trat ein riesiger Ork ins Licht. Als ich sein Gesicht sah, erinnerte ich mich an seine mörderischen Neigungen, und mein Ring begann, Gefahr zu signalisieren. Mein Magen krampfte sich vor Panik zusammen. Ich konnte nicht weglaufen. Seine Augen loderten vor Bosheit. Er freute sich darauf, mich zu zerlegen.

»Tiirak«, sagte sie noch einmal, »ich will nicht, dass du die Hexe tötest, verstehst du?«

»Ja, Frau Sybil«, knurrte er und wartete auf ihren nächsten Befehl. Die Stille lastete schwer, während wir warteten. Meine Finger kribbelten und funkelten vor Angst und Erwartung.

»Nimm ihre Augen«, befahl sie, und der Ork stürzte sich auf mich.

Ich fiel nach hinten, bevor er mich erreichte, landete hart und richtete meinen Zauberstab auf seine schwerfällige Masse. »*Fiat fulgur!*«, schrie ich.

Ein heißer Strom von Magie sammelte sich in meiner Brust und schoss dann mit so viel Kraft aus mir heraus, dass ich dachte, er würde meine Adern kauterisieren. Meine frühere Wut hatte meinen Zauberstab vorbereitet, und der Tsunami zerstörerischer Energie, den ich entfesselte, überraschte sogar mich. Ein kolossaler Blitz traf Tiirak direkt in die Brust und schleuderte seine massive Masse zurück. Ich versuchte aufzustehen. Mein taubes Bein funktionierte etwas besser, aber hinken war das Beste, was ich tun konnte.

Tiirak brüllte vor Wut. Er stand auf und stürzte auf mich zu, schlug mich mit all seiner wilden Kraft nieder. Ich landete auf Brust und Bauch, mein Zauberstab klapperte auf der schwarzen Straße vor mir. Die Luft wurde aus meinen Lungen gepresst, und ich konnte nicht anders, als laut nach Sauerstoff zu schnappen. Eine fleischige Faust packte meinen Knöchel und zog mich rückwärts, wobei noch mehr meiner Haut abgeschürft wurde. Ich trat ihm mit meinem anderen Stiefel ins Gesicht und zertrümmerte den Knorpel in seiner Nase. Lauter brüllte er auf und ließ meinen Knöchel los, um die Blutung zu stillen. Ich trat erneut zu, diesmal erwischte ich seine Finger. Wenn ich ihn bewusstlos schlagen könnte, hätte ich eine Chance. Ich kroch wie ein Leopard zu meinem Zauberstab, aber gerade als er in Reichweite war, brüllte der Ork und packte beide meine Knöchel und zerrte mich wieder zurück. Das hätte mir Angst machen sollen, aber stattdessen machte es mich höllisch wütend. Ich spürte einen absoluten Rausch der Wut.

Das Pulverfass war entzündet worden.

KAPITEL 39

MENSCHLICHES TNT

Meine Wut kannte keine Grenzen. Ich war menschliches TNT. Es hätte mich nicht überrascht, wenn die Magie in meinem Körper einfach explodiert wäre. Aber das tat sie nicht. Stattdessen verstärkte der Zorn meine Kraft, und ich konnte meinen Körper herumdrehen und dem Ork auf seine bereits blutende, gebrochene Nase schlagen. Er schrie auf, ließ aber meine Stiefel nicht los. Ich schlug erneut zu und hörte wieder das Knirschen von Knorpel, wie ein Hund, der durch einen Knochen beißt.

»Argh!«, rief er aus und ließ endlich los. Ich sprang rückwärts zu meinem Zauberstab, und im nächsten Moment lag er auf mir, seine Masse zerquetschte meine Rippen und presste die Luft aus meinen Lungen. Seine dicken Finger fanden meinen Hals, und er begann zu drücken, schnürte mir die Atemwege zu. Ich griff nach meinem Dolch, konnte ihn aber nicht erreichen. Ich trommelte auf seine Brust ein, wusste aber, dass er meine schwachen Schläge nicht spüren konnte. Ich kämpfte mit allem, was ich hatte, gegen den Ork, aber im Vergleich zu ihm war ich eine Stoffpuppe. Ich fühlte mich schwach, und meine Sicht wurde verschwommen. Als er fester zudrückte, konnte ich überhaupt nicht mehr atmen, und mein Körper erschlaffte. Meine Augenlider flatterten.

215

»Tiirak«, warnte Alyndra und erinnerte ihn daran, mich am Leben zu lassen. Ich öffnete ein Auge und sah sie über uns stehen, die Arme verschränkt.

Ich hörte den riesigen Ork vor Frustration stöhnen. Nichts hätte ihm mehr Freude bereitet, als mir das Leben aus dem Leib zu quetschen. Er lockerte seinen Griff um meinen Hals, und ich machte wieder dieses schreckliche keuchende Geräusch, als ich versuchte, Luft in meine Lungen zu ziehen. Bevor ich mich erholen konnte, spürte ich, wie Tiiraks Daumen sich in meine Augen bohrten.

Nein nein nein nein nein nein nein.

Ich versuchte erneut, nach meinem Messer zu greifen, aber ich konnte es immer noch nicht erreichen. Tiefer gruben sie sich ein. Der Schmerz war unglaublich. Mit dem bisschen Atem, den ich hatte, schrie ich vor Entsetzen, wissend, dass ich mein Augenlicht verlieren würde und nichts dagegen tun konnte.

Nei-i-i-i-i-i-i-i-in!

»Nimm sie!«, schrie Alyndra. »Nimm ihre Augen! Worauf wartest du noch?«

Gerade als der brennende Schmerz nicht schlimmer werden konnte, explodierten meine Augäpfel vor Schmerz, erst der eine, dann der andere, und mein Leben wurde dunkel. Meine Schreie verwandelten sich in körpererschütterndes Schluchzen.

Blind und wehrlos gegen Alyndra und ihren Schläger wusste ich, dass es das Ende war. Anstatt zu versuchen zu entkommen, lag ich da und weinte, warmes Blut rann aus meinen zerstörten Augen statt Tränen. Mir wurde klar, dass ich nicht mehr fliehen wollte, weil ich nicht mehr leben wollte.

Tiirak rollte von mir herunter, und ich blieb regungslos am Boden liegen, wartend, dass Alyndra mich erledigen würde.

Mach einfach weiter, dachte ich. *Nimm deine Rache. Nimm alles.*

»Ich dachte, ich würde dich heute töten«, sagte die Elfe. »Aber dich leiden zu sehen, ist viel befriedigender. Ich denke, ich lasse dich so, bis ich etwas anderes beschließe.«

Ich hustete und schmeckte Blut. Als ich meine Finger zu meinen Augen führte, zuckte ich zurück, als ich den blutigen Brei spürte, der zurückgeblieben war.

»Aber zuerst gibt es noch etwas anderes, das ich dir nehmen werde.«

Was könnte sie mir noch mehr nehmen? Ich hörte sie langsam und absichtlich zu meinem Zauberstab gehen, der noch vor Minuten nur einen Hauch von meinen Fingern entfernt gewesen war und nun für immer für mich verloren sein würde. Ich konnte nicht sehen, wie sie sich bückte, um ihn aufzuheben, aber ich nahm an, dass sie es tat, denn ich hörte sie einen Zauberspruch murmeln. Aus Gewohnheit versuchte ich, meine Augen zu öffnen, bemerkte aber, dass sie bereits offen waren.

»*Veneno imbuis*«, murmelte sie. »*Veneno imbuis. Veneno imbuis.*«

Ich fühlte mich völlig verloren und desorientiert und konnte nicht herausfinden, was sie tat. Die Beschwörung auf ihren Lippen war ein Giftzauber, aber was vergiftete sie? Meinen Zauberstab?

Ich hörte, wie der leichte Metallstab neben meinem Kopf auf den Asphalt klirrte, und ich zuckte zusammen. Also würde sie ihn nicht behalten. Sie hatte ihn vergiftet und weggeworfen. Ich griff danach, spürte aber, wie ihr Stiefel meine Finger zerquetschte. Der Schmerz war brutal.

»Ich würde das nicht anfassen, wenn ich du wäre«, sagte sie.

Ich erinnerte mich, wie ihr Bruder mich bei Charybdis vergiftet hatte. Die giftigen Zwillinge.

Ihre und Tiiraks Schritte entfernten sich in die Ferne.

Ich unterdrückte mein Schluchzen. Ich brauchte Hilfe. Ich zog mein Handy heraus. Ich zitterte so sehr, dass ich es zweimal fallen ließ, bevor ich einen guten Griff bekam. Sogar mein Kopf wackelte. Mit zitternden, blutigen Fingern überlegte ich, wen ich anrufen sollte. Einen Krankenwagen? Sam? Chione?

»Isis«, sagte ich. Isis war meine »Siri«.

Ich hörte, wie sie online ging. Dem Void sei Dank für Spracherkennungs-technologie.

»Isis, ruf Darick an.«

»Rufe Darick an«, sagte Isis.

Ich war so erleichtert, dass ich wieder anfing zu schluchzen. Es war qualvoll.

KAPITEL 40

VÖLLIG AUFGESCHMISSEN

ASHA

Ich umarmte Darick und Jax und dankte ihnen. Es gab keine Schmerzen mehr, und die Schwellung ging langsam zurück.

»Ich hab nicht den ganzen Tag Zeit, Hexe«, fauchte Salty.

Ich hörte einen Klaps und der Kobold schrie überrascht auf. »Aua! Mein Arm! Wofür war das denn?«

»Sei nett!«, bestand Jax. »Asha erholt sich noch von dem Trauma.«

»Trauma!«, spuckte Salty aus. »Sie lebt doch, oder nicht?«

Jax seufzte. »Ja, Nilve. Wir wissen es. *Dein* Trauma war schlimmer.«

»Ich bin buchstäblich gestorben«, fuhr sie fort. »Buchstäblich. Gestorben.«

Kopernikus hat angerufen, wollte ich dem selbstverliebten Kobold sagen. *Stellt sich heraus, du bist nicht der Mittelpunkt des Universums.*

Jax war weitaus entgegenkommender. »Ja, kostbarer Koboldfreund«, gurrte Jax. »Wir wissen es. Und wir sind so froh, dich wieder zurück zu haben, lebendig und wohlauf.«

Salty klang leicht besänftigt. »Manchmal werde ich immer noch unsichtbar«, sagte sie schnüffelnd.

»Wenn du lernen könntest, das zu kontrollieren«, sagte Jax, »könnte das sehr nützlich sein.«

»Ich arbeite an meinen Portalfähigkeiten«, erwiderte der Kobold. »Ich war früher die beste Portalreisende im gesamten Reich.«

»Das klingt gut«, sagte Jax. »Sobald du dein Selbstvertrauen zurückgewonnen hast, bin ich sicher, dass dein Portaleröffnen besser sein wird als je zuvor.«

Ich konnte erkennen, dass Jax eine echte Schwäche für Salty hatte. Ich hatte sie noch nie so zärtlich und... nun ja, fast mütterlich erlebt. Vielleicht hatte die Schwangerschaft ihre Kanten abgemildert. Ich ertappte mich bei dem Wunsch, dass es bei Sugar Shagar dasselbe bewirkt hätte.

Darick hatte während des gesamten Gesprächs dicht bei mir gestanden; ich konnte seine Anwesenheit spüren. Der Heiler in ihm war offensichtlich besorgt, dass ich gehen würde. Wahrscheinlich wollte er, dass ich zur Beobachtung bleibe, aber ich musste ein Team einweisen, einen Hacker befragen und einen Dieb aufspüren. »Ich habe Armstrong angerufen«, sagte er. »Sie wissen also alle... was sie erwartet.«

Oh Göttin, Armstrong! Er muss den Tag bereuen, an dem er mich kennengelernt hat. Nicht nur hatte er eine Hexe, die ihn ständig in Schwierigkeiten brachte, sondern jetzt auch noch eine blinde Freundin – nichts davon hatte er sich ausgesucht.

»Schau nicht so bestürzt drein«, sagte Jax. Ich spürte ihre Hand auf meiner Schulter. »Du wirst dich schneller an deine neue Situation gewöhnen, als du denkst. Und die Menschen, die dich lieben, auch.«

Ich wusste, dass sie versuchte, mich aufzumuntern, aber da war eine fest verankerte Traurigkeit tief in meinen Knochen.

»Bis später, ihr Flaschen«, sagte Salty. »Man riecht sich.«

»Charmant wie immer«, bemerkte Darick trocken. Ich konnte das schiefe Lächeln in seiner Stimme hören.

Zum Glück müsste ich meinen Weg nach unten nicht selbst finden. Ich hatte Salty. Ich stellte mir vor, wie ich mich tastend und stolpernd in Fahrstühle quetschen und gegen Türen laufen würde.

»Komm schon, Hexe«, sagte sie und nahm meine Hände. »Ich bin dein Blindenhund.«

Darick kicherte, und obwohl ich mich absolut elend fühlte, konnte ich mir ein Lächeln nicht verkneifen.

Ihre Haut fühlte sich kühl und ölig an, aber das störte mich nicht mehr. Ich holte tief Luft und schloss meine müden Augen, und bald rasten wir durch den Leerenraum.

Wir kamen sicher in meinem Haus an und tauchten wieder in die alltäglichere Realität meines Zuhauses ein. Meine anderen Sinne waren wacher als gewöhnlich, und ich konnte riechen, dass wir zu Hause waren, auch wenn ich den Geruch nicht in Worte fassen konnte. Meine Rückkehr wurde durch meine besorgten Freunde, die auf mich warteten, noch versüßt. Darick hatte Sam wissen lassen, was passiert war und dass wir auf dem Rückweg waren. Sams Stimme klang so schmerzerfüllt, als ich sie hörte, dass ich am liebsten wieder geweint hätte.

»Asha«, flüsterte er an meine Stirn. »Meine arme Asha.« Ich seufzte und legte meine Sachen ab, und er hüllte mich in eine riesige Umarmung, drückte sein Gesicht in mein Haar. Seine Emotionen waren so intensiv, dass ich sie in meinem Körper spürte, als würden seine Gefühle auf mich übertragen.

»Es tut mir leid, dass ihr euch alle Sorgen gemacht habt«, sagte ich.

»Du hast nichts, wofür du dich entschuldigen müsstest«, knurrte Stoker. »Aber diese Elfe und ihr Monster werden dafür bezahlen.«

»Ich war dumm«, sagte ich. »Zu dumm zum Überleben. Ich war so wütend auf Sugar, dass ich aufgehört habe zu denken. Ich bin einfach in dieses Auto gestiegen, ohne hinzusehen. *Schon wieder.*«

»Du bist ein Mensch«, sagte Chione, während sie sich näherte und meinen Arm streichelte. Von ihr war ich mir nicht sicher, ob es eine Beleidigung oder eine mitfühlende Antwort war. Die Grimalkin fand

Menschen minderwertig, und im Moment konnte ich ihr kaum einen Vorwurf machen.

»Gib dir nicht die Schuld«, sagte Rick. »Ob du in dieses Auto gestiegen wärst oder nicht, hätte nichts geändert. Diese böse Elfe hätte dich so oder so gefunden.«

Ich hatte das Gefühl, die anderen nickten. Sie dachten nicht, dass ich dumm war. Natürlich fing ich an zu weinen. Wie könnte ich nicht? Wenn man sich so furchtbar fühlt und die Freunde so nett sind, ist es unmöglich, die Tränen zurückzuhalten. Ich wischte sie mit meinem Ärmel weg, absurd dankbar, dass meine Tränendrüsen noch funktionieren. Aber ich hatte genug geweint, und jetzt war es Zeit zu handeln.

Sie waren still. Zu still. Sie wussten nicht, was sie sonst sagen sollten... oder vielleicht waren sie einfach nur ausgehungert. »Ich habe die Muschelsuppe im Auto gelassen«, sagte ich mit einem schwachen Lächeln.

»Wir werden nicht verhungern«, sagte Rick. »Sam hat für uns Abendessen bestellt. Pizza. Es gibt eine rein vegane für dich und eine mit Fleisch beladene für Salty. Extra groß.«

Ich stellte mir vor, wie Salty wie ein hungriger weißer Hai grinste.

»Danke«, sagte ich zu Sam. Ich dankte ihm für mehr als nur die Pizza, und ich glaube, er verstand das. Ich erinnerte mich, wie seine Augen aussahen – so warm und wunderbar. Würde ich sie wirklich nie wieder sehen? Seine Präsenz war so solide, dass ich keine Augen brauchte, um sie zu spüren. Ich hatte mich auf den Detektiv verlassen – er machte es so einfach. Wie sehr ich mich einfach nur mit ihm ins Bett legen und tagelang schlafen wollte.

Als ob er meine Gedanken lesen würde, berührte Sam meine Schulter und sprach leise. »Du hast die Hölle durchgemacht. Möchtest du dich ausruhen, bevor wir dieses Treffen haben? Ich kann dir ein Bad einlassen.«

Ich schüttelte den Kopf. »So verlockend das auch klingt, wir müssen die Sache in Angriff nehmen.«

Meine bunt zusammengewürfelte Crew hätte widersprechen können. Sie hätten sagen können, dass es das Beste wäre, sich die Nacht freizunehmen, um sich zu erholen, aber sie schienen mich besser zu kennen. Außerdem, wie erholt man sich von so etwas?

Jemand, ich dachte, es war Chione, reichte mir einen Teller mit aufgewärmten Pizzastücken, und ich dankte ihr.

»Wie hat sie das gemacht?«, fragte die Grimalkin sanft.

»Was gemacht?«, fragte ich. »Welchen Teil? Mich blenden?«

»Nein, ich meine, wie hat sie dir deine Magie genommen?«

Jetzt war ich verwirrt, und mein Geist fühlte sich leer an, als ich nach einer Antwort suchte. »Was meinst du?«

Leerer Geist, leere Sicht.

Chiones Schweigen sprach Bände. Ich spürte, wie ihre Energie von neugierig zu beunruhigt wechselte. »Du weißt es nicht?«

Wusste ich was nicht? Ich wollte in die Gesichter meiner Freunde schauen. Sahen sie etwas, das ich nicht sah? Nein, es war nur Chione. Ihre katzenhafte Intuition war im Spiel, oder mit anderen Worten: Katzen Wissen Dinge.

»Alyndra hat mir meine Magie nicht genommen«, sagte ich langsam.

»Deine Aura ist verschwunden«, sagte die Grimalkin. »Alyndra hat sie vielleicht nicht genommen, aber sie ist definitiv weg.«

Ich versuchte, auf meine Hände zu schauen und wollte, dass Funken aus ihnen sprühten, aber obwohl ich sie nicht sehen konnte, wusste ich, dass da nichts war. Ich versuchte es erneut und verstärkte meine Konzentration. Alles, was ich wollte, war ein kleines Kribbeln, das zeigte, dass ich sie noch hatte. Nichts.

»Du bist nur müde«, sagte Stoker. »Ich bin sicher, sie kommt zurück.« Aber der Rest des Raumes schien das nicht zu glauben, denn es herrschte ein entsetztes Schweigen.

Nilve hörte auf, ihre Drei-Fleisch-Pizza hinunterzuschlingen. Ich stellte mir vor, wie die Schatten unter Ricks Augen dunkler wurden, wie sie es taten, wenn er schlechte Nachrichten hörte. Ich versuchte es ein letztes Mal, lud die grüne Energie meines Dschungels ein, versuchte wirklich, sie zu erzwingen, und fand heraus, dass mir überhaupt nichts zur Verfügung stand. Es fühlte sich an, als hätte mir jemand in den Magen geschlagen. Ich sank in einen Stuhl, mit offenem Mund und empfindlichen, blinzelnden Augen.

Wie konnte das sein?

Vor dem Angriff standen die Chancen gegen uns, aber ich hatte noch Hoffnung. Selbst ohne mein Augenlicht hatte ich Hoffnung. Aber ohne meine Magie wusste ich, dass wir völlig aufgeschmissen waren. Die traumatische Erinnerung kam zurück; es war wie der Versuch, sich an einen Traum zu erinnern.

»Jetzt erinnere ich mich«, sagte ich und legte meine Hände an den Kopf. »Alyndra. Sie hat meinen Zauberstab vergiftet.«

Sorge und Kummer stiegen wie kontaminiertes Seewasser auf.

»Deinen *Zauberstab* vergiftet?«, fragte Salty mit vollem Mund, was ich für Pizzakruste hielt.

»Ich habe gehört, wie sie den Zauber darauf gelegt hat.« Ich bewegte meine Finger wieder. Es war keine Magie in ihnen.

Ich hörte Salty nach Luft schnappen.

»Was?«, fragte ich und blinzelte wie verrückt, als ob ich die Dunkelheit klären könnte. »Was ist los?«

»Dein Arm«, sagte Chione.

»Dein Zauberarm«, sagte Salty. »Das ist der Grund, warum du keine Magie hast!«

»Bei allen Flüchen!«, schrie ich. »Was ist es? Sagt es mir!«

»Dein Arm. Deine Haut. Sie ist... blau angelaufen. Nein. *Gefleckt.*«

»Als wärst du von einer Schlange gebissen worden.«

Instinktiv rieb ich über meine Haut.

»Nicht!«, sagte Salty. »Was, wenn es sich ausbreitet?«

»Es breitet sich aus«, sagte Chione. »Schau.«

Ein weiterer schwieriger Moment der Stille verging.

»Das ist nicht gut«, sagte Rick.

»Du hilfst nicht gerade«, schnappte Chione.

»Tut mir leid«, erwiderte er.

»Sagt mir, was passiert«, flehte ich. »Ich kann nicht sehen!« Ich fühlte mich verzweifelt.

»Es ist ein fleckiger Ausschlag auf deiner Zauberhand«, sagte Sam. Seine ruhige Stimme ließ mich weniger panisch fühlen. »Hand, Handgelenk und Unterarm. Und Chione hat recht. Es breitet sich aus.«

Eine erschreckende Erkenntnis traf mich, und ich hielt meinen Bauch und hätte fast direkt dort erbrochen. »Oh Fluch, Fluch, Fluch!«, murmelte ich.

»Was ist los?«, fragte Chione. Ich spürte, wie ihre Angst aufflammte, genau wie meine.

»Der Zauberstab«, sagte ich. Ich knirschte qualvoll mit den Backenzähnen. Die Worte schmerzten, als sie aus meinem Mund kamen. »Jax hat den vergifteten Zauberstab berührt.«

Ich hörte, wie Salty ihr Pizzastück fallen ließ. »Du auch.«

»Ja«, sagte ich. »Aber ich bin nicht schwanger.«

KAPITEL 41

DER VERGIFTETE ZAUBERSTAB

ASHA

»Ich rufe sofort Darick an«, sagte Sam. Er zog sein Handy aus der Tasche und bewegte sich von uns weg, während er wählte.

»Was habe ich getan?«, fragte ich mit zusammengebissenen Zähnen.

»Asha!«, schimpfte Chione. »Es ist nicht deine Schuld. Hör damit auf.«

Ich sah sie ungläubig an. »Natürlich ist es meine Schuld!«

Sie alle umringten mich wieder wie zuvor und murmelten Phrasen, die wenig Trost spendeten.

»Darick wird sie behandeln können«, sagte Salty, aber ihre Stimme klang besorgt.

Meine heftige Schuld verwandelte sich in einen Anflug von Wut. »Ich schwöre, ich werde diese böse Elfe töten«, sagte ich. »Ich werde sie umbringen.«

Ich glaube nicht, dass ich jemals in meinem Leben so wütend gewesen war. Alyndra Sybil hatte Thomas Harvey und sein Lieblingsfaultier ermordet, sie hatte mir meine Augen und meine Magie genommen, und jetzt war Jax' Baby möglicherweise in Gefahr. Ich konnte es nicht ertragen. Ich fühlte mich wie in einer Wüste aus Trostlosigkeit und Trauer gestrandet.

»Wenn ich nur nicht Darick angerufen hätte«, sagte ich. Mein Kiefer schmerzte.

»Wenn du Darick nicht angerufen hättest, wärst du tot«, sagte Salty. »Er hat mir von deinem Zustand erzählt, als sie dich gefunden haben. Du hättest es nicht geschafft.«

»Ich hätte sterben sollen«, sagte ich. Tot zu sein wäre besser als diese brennende Qual.

»Hör zu, ich weiß, du bist aufgebracht«, sagte Chione. »Du hast jedes Recht dazu. Aber du musst dich zusammenreißen.«

»Chione«, fauchte ich. »Dieses Baby könnte *meinetwegen* sterben. Verstehst du das? Ein Baby! Und nicht irgendein Kind, sondern das geliebte Baby von zwei der besten Menschen im Reich.«

»Hexe«, blaffte sie zurück. »Mir ist die Gefahr für das Kind durchaus bewusst. Aber wenn wir bei unserer Mission nicht erfolgreich sind – die Mission, in die *du* uns verwickelt hast – werden Hunderte, vielleicht Tausende Menschen sterben. Einschließlich Kinder, Asha. Einschließlich Babys und Mütter und Tiere. Also bitte ich dich, dich auf die anstehende Aufgabe zu konzentrieren, damit wir das Reich stabilisieren können.«

Ich wusste, dass sie recht hatte. Aber wie schiebt man Schuld und Verzweiflung beiseite? Vielleicht war es für Grimalkine einfacher. Vielleicht war Gleichgültigkeit eine Superkraft der Katzen.

»Ich mache Kaffee«, sagte Sam, als er den Raum wieder betrat.

»Was hat der Heilermagier gesagt?«, fragte Stoker.

»Er ist besorgt«, antwortete Sam. »Ich habe ihm gesagt, dass wir in Kontakt bleiben. Wie würde man ein Gegenmittel für dieses magische Gift finden?«

Ich schaute, ohne zu sehen, auf meine Hand. Sie fühlte sich heiß und geschwollen an. »Ich habe Gegenmittel für alle Gifte, die ich kenne«, antwortete ich. »Aber ich wüsste nicht, wo ich hier anfangen sollte.«

Wie könnte ich auch? Ich konnte es nicht einmal untersuchen.

Gifte waren wie Flüche in dieser Hinsicht; man musste sich des Giftes absolut sicher sein, bevor man ein Gegenmittel herstellt. Genau wie man einen Fluch nicht aufheben kann, ohne genau zu wissen, was es ist, können Gegengifte dir schaden, wenn du das falsche nimmst. Ich hatte das Gefühl, als würde eine kleine Glocke in meinem Kopf läuten.

»Wir brauchen einen Tränkemeister«, sagte Rick. »Wie wäre es mit Mason Senior?«

»Oder der Tränkeprofessor von Copperfield«, sagte Stoker. »Oder–«

»Nein«, sagte ich, den Kopf schüttelnd, endlich in der Lage, die Angst zu überwinden und klar zu denken. »Wir brauchen keinen Tränkemeister. Wir brauchen einen Fluchbrecher.«

»Schade, dass wir keinen guten kennen«, scherzte Salty.

Niemand lachte.

»Da hast du mich verloren«, sagte Sam.

»Es ist kein echtes Gift auf dem Zauberstab«, sagte ich. »Daher wird ein Gegenmittel nicht wirken. Es ist eine Verwünschung.«

»Ein schickes Wort für einen schicken Fluch«, sagte Stoker.

Sam kam näher. »Also *kannst* du ihn brechen?«

»Könnte ich«, sagte ich. »Wenn ich meine Magie hätte.«

Die Entzündung breitete sich weiter aus. Ich spürte, wie sie meinen Arm hinauf und unter mein Schlüsselbein wanderte. Ich machte mir Sorgen, dass sie mein Herz erreichen könnte. Ich musste den Rest von Alyndra töten, bevor ihr Fluch mich tötete. Wenn ich meine Magie hätte, hätte ich eine einfache Umkehrung durchführen können, da ich bereits den genauen Zauber kannte, mit dem sie den Zauberstab verflucht hatte. Ich hatte nicht gescherzt, als ich sagte, ich bräuchte einen Fluchbrecher. Ich brauchte eine Hexe, die geübt darin war, Hexereien zu knacken. Glücklicherweise kannte ich genau die richtige Person.

~

Ich klopfte mit meiner gesunden Hand an Soleils Tür. Salty war als Portalerstellerin und Führungskobold mit mir zum Haus der Hohen Priesterin gekommen, und Rick als Wache. Sam und Chione hatten zugestimmt, die Stellung zu halten und auf Savvy aufzupassen, die trotz unseres regelmäßigen Klopfens und der Teetassen, die wir vor der Tür abgestellt hatten, noch immer nicht aus dem Gästezimmer gekommen war.

»Asha«, sagte Soleil, als sie die Tür öffnete. »Dem Nichts sei Dank, dass du hier bist.«

»Ich–«, begann ich. Ich musste ihr erzählen, was passiert war, aber sie nahm meine linke Hand und tätschelte sie. »Du musst nichts sagen«, sagte sie. »Ich habe die beunruhigendsten Visionen über dich gehabt, liebes Hexlein. Ich weiß, dass du meine Hilfe brauchst. Ich bin froh, dass du gekommen bist.«

Ich stellte Rick Soleil als meinen Leibwächter vor und Salty als meine Reiseagentin, und sie zögerte nicht, uns hereinzubitten, aber nur ich nahm an. Soleil nahm meine Hand und führte mich den Flur hinunter. Ich stellte mir vor, wie ihr schwarzer Umhang wie rauchiges Wasser hinter uns floss, als wir das Yogastudio betraten.

»Asha!«, rief eine vertraute Stimme. Ich hörte Schritte, die zu mir kamen. »Schön, dich zu sehen.«

Sebastian bellte zur Begrüßung, und ich verstand, dass es Rose Devka war. Da waren auch die Stimmen anderer Hexen, was mich verwirrte.

»Ich wollte kein Treffen unterbrechen«, sagte ich. Es stand nicht in meinem Kalender, soweit ich wusste.

In Soleils Stimme lag ein Lächeln. »Du unterbrichst nichts«, antwortete sie. »Du bist der Grund, warum wir alle hier sind.«

Devka rückte zu mir und hielt meinen Arm. »Soleil sagte, du wärst in Schwierigkeiten, also haben wir eine Notversammlung einberufen.«

Ich spürte wieder dieses warme Gefühl, von Menschen umgeben zu sein, die sich um mich sorgten. Vielleicht wurde ich als Baby von meiner Blutsverwandtschaft verlassen, aber ich war nicht allein. Vielleicht hatte ich aufgegeben, jemals eine Mutter zu haben, aber ich hatte starke, unterstützende Frauen, die mich in rauen Gewässern trugen. Ich fühlte mich bereits weniger verzweifelt.

»Sag uns, was du brauchst«, sagte Forsythia mit vor Sorge zitternder Stimme.

»Es ist wirklich ironisch«, begann ich, aber Boston unterbrach mich.

»Die reichsweit berühmte Fluchbrecherin braucht einen *Fluch* gebrochen.« Ihre Stimme hatte einen höhnischen Unterton, den ich nicht zu schätzen wusste. Sebastian bellte wieder und kam zu mir. Er war ein guter Junge.

Soleil trottete zu uns und versammelte ihren Zirkel. Sie klatschte sanft mit den Händen neben ihrer Wange, wie sie es gerne tat, wie eine spanische Tänzerin. »Kommt, meine Hexen. Lasst uns beginnen!«

Ich dachte an den immer größer werdenden Kontinent aus lila und grauen Flecken auf meiner Haut; es machte mir übel. Ich schob jeden Gedanken an Jax und ihr ungeborenes Baby entschlossen beiseite. Hier würde Konzentration über Empathie siegen, und Zeit war von entscheidender Bedeutung.

Ich wurde zur Wärme der brennenden Kerzen in der Mitte des Studios geführt, wo wir einen Kreis bildeten und uns an den Händen hielten. Ivy – die schlanke Hackerin – und Forsythia kündigten ihre Anwesenheit an und standen zu beiden Seiten von mir, drückten abwechselnd meine Hände, als ich meinen Platz einnahm.

»*Evoco et excito, nunc et semper, res ac mortales*«, sagte Soleil, und ich hörte, wie sie ihren Zauberstab vor sich schwang. Ich spürte, wie sich unsere Kleidung von normaler Kleidung in schwarze Hexenmäntel verwandelte. Aus früherer Erfahrung konnte ich mir vorstellen, wie das Kerzenlicht die feierlichen Gesichter der Frauen erleuchtete.

Esmerelda murmelte: »Isis, Astarte, Diana, Hekate, Demeter, Kali, Inanna.« Sie wiederholte es immer und immer wieder wie ein Mantra. Die Hexen ließen meine Hände los. Jetzt war der Moment, um unsere Handflächen nach oben zu drehen, offen für den Empfang.

Soleils Stimme dröhnte: »Möge das Element der Luft das Alte wegblasen und das Neue einläuten.« Eine frische Brise flatterte an den schweren Säumen unserer Umhänge. »Lasst uns nicht dem Wandel widerstehen, von dem die Mutter weiß, dass wir ihn brauchen.« Die Kerzen flackerten auf, und das heiße Wachs zischte. »Möge das Element des Feuers unsere Egos wegbrennen und stattdessen ein Feuer der Leidenschaft und des führenden Lichts entfachen. Möge das Element des Wassers reinigen und löschen und läutern. Und schließlich möge das Element der Erde unsere Wurzeln nähren und stützen, damit wir gedeihen können. So soll es sein.«

Wir echoten die Hohe Priesterin. »So soll es sein.«

Soleil atmete tief ein. »Ahnen, Hexen und weise Frauen, die vor uns gegangen sind, seid gegrüßt und willkommen. Möge Mutter Erde durch uns wirken und uns in allem, was wir tun, führen. Mögen wir uns täglich neu verpflichten, die Ungerechtigkeiten zu bekämpfen, die wir in der Welt um uns herum sehen. So soll es sein.«

Die Hexen antworteten: »Und so ist es.« Wir setzten uns alle im Schneidersitz auf unsere schwarzen Yogamatten. Soleil richtete ihre Stimme auf mich. »Jetzt nehmen wir unsere Kraft zurück«, intonierte sie, »damit wir das Gleichgewicht im Rest des Reiches wiederherstellen können.«

KAPITEL 42
FEUER MIT BLASSER FLAMME

ASHA

»*Evoco et excito, nunc et semper, res ac mortales,*« intonierte Soleil. Es war der Beschwörungszauber. »Alyndra Radelia Sybil, *appareo!*«

Wow. Ich wusste, dass wir es eilig hatten, aber Alyndra herbeizurufen ließ meine Angst in die Höhe schnellen. Ich war nicht bereit, ihr wieder gegenüberzutreten. Nicht nach dem, was sie mir angetan hatte.

»Sie kämpft dagegen an«, sagte Soleil angespannt. »Wir brauchen mehr Magie.«

Ich spürte, wie die Energie im Raum intensiver wurde. Ich stellte mir vor, wie meine Covenschwestern die Augen zusammenkniffen und ihre Gesichter zur Decke wandten. In meinem Geist sah ich ihre geballten Fäuste und steifen Körper und hörte sie den Zauberspruch flüstern. Es klang wie Wasser in einem Bach. Ich wusste, dass meine Magie verschwunden war, aber ich tat es ihnen gleich. Ich wollte den Kreis nicht brechen.

»*Evoco et excito, nunc et semper, res ac mortales,*« intonierte Soleil mit mehr Kraft als zuvor. »*Evoco et excito, nunc et semper, res ac mortales. Alyndra Radelia Sybil, appareo!*«

Ein Wind peitschte durch den Raum und brachte meine Haare durcheinander. Der Sturm wirkte unheilvoll, aber vielleicht war er es nicht. Donner grollte über uns, als ob die Gewitterwolken innerhalb des Studios wären. Wir keuchten alle auf, als ein Blitz in der Mitte des Kreises in den Boden einschlug.

»Lila Blitze«, flüsterte Forsythia. »Rosa Flammen.«

»*Evoco et excito, nunc et semper, res ac mortales,*« rief Soleil. Ich stellte mir vor, wie ihre Haare im Sturm zurückwehten. »Alyndra Radelia Sybil, *appareo!*«

Ich hörte Alyndra schreien. Es klang, als würde sie durch die felsigen Gruben der Hölle geschleift werden, um gezwungen zu sein, vor uns zu erscheinen. Sebastian bellte laut, als ob er uns etwas mitteilen wollte – als wolle er uns warnen. Ich zitterte. Man sollte meinen, dass es gut klingt, wenn man seinen unsterblichen Feind vor Angst schreien hört, aber das Gegenteil ist wahr. Es brachte schreckliche Erinnerungen zurück, animierte Rückblenden, die in meinem Kopf noch frisch waren.

Ich sah Tiere in der Dunkelheit ertrinken.

Ich sah Thomas Harveys Körper, der auf dem stillen, schwarzen Wasser von Charybdis brannte.

Ich sah Gregory Sybil, der in seine Manteltasche griff, und einen kleinen silbernen Blitz, der in seine Handfläche passte. Der *kurumaken*-Rasterstern war auf mich zugeflogen und in meiner Brust gelandet. Ich erinnerte mich an den scharfen, intensiven Schmerz, der in mich hineinbrannte und nach außen strahlte, während sich das magische Gift ausbreitete. Mein Magen krampfte, meine Brust wurde eng. Ich erinnere mich, dass ich von dem Blutstrom überrascht war, der plötzlich aus meiner Nase strömte. Aber ich hatte diesen Kampf gewonnen, und ich würde auch diesen gewinnen.

Alyndras Kreischen wurde lauter. Es klang, als würde sie in die Mitte des Kreises geschleppt.

»Sie ist hier«, flüsterte Ivy. »Über dem Feuer.« Ich konnte hören, dass sie sich mit aller Kraft wehrte. Ich nahm an, dass sie unsere Gesichter sah, denn sie explodierte vor Wut.

»Wie WAGT ihr?«, verlangte sie zu wissen. »Wie *wagt* ihr es, mich zu beschwören?«

Soleil, nachdem sie Alyndra erfolgreich hergebracht hatte, hörte auf, den Beschwörungszauber zu singen. »Alyndra Radelia Sybil«, sagte sie. »Du hast die unantastbaren Gesetze des Reiches gebrochen.«

Alyndra spuckte vor die Füße der Hohepriesterin. In meiner Vorstellung sah ich einen kleinen Klumpen zerstörerischer Energie, der den Boden verbrannte, auf den er fiel. Dann blickte sie finster in meine Richtung. »*Du.*«

Obwohl ich verängstigt war, blieb ich standhaft. Ihre Wut war strahlend hell.

»Alyndra Radelia Sybil, du hast die Gesetze des Reiches gebrochen, und im Namen der Leere und der Menschen jenseits des Schleiers verurteile ich dich hiermit zum Tode.«

Das Gemurmel der anderen Hexen wurde lauter. Ihr Gesang war ein Käfig, der die Elfe gefangen hielt.

»Du kannst mich nicht zum *Tod* verurteilen«, sagte Alyndra. »Du bist niemand. Du bist nichts.«

»Wir sind der Starfall-Coven«, sagte Soleil. »Und wir haben die Befugnis, deinen Kopf zu nehmen. Deiner ist nicht der erste, und wird nicht der letzte sein.«

»Hast du es ihr erzählt?«, fragte Alyndra mich. »Hast du ihr erzählt, dass du einen Dolch durch mein Gehirn gestoßen hast und ich trotzdem überlebt habe? Was lässt dich glauben, dass du mich jetzt töten kannst?«

Es gab einen weiteren Blitzschlag, und Ivy quietschte. Ich konnte den versengten Holzboden riechen, wo sie gestanden hatte. Sebastian heulte. Wir mussten uns beeilen, bevor jemand einen Stromschlag bekam.

»Der einzige Grund, warum du das überlebt hast, ist, weil du Gregorys Lebenskraft genommen hast. Ich habe es gesehen. Ich habe gesehen, wie du sie gestohlen hast.«

»Ich liebte meinen Bruder«, sagte sie durch zusammengebissene Zähne. »Ich habe nichts gestohlen. Er hat es mir gegeben.«

Ich bewegte mich nicht. »Und jetzt wirst du es zurückgeben.«

»Ihr werdet mich nicht töten«, höhnte Alyndra, »weil ich etwas habe, das dir gehört.«

Trotz der Angst und des Feuers im Raum spürte ich Eis an meinem Rückgrat.

Alyndra musste den Terror in meinem Gesicht gesehen haben, denn ihre Stimme klang selbstgefällig. »Und wenn du mich tötest, wirst du ihn nie wiedersehen.«

Ihn?

Mein Gehirn knisterte vor Fragen. Ich stellte keine davon. Sie log – sie musste lügen.

Die Elfe mit dem Monokel klang triumphierend. »Ich dachte, das könnte deine Meinung ändern.«

»Nichts, was du sagst, wird meine Meinung ändern«, erwiderte ich. Ich wollte, dass Soleil Alyndra erledigt. Ich schluckte schwer.

»Jetzt«, sagte ich zu Soleil. Ich war bereit, die Sybil-Albträume zu beenden, die mich jede Nacht plagten. Ich war bereit, den dauerhaften Schaden zu rächen, der mir und anderen zugefügt worden war. Ich war bereit für Gerechtigkeit. Ich wollte diese besondere Art des Bösen aus dem Reich getilgt sehen. Aber vor allem wollte ich Jax und ihr Baby vor dem Gift schützen, mit dem sie uns verflucht hatte.

Mehr Donner rollte durch das Studio. Ich hörte ein Knacken und Glas, das zerbrach. Ich vermutete, dass es ein gerahmtes Poster war, das von der Wand fiel und Glasscherben in einem Heiligenschein darum herum verteilte.

»Wir werden die silberne Schnur durchtrennen, die dich am Leben hält«, sagte Soleil. »Es ist ein Faden, den du kein Recht hattest zu nehmen. Deine giftige Magie wird enden, und Ashas wohlwollende Magie wird zurückkehren.«

»Ash-a-a-a«, sagte Alyndra in einem nervigen Singsang. »Willst du nicht sehen, wen ich bei mir habe? Die Person, die sterben wird, wenn ihr mich tötet?«

Ich schoss einen unsicheren Blick in Richtung von Soleils Stimme. *Wir sollten doch nur nachsehen, von wem sie spricht, oder? Wenn sie lügt, wird sie sowieso sterben.* Mein vergifteter Arm und meine Schulter pochten.

»Zeig es uns«, sagte ich. Ein weiterer Blitz schlug so nahe bei mir ein, dass ich aufsprang.

Alyndra schmunzelte, und ich konnte mir vorstellen, wie sie mit ihren langen Wimpern klimperte. »Oh, Na-a-a-than«, gurrte sie. »Deine Hexe will dich sehen.«

»Göttin«, sagte eine schockierte Forsythia.

»Sagt mir, was passiert«, forderte ich.

»Ein Mann«, antwortete Forsythia. »Ein kriechender Mann an ihrer Seite. Er hat seine Haare und einige seiner Zähne verloren.«

»Er sieht mehr wie ein geschlagener Hund als ein Mann aus«, sagte eine andere Hexe.

»Steiger!«, rief ich. »Bist du es wirklich?« Er wimmerte, und mein Herz schmerzte. »Was hat sie dir angetan?«

»Herrin Sybil hat mich am Leben erhalten«, wimmerte er. »Für dich.«

»In Oblivion?«, fragte ich.

»Wo sonst, dumme Hexe?«, schnappte Alyndra. »Wo denkst du, dass ich die ganze Zeit war? Mai Tais auf den verdammten Mauritius getrunken?«

Mehr Wind peitschte durch das Studio. »Uns läuft die Zeit davon«, sagte Soleil. »Wir müssen das beenden.«

Ich wusste, dass sie recht hatte, sonst würden wir riskieren, wie die Böse Hexe des Ostens zu enden.

Meine Fingerspitzen waren so taub, und meine Hände verloren das Gefühl. Das vergiftete Fleisch würde bald nekrotisch werden.

»Lasst mich gehen«, sagte Alyndra, »und ihr könnt ihn haben.«

»Sie hat ihn gerade mit ihrem Stöckelabsatz angestupst«, sagte Ivy.

»Eher wie ein Tritt«, sagte Forsythia.

»Nein«, sagte Steiger, den Kopf schüttelnd. »Lasst mich sterben. Bitte lasst mich sterben.«

»Das kann ich nicht«, platzte es aus mir heraus. »Du hast dich schon einmal für mich geopfert. Ich werde nicht zulassen, dass du es wieder tust.«

»Es ist zu viel. Bitte. Lass mich sterben, Asha, ich flehe dich an.«

»Halt den Mund«, fauchte Alyndra, und ich hörte, wie sie ihn wieder trat.

Ich stellte mir vor, dass sein Oberkörper schwarz und blau war, aber Steiger schrie nicht vor Schmerzen auf. Ich trat vor und brach den Kreis, aber meine Schwestern schlossen schnell hinter mir wieder die Hände.

»Zurück«, drohte die Elfe. »Zurück oder du wirst selbst in Oblivion gesaugt.«

Ich trat einen weiteren Schritt vor. Ich fühlte mich verletzlich in der Dunkelheit ohne meine Magie, während ich spürte, wie sich das Gift ausbreitete. »Ich mache keine Witze, Hexe«, zischte die widerwärtige Elfe. »Komm zu nah und du wirst mein neues Haustier in Oblivion sein.«

Der Sturm tobte, das Dröhnen des Donners verstärkte sich. Ich stellte mir die lila Blitze vor, die unsere ängstlichen, aber entschlossenen Gesichter erhellten, stellte mir Soleils Augen vor, die vor Sorge glitzerten. Ich gab ihr ein letztes Nicken, um die Schnur zu durchtrennen. Ich hörte ihre Bewegung und vermutete, dass die Covenschwestern ihre Arme hoben. Sie stimmten in Soleils Beschwörung ein und riefen unsere Vorfahren an, uns zu erlauben, die mächtige Kraft zu nutzen, mit der wir geboren wurden.

Erlaube uns, diese Seele zu nehmen, sagte die Hohepriesterin in ihrem lateinischen Zauber, *erlaube uns, auf diese Macht zuzugreifen, die kein*

Mensch haben sollte. Denn diese Seele ist tief besudelt. Diese Seele ist verloren. Wir werden sie nach Hause schicken.

Alyndra grunzte. In meinem geistigen Auge sah ich, wie sie heftig den Kopf schüttelte, als hätte sie etwas wirklich Schreckliches gekostet. Vielleicht hatte sie den Tod geschmeckt.

Es gab Keuchen entsetzter Faszination, als Alyndra zu der verwesenden Elfe wurde, die es genoss, mich in meinen Albträumen heimzusuchen.

»Ihre Haut bildet Blasen«, murmelte Ivy. Wie in meinem Traum. Ich erinnere mich, dass es Schädel, Zahn und Kieferknochen offenbarte. Blitze schlugen in die Wände ein und ließen das Studio erzittern. Sebastian sprang und bellte, verließ aber nicht Devkas Seite.

Wir werden alles hinfortspülen, fuhr die Hohepriesterin in ihrem makellosen Latein fort. *Alles hinfort, alles hinfort, bis nichts mehr übrig ist.*

Steiger wimmerte. Alyndra kreischte und kämpfte gegen die Magie, die sie zu töten versuchte, während sie ihre menschliche Form abschälte: erst die Haut, dann das Fleisch, dann das Skelett.

Ich erinnerte mich an ihre geschwärzten Organe aus meinen Träumen, erinnerte mich daran, wie das Fleisch von ihr schmolz. Ich wusste, was als nächstes kam: Ihre Luftröhre würde abgeschabt werden, ihre schwarzen Adern würden platzen und ihre Kopfhaut würde von ihrem Schädel rutschen. Zum ersten Mal seit Tiirak mir die Augen nahm, war ich froh, dass ich nicht sehen konnte.

Alyndras übernatürliche Schreie flossen wie karmesinrote Bänder in einem Sturm aus ihr heraus. Sie fletschte ihre Zähne, und ich wusste, dass sie hinter Steiger her sein würde, also sprang ich nach vorne, um ihn zu bedecken. Ich orientierte mich allein nach Gehör und Geruch. Ihre scharfen Knochen stachen in meinen Rücken, und ich jaulte vor Schmerz auf. Bevor ich mich verteidigen konnte, hörte ich ein Knurren und Winseln, und etwas sprang an mir vorbei und auf das, was von Alyndra übrig war. Es gab das erschreckende Schnappen von Kiefern, als Sebastian sich auf das Skelett stürzte und es zu Boden schleuderte. Die Elfe schrie ein letztes Mal auf überirdische Weise, als er ihre Knochen zerriss.

KAPITEL 43
SECARE FUNIS

ASHA

»Ich durchtrennte hiermit den dunklen Faden, der dich an unsere Welt bindet«, intonierte Soleil. »Du wirst niemals zurückkehren. *Secare funis!*«

»*Secare funis!*« riefen die Hexen.

»*Secare funis*«, flüsterte ich. Schneide die Schnur.

Ein lautes Knacken ertönte, wie ein Ast, der in einem Wirbelsturm bricht, dann war es vorbei.

Ich spürte die Hitze in meinem Gesicht, als die Knochenstücke aufleuchteten und schnell verbrannten. Als die Wärme nachließ, kroch ich in die warme Asche, um sicherzustellen, dass sie weg war. Eine unheimliche Stille ersetzte das Chaos der Schlacht. Kein Singsang mehr, kein Schreien, keine Sturmgeräusche. Kaum ein Atemzug war zu hören, als würden wir alle die Luft anhalten. Wenn man blind ist, ist Stille eine andere Art von Dunkelheit.

Selbst Sebastian hatte aufgehört zu knurren. Es war so still, dass ich dachte, meine Trommelfelle wären geplatzt, bis ich Steiger neben mir stöhnen hörte. Ich ließ ein einsames Schluchzen der Erleichterung los. Alyndra war definitiv tot.

»Steiger«, sagte ich. »Steiger?«

Wenn er stöhnte, war er am Leben, oder?

»Steiger!« Ich streckte mich nach ihm aus und tippte mit meinen tauben Händen an seine Wange.

Er stöhnte erneut. Eine der Schwestern des Zirkels untersuchte seinen Körper, der von seiner Zeit im grausamen Reich der Vergessenheit gezeichnet und geschwächt war. Steiger hatte so viel für mich und für das Reich aufgegeben.

»Wir werden dich wieder gesund machen«, versprach ich ihm. »Wir werden dafür sorgen, dass dein Leben lebenswert ist.« Wenn nötig, würde ich mir ein illegales Elixier besorgen.

Ich versuchte, mir die Szene um mich herum vorzustellen: der verbrannte, rauchende Boden, zersplittertes Glas wie Eiskristalle, erschöpfte Zirkelschwestern, die auf ihren Matten zusammensanken. Soleil, erschöpft, aber triumphierend.

»Danke«, sagte ich. »Danke, alle zusammen.«

Ich holte noch einmal tief Luft, um mich zu beruhigen, bevor ich aufstand, und meine Hand berührte eine kleine, dünne Scheibe, wie eine große Münze aus Glas. Ich konnte ihre Details wegen meiner tauben Fingerspitzen nicht erkennen, aber ich verstand, dass es Alyndras magisches Monokel war. Meine nutzlosen Finger fummelten herum und ließen es fast fallen. Ich rieb die Asche an meinem Umhang ab, setzte es an mein linkes Auge und keuchte, als es sich mit Kraft an meine gerade geheilte Augenhöhle saugte, was mich an die blassen, silbrigen Saugmund-Phantome im Void-Raum erinnerte.

»Argh!« rief ich aus. Meine Augen waren bereits überempfindlich, und das Sauggefühl war beunruhigend.

»Asha?« fragte jemand. »Geht es dir gut?«

Ich muss ein Anblick gewesen sein, wie ich in der Asche hockte, mit grauen Händen über meinem Auge.

Sebastian bellte besorgt.

»Asha?«

Ich blinzelte heftig und versuchte, mich an das seltsame Gefühl zu gewöhnen. Es fühlte sich unmöglich an, meine Augen zu öffnen. Ich setzte all meine Energie ein, um meine Augenlider hochzudrücken. Da war ein Dunst – ein dunkelgrauer Nebel – fast schwarz, aber nicht ganz. Es gab einige Formen, einige weit entfernte Gestalten, als ich versuchte, die Unschärfe wegzublinzeln. Es war kaum ein Weihnachtswunder, aber es war etwas mehr, als ich vorher sehen konnte.

Ich wurde von massiven, muskulösen Armen hochgezogen. Rick. Er musste hereingestürmt sein, als er den Tumult gehört hatte.

Eine vage Gestalt erschien neben seiner Masse. Ich versuchte, meine Augen zu fokussieren, konnte es aber nicht. Meine tauben Hände bewegten sich automatisch zum Monokel.

»Es wird einen Zauber brauchen, um richtig zu funktionieren«, kam Soleils Stimme.

»Ich ...«, sagte ich. »Meine Magie ist nicht zurückgekehrt.« Meine Hände und Arme waren immer noch tot, und ich wusste, ohne es zu versuchen, dass kein Funke Magie in ihnen steckte.

»Es wird einige Zeit dauern«, versicherte mir die Hohepriesterin.

»Warum?« fragte ich. »Die Verflucherin ist tot. Der Fluch sollte doch mit ihr sterben, oder?«

»Der Fluch wurde gebrochen, aber dein Körper ist immer noch vergiftet. Wenn man Gift nachträglich entfernt, heilt man nicht automatisch. Die Ursache mag verschwunden sein, aber die Folgen bleiben bestehen.«

Ich seufzte. Ich hatte auf bessere Nachrichten gehofft. Meine Magie war eine Sache, aber Jax und ihr Baby...

»Du brauchst Ruhe«, fuhr sie fort. »Zeit zur Erholung.«

»Die Mädchen werden immer noch vermisst«, entgegnete ich.

»Und sie werden vermisst bleiben, bis du deine Kraft zurückhast. Also kümmere dich am besten um dich selbst, damit du stark genug bist, um für sie zu kämpfen.«

»Wie lange?« jammerte ich. »Wie lange denkst du, wird es dauern?«

»Länger als üblich«, sagte sie, »denn ohne deine Magie wird deine Heilung im Tempo eines normalen Menschen stattfinden.«

Und mit langsamer Heilung würde meine Magie länger brauchen, um zurückzukehren. Verdammt.

»Glücklicherweise«, fuhr Soleil fort, »stehst du inmitten eines Zirkels talentierter Hexen.«

Jeder, der in der nächsten halben Stunde hereinspaziert wäre, hätte vermutet, ich würde gefoltert und dem Gehörnten Gott geopfert. Mein fast nackter Körper lag ausgestreckt auf dem Boden des Yogastudios, in einem großen Kreidepentagramm. Schwarze Bänder, die um meine Knöchel und Handgelenke gebunden waren, streckten meine Gliedmaßen nach außen, und der Geruch von geschmolzenem Kerzenwachs und Weihrauch war fast überwältigend.

Die Hexen murmelten alle ihre eigenen Heilzauber, während Soleil ihre Kräfte anfeuerte, als sie den Kreis durchschritt. Ihre Beschwörungen wurden immer lauter, bis ich anfing, panisch zu werden. Die Dunkelheit, die Magie, der Duft, das war alles zu viel. Gerade als ich es nicht mehr ertragen konnte, hörten sie auf, und die Seidenbänder lösten sich von selbst und flatterten zu Boden.

Soleil half mir auf. Schwindlig und desorientiert dankte ich ihr und dem Zirkel für ihre Heilmagie.

»Wir haben getan, was wir konnten, Asha«, antwortete sie. »Wir haben den Heilungsprozess beschleunigt, aber du hast noch einen weiten Weg vor dir, bevor du deine Magie zurückbekommst.«

Ich taumelte aus dem Kreis, während die Schatten murmelten, um Steiger in die Mitte zu bringen.

»Wir werden unser Bestes tun, um auch Nathan zu heilen«, sagte sie.

Ich dankte Soleil noch einmal und wandte mich zum Gehen. Nebulöse graue Formen gaben kaum einen Hinweis darauf, wo Rick oder die Tür waren. Ich brauchte einen weißen Stock, wenn ich irgendwohin kommen wollte, ohne mir das Genick zu brechen.

»Warte, Asha«, sagte die Hohepriesterin und berührte meinen Arm. »Du vergisst etwas.«

Ich versuchte, meine Augen auf sie zu fokussieren, aber es war, als würde ich versuchen, durch einen bewölkten Himmel zu schauen.

Ein kühler Metallstab – der Zauberstab der Hohepriesterin – berührte meine Wange und ruhte auf dem Rahmen des Monokels, das immer noch auf übernatürliche Weise an meinem Auge klebte.

Tipp, tipp, ging der Zauberstab, und Soleil sprach nur ein Wort. *»Monstras.« Offenbare.*

Licht flutete in mein rechtes Auge und ließ meinen Augapfel schmerzen. Ich schrie vor Schmerz auf, aber vor allem vor Überraschung.

»Du hättest mich vorwarnen können«, sagte ich, aber ich merkte, dass ich undankbar war.

Soleil, scheinbar unbeleidigt, lachte. Ich sah eine verschwommene Hand, die drei Finger hochhielt, dann sechs. »Wie viele Finger?« fragte sie.

»Sechs?«

»Ich würde dir raten, nicht zu fahren, bis das Doppelsehen-Problem gelöst ist«, sagte Soleil.

Immer noch kämpfend, meine Augen offen zu halten, versuchte ich, sie richtig anzuschauen. Ich konnte ihr Gesicht irgendwie erkennen – das erste Gesicht, das ich nach einer gefühlten Ewigkeit der Dunkelheit gesehen hatte, und sah, dass sie lächelte.

KAPITEL 44
EIN ABSCHIEDSGESCHENK

ASHA

Soleils silbernes Haar war ein Vogelnest nach der Sitzung, die wir gehabt hatten. Es sah aus wie ein verschwommener silberner Heiligenschein. »Obwohl deine natürliche Sehkraft verschwunden ist, wird das Monokel schließlich ihren Platz einnehmen, wenn auch nur in einem Auge. Es ist ein mächtiges Werkzeug, aber es ist nicht perfekt, und du wirst Geduld haben müssen.«

Ich nickte. »Ich werde das nie vergessen«, sagte ich, »Danke.«

Soleil lächelte nicht. Ihre Augen waren freundlich und traurig. »Betrachte es als ein Abschiedsgeschenk, liebe Asha.«

Meine Stirn runzelte sich. »Was? Warum? Wohin gehst du?«

»Ich gehe nirgendwo hin. *Du* bist diejenige, die Starfall verlassen muss.«

»Was?« Ich wollte nicht gehen. Der Zirkel war meine Familie. Meine Schwestern. »Warum?«

»Das tut mir genauso weh wie dir«, sagte sie, und ich spürte, dass sie die Wahrheit sagte.

»Warum dann?«, fragte ich erneut. Es klang wie ein Jammern. »Was habe ich getan?«

»Es geht darum, was du *nicht tun wirst*, Hexlein«, antwortete sie sanft.

Mein Mund klappte auf. Sie konnte nicht ernst sein. »Du exkommunizierst mich ... wie du es bei Savvy getan hast?«

»Es war Savannahs Entscheidung. Es ist auch deine Entscheidung.«

»Ich entscheide mich dafür, im Zirkel zu bleiben!« Hatte Soleil vergessen, was ich für Starfall getan hatte? Ich hatte immer wieder Leib und Leben riskiert, um ihre besonderen und oft schwierigen Forderungen zu erfüllen.

»Du kannst nur im Zirkel bleiben, wenn du den Befehlen des Zirkels gehorchst«, sagte sie. Es lag keine Wut in ihrer Stimme. Sie hatte meine Entscheidung, den Alpha-Werwolf nicht zu töten, akzeptiert, und jetzt musste ich mit den Konsequenzen leben. Sie stolperte fast, und ich fing ihren Ellbogen. »Soleil! Geht es dir gut?«

Die Hohepriesterin erholte sich, und ich nahm meine Hand weg. Obwohl meine Sicht noch beeinträchtigt war, konnte ich sehen, dass sie plötzlich zart, fast zerbrechlich wirkte. Nichts wie die mächtige Hexe, die gerade einen Bösewicht eingeäschert hatte.

»Ich muss mich ausruhen«, sagte sie und berührte meine Wange. »Und du auch. Du musst auf dich aufpassen, meine Liebe. Du hast ein Schicksal zu erfüllen.«

»Aber wenn du das glaubst«, begann ich, »dann-«

»Es hat nichts mit Glauben zu tun, Asha. Ich kann es so klar sehen wie den Tag.«

»Warum hilfst du mir dann nicht?«, fragte ich und zwang meine Worte an dem Kloß in meinem Hals vorbei.

Sie lächelte traurig. »Wir haben dir geholfen. Und jetzt ist es an der Zeit, dass du deinen eigenen Weg gehst.«

Nein! Meine Nebenhöhlen brannten vor ungeweinten Tränen. *Wie kannst du mich nach allem, was ich getan habe, einfach wegwerfen?*, wollte ich sagen. *Wie kannst du mich so leicht aufgeben?* Halb blind und ohne meine Kräfte. Es schien grausam.

Die Hohepriesterin wusste von allen Menschen am besten über meine Verlassensängste Bescheid. Ich fühlte mich so tief und tiefgreifend verletzt, aber ich wusste auch, dass es keinen Sinn hatte zu streiten.

Nachdem Steiger seine eigene Heilsitzung im Kreis hatte, verlor er das Bewusstsein. Rick hob ihn hoch und warf ihn über seine Schulter. Wir bereiteten uns darauf vor, nach Hause zu portalen, aber die Goblin entdeckte ein Problem. Sie zeigte mit ihrem langen, knochigen Finger auf Steiger. »Keine Zustimmung, keine Reise«, sagte sie. Wir hörten eilige Schritte und drehten uns um, um zu sehen, wer auf uns zugelaufen kam. Zwei Gestalten – ein Mensch und ein Hund. Devka rief uns zu, zu warten, Sebastian auf ihren Fersen.

»Asha«, sagte sie, ein wenig außer Atem. »Boston hat uns gerade erzählt, dass du den Zirkel verlässt.«

Ich seufzte und neigte den Kopf. »Verlassen, ja, aber nicht freiwillig.«

»Wir kommen mit dir«, sagte sie. »Sebastian und ich. Wenn du uns haben willst.« Sebastian bellte zustimmend und wedelte mit dem Schwanz. »Ich meine, wir sind offensichtlich nicht magisch, aber wir können helfen.«

Ich erinnerte mich, dass ich Soleils Entscheidung, Devka in den Zirkel aufzunehmen, in Frage gestellt hatte, und jetzt sah ich, dass ich falsch gelegen hatte. »Danke«, sagte ich und versuchte, mich auf ihr Gesicht zu konzentrieren.

»Natürlich!«, sagte sie. »Asha, ich wäre nicht einmal am Leben, wenn es dich nicht gäbe.«

Ich erinnerte mich daran, wie ich sie im Asylum in Riverside gefunden hatte, halb tot. Ihr Name war Nicola Landau gewesen, eine Identität, die sie inzwischen hinter sich gelassen hatte. Sie nahm Devka als ihren neuen Namen an, den Namen des Geistes, der ihr geholfen hatte, die schreckliche psychiatrische Klinik zu überleben, in der sie eingesperrt gewesen war. Es fühlte sich an, als wäre es ein ganzes Leben her.

»Ich schätze das Angebot wirklich«, sagte ich. »Und deine Loyalität.«

»Aber du lehnst ab?«, vermutete sie.

»Nur wegen Chione«, sagte ich.

Devka verzog bei dem Klang des Namens der Grimalkin das Gesicht. Es gab zu viel Geschichte zwischen ihnen, um es funktionieren zu lassen. Außerdem war die Grimalkin tödlich allergisch gegen Hunde.

»Es gibt etwas, was du tun könntest«, sagte ich hoffnungsvoll.

»Klar«, sagte sie. »Alles.«

»Könntest du Steiger mitnehmen? Wir können mit ihm in diesem Zustand nicht reisen. Er braucht jemanden, der sich um ihn kümmert, und wir haben nicht so viel Zeit.«

»Natürlich«, sagte sie, holte ihre Schlüssel heraus und schloss ihr Auto auf. »Ich werde die anderen bitten, mir zu helfen. Dendrina ist eine Heilerin, und Susan war früher Krankenschwester.«

Während Rick Steiger in ihrem Auto ablud, umarmte ich Devka und streichelte Sebastian. Er schlug mit dem Schwanz und winselte. »Du bist ein guter Junge«, sagte ich zu ihm.

KAPITEL 45

TROSTLOSE WEIHNACHTEN

ASHA

Ich fühlte mich nicht wirklich in der Lage zu reisen, aber ich wollte nach Hause. Salty machte die Reise angenehm und einfach, was bestätigte, dass sie ihre stabilen Portalfähigkeiten wiedererlangte. Ich erinnerte mich, dass sie nur damit zu kämpfen hatte wegen ihrer spontanen und beunruhigenden Unsichtbarkeitstricks, die jetzt vorbei waren, da Alyndra endgültig tot war.

Salty summte vor sich hin. Plötzlich platzte es aus ihr heraus: »Kling klang, die Elfe ist tot!«

Und die Hexe ist müde, Zeit, ins Bett zu gehen.

Um Chione nicht versehentlich mit meinen Sebastian-getränkten Händen zu töten, schrubbte ich sie gründlich, sobald wir nach Hause zurückkehrten. Das Wasser wurde grau von der Asche Alyndras.

Sam, Stoker und Chione starrten uns mit blassen, ausdruckslosen Gesichtern an. Ich konnte sehen, dass sie völlig gestresst waren. Sams Adamsapfel hüpfte, als er schluckte. Er starrte auf mein schickes neues optisches Accessoire. »Was ist passiert?«

Ich trocknete meine Hände an einem Geschirrtuch ab und zeigte sie allen. Soweit ich sehen konnte, verblasste das gefleckte Aussehen, aber es hatte noch einen weiten Weg vor sich.

»Es hat aufgehört, sich auszubreiten«, sagte Sam und streichelte meinen Arm.

»Soleil konnte den Fluch brechen«, sagte ich. »Ich bin nicht mehr in Gefahr.«

»Aber deine Magie«, sagte Chione. »Ist sie für immer verschwunden?«

»Sie glaubt, dass sie zurückkehren wird«, antwortete ich.

Die Grimalkin schnaubte frustriert. »Sie *glaubt*, dass sie zurückkehren wird?«

»Die einzige Gewissheit im Leben ist, dass nichts gewiss ist«, sagte ich. Das hatten wir von Professor Bendeck in Copperfield gelernt. »Aber wir sind optimistisch.«

»Optimistisch?«, fauchte sie. »Optimismus wird das Reich nicht retten. Wir müssen wissen, wann-«

»Gib ihr eine Pause, Grimalkin«, sagte Stoker. »Sie ist durch die Hölle gegangen und zurück. Kannst du das nicht *sehen*?« Als ihm bewusst wurde, was er gesagt hatte, entschuldigte er sich bei mir für seine Unsensibilität.

Ich schüttelte den Kopf und winkte ab. »Du musst nicht um den heißen Brei herumreden. Ich bin blind, nicht zerbrechlich.«

»Verdammt richtig«, sagte Salty. »Du bist die widerstandsfähigste Hexe, die ich kenne.«

»Ich glaube, ich höre nicht richtig«, erwiderte ich. Ein Kompliment von einem Kobold bekam man nicht jeden Tag. »Vielleicht brauche ich auch noch ein magisches Hörgerät.« So wie diese Mission verlief, könnte ich am Ende mehr magischer Cyborg als Mensch sein.

»Wie funktioniert es?«, fragte Sam und bewunderte das Monokel.

»Keine Ahnung«, antwortete ich achselzuckend. »Magie. Soleil meinte, sobald es und ich uns aneinander gewöhnt haben, sollte ich richtig sehen können.« Ich blinzelte ihn an und sah die ungefilterte Erleichterung auf seinem Gesicht.

»Das ist einfach genial«, sagte er und drückte mich. »Genial.«

Das fand ich auch. Ich konnte mir nicht vorstellen, sein wunderschönes Gesicht nie wieder zu sehen.

Dusty kam um die Ecke und jaulte erleichtert auf, rannte zu mir und umarmte mich. Sam seufzte und schnappte uns beide, drückte uns fest. »Ich war mir nicht sicher, ob du es schaffen würdest«, sagte er in mein Ohr.

Ich lachte. »Ich auch nicht.«

Dusty blinzelte ihre Tränen weg, als sie zu meinem Monokel aufblickte. Ich rieb ihren Rücken. »Hallo, kleine Zauberin. Schön, dich zurück zu haben.« Sie strahlte mich an, und es war so wunderbar und herzerwärmend zu sehen. »Hat Pip schon Informationen für mich?«

Dusty schüttelte den Kopf. »Sie macht Fortschritte, braucht aber noch ein paar Stunden.«

»Ausgezeichnet«, antwortete ich. »Danke.«

Rick erzählte die Geschichte, während ich für alle einen großzügigen Copper Cog Zimtwhisky einschenkte und nur ein wenig verschüttete, wegen meiner Doppelsicht. Meine Hände hatten endlich aufgehört zu zittern. Sam schickte eine Nachricht an Darick, der antwortete, dass es Jax viel besser ginge. Niemand erwähnte das Baby, wahrscheinlich weil niemand das Schlimmste denken wollte. Normalerweise bin ich nicht diejenige, die Alkohol hinunterstürzt, aber heute machte ich eine Ausnahme. Ich kippte die feurige Flüssigkeit meine Kehle hinunter, spülte mit einem großen Glas Wasser nach und schenkte mir noch einen ein.

Alle starrten mich an. »Geht es dir gut?«, fragte Stoker. »Du hast viel durchgemacht.«

Ich atmete schnaubend aus. »Definiere 'gut'.«

»Verstanden«, sagte er. »Wir sollten gehen. Dich ausruhen lassen.«

»Das werdet ihr nicht tun«, sagte ich. »Wir brauchen einen Plan, der einsatzbereit ist, oder ich werde nie schlafen können. Und die Hohepriesterin sagte, dass ich *unbedingt* schlafen muss, sonst bekomme ich meine Magie nie zurück.«

Der Werwolf gab nach und setzte sich mit seinem Getränk. Ich gesellte mich zu ihm, bereit, die Dinge zu besprechen. Alles schien in der Schwebe zu sein, und das machte mich unruhig. Wir mussten alle unsere Informationen auf den Tisch legen und einen klaren Aktionsplan entwickeln. Es lag eine seltsame Spannung im Raum, und ich wusste, dass es nicht nur daran lag, dass sie sich um mich gesorgt hatten. »Was ist los?«, fragte ich.

Sam schüttelte den Kopf. »Nichts, worüber man sich Sorgen machen müsste.«

»Es scheint nicht so, als wäre es nichts, worüber man sich Sorgen machen müsste.«

Alle richteten ihre Blicke auf Sam, also gab er nach. »Also gut«, sagte er, rieb sich den Nacken und dann sein Stoppelkinn auf diese Weise, die ich so liebte. »Ich wurde vom Dienst suspendiert.«

Ich schloss mitfühlend die Augen und schüttelte den Kopf. »Es tut mir so leid.«

»Es ist nicht deine Schuld«, sagte er.

»Irgendwie schon«, erwiderte ich. Der aufrechte Detektiv Sam Armstrong hätte nie eine Waffe aus dem Beweismittelraum für uns gestohlen, wenn wir ihn nicht darum gebeten hätten.

»Nein«, sagte Dusty. »Es ist alles meine Schuld.«

Der Anblick des traurigen, schuldbewussten Gesichtsausdrucks des süßen Mädchens entfachte ein kleines Feuer in mir. »Weißt du was, Dusty? Wie wäre es, wenn wir aufhören, uns selbst die Schuld zu geben, wenn *jemand anders* schrecklich ist?«

Sie schaute mich mit ihren klaren, unschuldigen Augen an.

»Die Garretts haben dich furchtbar behandelt. Du hast überlebt. Du bist entkommen. Du hast nichts falsch gemacht. Wenn sie hinter dir her sind und etwas Schlimmes passiert, ist es *ihre Schuld*, nicht unsere, okay?«

Sie schniefte und nickte. »Ja, Asha.«

Natürlich war das alles großes Gerede. Ich fühlte mich genauso schuldig für Sams Suspendierung, aber wenn ich dazu beitragen konnte, eine Generation von Frauen großzuziehen, die sich in Situationen, in denen jemand anderes der Aggressor war, nicht selbst die Schuld gaben, würde ich etwas glücklicher ins Grab gehen.

»Ein Ork hat ein Paket abgegeben«, sagte Stoker. »Er sagte, es sei von Sugar Shagar.«

»Oh je«, antwortete ich. »Tickt es?«

»Nein«, sagte Stoker lächelnd. »Und es ist auch kein Anthrax.« Er tippte sich an die Nase, um mich an seinen überlegenen Geruchssinn zu erinnern.

»Es sind die Sachen, die du im Pfandleihhaus gekauft hast«, sagte Salty, die sich selbst eingeladen hatte, die Tasche zu durchsuchen.

»Danke, Nilve«, erwiderte ich und presste meine Lippen in gespielter Missbilligung ihrer deutlichen Grenzenlosigkeit zusammen. Der Kobold spielte für die nächsten paar Minuten einen Weihnachtself, während sie die Geschenke verteilte, die wir in Skippys Laden gekauft hatten. Sie gab Stoker die »Bester Tag aller Zeiten«-Hose, Sam und Rick die »Verliebe dich in dein Leben«-Boxershorts und den wunderschönen gold-schwarzen Seidenschal an Chione. Die magischen Beruhigungssocken wurden vorerst beiseitegelegt - ich würde sie später Savvy geben, wenn ich keine Menschenmenge in meiner Küche hätte - und würde definitiv ein Paar für mich behalten.

Es fühlte sich wie ein seltsames, verlassenes Weihnachten an, aber alle schienen ein bisschen fröhlicher mit ihren verzauberten Geschenken in den Händen.

~

Nachdem wir uns beruhigt hatten, war es Zeit, eine Strategie zu entwickeln. Ich erzählte ihnen von meiner Exkommunikation aus dem Hexenzirkel und von Sugars unglücklichem und gefährlichem Wechsel auf die Seite des Feindes.

»Ihr habe ich nie vertraut«, sagte Salty. »Jede Frau, die ihren Mann im Schlaf töten kann...« Sie schauderte gespielt. Ungewollt dachte ich an die Muschelsuppe, die ich auf der Rückbank des Autos gelassen hatte, das versucht hatte, mich zu entführen. Jemand würde eine böse Überraschung erleben.

Ich erzählte ihnen von dem Elixier - dem Grund, warum die Mädchen entführt wurden - und warum wir Apollo brauchten.

»Also müssen wir den Taschendieb finden«, sagte Sam.

Ich nickte. Ich sagte es nicht laut, aber die silberne Wolke seiner Suspendierung war, dass wir zusammenarbeiten könnten. Ich liebte es, dass er auf unserer Seite sein würde, ohne andere Verpflichtungen, die ihn wegziehen würden. »Ja. Apollo. Der Kobold, der seine Sachen verkauft, beschrieb ihn als guten Kerl, aber er scheint eine Spur von toten Tieren zu hinterlassen, also bin ich nicht überzeugt.«

Stoker runzelte die Stirn. »Wie bitte?«

»Erst ein Rabe, dann eine Ratte in Madame Copperfields persönlicher Bibliothek für verbotene Bücher.«

Chiones Augenbrauen zeigten ihr Interesse. Ich war mir nicht sicher, ob sie hungrig nach einem Raben oder einer Ratte war, oder ob sie sich fragte, ob sie in ihrer Katzenform um den Dieb herum sicher sein würde.

»Captain Morgan erzählte mir, dass ein reicher Elf den Diebstahl eines Artefakts gemeldet hat, also vermuten wir, dass es Apollo war. Er ist offensichtlich ein ausgezeichneter Portaler sowie Taschendieb.«

»Lass mich das richtig verstehen«, sagte Stoker. »Er ist ein Taschendieb, der aus Taschenreichen stiehlt?«

»Vermutlich«, antwortete ich. Ein Taschen-Taschendieb.

»Das könnte man sich nicht ausdenken«, sagte er, schüttelte den Kopf und kippte den Rest seines Whiskys in seinen Mund.

»Saltys Portalfähigkeiten scheinen sich stabilisiert zu haben, seit Alyndra ins Gras gebissen hat«, sagte Rick, und der Kobold nickte.

»Ich kann nicht mehr unsichtbar werden«, maulte sie und schmollte für den Effekt.

»Verdammt«, scherzte ich. »Ich mochte es, wenn du verschwunden bist.«

Sie streckte mir die Zunge heraus. Die Doppelsicht ließ es extra seltsam aussehen. Ich musste meine Augen für einen Moment schließen, um sie auszuruhen.

»Was hast du also vor?«, fragte Sam. »Den Tatort besuchen?«

»Ich schätze schon«, antwortete ich. »Ich wüsste nicht, wo ich sonst anfangen sollte.« Ich zog mein Handy heraus und las – mit Schwierig-keiten – aus Morgans Nachricht vor. »Haryk Virvaris aus Avalon.«

»Avalon?«, schnaubte Stoker. »Das ist wie die Milliardärsreihe von Elfenland. Ich bin überrascht, dass er überhaupt bemerkt hat, dass etwas fehlt.«

»Was wurde gestohlen?«, fragte Sam.

Ich steckte mein Handy zurück in meine Umhangtasche. »Ein Gemälde.«

»Klingt nicht sehr magisch«, sagte er.

»Die meisten Gemälde sind magisch«, erwiderte ich. »Wenn man genau genug hinsieht.«

Sobald wir unseren Plan hatten, war ich so erschöpft, dass ich bereit war, im Stehen zu schlafen. Sam ließ das Team aus dem Haus. Stoker und Rick hatten bleiben wollen, um mich zu bewachen, aber ich hörte Sam sagen, dass er alles unter Kontrolle hatte. Jeder brauchte eine gute Nachtruhe, um die Mission am nächsten Tag anzugehen. Dusty sagte, sie würde gerne auf der Couch schlafen, da Savvy in ihrem Bett war, also deckte ich sie zu und küsste ihre Stirn. Ich machte Savvy eine Tasse Tee, aber sie antwortete nicht, als ich klopfte, also ließ ich sie vor der Tür stehen. Ich war immer noch am Boden zerstört wegen Abigail, aber jetzt optimistischer, sie zu finden. Ich hoffte nur, dass ich nicht all meine Hoffnung in eine verlorene Sache setzte. Ich setzte auf Apollo, obwohl ich so gut wie nichts über den Mann wusste.

»Alles okay?«, fragte Sam.

Ich öffnete meine Augen und fand mich an die Wand gelehnt neben dem Schlafzimmer, in dem Savvy schlief.

»Ja«, sagte ich und richtete mich auf. Ich freute mich nicht darauf, die Treppe hinaufzusteigen.

»Du hast mir heute einen echten Schrecken eingejagt«, sagte er und zog mich in seine Umarmung. »Ich bin so froh, dass du in Sicherheit bist.«

Vorerst. Die Worte hingen unausgesprochen in der Luft.

»Dusty hat sich freiwillig gemeldet, auf der Couch zu schlafen«, flüsterte ich. »Ich hoffte, du würdest dich freiwillig melden, in meinem Bett zu schlafen.«

Armstrongs Augen verdunkelten sich vor Verlangen, und seine Mundwinkel zogen sich nach oben. Ohne zu antworten, packte er mich und hob mich hoch. Er war so stark, und ich war so müde; ich fühlte mich schwerelos in seinen Armen. Ich kicherte, als er mich die Treppe hinauftrug und auf mein Bett warf. Als er begann, mich auszuziehen, hörte ich auf zu lachen.

KAPITEL 46
UNVERLETZT

ASHA

»Asha«, sagte eine Mädchenstimme. »Asha, wach auf.«

Ich öffnete mein Monokel-Auge und sprach mit einer hexenhaften Stimme. »Wer wagt es, meinen Schlummer zu stören?«

Dusty lächelte. »Da ist ein Mann.«

Ich erinnerte mich, dass ich in der Nacht zuvor mit Sam im Bett gelegen hatte, und suchte schnell nach ihm. Ich erwartete, nichts als ein zerknittertes Laken zu sehen, aber da war er, tief und fest schlafend. Es war so schön, mit ihm aufzuwachen; ein weiterer Vorteil seiner Suspendierung.

»Nicht Sam«, flüsterte Dusty eindringlich. »Jemand anderes. Alter Typ, runde Brille, seltsamer Hut. Sagt, er kennt dich.«

Papa Schlumpf! »Oh, das ist Merlin«, sagte ich lächelnd.

Sie nickte. »Er hat Kaffee mitgebracht.«

»Definitiv Merlin. Lässt du ihn rein? Ich komme in einer Minute runter.«

Sie nickte und verließ den Raum. Ich gewöhnte mich langsam an diese Sache-eine-Assistentin-zu-haben. Ich wollte wieder in Sams Arme kriechen und ihn küssen, krabbelte stattdessen aber leise aus dem Bett. Er würde nach der letzten Nacht seine Ruhe brauchen.

Ich fühlte mich erfrischt nach meinem langen, tiefen Schlaf. Es war das erste Mal seit Ewigkeiten, dass die Sybil-Zwillinge mich nicht in diesen schrecklich realistischen Albträumen heimgesucht hatten. Ich schlüpfte in saubere Kleidung und band mein Haar zu einem Dutt auf meinem Kopf zusammen. Während ich mir die Zähne putzte und dabei mein Monokel inspizierte, dachte ich an die bevorstehende Mission. Es würde hart werden, aber ich fühlte mich positiv. Einen Plan zu haben, ließ mich mich immer besser fühlen. Ich konnte mich in den Tag hineinlehnen.

Ich tappte die Treppe hinunter, hielt mich am Geländer fest, falls ich eine Stufe verfehlen sollte, und ging in die Küche, wo Merlin, wie ich wusste, an seinem üblichen Platz an der Theke sitzen würde. Er stand auf, um mich zu umarmen. »Rookie!«, strahlte er. »Wenn ich gewusst hätte, dass du Besuch hast, hätte ich mehr Kaffee mitgebracht.«

»Danke«, sagte ich und nahm die rote Platelet-Tasse von ihm entgegen. »Du bist immer so nett.«

»Unsinn«, erwiderte er. »Du erhellst immer meinen Tag. Ich sollte dir danken, dass du mich besuchen lässt.«

»Quid pro quo«, sagte ich und zitierte einen fiktiven Kannibalen. Ich gab Merlin ein Zeichen, sich zu setzen. »Kaffee für Gesellschaft.«

Merlin nahm seinen Pilzlederhut ab und setzte sich. »In der Tat. Mir gefällt deine neue Sehhilfe. Sehr schick. Erzähl mir alles.«

Ich zögerte. Ich wusste nicht einmal, wann ich ihn zuletzt gesehen hatte, und in den letzten Tagen war so viel passiert. »Ich weiß gar nicht, wo ich anfangen soll.«

Aber ich begann doch, und der Kaffee war längst ausgetrunken, als meine Geschichte zu Ende war. Dusty hörte zu, und ich sah, wie ihre Augen bei verschiedenen Teilen der Geschichte, die sie zuvor nicht gekannt hatte, hervortraten.

Merlin wandte sich an das Mädchen. »Also bist du die berühmte kleine Hexe?«

»Zauberin, eigentlich«, sagte ich. »Belore-Blut.«

Mein Lieblings-Mykologe sah beeindruckt aus. »Ist das nicht was. Beim nächsten Mal bringe ich dir bestimmt eine heiße Schokolade mit.«

Dusty lächelte. Ich wusste, sie würde einen schwarzen Kaffee vorziehen, aber keiner von uns sagte das. Wie wunderbar, wenn Merlin in ihrem Leben sein könnte. Es wäre, als hätte man einen jungen, superschlauen, exzentrischen Großvater. Was für ein Geschenk das sein könnte. Ich blinzelte, um meine verschwommenen Vorstellungen zu klären, und kam zurück zum Geschäft.

»Wir werden die Mädchen finden«, sagte ich ihm. »Wir sind jetzt auf der richtigen Spur, ich kann es spüren.«

»Ausgezeichnete Neuigkeiten, Rookie. Einfach ausgezeichnet. Was kann ich tun, um zu helfen?«

Ich durchforstete mein Gehirn nach allem, was wir von ihm brauchen könnten, kam aber nicht auf die Lösung.

»Kaffee und eine Aufmunterung?«, schlug ich vor. Obwohl Kaffee im Grunde genommen eine Aufmunterung in einer Tasse war.

Merlin setzte sich gerade hin und rieb seine Handflächen aneinander, dann verschränkte er seine Finger und knackte mit den Knöcheln. »Ich kann mir eine Aufmunterung ausdenken. Das schaffe ich.«

Dusty kicherte. Als ich zu ihr hinüberschaute, sah ich eine Version von ihr, die ich noch nie zuvor gesehen hatte, und das lag nicht an meiner eingeschränkten Sicht. Jung wie ein Lamm, süß, unschuldig, unverletzt. Augen wie klare Teiche, unter denen keine Schatten lauerten. Es hätte mich glücklich machen sollen, aber es schmerzte. Mit besseren Eltern hätte sie ein Lamm sein können; ein Lamm bleiben können. Aber es brachte nichts, diesen Weg einzuschlagen, nicht jetzt. *Die Dinge sind, wie sie sind*, erinnerte ich mich selbst. Nur wenn du denkst, sie könnten anders sein, leidest du.

»Mir scheint«, sagte Merlin in einem gespielt ernsten Ton, »dass ihr Damen einen einfach hervorragenden Job macht.«

Dusty gluckste erneut.

Merlin räusperte sich. »Ich bin mir sicher, dass eure Tapferkeit, Intelligenz und euer schneller Verstand einen erfolgreichen Ausgang sicherstellen werden.«

»War das alles?«, fragte ich. »War das die Aufmunterung?«

»Ich könnte weitermachen«, bot er an. »Ich habe viele Worte.«

»Das genügt, danke«, sagte ich, zwinkerte Dusty zu, die zurückgrinste.

Papa Schlumpf schaute auf seine Uhr. »Uff. Muss los. Ich habe eine Konferenz, die um zehn beginnt.« Er nahm seine Autoschlüssel – natürlich mit einem pilzförmigen Anhänger als Schlüsselring – und setzte seinen Hut auf. Ich führte ihn nach draußen und schloss das Fußgängertor auf.

»Was für eine Konferenz?«, fragte Dusty.

Er rümpfte die Nase. »Ach, da ist so ein knuspriger alter Mann, der über die Heilkräfte von Pilzen schwafelt. Und darüber, wie Pilze die Welt retten werden, indem sie die Krankheit hinter dem Bienensterben lösen.«

Dustys Augen weiteten sich. »Wow.«

Ich schaute auf die Zeit auf meinem Handy. »Hoppla«, sagte ich. »Du solltest besser Gas geben.«

»Werde ich«, sagte er, winkte, als er in sein kleines Auto stieg, den Motor startete und zur Wirkung aufheulen ließ. »Ich mag ein knuspriger alter Mann sein, aber ich fahre nicht wie einer.«

KAPITEL 47

JEKYLL & HYDE

ASHA

Sam schlenderte die Treppe herunter und küsste mich. »Hallo, Schöne.« Er war noch warm, und ich genoss seine Arme um mich. Es war so wunderbar, ihn zu haben. Ich drehte den Ring an meinem Finger und versuchte, mir keine Sorgen darüber zu machen, was schief gehen könnte.

»Du hast Merlin gerade verpasst«, sagte ich.

»Ach, verdammt«, erwiderte er. »Wie geht es ihm?«

»Du kennst Merlin?«, fragte Dusty mit großen Augen. »Er ist unglaublich. Er weiß praktisch alles über Pilze. Wusstest du, dass Pilze wie Jekyll und Hyde sind? Sie können gleichzeitig gut und böse sein. Der gleiche Pilz kann heilen oder töten. Einige Pilze enthalten schreckliche Krankheitserreger, aber gleichzeitig recyceln sie Nährstoffe und binden Kohlenstoff. Außerdem werden jedes Jahr zweitausend neue Pilzarten entdeckt. Es ist ein ganzes magisches Königreich!«

Sam nickte beeindruckt. »Das wusste ich nicht.« Er warf mir einen amüsierten Blick zu.

»Und er gibt Asha Ratschläge zu verschiedenen Pilzen und wie sie diese in ihrem Labor verwenden kann.«

»Sehr praktisch, ihn in der Nähe zu haben«, stimmte Sam zu. Ich reichte ihm einen Becher frisch gebrühten Kaffee. Es war der neue Becher aus Skippys Laden, also freute ich mich auf seine Reaktion, wenn er den letzten Schluck nahm.

Als Dusty in den Garten ging, um die Hühner und Enten zu füttern, kam Sam zu mir herüber. »Wie geht es Savannah?«, fragte er.

»Wie erwartet«, antwortete ich. Sie war immer noch nicht aus dem Zimmer gekommen. »Sie ist jetzt seit vierundzwanzig Stunden da drin. Ich muss die Tür aufbrechen, wenn sie nicht bald rauskommt.« Der Tee, den ich ihr hingestellt hatte, blieb unberührt, aber ich bemerkte, dass ein paar Flaschen Gin aus der Küche verschwunden waren. »Es ist nicht nur Trauer und Sorge. Sie gibt sich selbst die Schuld für das, was passiert ist.«

»Das sollte sie nicht«, sagte Sam. »Sie stand unter Hypnose.«

»Schuldgefühle hören nicht auf die Vernunft.«

Armstrong nickte traurig. »Wir holen sie heute raus. Versuchen, sie zum Essen zu bewegen.«

Ich betrachtete ihn eine Weile, voller Zuneigung. »Ich liebe dich.«

Er lächelte. »Das kam jetzt aus heiterem Himmel.«

Ich schüttelte den Kopf. »Vielleicht die Worte. Aber nicht das Gefühl. Je besser ich dich kennenlerne, desto mehr verstehe ich, was für ein Mensch du bist.«

»Ich liebe dich auch«, sagte er und küsste mich. »Auch wenn du mich vom Dienst suspendieren lassen hast.«

Ich stieß ihn in gespielter Entrüstung weg und schlug ihm dann auf den Arm.

Er antwortete mit einem schelmischen Grinsen. »Nur ein Scherz.«

»Im Scherz liegt oft ein Körnchen Wahrheit.«

»Hör zu, Asha.« Sein Lächeln verschwand, genau wie meines. »Ich habe mich entschieden, die Waffe aus dem Beweisraum zu nehmen. Ich habe mich entschieden, dabei zu helfen, Garrett reinzulegen. Ich habe mich entschieden, den ermittelnden Beamten anzulügen.«

»Ja, aber-«

»Es war meine Entscheidung, und ich übernehme die volle Verantwortung für meine eigenen Entscheidungen. Verstanden?«

Ich wartete einen Moment und holte tief Luft.

»Gib dir nicht selbst die Schuld. Keine Schuldgefühle. Meine Handlungen, meine Verantwortung.« Er drückte meine Hand. »Verstanden?«

Ich nickte. »Verstanden.«

»Gut.« Er rieb sich über die Stoppeln an seinem Kinn. »Wann gehen wir zu diesem Elfenhaus?«

»Sobald Salty hier ist. Sie ist wieder unsere Reiseführerin.«

»Ausgezeichnet. Ich mache Frühstück.«

Wir küssten uns wieder und wurden von meinem klingelnden Handy unterbrochen.

Sam wusste, dass ich Schwierigkeiten hatte, das Display zu lesen, also griff er danach und reichte es mir. »Es ist deine Therapeutin.«

Ich runzelte die Stirn. Warum würde Doktor Gilbert mich anrufen?

»Hallo, Doc«, sagte ich. »Habe ich einen Termin verpasst?«

»Du hast tatsächlich zwei verpasst, aber das ist nicht der Grund, warum ich anrufe.«

»Autsch«, erwiderte ich. »Tut mir leid!«

»Ich weiß, dass dein Leben ... unberechenbar ist, also nehme ich es dir nicht übel.«

»Das ist nett von Ihnen. Es tut mir wirklich leid, das ist respektlos-«

»Nein«, sagte sie. »Der Versuch, die Welt – oder das *Reich?* – zu retten, ist wichtiger als Kalendertermine einzuhalten. Es gibt nichts zu verzeihen.«

»Danke.«

War ich es nur, oder waren die Leute heute außergewöhnlich nett zu mir? Erst Merlin, dann Sam, jetzt Dr. Gilbert.

»Es gibt etwas, das du wissen musst«, sagte sie. Mir gefiel der ernste Ton in ihrer Stimme nicht. Ich warf Sam einen besorgten Blick zu, und er erwiderte ihn.

»Aber zuerst, wo bist du? Bist du in Sicherheit?«

»Ich bin zu Hause«, sagte ich. »Mit Detective Armstrong.«

Sie klang leicht erleichtert. »Gut. Verschließt die Türen.«

»Die sind abgeschlossen.« Das war schließlich Johannesburg. Ich stellte das Telefon auf Lautsprecher, damit Sam hören konnte. »Wir hören zu.«

»Ich muss auf meine ärztliche Schweigepflicht achten, aber nach einigem Nachdenken habe ich entschieden, dass ich es dir *mitteilen* muss.« Meine Angst stieg. »Es gab einen Patienten hier im Krankenhaus, der eine psychiatrische Beurteilung benötigte. Aus rechtlichen und ethischen Gründen werde ich seinen Namen nicht nennen.«

»In Ordnung.«

»Während ich ihn beriet, wurde mir klar, dass er eine erhebliche Bedrohung für dich darstellt.«

Was jetzt? »Für *mich*?«

»Dieser Mann zeigte Symptome von NPS – narzisstische Persönlichkeitsstörung – und APS, antisoziale Persönlichkeitsstörung. Mit anderen Worten, er hat ein übertriebenes Gefühl der Selbstwichtigkeit und Anspruchsdenken, und er ist arrogant, impulsiv und aggressiv. Ich habe alles in den Bericht aufgenommen. Ich habe eine fortgesetzte Inhaftierung empfohlen. Er ist gefährlich, Asha.«

Ich schluckte. »Okay, ich glaube, ich weiß, von wem du sprichst.«

»Sein völliger Mangel an Empathie macht es wahrscheinlich, dass er Menschen verletzt. Verstehst du das?«

»Ja«, antwortete ich. Das klang nach dem Garrett, den ich kannte. »Ich verstehe.«

»Nun, ich will dich nicht unnötig beunruhigen. Ich weiß, dass du viel zu tun hast. Aber er verbrachte die Hälfte unserer Sitzung damit, über *dich* zu sprechen.«

Mein Herz ging in den vollen Berserkermodus, und ich spürte, wie mir kalter Schweiß ausbrach.

»Wie sehr er dich hasst«, fuhr die Psychologin fort. »Wie er sich rächen wird. Er hat sich diese Fantasie zusammengesponnen, dass du ihm seine Tochter weggenommen hast, dass du sie gegen ihn aufgehetzt hast, und jetzt wird er sie finden und ihr den Wert der Loyalität zur Familie beibringen. Er wird sie zurückholen, selbst wenn es bedeutet, dich zu töten. Das waren seine Worte.«

»Heilige Hekate«, sagte ich.

»Es wird noch schlimmer. Der Patient wurde wegen des Besitzes einer illegalen Schusswaffe festgenommen, daher die psychiatrische Beurteilung.« Ich hörte sie Luft holen. »Sie haben gerade die Polizisten gefunden, die ihn bewachten. Oder besser gesagt, sie haben die Leichen der Polizisten gefunden-«

Ich hörte mich selbst nach Luft schnappen. Es war ein weit entfernter Klang. »Was?«

»Er ist ausgebrochen, Asha. Er hat ihre Waffen mitgenommen. Und ich glaube, er kommt zu dir.«

KAPITEL 48
DAS LAMM

ASHA

Ich bedankte mich bei Dr. Gilbert und legte auf. Sam sah besorgt, aber entschlossen aus. »Ich rufe das Team an«, sagte er. Stärke liegt in der Zahl.

Automatisch griff ich nach meinem Zauberstab, dann erinnerte ich mich, dass er nutzlos sein würde. Stattdessen nahm ich mein Ritualmesser und einen Trank vom Bücherregal. »Ich hole Dusty.«

Ich rannte in den Garten und sah Dusty unter dem Maulbeerbaum stehen, wie sie den watschelnden Enten zusah. Zum zweiten Mal an diesem Morgen sah ich das süße, glückliche Mädchen, das sie hätte sein können. Das Lamm. Es schnürte mir die Kehle zu.

»Dusty!«

Sie blickte auf, Sorge furchte ihre Stirn, und stolperte auf mich zu. »Was ist los? Abigail? Ist sie verletzt?«

»Nicht Abigail«, sagte ich. »Komm rein. Wir müssen dich verstecken.«

»Was?«

»Dein Vater.«

»Nenn ihn nicht so«, sagte sie.

»Garrett ist aus Morningvale ausgebrochen. Er-«

»Was?«

»Er hat ein paar Polizisten getötet. Hat ihre Waffen genommen.«

Die blanke Panik in ihrem Gesicht brach mir das Herz. »Du glaubst, er kommt... hierher?«

»Ich weiß, dass er das tut. Er will uns bestrafen.«

Tränen schossen ihr in die Augen. »Das ist es, was er tut.«

»Ich werde es nicht zulassen, Dusty. Ich werde nicht zulassen, dass er dich anfasst. Komm!«

Wir rannten ins Haus und verschlossen die Hintertür. Sam telefonierte mit Stoker. »Danke, Mann«, sagte er. »Bis gleich.« Er sah uns an. »Stoker und Rick sind unterwegs. Ich kann Salty oder Chione nicht erreichen.«

Ich nickte. »Danke.« Ich warf einen schnellen Blick aus dem Küchenfenster, sah aber nichts Verdächtiges. Es war ja nicht so, als würde er klingeln, oder? Dr. Gilbert hatte der Polizei gesagt, wohin Garrett ihrer Meinung nach unterwegs war, also hoffte ich, dass einige Polizisten auftauchen würden. Andererseits war das hier Joburg, wo es Tage dauern konnte – oder nie passieren würde –, dass die Ordnungshüter kamen.

Atme, beschwor ich mich selbst. *Atme. Du hast schon weit schlimmere Menschen als Garrett gegenübergestanden.*

Die Menschen, die ich liebte, waren in Gefahr, und ich war machtlos. Das brachte ein ganz neues Angstniveau mit sich.

»Ich weiß nicht, wo ich dich verstecken soll«, sagte ich zu Dusty.

»Ich werde mich nicht verstecken«, sagte sie. »Ich werde kämpfen.«

»Auf keinen Fall«, antwortete ich. »Ich lasse nicht zu, dass dieser Mann dir wehtut.«

»Soll er es doch versuchen«, sagte sie und verzog bei dem Gedanken das Gesicht.

»Für eine Zwölfjährige«, sagte Sam, »hast du wirklich–«

Ich dachte, er würde »Eier« sagen, aber er endete mit »Mumm«.

»Vergiss es«, schnappte ich. »Du wirst nicht in seine Nähe kommen.«

Ich sah den Ärger in ihren Augen. Ich wusste, dass sie mich nicht verärgern wollte, aber sie blieb standhaft. Ich musste hart spielen. Wenn sie einen vollen Namen gehabt hätte, hätte ich ihn benutzt, wie es eine strenge Mutter tun würde.

Dusty Viridian Rook! Jetzt hör mir mal zu!

Stattdessen zog ich sie in eine Umarmung und küsste sie auf den Kopf. »Ich liebe dich zu sehr, um zu sehen, wie du verletzt wirst, Dust. Verstehst du das?« Tränen schossen in meine blinde Augen. Ich blinzelte sie weg und räusperte mich. Ihre Arme fielen in Resignation an ihre Seite.

»Also, ich habe keinen Panikraum, also müssen wir mit meinem Schlafzimmer auskommen. Ich möchte, dass du dich dort einschließt, bis ich sage, dass es sicher ist, rauszukommen.«

»Ja, Asha«, sagte sie.

Ich nahm eine Flasche Wasser aus dem Kühlschrank und holte ein paar Snacks aus dem Schrank, warf alles in eine Kühltasche und reichte sie ihr. »Ich weiß nicht, wie lange das dauern wird.«

Sie nahm die Tasche und ging nach oben in mein Zimmer. Ich seufzte. Eine Sorge weniger... hoffentlich.

Sam versteifte sich plötzlich und legte einen Finger auf die Lippen. Ich erstarrte, die Ohren gespitzt. Nichts. Sam hob eine Hand. Die Hennen begannen laut zu gackern. Ein Alarmruf. Wer braucht einen Wachhund, wenn man Sicherheitshühner hat?

Wenn Garrett es irgendwie in den hinteren Garten geschafft hatte, waren das keine guten Nachrichten. Es gab keine Gitter an der Hintertür – es war eine einfache Doppeltür aus Sprossenfenstern und Holz. Ich umklammerte meinen Zauberstab und schluckte schwer. Sam fluchte, dass er keine Waffe mehr hatte. Er hatte sie zusammen mit seinem Dienstausweis am Tag zuvor bei Inspektor Wilkinson abgeben müssen.

Das Kreischen und Gackern wurde lauter und hektischer. Garrett war definitiv im Dschungelgarten, wahrscheinlich versuchte er, den besten Weg hinein zu finden. In Gedanken ging ich schnell alle Fenster im Erdgeschoss durch. Ich glaubte nicht, dass eines von ihnen breit genug wäre, um einen Erwachsenen durchklettern zu lassen. Sam und ich standen da, erstarrt, wartend.

Ein Schuss ertönte. Ich keuchte auf. Die Vögel drehten durch. Ich zuckte beim nächsten Schuss zusammen. Ich sah Sam an, verängstigt und verwirrt. Auf was zum Teufel schoss er? Es wurde klar, als nach sechs abgefeuerten Schüssen kein panisches Gackern mehr aus dem Hühnerstall zu hören war. Eine traurige Stille folgte.

»Nein«, flüsterte ich, halb schluchzend. »Nein.« Ich wollte weinen. Sam bewegte sich langsam, um meine Schulter bestätigend zu berühren. »Es wird alles gut«, sagte er. »Bleib stark.«

Ich schluckte meine Qual, meine Trauer hinunter. Ich würde später trauern. Ich musste diesem Mann Einhalt gebieten. Diesem Versager von einem Menschen. Diesem Terroristen. Ich wusste sofort, dass ich alles tun würde, um ihn zu stoppen. Ich war nicht länger eine Attentäterin für den Starfall-Zirkel. Ich würde meine eigene Abschussliste erstellen, und Garrett würde den Tag bereuen, an dem er mir jemals begegnet war.

Ich spürte einen animalischen Drang, den Mann zu töten, der meine Liebsten bedrohte. Als ob das Haus meinen Zorn spüren konnte, explodierten die Glastüren in krachendem Holz und zerspringendem Kristall. Natürlich war es nicht mein Zorn gewesen, der die Türen gesprengt hatte, es war Garrett. Er trat durch die Türöffnung, seine Schuhe knirschten auf den Scherben auf dem Boden. Er hatte in jeder Hand eine Waffe, und sein Gesichtsausdruck war wahnsinnig.

»Wo ist sie?«, verlangte er zu wissen, der Wind wehte durch die Stelle, wo er sich seinen Weg hereingeschlagen hatte, zerzauste sein Haar und ließ ihn wahnsinnig erscheinen.

Ich stand fest, das Messer in der Hand. »Geh jetzt«, sagte ich in einem gefährlichen Flüstern, die Zähne zusammengebissen. »Geh jetzt und vielleicht bleibst du am Leben.«

»Ich gehe nicht ohne meine Tochter«, antwortete er und hob seine Waffen.

»Sie ist nicht deine Tochter«, sagte ich ihm.

Ich spürte, wie absolute Wut in ihm aufflammte, als ob er von einem zornigen Dämon besessen wäre. Er feuerte auf mich, drückte den Abzug immer wieder. Zum Glück beeinflussten seine Emotionen seine Konzentration, und er verfehlte mich um Längen. Verärgert versuchte er es erneut und verfehlte wieder. Es war wie russisches Roulette mit einem Psychopathen. Ich war in der Defensive. Ich musste die Kontrolle übernehmen.

Eine der Waffen hatte keine Munition mehr, also ließ er sie fallen. Als er das nächste Mal versuchte, eine Kugel in mein Gehirn zu jagen, verfehlte sie mein Monokel nur um einen Zentimeter. Ich wünschte, ich könnte einen Schutzschild errichten. Ich wünschte, ich könnte einen Feuerball in seine Richtung schicken. Ich wünschte, ich könnte seine Waffen in schwarzen Rauch verwandeln. Stattdessen tat ich das Einzige, was ich tun konnte. Ich zielte sorgfältig und warf meinen Dolch quer durch den Raum. Er flog auf ihn zu und schnitt in seinen rechten Unterarm, er schrie vor Schmerz auf und ließ die zweite Waffe fallen.

Garrett brüllte und stürzte sich auf mich, doch als er das tat, stieß Sam ihn wie beim Rugby zu Boden, sodass beide krachend auf dem Boden landeten. Sie kämpften in einem Gewirr aus Körpern. Ich wollte helfen, aber ich hätte mir keine Sorgen machen müssen. Ich hörte ein Klicken, und dann noch eines, und erkannte, dass Sam Garrett Handschellen angelegt hatte. Seine Polizeiausbildung kam ihm zugute. Garrett war wütend, wand sich und fluchte uns an, drohte mir mit allen möglichen Gewalttaten. Ich nahm den Trank aus meiner Tasche und zertrümmerte ihn auf dem Boden neben seinem Kopf, wobei dunkellila Dämpfe freigesetzt wurden, die sich so schnell auflösten, wie sie entstanden waren. Garrett hörte auf, Widerstand zu leisten, und ergab sich dem magischen Schlummer des Schlaftranks.

Sam lag noch immer auf dem Boden, und ich sank hinunter, um mich zu ihm zu gesellen. Wir tauschten erleichterte Blicke aus. Magie war wirklich praktisch, wenn man sie hatte, aber es schien, dass manchmal ein Rugby-Tackle und Handschellen effektiver waren.

»Toller Zug«, sagte ich und holte Atem.

»Gleichfalls«, erwiderte er. Wir saßen eine Weile da und verarbeiteten, was gerade geschehen war.

»Ich wollte ihn töten«, gab ich zu.

Sam nickte. »Es ist noch nicht zu spät«, scherzte er.

Ich lächelte. »Ich denke, eine lebenslange Strafe für die Ermordung dieser Polizisten wird eine bessere Strafe sein.«

»Einverstanden.«

Sam begann, meine Arme, meine Hände, meine Beine zu berühren und sie dabei zu inspizieren. Zuletzt betrachtete er mein Augenglas. Als ich ihm einen verwirrten Blick zuwarf, sagte er: »Ich überprüfe nur, ob es dir gut geht.«

»Mir geht's gut«, sagte ich. Körperlich jedenfalls.

Ich zuckte zusammen, als die Türklingel läutete, und hörte verrückte Hupgeräusche auf der Straße. Der Monstertruck war angekommen.

»Besser spät als nie«, sagte er. »Ich lasse sie rein, während du Dusty holst.«

»Nein«, antwortete ich, die Euphorie des gewonnenen Kampfes verblasste schnell. »Ich will zuerst die Hühner begraben.«

Rick und Stoker stürmten herein, Münder offen angesichts der Zerstörung der Türen und des schlafenden Wahnsinnigen auf dem Boden.

»Er atmet«, sagte Stoker, mit einem Hauch Überraschung – vielleicht sogar Enttäuschung – in seiner Stimme.

»Haben wir wirklich die ganze Action verpasst?«, fragte Rick. »Ich habe den Panzer so schnell gefahren, wie ich konnte.«

»Und ich habe die Schleudertrauma, um es zu beweisen«, sagte Stoker.

»Ich habe dir gesagt, du sollst deinen Kopf nicht aus dem Fenster stecken«, sagte Rick. »Was ist das mit verdammten Wölfen und Autofenstern?«

Stoker sah mein Gesicht, das, wie ich vermutete, bestürzt aussah. »Es tut mir leid, dass ich nicht für dich da war, als du mich gebraucht hast«, sagte er.

Ich konnte nicht anders als zu lachen. »Oh, Stoker, alles ging so schnell. Es war in Minuten vorbei. Ich habe nicht erwartet, dass ihr rechtzeitig ankommt.«

»Wir hätten letzte Nacht nicht gehen sollen. Wir hätten bleiben sollen.«

»Wir wussten nicht, dass Garrett komplett durchdrehen und aus dem Krankenhaus ausbrechen würde«, sagte ich.

»Aber genau das ist der Punkt«, sagte Stoker. »Wir werden auch die nächste schlechte Sache nicht erwarten, und ich möchte nicht zu spät kommen, um zu dir zu gelangen, besonders wenn du deine Magie nicht hast.«

Er hatte recht. Rick nickte.

Stoker drängte weiter. »Ich werde nicht von deiner Seite weichen.«

Die Loyalität der Werwölfe war legendär, und jetzt sah ich, warum.

»Zumindest nicht, bis der Krieg vorbei ist.«

»Krieg?«, fragte ich. »Er hat noch nicht einmal begonnen. Es könnte Jahre dauern.«

Er schüttelte den Kopf. »Die Xarlugs haben mobilisiert. Die Vampire sind bereit. Die Wölfe werden beim nächsten Vollmond angreifen. Wenn sie es tun, wird es schnell und blutig sein.«

»Der Vollmond? Aber das ist –«

»Ja«, sagte er. »Das ist heute Nacht.«

KAPITEL 49

KATZEN-TARNUNG

ASHA

Meine Freunde ließen mich meine Hühner nicht allein begraben. Rick grub die Gräber, während Stoker und Sam sammelten, was von den toten Vögeln übrig war, und legten sie behutsam hinein. Ich streichelte ihre blutverschmierten Federn und hasste das Gefühl, wie still sie waren und wie viel kleiner sie im Tod wirkten. Ich pflückte ein paar Blumen und streute sie über ihre Federn.

»Auf Wiedersehen, Dora«, sagte ich. »Auf Wiedersehen, Pepper, auf Wiedersehen, Pickles. Auf Wiedersehen, Nugget. Auf Wiedersehen, Scurvy.«

Sam sah mich an. »Scurvy? Ernsthaft?«

»Sie hatte nur ein Auge«, sagte ich. »Wie ein Pirat.«

Vielleicht sollte das mein neuer Spitzname sein.

Rick lehnte sich auf den Spaten und war bereit, sie zuzuschütten.

»Warte!«, rief ich. »Das sind fünf Vögel, oder?«

»Ich glaube schon«, sagte Stoker. Die Kugeln waren nicht gnädig zu den kleinen Geschöpfen gewesen, und nicht alle waren in einem Stück.

»Jemima«, sagte ich. »Jemima fehlt.«

Rick holte scharf Luft. »Ich würde mir keine großen Hoffnungen machen«, sagte der Ork.

»Jemima!«, rief ich. »Jemima!«

Natürlich kommen Hühner nicht angerannt, wenn man sie ruft, wie Hunde es tun. Dafür braucht man Futter in der Hand. Ich suchte an ihren Lieblingsplätzen – wo sie gerne Sandbäder nahm, wo sie sich gerne sonnte und einen Flügel wie einen Sonnenschirm ausstreckte. Nichts. Ich überprüfte den Stall, der innen dunkel war, und fand ihn herzzerreißend leer. Ich drehte mich zum Gehen um, bemerkte aber eine Bewegung aus dem Augenwinkel. Ein Schatten.

Ich versuchte zu erkennen, was es war. Ich sah, wie Circes gelbe Augen sich öffneten, dann Odysseus' Augen. Sie tappten auf mich zu und enthüllten Jemima in der Ecke. Katzen-Tarnung.

»Jemima!«, rief ich. Ich untersuchte sie auf Verletzungen, aber sie war wohlauf. Sie gab mir ein gereiztes »Pah-kaak!« für meine Mühe. Ich hob sie hoch und streichelte sie, was sie eigentlich nicht besonders mochte, aber sie ließ es trotzdem zu.

»Ihr Katzen«, säuselte ich zu Circe und Odysseus, die sich um meine Fußknöchel und Schienbeine wanden. »Ihr brillanten Kreaturen bekommt Thunfisch zum Abendessen.«

Ich verließ den Stall mit dem Huhn unter dem Arm, wie Dorothy in Oz. »Ich habe Jemima gefunden! Sie lebt!«

Alle jubelten. Ich hatte das Gefühl, sie für die absehbare Zukunft unter meinem Arm behalten zu wollen. Ein Emotionales-Unterstützungs-Huhn. Als ich mich an Dusty erinnerte, setzte ich das Huhn ab. Wir deckten das Loch in der Erde zu, und ich streute weitere Blumen darauf. Ich wählte einen schönen Stein aus dem Garten, segnete ihn und legte ihn in die Mitte des Hügels. Mein Herz schmerzte. Ich fühlte, dass ein Teil von mir begraben wurde.

Ihr wart gute Vögel. Danke, dass ihr in meinem Leben wart. Es ist Zeit für euch zu ruhen.

Im Tod können Hühner vielleicht fliegen.

Es gab ein Keuchen hinter mir, und ich drehte mich um. Dustys Hände flogen zu ihrem Gesicht. »Nein!«

»Es ist okay, Dust«, sagte ich. »Es ist okay.«

Immer noch mit bedecktem Mund begann sie zu schluchzen. »Es ist nicht okay!«

»Es wird okay sein«, sagte ich. »Du wirst sehen.«

Sie rannte zu mir und vergrub ihr Gesicht an meiner Schulter, weinend. Ich ließ sie so lange weinen, wie sie es brauchte. Wir gingen ins Haus, während sie im Garten blieb und Jemima in den Armen wiegte.

»Was machen wir mit dem Psycho?«, fragte Rick.

Ach ja, dachte ich, als ich den schlummernden Körper von Garrett auf meinem Parkettboden sah. Ich schätze, wir konnten ihn nicht einfach dort liegen lassen.

»Ich rufe die Polizeistation an«, sagte Sam. »Sie können ihn abholen.«

»Ich weiß nicht«, sagte ich. »Ich möchte nicht, dass du noch mehr Aufmerksamkeit von Inspektor Wilkinson bekommst.«

»Stimmt«, gab er zu.

»Ich könnte ihn irgendwo in einem Container abladen«, bot Rick an. »Vorzugsweise in einem, der brennt. Oder ich kann ihn in einen ungenutzten Minenschacht werfen.«

»Oder in einen Staudamm«, sagte Stoker. »Den in Wemmer Pan, der bei Serienmördern so beliebt ist.«

»So verlockend das auch ist«, sagte ich. »Ich denke, wir sollten ihn ausliefern. Lasst ihn ins Gefängnis gehen. Er wird nicht mehr unser Problem sein.«

»In Ordnung«, sagte Rick, hob Garretts schlafenden Körper vom Boden und warf ihn über seine Schulter. »Ich bringe ihn hin.«

Es war äußerst praktisch, einen befreundeten Ork zu haben, der ein solches Totgewicht aufheben konnte. »Danke«, sagte ich, und er nickte fröhlich.

Mein Telefon klingelte. Ferra. Hoffnung stieg in meiner Brust auf. Hatten die Belore-Zwillinge die Adoptionsseite gehackt?

»Ferra!«, sagte ich. »Hat Pip die Informationen, die ich brauche?«

Ich hörte das geschäftige Restaurant im Hintergrund; plaudernde Menschen, klimpernde Gläser. »Sie arbeitet noch daran, Mädel. Sie ist nah dran. Sie hat sich seit Stunden nicht von ihrem Computer wegbewegt, die Augen auf den Bildschirm geheftet. Eafy bringt ihr Essen, und sie schaut nicht einmal auf den Teller, während sie isst.«

Okay. Ich müsste geduldig sein. »Danke.« Ich beobachtete, wie Sam Rick durch das Vordertor hinausließ und der Ork den Körper auf die Ladefläche seines Trucks schob. »Du wirst froh sein zu hören, dass Herr Garrett sicher aus dem Verkehr gezogen wurde, Dusty muss sich also keine Sorgen mehr machen.«

»Och, Rookie! Das sind wunderbare Neuigkeiten.« Ihre Erleichterung war greifbar, selbst durch das Telefon. »Das ist wirklich eine Last, die von meinen Schultern fällt.«

Ich seufzte. »Von meinen auch!«

Ich würde die guten Nachrichten nicht mit den schlechten verderben, also beließ ich es dabei.

»Und ich habe auch Neuigkeiten«, sagte Ferra.

Mein Magen verkrampfte sich. Ich wusste nicht, ob ich noch mehr schlechte Nachrichten verkraften könnte. »Was ist es?«, fragte ich.

»Es ist vielleicht nichts«, sagte die Zwergin.

Es ist nicht nichts, dachte ich. *Damit Ferra mich anruft, war es sicherlich etwas.*

»Es ist wahrscheinlich nichts, Rooks, aber es war jemand hier, ein junger Mann, ein Dichter.«

Ein Dichter. »Ja?«

»Ich habe ihm deine Nummer gegeben.«

»Du hast einem Dichter meine Nummer gegeben? Falsche Zielgruppe, fürchte ich.«

»Das habe ich ihm auch gesagt, als er hier nach einem Auftritt fragte! Aber er hat größere Probleme.«

»Größere Probleme als Dichter zu sein? Unmöglich.«

Ferra lachte. »Ich sehe, du teilst meine Liebe zur Poesie.«

»Das tue ich«, scherzte ich.

»Ich habe ihm deine Nummer gegeben, weil ich sicher bin, dass du ihm helfen kannst. Er ist nämlich verflucht. Nun, ich weiß, dass du im Moment viel um die Ohren hast, aber vielleicht könntest du dich mit ihm treffen, wenn du mehr Zeit hast, und dem jungen Mann helfen. Er scheint ein guter Junge zu sein. Er braucht nur eine Chance.«

Ein guter Junge. Wo hatte ich das kürzlich gehört? Ah. Skippy.

Er ist ein guter Junge, hatte Skippy gesagt. *Er versucht, sein Leben zu ändern. Für jemanden wie mich ist es zu spät, aber er hat noch sein ganzes Leben vor sich. Ich will nicht der Grund sein, warum er in ein Leben des Verbrechens zurückfällt.*

Heilige Hekate. »Warte«, sagte ich. »Wie heißt er?«

»Äh... Apollo«, antwortete sie.

Ich kreischte.

»Rookie?«, sagte Ferra. »Geht es dir gut?«

»Besser als gut«, antwortete ich. »Apollo ist der Schlüssel, um die vermissten Mädchen zu finden, da bin ich mir sicher.«

»Ich glaube, du hast mich missverstanden-«

»Nein, habe ich nicht.«

»Ich rede von einem jungen Mann, einem Taschendieb mit einem Fluch über seinem Kopf. Er hat nichts mit den vermissten Mädchen zu tun.«

»Oh, aber das hat er«, erwiderte ich. »Er weiß es nur noch nicht.«

Ich stand einen Moment in nachdenklichem Schweigen da.

»Wo ist er, Ferra?«, fragte ich. »Weißt du das?«

»Nein«, antwortete meine Zwergen-Fee-Patin. »Er hat es nicht gesagt. Aber er war mit einem ziemlich verprügelten Elfen zusammen.«

Ein Elf? »Hast du Apollos Nummer?«

»Nein, Rookie, er sagte, er benutze nur Wegwerfhandys.«

»Glaubst du, er wird mich anrufen? Um den Fluch zu brechen?«

»Keine Ahnung«, antwortete Ferra. »Aber ich hoffe es.«

»Wann hast du ihn zuletzt gesehen?«

»Er ist vor etwa zehn Minuten gegangen.«

»Verdammt!«, fluchte ich, dann nahm ich einen Atemzug. »Tut mir leid, Ferra, das war nicht an dich gerichtet.«

»Jetzt kommt das Lustige«, sagte die Zwergin.

Ich war ganz Ohr.

»Er hat zufällig einen *Käsekuchen* bestellt.«

Es fühlte sich an, als würden alle Zahnräder in meinem Gehirn einfrieren. *Das kann nicht sein.*

»Mit einer Kokosnuss-Kruste«, beendete sie. »Findest du das nicht seltsam?«

»Fabelhafte Ferra Fernak, du bist die allerbeste Feenpatin, die ich mir hätte wünschen können. Danke, ich liebe dich, mögest du in jeder Hinsicht gesegnet sein.«

Sie lachte herzlich. »Diese Reaktion hatte ich nicht erwartet.«

Ich verabschiedete mich schnell.

»Sam! Stoker!«, rief ich, obwohl sie im Raum waren. »Ich weiß, wo Apollo ist!«

Sam griff nach seiner Jacke. »Lass uns gehen.«

KAPITEL 50
DER SPIEGEL DES MARQUIS MALEFICUM

APOLLO

Der Elfen-Milliardär und ich holten einen fantastisch aussehenden Käsekuchen aus dem Copper Cog & Ale, wo mich die Besitzerin daran erinnerte, ihre Hexenfreundin anzurufen, die angeblich gut darin sei, Flüche zu brechen. Ich nahm Asha Rooks Nummer zum zweiten Mal entgegen und versprach, es zu tun. Sie gab uns zwei Cappuccinos zum Mitnehmen aufs Haus, und ich bedankte mich.

»Worum ging's da?«, fragte Haryk, als ich ihm seinen Kaffee reichte.

»Nichts«, antwortete ich kopfschüttelnd. »Eine Hexe, die sie mir vorstellen will.«

»Spielen Zwerge jetzt also Kuppler?«

»So ist es nicht«, entgegnete ich. »Ich brauche nur Hilfe bei etwas.«

»Wer nicht«, sagte der Elf und berührte seinen Brustkorb.

»Bist du sicher, dass du nicht ins Krankenhaus musst?«, fragte ich.

»Hundertprozentig sicher. Das Gemälde zu verstecken ist momentan alles, was zählt.«

»Ich habe so viele Fragen«, sagte ich.

Virvaris vermied meinen Blick. »Behalt sie für dich.«

Wir fanden einen ruhigen Ort, wo wir unbeobachtet verschwinden konnten. Ich berührte den Arm des Elfen und hielt den Käsekuchen fest, während wir in die Taschenrealität wirbelten, die Blackloths Gedächtnispalast war. Eine warme Bibliothek mit einem Feuer im Kamin begrüßte uns.

Haryk sah beeindruckt aus. »Du hast gesagt, das sei eine... Taschenrealität?«

»Nicht irgendeine Taschenrealität«, erwiderte ich. »Sie befindet sich komplett im Kopf des Bibliothekars.«

»Äh«, sagte der Elf.

»Und es ist nicht irgendein Bibliothekar. Es ist Craic Blackloth, ein uralter Kobold, dem Copperfields verbotene Bücher anvertraut wurden. Wenn du anfängst, Mottenkugeln zu riechen, sag Bescheid, dann rennen wir.«

Der Elf wirkte plötzlich nervös. »Rennen? Ihr seid keine Freunde?«

Ich verzog das Gesicht für den Effekt. »Nicht im engeren Sinne.«

Virvaris funkelte mich an. »Du stiehlst Bücher von hier?«

»Nein!«, antwortete ich. »Na ja, normalerweise nicht. Normalerweise leihe ich sie aus und bringe sie zurück. Es ist schließlich eine Bibliothek.«

»Aber du hast Bücher von hier gestohlen?«

»Nur eins«, sagte ich.

»Du solltest es besser zurückgeben«, sagte der Elf. »Bücher aus einer Bibliothek zu stehlen ist eine der größten Sünden aller Zeiten.«

»Ich habe es nicht mehr«, sagte ich, und ich fühlte die Kälte, die ich immer spürte, wenn ich an das Matahandi-Buch dachte. Ich rückte näher ans Feuer. »Und ich kann es nicht zurückbekommen.«

»Guten Tag, die Herren«, sagte eine Stimme an der Tür, die uns beide zusammenzucken ließ. Zuerst war niemand da, aber er offenbarte sich langsam, wie die Grinsekatze. Es bestand kein Zweifel, dass es der Bibliothekar war. Er trug seine charakteristische Weste und goldgerahmte Bifokalbrillen, und der unverwechselbare Geruch von Naphthalin folgte ihm.

Ich schluckte schwer. »Herr Blackloth«, sagte ich. »Guten Tag. Darf ich Haryk Virvaris vorstellen, ein Elf von Vermögen, der der Bibliothek eine großzügige Spende machen möchte... im Gegenzug für einen Gefallen.«

»Hmm«, sagte der Kobold und beobachtete uns misstrauisch. »Warum sollte ich einem Elfen und einem Dieb glauben?«

Ich spürte, wie meine Wangen rot wurden. »Ich kann das erklären«, platzte es aus mir heraus, und ich erinnerte mich an das Gebäck, das ich hielt. »Und ich habe Käsekuchen mitgebracht.«

Blackloth erlaubte uns, am Tisch zu sitzen, während wir ihm vom Gemälde erzählten.

»Also, es ist ein magisches Gemälde, ja?«, sagte er und betrachtete das Porträt durch den unteren Teil seiner Brille. »Es ist sehr schön. Ausgezeichnete künstlerische Fähigkeiten. Die Pinselführung ist außergewöhnlich, und die Beleuchtung!«

»Es ist viel mehr als ein magisches Gemälde«, erwiderte Haryk. »Es ist ein magischer Spiegel in einem Gemälde.«

»Ha!«, rief der Kobold aus. »Das gefällt mir. Das gefällt mir wirklich. Wie sehr clever.«

Er schien vorübergehend vergessen zu haben, dass ich zuvor sein Eigentum gestohlen hatte, denn er strahlte mich mit funkelnden Augen an.

»Und der Spiegel«, fragte er. »Was macht er?«

»Es ist der Spiegel des Marquis Maleficum«, antwortete Haryk.

Das war neu für mich.

»Wir nennen ihn den Marquis-Spiegel. Er ist ein Weg, deine Feinde einzufangen.«

»Feinde einfangen«, wiederholte Blackloth. »Was für ein geniales Stück Magie!« Seine Wangen röteten sich vor Aufregung. »Und ihr wollt ihn hier verstecken?«

»Wenn Sie so freundlich wären, ihn anzunehmen«, antwortete Virvaris. »Wie der junge Apollo hier schon sagte, werde ich für Ihre Dienste großzügig bezahlen.«

»Papperlapapp«, sagte der alte Kobold und winkte den Gedanken weg. »Wenn man in meinem Alter ist, sieht man das Geld für das, was es ist — eine bloße Ablenkung von den wichtigen Dingen im Leben.«

Ich zog die Augenbrauen hoch. Es war das erste Mal, dass ich mir wünschte, alt zu sein.

Blackloth nahm seine Brille ab und polierte sie auf einem Taschentuch, das er durch Schnipsen mit den Fingern aus dem Nichts materialisieren ließ. Er hauchte die Gläser an und polierte sie dann mit dem flatternden Stoff in einer geübten Bewegung. Ich fragte mich, wie alt er genau war und wie viele hundert Male er genau dasselbe getan hatte. Er erwischte mich beim Zuschauen.

»Also dann, meine Herren. Was hat Sie dazu bewogen, es heute zu mir zu bringen?«

Haryk holte tief Luft. »Ihnen ist vielleicht aufgefallen, dass ich ein geschwollenes Auge habe.«

»Ja«, antwortete der Kobold. »Es ist ziemlich schwer zu übersehen.«

»Der Spiegel war jahrzehntelang bei mir sicher«, sagte Haryk. »Es war meine Aufgabe, ihn mit meinem Leben zu schützen.«

Ich runzelte die Stirn. »Ich dachte, er wäre nur ein Teil deiner Sammlung. Nur etwas, das dir gehört.«

Der Elf lachte. »Gut! Dann hat die List funktioniert. Der Rest meiner Sammlung existiert nur, um den Spiegel zu schützen. Sie sind der Heuhaufen. Der Spiegel ist die Nadel.«

Craig Blackloth war weiterhin beeindruckt. »Gestatten Sie mir einen Moment, Herr Virvaris.«

»Bitte«, sagte der Elf. »Nennen Sie mich Haryk.«

»Haryk. Habe ich richtig verstanden, wenn ich sage, dass du damit beauftragt wurdest, den Marquis-Spiegel zu schützen, und um das zu tun, hast du ihn in einem Gemälde versteckt?«

»Ja«, antwortete Virvaris.

»Du hast das Gemälde versteckt, indem du es zwischen vielen anderen Gemälden platziert hast?«

»Korrekt.«

»Weiterhin«, rief der Kobold, der dies offensichtlich genoss, »hast du die Gemäldesammlung in deinem Haus in einer Taschenrealität mit maximaler Sicherheit versteckt!«

»In der Tat«, sagte Virvaris. »Und ich glaubte, es wäre sicher, bis dieser junge Schleichdieb es mir gestohlen hat.«

Ich blickte auf meine Hände. Es hatte keinen Sinn, mich wieder zu entschuldigen, also hielt ich meinen Mund.

»Schau nicht so betrübt, mein Junge«, sagte Blackloth. »Die Dinge stehen nicht ganz so düster, wie du vielleicht glaubst.«

Ich schaute auf, um ihm ins Gesicht zu sehen.

»Wenn du das Gemälde nicht gestohlen hättest, hätten wir nicht gewusst, dass es einen Riss in der Mauer gibt.«

Virvaris nickte. »Das stimmt. Ich würde es viel lieber *dir* überlassen als jemandem mit bösartigeren Absichten. Und dabei hast du uns gezeigt, wo die Schwachstelle lag, sodass wir sie sichern konnten, bevor es zu spät ist.«

»Zu spät wofür?«, fragte ich.

Virvaris beobachtete mich eine Weile, vielleicht überlegend, wie viel er mir erzählen konnte.

»Es ist nicht nur ein magischer Spiegel, verstehst du, und er enthält nicht nur irgendwelche zufälligen Feinde. Es sind... *sehr wichtige Personen*, die darin gefangen sind.«

Angesichts des Ernstes in seiner Stimme nahm ich an, dass er nicht von Shortypants und Louise sprach.

Der Bibliothekar und ich warteten darauf, dass er fortfuhr. »Mein lieber Herr«, sagte Blackloth. »Würden Sie das näher erläutern?«

»Ich fürchte, das kann ich nicht«, antwortete er. »Der Spiegel ist bereits in Gefahr, entdeckt zu werden, und je weniger jeder darüber weiß, desto besser. Es war jahrzehntelang ein Geheimnis und muss es bleiben.«

»Deshalb hast du dich also verprügeln lassen«, sagte ich. »Anstatt ihnen zu sagen, wie man den Spiegel aus dem Rahmen entfernt.«

»Ich würde sterben, um ihn zu schützen«, sagte Virvaris, und ich wusste, dass er es ernst meinte.

»Aber warum?«, fragte ich.

»Weil, wenn diese sechs dunklen Zauberer entkommen, das Reich völlig zerstört werden wird.«

KAPITEL 51
DER TOTE RABE

APOLLO

»**D**unkle Zauberer?«, fragte ich. »Wer?«

Ich dachte an sechs gesichtslose Schatten; sechs böse Silhouetten.

Der Elf schüttelte energisch den Kopf. »Nein, ich habe bereits zu viel gesagt. Und es spielt keine Rolle, *wer* es ist, oder? Was zählt, ist, die wundervolle magische Welt zu bewahren, die wir erschaffen haben. Tausende von Berührten arbeiten auf verschiedene Weise daran, das Reich in Sicherheit zu halten. Ich bin nur einer von ihnen.«

»Aber Ihr Leben steht jetzt auf dem Spiel«, flüsterte ich besorgt.

»Mein Lieber«, sagte Virvaris. »Wenn der Spiegel in die falschen Hände fällt, steht *jedes Leben* auf dem Spiel.«

»Ich weiß zufällig von den sechs schwarzherzigen Zauberern, von denen Sie sprechen«, sagte Blackloth. Als der Elf ihm einen besorgten Blick zuwarf, fuhr er fort. »Ich kenne sie beim Namen. Natürlich tue ich das! Ich führe diese Bibliothek seit über hundert Jahren. Der Rat verbietet keine Bücher über Feen und Butterblumen, wissen Sie. Die meisten Bücher hier behandeln die Dunklen Künste. Und wer, glauben Sie, schreibt Bücher darüber, wie man Böses vollbringt?«

Haryk sah erleichtert aus. *Geteiltes Leid ist halbes Leid und so weiter.*

»Jedes einzelne der von diesen Zauberern veröffentlichten Bücher wurde sofort illegal, als sie bei ihrem schrecklichen Plan, das Reich niederzubrennen, konfrontiert wurden. Durch das Lesen ihrer Bücher hatte ich das Gefühl, sie persönlich kennenzulernen. Ich bekam einen Einblick in ihre bösartigen Gedanken, ihre geschwärzten Seelen.«

Der Kobold war ziemlich lebhaft geworden, und ich genoss es, ihm trotz der Schwere seiner Worte zuzusehen.

»Sie haben Recht, werter Herr, wenn Sie sagen, dass wir alles tun müssen, um diese Monster im Marquis-Spiegel zu halten.«

»Also werden Sie uns helfen?«, fragte Virvaris.

Blackloth blähte seine Brust auf, und ich bekam einen frischen Hauch von Mottenkugeln. »Es wäre mir eine Ehre und ein Privileg. Also«, sagte er, kreuzte seine Knöchel und zog eine Pfeife aus seiner Tasche. »Wo in meinem Palast möchten Sie das Porträt aufhängen?«

»Ein Raum mit vielen anderen Gemälden wäre gut«, sagte der Elf. »Versteckt im Sichtbaren. Das hat jahrzehntelang funktioniert.«

Beide blickten zu mir. »Bis ein gewisser Frechdachs auftauchte.«

»Nun«, sagte Blackloth und starrte mich an. »Du bist der Dieb. Sag uns, wo du es am wenigsten erwarten würdest.«

»Ich kann euch nicht sagen, wo ich es am wenigsten erwarten würde«, antwortete ich. »Das ergibt keinen Sinn.«

»Ich nehme an, das stimmt«, sagte der alte Kobold und paffte an seiner leeren, nicht angezündeten Pfeife.

Ich beobachtete ihn. »Woher wussten Sie, dass wir hier sind?«

»Weil es mein Gehirn ist, Junge.«

»Also wussten Sie es. Jedes Mal, wenn ich zum Lesen herkam, wussten Sie, dass ich hier war.«

»Du hast keinen Schaden angerichtet«, sagte Blackloth. Er dachte an den toten Raben und die Ratte. »Nun, du hast den *Büchern* keinen Schaden zugefügt.«

»Also werden Sie es wissen, wenn jemand einbricht«, sagte ich.

»Das werde ich.«

»Das ist ein Anfang.«

»Ich würde gerne wissen, wie du es schaffst, in meinen Palast einzudringen«, sagte der Kobold. »Das ergibt für mich keinen Sinn.«

Ich zuckte mit den Schultern. »Ich bin einfach gut im-«

»Einbrechen?«, schlug Blackloth vor.

»Ich wollte sagen *Portalen*«, erwiderte ich.

»Er wurde mit der Gabe geboren«, sagte Haryk. »Er hat die Schimmerungen als Kind gesehen.«

»Hmm«, murmelte der Kobold. »Ich verstehe.« Er hielt seinen Blick auf mich gerichtet.

Was er wirklich meinte, war: *Was verschweigst du uns?*

Ich sollte es ihnen besser sagen, dachte ich. Es war das Richtige. Ich holte tief Luft. »Mir wurde ein Portalschlüssel gegeben«, sagte ich. »Von einem meiner … Kunden.«

Der Kobold war außer sich. Ich nahm es ihm nicht übel; ich hatte in seinen Existenzgrund eingedrungen. »Du meinst, von einem der Leute, für die du *stiehlst?*«

Ich nickte. »Sie wollte dieses Buch. Das Buch, das ich gestohlen habe und nicht zurückbekommen kann.«

»Matahandi«, sagte Blackloth. »Das Buch über Elixiere.«

Ich nickte. »Genau das.«

Er schlug mit seiner Pfeife auf den Tisch. »Wer ist dieser Teufel, und wie ist es ihr gelungen, einen Portalschlüssel zu meinem Palast zu bekommen?«, forderte er.

»Ich weiß nicht, wie sie ihn bekommen hat«, antwortete ich. »Sie ist nicht sehr ... mitteilsam. Nicht zu ihren Handlangern, was sie in mir sah.«

»Lassen wir uns nicht ablenken«, sagte Virvaris. »Unsere einzige Aufgabe ist es jetzt, das Gemälde um jeden Preis zu schützen.«

»Aber was nützt mein Taschenreich jetzt?«, fragte Blackloth aufgebracht. »Jetzt, wo ein Schurke den Schlüssel hat!«

»Ich habe ihn ihr nicht zurückgegeben«, sagte ich. Als sie mich beide ansahen und darauf warteten, dass ich fortfuhr, zuckte ich mit den Schultern. »Das ist eine lange Geschichte.«

»Ich bin zu alt für lange Geschichten«, sagte Blackloth und nahm seine Pfeife wieder auf. Ich dachte, er würde mich vom Haken lassen, aber dann sagte er: »Also fass dich kurz.«

Ich schloss die Augen, wissend, dass die Rückblenden kommen würden, wie sie es immer taten, wenn ich an die Hexe dachte, die mich verflucht hatte. Sie waren so lebendig, wie ein klarer Traum.

KAPITEL 52
KAFFEE MIT EINEM VAMPIR

APOLLO, EIN JAHR FRÜHER

Ich pfiff vor mich hin, während ich durch die Straßen der Stadt lief, vorbei an Discount-Möbelgeschäften, zwielichtigen Imbissbuden und Friseurläden mit naiven bunten Porträts verschiedener Frisuren, die drinnen angeboten wurden. Der Geruch von Essig und Rauch hing in der Luft, dazu das Hupen und Tuten scheinbar endloser Autokolonnen in beide Richtungen. Trotz der Luftverschmutzung war der Himmel strahlend blau.

Ich liebe den Duft von Kohlenmonoxid am Morgen!

Fahrgäste sprangen in Autos ein und aus, Fußgänger schlenderten und huschten vorbei, und Bettler hielten ihre zerschrammten Styroporbecher hoch, wartend auf das Klimpern einer Münze. Kwaito, Gospel und Hip-Hop dröhnten gleichermaßen aus Ladenboxen und Autos. Ich grüßte die Menschen, die ich erkannte, und auch die, die ich nicht kannte, darunter eine alte Dame, die gekochte Schafsköpfe verkaufte, einen Händler, der Tomaten und Orangen auf leuchtend bunten Plastiktellern feilbot, und eine Prostituierte namens Roley, die zu jeder Tages- und Nachtzeit pinkfarbenen Lippenstift trug.

»Hallo, Hübscher«, sagte sie und zwinkerte mir zu. Ihre Wimpern waren von der günstigeren Sorte.

»Hey, Roley«, sagte ich. »Wie läuft's?«

»Es war ein langsamer Tag, Schätzchen, und bei dir?«

»Nicht schlecht. Wenn Skippy da ist, kann ich dir vielleicht ein Mittagessen spendieren.«

Ihre Augen leuchteten auf. »Du bist ein guter Kerl, Heiße Finger.«

»Nenn mich nicht so«, scherzte ich. »Die Leute könnten auf falsche Gedanken kommen.«

Sie lachte und zeigte dabei ihren Goldzahn. »Leute mögen die Ideen in ihren Köpfen, auch wenn sie falsch sind. Es ist nicht unsere Aufgabe, sie zu korrigieren.«

»Da hast du wohl Recht, Roley.«

Sie traf in ihrem Beruf viele Menschen, also stellte ich mir vor, dass sie den Zustand der Menschheit besser verstand als wir anderen. Ich salutierte ihr zu und überquerte die belebte Straße, dann öffnete ich die Tür zu Skippys Laden.

»Polly will einen Keks!«

»Oh, hallo, Polly«, sagte ich. Ich liebte den Papagei trotz seiner deutlichen Manieren-Defizite. »Erinnerst du dich an meinen Namen?«

»Polly.«

»Das ist dein Name, Dummerchen. Meiner klingt ähnlich. APOLLO.«

»Polly!«

»Apollo«, beharrte ich.

»Polly.«

»Okay, wir versuchen es beim nächsten Mal wieder. Wenn du es richtig machst, bekommst du deine eigene Schachtel Kekse.«

»Wer ist da?«, ertönte Skippys mürrische Stimme.

»Polly!«

»Hi, Skip«, sagte ich. »Wie läuft das Geschäft?«

»Ah, du bist es.« Er klang etwas weniger grantig. Er tauchte hinter dem Tresen auf und trug eines seiner verzauberten T-Shirts. Dieses sah geradezu psychedelisch aus.

»Was hast du heute für mich?«

»Sonnenschein und Rosen«, sagte ich.

»Hat dir jemals jemand gesagt, dass deine ständig gute Laune sehr nervig ist?«

»Quatsch«, antwortete ich. »Die Leute lieben das.«

»Nein, tun sie nicht«, sagte er. »Du bist immer verdächtig glücklich.«

»Bin ich das?«, fragte ich. So hatte ich das noch nie betrachtet. »Wie auch immer! Ich habe drei Handys für dich.«

»Guter Mann. Die verkaufen sich immer wie warme Semmeln.«

»Großartig. Meine Mietzahlung steht an und mein Kühlschrank sieht ziemlich leer aus.«

Skippy hüpfte auf seine kleine Stufe, um die Kasse zu erreichen, und öffnete die Schublade mit dem vertrauten und fröhlichen *Ka-tsching*-Geräusch. Er zählte ein paar Scheine ab und reichte sie mir.

»Danke, Skippy«, sagte ich und lächelte den Kobold an. »Es ist immer ein Vergnügen, mit dir Geschäfte zu machen!«

Skippy brummte seine Antwort, und ich dachte, es sei wahrscheinlich besser, dass ich sie nicht hörte.

»Polly«, sagte ich auf dem Weg nach draußen. »Denk dran, wenn du meinen Namen sagst, kaufe ich dir eine Schachtel Kekse.«

»Polly!«, kreischte der Papagei.

»Du kommst der Sache näher«, sagte ich ihr. »Braver Vogel.«

»Apollo, warte«, rief Skippy.

Als ich mich umdrehte, wirkte der Kobold innerlich zerrissen. »Was ist los, Skip?«

Er zögerte.

»Skippy?«

»Also, die Sache ist die«, sagte der Kobold. »Ich wusste nicht, ob ich das an dich weitergeben soll oder nicht.«

Ich starrte ihn ausdruckslos an und wartete, dass er fortfuhr.

»Ein Vampir war hier.«

Ich spürte, wie meine Augen sich weiteten. »Okay«, antwortete ich.

»Er hat nach dir gesucht.«

Ich war schockiert, und meine Hand flog zu meinem Herzen hoch. »Was? Warum? War er wütend?« Hatte ich versehentlich etwas von einem Vampir gestohlen? *Sch-e-e-e-e-iße.*

Skippy hob beschwichtigend die Hände. »Er war nicht wütend. Er wollte nur ein Wort mit dir wechseln.«

»Darauf fall ich nicht rein«, sagte ich. »Ein Vampir, der plaudern will? Auf keinen Fall, José. Wird nicht passieren.«

»Du solltest ihn vielleicht anrufen.«

»Nein«, sagte ich. »Ich glaube nicht. Ich denke, es ist das Beste, sich von Kreaturen fernzuhalten, die dafür berüchtigt sind, dir die Lebenskraft auszusaugen. Ist nur so ein Lifehack von mir. Hashtag YOLO. Folge mir für weitere Tipps.«

Skippy lächelte nicht. Ich konnte sehen, dass er wirklich mit dieser Sache kämpfte, also beschloss ich, den Mund zu halten und zuzuhören.

»Wie ich schon sagte, ich wollte diese Nachricht nicht weitergeben. Aber ich glaube, ich werde es jetzt doch tun, und dann liegt die Entscheidung bei dir.«

»Nicht nötig«, sagte ich. »Ich bin nicht interessiert.«

»Hör mich einfach an«, erwiderte Skippy. Er griff in die Tasche seiner ausgewaschenen Jeans und zog eine Visitenkarte heraus. Ich runzelte die Stirn. Noch nie im Leben hatte mir jemand eine Visitenkarte gegeben. Ich nahm sie. Das Papier war schwer und fühlte sich luxuriös an zwischen meinen Fingern. Der silbern geprägte Druck war wunderschön, das Design elegant. Ich konnte schon erraten, bevor ich es las, dass es ein teures Stück Arbeit war.

ÆTERNA, stand auf der Vorderseite. Auf der Rückseite waren ein Name und eine Telefonnummer.

GRIFFIN MORDECAI

ÆTERNAL ENTERPRISES, PTY LTD.

Ich runzelte die Stirn und sah zu Skippy, der mich nervös beobachtete, seine langen pistazienfarbenen Finger trommelten auf der Glastheke.

»Lass mich das richtig verstehen«, sagte ich. »Ein schicker Vampir mit einer schicken Karte kommt hier rein«, ich gestikulierte im Pfandleihhaus herum, um einen Punkt zu machen, »und bittet dich, mir, *mir* – einem Niemand selbst nach großzügigen Maßstäben – seine Nummer zu geben.«

»Korrekt«, bestätigte Skippy und sah erleichtert aus, dass ich die Nachricht erhalten hatte und seine Aufgabe erledigt war.

Ich starrte ihn weiter an, bis es ziemlich unangenehm wurde.

»Polly!«, kreischte der Papagei und durchbrach die Spannung. »Polly will einen Keks!«

»Hilf mir zu verstehen, bitte?«

»Es gibt nichts weiter zu sagen, Junge. Er kam hier mit seinen schicken Sachen rein, wie du sagtest, und fragte, ob ich das an dich weitergeben würde. Ich sagte, ich würde es tun, weil ich selbst nicht ausgesaugt werden wollte, meine blutlose Leiche als Krähenfraß in irgendeiner Mülltonne hier zurückgelassen.«

»Und du wolltest sie mir nicht geben?«

»Also, die Sache ist die«, er beugte sich näher zu mir und senkte seine Stimme. »Ich habe sie weggeworfen.«

»Du hast sie weggeworfen? Diese Karte?«

Er nickte. »Ich habe sie weggeworfen. Und rate mal?«

»Was?«, fragte ich.

»Sie blieb nicht weggeworfen.« Skippy gab mir eine Minute Zeit, um die Erkenntnis sinken zu lassen. »Ich ging, um mir eine Tasse Tee zu machen, und als ich zurückkam –«

»Lag sie auf dem Tresen«, sagte ich.

Mit weit aufgerissenen Augen nickte er. »Natürlich warf ich sie wieder weg. Und sie kam wieder zurück. Es war so unheimlich, und ich wollte nichts damit zu tun haben. Ich beschloss, dass ich sie dir *definitiv* nicht geben würde. Also warf ich sie auf dem Heimweg ins Feuer eines Obdachlosen. Ich sah zu, wie sie verbrannte.«

Ich schaute auf die magische Karte in meiner Hand. »Und trotzdem ist sie hier in meiner Hand.«

»Genau«, sagte der Kobold, seine Stimme etwas höher als normal.

»Dieser Vampir«, sagte ich. »Dieser ... Griffin Mordecai. Hat er nach mir mit Namen gefragt?«

»Hat er«, antwortete Skippy. »Er schien eine Menge über dich zu wissen. Er sagte, er wolle die Karte nicht bei dir zu Hause abgeben wegen deiner Eltern.«

Ein eisiger Schauer lief mir über den Rücken.

»Ich weiß«, sagte er. »Ich habe auch Angst.«

Wir schauten uns noch eine Weile an, dann nahm ich mein Handy heraus und begann, die Nummer einzutippen.

»Was tust du da?«, rief Skippy. Ich hatte das Gefühl, dass er mir das Gerät am liebsten aus der Hand gerissen hätte, aber er konnte nicht herankommen.

Ich zögerte. »Skippy. Wir wissen beide, dass das nicht einfach verschwinden wird.«

Er warf mir einen niedergeschlagenen Blick zu. »Du hast Recht. Ich nur –«

»Ich weiß, Skip«, sagte ich und beendete die Wahl.

ICH KAM innerhalb einer Stunde nach dem Gespräch mit Mordecai im ÆTERNA-Gebäude an. Er schickte einen Privatwagen, um mich abzuholen. Das Fahrzeug war innen makellos und hatte immer noch diesen Neuwagengeruch. Die Kombination aus meiner Nervosität und dem Geruch ließ mich fast kotzen.

»Wir sind da, Sir«, sagte der Fahrer, als wir ankamen.

»*Das?*«, fragte ich. Der Wolkenkratzer war so hoch, dass ich die Spitze buchstäblich nicht sehen konnte. Es war ein unglaublich aussehendes Gebäude, zeitgenössisch und super schick, scheinbar komplett aus Glas gebaut. Die Art, wie das Glas den Himmel reflektierte, fast verschwand, vermittelte die Illusion, dass es in und aus der Existenz flackerte, vergänglich und wunderschön.

Der gläserne Turm.

Ich dankte dem Fahrer und stieg aus, auf dem Weg zum Empfang. Ich wurde langsamer, als ich einen großen, gutaussehenden Mann in einem scharfen Anzug sah, der sich an den Tresen lehnte und mit den Empfangsdamen plauderte. Als er mich sah, entschuldigte er sich und kam auf mich zu. Seine Haut war blass, wie ich es erwartet hatte, und seine grauen Augen waren unglaublich schön – fast hypnotisch.

»Apollo«, sagte er.

»Herr, äh –«

»Nenn mich Griffin. Danke, dass du hergekommen bist. Ms. M wird sehr erfreut sein.«

In meiner schäbigen Jeans und meinem T-Shirt wirkte ich so fehl am Platz. Ich bezweifelte, dass irgendjemand im gesamten Gebäude Turnschuhe trug.

Er schaute auf seine Uhr, die ich zu stehlen versucht hätte, wäre er kein Vampir. Ich konnte sehen, dass es eine dieser Uhren war, die nicht protzen, aber ein Vermögen wert sind. »Wir haben Zeit für einen schnellen Kaffee, wenn du möchtest.«

»Klingt gut«, sagte ich.

Als ich an diesem Morgen aufwachte, hätte ich nie erraten können, dass ich Kaffee mit einem Vampir trinken würde, aber das Leben ist schon ein komisches Ding. Er steuerte mich zum Café. Es war überall mit dem Platelet-Logo und den Markenfarben versehen.

»Platelet«, bemerkte ich. »Die sind jetzt überall.«

Griffin nickte. »Ms. M ist eine ausgezeichnete Geschäftsfrau. Die jährlichen Gewinne schießen durch die Decke.«

»ÆTERNA besitzt Platelet?«, fragte ich.

Er lächelte nachsichtig. »Unter anderen Unternehmen, ja. Es ist wirklich ein Imperium, daher der –« Er deutete zur Decke, was ich so verstand: *daher der lächerlich hohe Wolkenkratzer.* »Er ist autark, weißt du. Die Glasfassade besteht aus transparenten Solarmodulen. Wir sammeln und reinigen Regenwasser. Es ist ein sich selbst erhaltendes Ökosystem.«

Es war logisch, dass ein Vampir sich um die Klimakrise sorgte. Sie mussten viel länger auf diesem Planeten leben als Normalsterbliche wie ich. Unsere Kaffees kamen, und ich las aus Interesse die Speisekarte.

»Wie läuft das Synth-Geschäft?«, fragte ich.

»Noch nie besser«, antwortete er und rührte seinen roten Cappuccino um.

»Freut mich zu hören.« Ich schenkte ihm ein nervöses Lächeln. Das synthetische Blutgeschäft hatte unzählige Leben gerettet, sowohl menschliche als auch Vampir-Leben. Es herrschte eine unangenehme Stille, während wir beide die Tatsache bedachten, dass er vor Synth der Jäger gewesen wäre und ich die Beute.

Ich nahm einen Schluck von meinem gewöhnlichen Cappuccino. Er war köstlich und samtig, und der Mikroschaum war perfekt. Kein Wunder, dass Platelet Geld druckte.

»Kannst du mir sagen... worum es bei diesem Treffen geht?«, fragte ich.

»Am besten lässt du Ms. M die Details erläutern«, sagte er.

»Kannst du mir irgendetwas sagen? Wie zum Beispiel, wie du Skippy gefunden hast?«

»Ich habe Skippy nicht gefunden«, antwortete Mordecai. »Ich habe nur Ms. Ms Anweisungen befolgt.« Bevor ich eine Chance hatte zu antworten, klingelte sein Handy. »Wenn man vom Teufel spricht«, sagte er und lächelte mich an, wobei er seine scharfen Eckzähne zeigte. »Zeit, nach oben zu gehen.«

Der Aufzug war ebenfalls aus Glas, und die Aussicht spektakulär. Wir fuhren immer höher, und jedes Mal, wenn ich dachte, wir müssten am Gipfel sein, ging es noch weiter nach oben. Johannesburg, so rau und grimmig auf den Stadtstraßen, sieht in einigen Teilen wie ein Wald aus, wo die wohlhabenderen Vorstadtbewohner leben. Wenn dies Ms. Ms Gebäude war, konnte ich mir nicht vorstellen, wie ihr Haus aussah.

Der Aufzug klingelte sanft, und wir stiegen im obersten Stockwerk aus. Da ich noch nie in einem Flugzeug gereist war, war dies bei weitem die höchste Höhe, die ich je erlebt hatte, und ich fühlte mich leicht schwindelig.

»Bitte«, sagte der Vampir. »Folge mir.«

Wir verließen den Aufzugsbereich und erreichten ein riesiges und prächtiges Atelier – eine glatte, schlanke, monochrome Landebahn, die aussah, als gehöre sie in eine Innenarchitekturzeitschrift. Größtenteils im offenen Grundriss konnte ich eine stilvolle Küche, eine Lounge mit einem modernen Gasfeuer und ein Studio mit Staffeleien und Schreibtischen sehen, wo ich vermutete, dass Ms. M arbeitete. Ich bemerkte eine Bewegung auf dem Boden vor dem Feuer und sah einen großen Hund – nein, einen Wolf –, der die Wärme der Flammen genoss. Ich wollte ihn streicheln, wurde aber von einem großen, exotisch aussehenden Vogel abgelenkt, der in einem großen silbernen Käfig saß. Es sah aus wie eine Art avantgardistische Skulptur, bis ich nah genug dran war, um die Augen des Vogels zu sehen, die mich anblinzelten. Es war das erlesensenste Ding, und ich fühlte mich sehr traurig, dass es in einem Käfig gehalten wurde. Polly, Skippys Papagei, musste in einem Käfig leben, weil ihr vorheriger Besitzer ihre Flügel falsch geschnitten hatte, was ihr

die Fähigkeit zum Fliegen raubte. Skippy hatte Mitleid mit ihr und adop-
tierte sie. Sie fühlte sich im Käfig sicherer und machte Skippy das Leben
schwer, wenn er sie herausnahm, sogar zum Reinigen des Bodens. Ich
sah nichts Falsches an den Flügeln dieses Geschöpfs. Sie sahen stark aus,
und alles an dem Tier schien zum Schweben gemacht.

»Es ist ein Bangalore-Feuervogel«, sagte Mordecai.

»Wie ein Phönix?«, fragte ich.

»So etwas in der Art. Bereit, Ms. M zu treffen?«

Wir schritten über plüschige Teppiche zur gegenüberliegenden Ecke des
riesigen Bereichs, wo sich in der Ecke ein traditionellerer Büroraum
befand. Das Glas war so sauber und klar, dass es sich anfühlte, als
würden wir in den Himmel laufen. Ich spürte eine neue Welle von
Schwindel. Gerade als ich zu dem Schluss kam, dass das Büro leer war,
drehte sich der Bürostuhl zu uns um, und die schönste Frau, die ich je
gesehen hatte, lächelte wie ein Hollywood-Superschurke.

»Apollo«, schnurrte sie, ihre smaragdgrünen Augen leuchteten. »Endlich treffen wir uns.«

KAPITEL 53

DER SCHLIMMSTE DIEB

APOLLO, GEGENWART

»**L**ass mich das klarstellen«, sagte Blackloth und zog heftig an seiner leeren Pfeife. »Du hast Ms. M *getroffen*? Persönlich? Du bist auf die Spitze dieses Gebäudes gegangen?«

Ich nickte. »Ich hatte keine wirkliche Wahl. Ich wusste, dass sie hinter mir her sein würden, wenn ich die Visitenkarte wegwerfen würde. Ich hatte das Gefühl, Ms. M würde kein ›Nein‹ als Antwort akzeptieren.«

»Und du wusstest wirklich nicht, dass Æternal Enterprises Platelet besaß?«, fragte Virvaris.

»Ich wusste es wirklich nicht. Warum sollte ich?«

»Weil es das erfolgreichste Unternehmen der südlichen Hemisphäre ist, darum«, sagte Virvaris. »Platelet. Die Parfüm-Apotheke. Die Stakehouse-Kette.«

»Steakhouse?«

»*Stake*house«, korrigierte der Elf. »Mit einem *a*. Eine schnell wachsende Restaurantkette für Vampire. Jetzt gibt es auch Gespräche über eine Werwolf-Version, die nur rohes Fleisch servieren wird. Wolf Down.«

»Igitt«, sagte ich.

Haryk lächelte mich an. »Das haben die Aktionäre nicht gesagt.«

Blackloths Fragen waren drängend. »Wie wusste sie also von dir? Was wollte sie von dir?«

»Sie hat mir nie gesagt, wie sie mich gefunden hat«, antwortete ich. »Sie sagte nur, dass ich bestens empfohlen worden sei.«

»Also hat sie dich gebeten, das Buch zu stehlen?«

»Ja«, sagte ich. »Und sie gab mir einen Portalschlüssel.« Ich griff nach dem gelben Bleistiftstummel, den ich über meinem Ohr aufbewahrt hatte, und legte ihn auf den Tisch zwischen uns.

Keiner von ihnen sah beeindruckt aus. »Das ist alles?«

»Das ist alles«, antwortete ich.

»Es ist definitiv einer meiner Bibliotheksbleistifte«, sagte der Kobold. »Aber ich verstehe nicht, wie sie an ihn gekommen ist.« Sein Gesicht veränderte sich plötzlich – ein Funke der Erkenntnis. »Ach«, sagte er.

»Na?«, fragte der Elf. »Wirst du es uns erzählen?«

»Es war eine Kurierlieferung. Ich muss das Paket unterschrieben und versehentlich dem Lieferanten den Bleistift gegeben haben. Ich war abgelenkt, weil ich kein neues Buch erwartet hatte.«

»Was war das neue Buch?«, fragte ich.

Blackloth verengte seine Augen und rieb sich die Unterlippe, während er versuchte, sich zu erinnern.

»Ich kann es nicht genau benennen«, sagte er.

»Du warst hypnotisiert«, sagte Haryk.

»War der Typ, der das Paket geliefert hat, groß, dunkel und gutaussehend?«, fragte ich. »Blasse Haut?«

Blackloths Mund fiel auf, und er nickte langsam.

Ich neigte meinen Kopf als Anerkennung unseres gemeinsamen Unglücks. »Du hast also auch Griffin Mordecai getroffen.«

Wir tauschten einen grimmigen Blick.

»Okay«, sagte Virvaris. »Also ruft dich die verdammte Königin der Dunkelheit, um diesen Job zu erledigen. Du benutzt den Bleistift als Portalschlüssel und klaust das Buch. Was ist dann passiert?«

»Nun«, antwortete ich, »sie war *sehr glücklich* mit mir ... bis sie es nicht mehr war.«

Der Elf schien aufgeregt. »Was soll das heißen?«

»Es fühlte sich nicht richtig an, ein Buch zu stehlen, also fragte ich sie, ob ich es zurückgeben könnte, wenn sie damit fertig wäre. Sie lachte nur. Als sie mich dann bat, den Portalschlüssel zurückzugeben, lachte *ich* einfach.«

»Uh-oh«, sagte Blackloth.

»Das ist das Lustige an reichen Leuten«, sagte ich und verzog das Gesicht. »Für sie gelten andere Regeln.« Ich warf einen Blick auf Virvaris, erinnerte mich daran, dass er ein Milliardär war, und fühlte mich schlecht. »Entschuldige. Ich meinte dich nicht. Ich meinte... *andere* reiche Leute.«

Er winkte meine Entschuldigung weg. »Was ist dann passiert?«

»Sie sagte, wenn ich den Bleistift nicht zurückgeben würde, würde sie mich verfluchen. Aber ich rechnete mir aus, dass, wenn ich ihn zurückgeben würde, sie jederzeit einen anderen Reisenden hierher schicken könnte, um Bücher über schwarze Magie zu stehlen, und ich wollte nicht, dass das passiert. Ich bereute es bereits, das Matahandi-Buch für sie gestohlen zu haben, weil ich wusste, dass sie etwas Böses damit anstellen würde.« Ich holte Luft. »Sie rastete völlig aus, als ich ihr sagte, dass ich den Schlüssel behalten würde. Nannte mich den schlimmsten Dieb überhaupt. Ich sagte ihr, dass sie diejenige war, die einen Dieb angeheuert hatte, also hätte sie eine Ahnung haben müssen, dass man mir nicht trauen konnte. Das machte sie nur noch wütender. Dann wurde es richtig verrückt.«

KAPITEL 54

KRAFTFELD DER WUT

APOLLO, EIN JAHR FRÜHER

Frau M stand in der Mitte des Ateliers, ihre giftgrünen Augen loderten vor Zorn. Früher hatte ich ihre Augen mit Smaragden verglichen, aber jetzt erkannte ich sie als das, was sie waren: zwei Tümpel, giftig und abscheulich zugleich.

»Apol-*lo*«, sagte sie, wobei ihre Stimme tiefer wurde, als sie meinen Namen rief. »Gib es mir sofort, und dir wird nichts geschehen.«

»Nein«, sagte ich und blieb standhaft. Ich war es leid, von reichen Leuten herumgeschubst zu werden, und hasste es, wie sie automatisch annahmen, sie hätten die Oberhand über Menschen mit weniger Geld.

Sie sah überrascht aus. »Nein?«

Ich vermutete, dass sie dieses Wort nicht sehr oft hörte. Ihr grauer Wolf knurrte unter ihrem Schreibtisch hervor und ließ mir die Nackenhaare zu Berge stehen. Ich hörte den Feuervogel ängstlich kreischen.

»Ich gehe«, sagte ich. Ich musste hier raus. Ich konnte die Spannung in der Luft wie statische Elektrizität spüren; sie begann, um uns herum zu wirbeln. Ihre Wut war ein Strudel. Sie brach den Blickkontakt nicht ab, und es fühlte sich an, als würden ihre Augen wie Laser in meine schnei-den. Ich stellte fest, dass ich mich nicht bewegen konnte. Das Wirbeln wurde stärker, und die Papiere auf ihrem Schreibtisch wurden in die Luft gewirbelt und flogen durch den riesigen Raum. Das Feuer erlosch und der Wolf knurrte lauter als zuvor. Sie streckte ihre Hand aus und krümmte ihre Finger nach innen, als würde sie den Bleistift von meinem Ohr herbeizaubern wollen. Ich spürte, wie er an meiner Haut vibrierte, und ich griff schnell danach und steckte ihn tief in meine Tasche.

»Apol-*lo*«, rief sie erneut, ihr Ton warnte davor, dass eine Welt voller Schmerzen auf mich wartete, wenn ich ihr weiterhin nicht gehorchte. Ich wünschte mir, ich hätte stärkere Magie. Meine war klein, schwach und unzuverlässig und sicherlich kein Gegner für das, was ich in ihrem mächtigen Orbit sah. Ich versuchte, einen Schritt zurückzutreten, um etwas Abstand zwischen uns zu bringen, aber meine Turnschuhe klebten immer noch auf dem aufdringlich plüschigen Teppich fest. Ich war verängstigt, aber gleichzeitig weigerte ich mich stur, mich von dieser Hexe kontrollieren zu lassen. Ich holte tief Luft.

Ich lasse mich nicht einschüchtern, dachte ich bei mir. *Ich lasse mich nicht einschüchtern.*

Der Käfigvogel war von leisem Kreischen zu einem furchterregenden Lärm übergegangen. Es gab so viel zerstörerische Energie in dem Raum, dass es sich anfühlte, als würde das ganze Atelier explodieren und uns zusammen mit den glänzenden und funkelnden Glassplittern in die Stadt darunter stürzen lassen.

»Du machst einen Fehler«, sagte Frau M. »Du könntest in meinem Dienst stehen, wie Mordecai. Ich brauche deine Talente. Du kannst Status und generationenübergreifenden Wohlstand erreichen, wie du es dir nie vorgestellt hast. Du müsstest dir nie wieder Sorgen um deine Eltern machen. Arbeite mit mir, Apollo, und wir können große Dinge vollbringen.«

»Große Dinge?«, erwiderte ich. »Welche großen Dinge? Alles, was Sie tun, ist Geld zu verdienen. Geld, das Sie nicht einmal brauchen!«

Ein Blitz schoss durch den Raum. Frau Ms Wut manifestierte sich als elektrischer Sturm, und der Wind drohte mich fast umzuwerfen.

»Mit Geld kommt Macht«, sagte sie. »Kontrolliere die Reichen, kontrolliere die Welt.«

Geldgierig, machthungrig, Frau Ms Ambitionen kannten keine Grenzen, und ich wollte kein Teil davon sein. Ich musste aus dem Hurrikan raus. Dennoch bohrten sich ihre neongrünen elektrischen Augen in meine. Der gesamte Ort war ein sengender Schneesturm, und die Hexe war das Auge des Sturms. Mit auf den Teppich geklebten Turnschuhen und gegen den orkanartigen Wind ankämpfend, versuchte ich, das Gleichgewicht zu halten.

»Gib. Es. Mir. Sofort!«, verlangte sie mit ausgestreckter Hand. Die Augen glühten wie grüne Kohlen, ihr schwarzes Haar flog um ihr blasses Gesicht herum und ließ sie wie eine böse uralte Göttin aussehen. Aus Angst umklammerte meine Hand automatisch den Bleistiftstummel in meiner Tasche. Ich fühlte mich gleichzeitig dumm und erleichtert – mein Fluchtplan hatte mir die ganze Zeit ins Gesicht gestarrt. Oder besser gesagt, mein Fluchtplan war die ganze Zeit in meiner Tasche gewesen. Ich band schnell meine Schnürsenkel auf und griff nach dem silbernen Käfig. Er war schwerer als erwartet, aber ich hob ihn mit der linken Hand, während ich den Bleistift-Portalschlüssel in der rechten hielt.

»Halt!«, schrie die Hexe, die nicht mehr menschlich wirkte. Sie war ein Kraftfeld der Wut.

»*Ianua sit*«, flüsterte ich, und ich wurde aus meinen Turnschuhen heraus in die Leere katapultiert.

KAPITEL 55
DER RABE UND DIE RATTE

»**W**ow«, sagte Virvaris. »Das muss heftig gewesen sein.«

Blackloths leere Pfeife fiel ihm aus dem Mund und klapperte auf den Tisch vor ihm.

»War es«, sagte ich. »Es ist definitiv keine Erfahrung, die ich schnell wiederholen möchte. Wenn ich diese Hexe nie wiedersehe, ist es noch zu früh.«

»Aber Sie sind unversehrt entkommen«, sagte der Kobold.

Virvaris warf mir einen mitfühlenden Blick zu. Ich lächelte zurück.

»Nicht ganz«, antwortete ich.

»Die Hexe hat ihn verflucht«, sagte Virvaris.

»Sie hatte meine Turnschuhe«, erklärte ich. »Es war also leicht für sie. Und weil ich ihren Vogel befreit hatte, wusste sie, dass ich eine Schwäche für Tiere habe.«

»Sie hat den Fluch *Töte deine Lieblinge* verwendet«, warf Haryk ein.

Blackloth verzog das Gesicht.

»Es ist einer der grausamsten Flüche«, sagte ich. »Er kann deinen Geliebten, Ehepartner, Kinder töten. Ich hatte Glück, dass er meine Eltern nicht getötet hat – ich bin mir immer noch nicht sicher, warum nicht, denn er verbreitet sich besonders gut über Blutlinien – aber meiner tötet Tiere. Jedes Tier, mit dem ich Blickkontakt habe. Ich habe auf die harte Tour von dem Fluch erfahren.«

Ich hatte den Labrador des Nachbarn, den ich versehentlich getötet hatte, besonders gemocht. Das wimmernde Geräusch, das er von sich gab, als wir Blickkontakt hatten, verfolgt mich noch immer. Er war so ein guter Junge gewesen.

»Das erklärt den Raben«, sagte Blackloth. »Und die Ratte.«

»Beides unglückliche Unfälle«, erwiderte ich.

»Und seitdem suchen Sie nach einer Heilung?«, fragte Blackloth. »Ich nehme an, deshalb besuchen Sie meinen Gedächtnispalast.«

»Ja«, antwortete ich. Ich nahm den Bleistiftstummel von meinem Ohr und legte ihn vor ihm hin.

Er schob ihn zu mir zurück. »Sie haben diesen Schlüssel verdient, junger Mann«, sagte er. »Behalten Sie ihn. Sie sind hier jederzeit willkommen.«

Wärme breitete sich in meiner Brust aus. »Danke.«

»Nun«, sagte der Kobold und schaute mich über seine goldeingefasste Bifokalbrille hinweg an. »Ich kenne zufällig eine besonders gute Fluch-brecherin.«

»Wirklich?«, fragte ich. »Ist es... zufällig... eine Frau namens Asha?«

Er runzelte die Stirn. »Sie kennen Asha? Warum dann-?«

»Ich habe sie nie getroffen«, sagte ich schnell. »Ich wusste bis gestern nicht, dass sie existiert. Der Besitzer des Kupferzahnrads meinte, ich sollte sie anrufen, aber dann passierte *das*.« Ich deutete auf das Gemälde.

»Ich verstehe«, sagte Blackloth. »Nun, es scheint, dass Ihre Notlage doch noch ein glückliches Ende haben könnte.«

»Hmm«, murmelte der Elf.

»Was ist los?«, fragte ich.

»Nichts«, antwortete Haryk. »Nichts. Nur eine Warnung, Ihre Erwartungen nicht zu hoch zu schrauben. Flüche sind nicht leicht zu brechen.«

»Asha Viridian Rook ist die beste Fluchbrecherin im Reich«, sagte Blackloth. »Das habe ich auf Direktorin Copperfields Autorität hin.«

»Das mag sein«, räumte der Elf ein. »Aber wenn Ms. M so mächtig ist, wie sie scheint, wird dies kein leichter Fall sein.«

»Ich bezweifle, dass Frau Rook ihren Ruf auf dem Brechen von *einfachen* Flüchen aufgebaut hat«, sagte der Kobold.

»Was werden wir wegen ÆTERNA unternehmen?«, fragte Virvaris. »Die Hexe ist eindeutig eine Bedrohung für das Reich.«

»Mit Ms. M muss man sich befassen«, stimmte Blackloth zu. »Ebenso mit ihrem Vampirgeliebten. Aber leider ist ein alter Kobold wie ich kaum kampftauglich.«

»Und meine Magie ist schwach«, sagte ich. »Und Haryk ist verletzt.«

»Aber wir sind geistig gesund«, erwiderte Blackloth. »Also können wir einen schlauen Plan entwickeln, auch wenn wir ihn nicht selbst ausführen können.« Wir nickten zustimmend. »Nun«, sagte er. »Ich hole etwas Kaffee, und wir können diesen wunderbaren Käsekuchen teilen.«

KAPITEL 56

VERSTECKT IN ALLER ÖFFENTLICHKEIT

ASHA

Wir rasten mit Sams Auto zum Copperfield-Institut. Stoker hatte immer noch seine Fernbedienung für das Tor, also konnten wir direkt hineinfahren und vor Direktorin Copperfields Haus mit quietschenden Reifen anhalten. Ich hatte ihr eine Nachricht geschickt, dass wir kommen würden, und ihre Haustür stand offen. Der Motor des Autos lief noch, als ich ausstieg und hineinrannte, die anderen beiden dicht hinter mir.

»Asha!«, sagte die Direktorin. »Ich war so froh, deine Nachricht zu bekommen. Stoker! Wie schön, dich zu sehen.«

»Sie müssen Blackloth warnen«, platzte ich heraus. »Ein Dieb ist auf dem Weg zur Bibliothek der verbotenen Bücher.«

»Oh, er ist bereits hier«, erwiderte Copperfield. Sie wirkte überhaupt nicht besorgt.

»Sie haben ihn reingelassen?«

Sie lächelte. »Apollo kommt nie durch die Vordertür.«

Ich hörte auf zu hetzen. »Sie lassen einen bekannten Kriminellen in Ihre Bibliothek?«

Ich fühlte mich etwas unaufrichtig, Apollo als Kriminellen zu bezeichnen. Ja, er war ein talentierter Taschendieb, aber die Leere wusste, dass ich das Gesetz auf vielfältigere und schwerwiegendere Weise gebrochen hatte als er.

»Ob ich ihn reinlasse?«, sagte die Direktorin. »Genau genommen nicht. Er hat nie um Erlaubnis gebeten.«

»Was macht er jetzt hier, wissen Sie das?«

Sie schüttelte den Kopf. »Ich schaue normalerweise weg, wenn ein reines Herz nach Bildung sucht.«

»Reines Herz?«, sagte Sam. »Sprechen wir über dieselbe Person?«

»Oh, Frau Direktorin, das ist Detektiv Sam Armstrong. Er... hilft uns bei der Sache.«

Sie strahlte ihn an. »Willkommen, Herr Detektiv. Jeder Freund von Asha ist auch ein Freund von mir.«

»Ich habe viel von Ihnen gehört«, erwiderte Sam. »Es ist wunderbar, dem Namen ein Gesicht zuordnen zu können.«

»Bitte«, sagte Copperfield. »Kommen Sie herein. Sie sind mehr als willkommen.«

Sie gab Stoker eine herzliche Umarmung. »Schön, dich zu sehen, mein Lieblingswolf. Ich habe dich sehr vermisst.«

Wir betraten das Haus, und ich wollte direkt zur Bibliothek, aber die Direktorin hielt mich auf.

»Ich fürchte, sie ist im Moment abgeschlossen.«

»Was?«, kreischte ich, ohne unhöflich sein zu wollen. »Die Bibliothek ist abgeschlossen? Die Copperfield-Bibliothek ist nie abgeschlossen.«

»Verzweifelte Zeiten erfordern verzweifelte Maßnahmen«, antwortete sie, aber ihr Gesichtsausdruck war alles andere als besorgt. Falls sie mein Monokel bemerkte, erwähnte sie es nicht. Matron Steele kam mit einem Tablett Tee und Gebäck.

»Ah, da sind Sie ja. Vielen Dank, Frau Matron.« Copperfield bedeutete uns, uns zu setzen. »Ich habe mir die Freiheit genommen, die Matron zu bitten, Tee für uns vorzubereiten.«

»Ich möchte nicht unverschämt sein«, sagte ich, »aber wir haben keine Zeit für Tee. Ich muss sehen-«

»Asha, Liebes, für Tee ist immer Zeit.«

Wir sahen uns in die Augen. Ihre, blass und standhaft, meine panisch.

»Wenn Sie sich setzen möchten, werde ich Ihnen alles erzählen, was ich weiß.«

»Über Apollo?«

»Über Apollo, den Elfen, der bei ihm ist, und den Marquis-Spiegel.«

Ich sah zu Sam und Stoker, die beide mit den Schultern zuckten. Das Letzte, was ich tun wollte, war, mich hinzusetzen, wenn wir Apollo so nahe waren, aber ich vertraute Copperfield mit jeder Zelle meines Körpers, also nahm ich widerwillig Platz. Matron Steele schenkte allen Tee ein, und ich versuchte, meine Ungeduld zu verbergen und unterdrückte den Drang, das ganze Teetablett umzuwerfen und zu dem Taschendieb zu rennen.

Sam sah mich an, als ob ich jeden Moment in Flammen aufgehen würde, also schenkte ich ihm ein angespanntes Lächeln, um ihm zu zeigen, dass ich nicht in Gefahr war, spontan zu verbrennen... jedenfalls noch nicht.

»So«, begann die Direktorin und wirkte entspannter mit einer hübschen Porzellantasse in der Hand. »Ich weiß, dass Sie es kaum erwarten können, zu ihm zu kommen, aber Blackloth hat seinen Gedächtnispalast vorübergehend abgeschlossen.«

»Was? Warum?« Nervös wie die Hölle versuchte ich, nicht mit den Füßen zu wippen.

»Es gibt etwas, das Sie über den jungen Mann wissen müssen«, wich Copperfield aus. »Er ist ein äußerst wichtiger Aktivposten für das Reich, obwohl er es noch nicht weiß.« Ich wollte mit den Fragen unterbrechen, die in meinem Gehirn aufkochten, aber ich hielt mich zurück und schluckte stattdessen meinen Tee. »Apollo ist kein gewöhnlicher Taschendieb.«

Das wusste ich bereits, sonst würde ich ihn nicht mit solchem Eifer verfolgen.

»Er wurde von äußerst mächtigen Magiern geboren, die ihr Leben verloren, um ihn zu schützen, während sie das Reich verteidigten. Als Säugling war sein Leben in Gefahr, also beschloss der Rat, ihn zu verstecken.«

»*Verstecken?*«, wiederholte ich.

»Verstecken in aller Öffentlichkeit«, antwortete sie.

Versteckt in aller Öffentlichkeit, dachte ich. Die Phrase kam mir in letzter Zeit besonders vertraut vor, aber ich wusste nicht warum.

»Normalerweise, wie Sie wissen, würde der Rat jeden verwaisten Berührten der Schule übergeben, aber dieses Baby war zu verwundbar dafür. Die Feinde seiner Eltern hätten ihn sicher gefunden, wenn er hierher gekommen wäre. Also wurde beschlossen, dass er von nicht-magischen Leuten aufgezogen werden sollte, unberührten Freunden des Reiches. Natürlich wussten wir, dass wir ihn nicht für immer verstecken konnten. Und wir wussten, dass er nach und nach von seiner ungewöhnlichen Kraft erfahren würde.«

»Seine Portal-Magie«, sagte ich, und sie nickte.

»Apollo wurde zu Copperfield hingezogen, obwohl ihm nie davon erzählt wurde. Als er zum ersten Mal die Bibliothek besuchte, meldete Craic Blackloth es mir, und ich gab meine Erlaubnis, ein Auge zuzudrücken. Schließlich hatte der Junge viel in seiner magischen Ausbildung aufzuholen.«

»Aber die verbotenen Bücher?«, fragte ich. »Sie handeln von den dunklen Künsten. Waren Sie nicht besorgt, dass er das Böse in diesen Manuskripten aufnehmen würde?«

»Diese Gefahr bestand natürlich, ja. Aber ich sah es als eine Prüfung an, die er erfolgreich bestanden hat. Das ist einer der Gründe, warum ich ihn als rein im Herzen bezeichne.«

»Und er weiß nichts?«, fragte Stoker. »Über seine verstorbenen Eltern?«

»Bald wird er es erfahren«, antwortete die Direktorin. »Es ist Zeit, dass er von seinem Schicksal erfährt.«

KAPITEL 57
DER MARQUIS-SPIEGEL

ASHA

Madame Copperfield nippte behutsam an ihrem Tee. »Ich bin gespannt zu erfahren, warum Sie glauben, dass Apollo Ihnen helfen wird, die vermissten Töchter zu finden.«

»Sie werden in einem eisenbeschlagenen, hochgesicherten, praktisch undurchdringlichen Taschenreich gefangen gehalten«, antwortete ich. »Eines, das ich ohne seine Fähigkeiten weder finden noch betreten kann.«

Die Direktorin nickte. »Und wer ist verantwortlich für dieses Gefängnisreich?«

»Eine Hexe«, erwiderte ich. »Eine äußerst mächtige Hexe. Eine, die stark genug ist, um tote Körper zu kontrollieren.«

Sie blickte von ihrem Tee auf und schenkte mir ihre ungeteilte Aufmerksamkeit.

»Genauer gesagt«, fuhr ich fort, »eine, die mächtig genug ist, um aus niemand Geringerem als Sirilla Voltane eine Fleischpuppe zu machen.«

Copperfields Augen weiteten sich. »Meine Güte. Das ... verändert die Lage.«

»Tut es das?«, fragte ich pointiert. »Was verändert es?«

Sie stellte ihre Tasse ab und faltete die Hände in ihrem Schoß. »Die Dinge geschehen schneller als ich erwartet habe. Die Hexe ... Ich nehme an, wir kennen ihre Identität noch nicht.«

»Ich werde sie finden«, versprach ich. »Ich werde sie für das, was sie getan hat, bezahlen lassen. Aber zuerst muss ich die Mädchen nach Hause bringen.«

Die Augen der Direktorin wurden glasig. »Es ist seltsam«, sagte sie. »Wir alle wussten – der Rat wusste –, dass Apollo ein Schicksal von großer Bedeutung haben würde, aber wir wussten nicht, welches Schicksal das sein würde. Ich hatte eine Ahnung, aber jetzt wird es klar.«

Ich lachte. Es kam aus dem Nichts, und alle drei sahen mich verwundert an. »Ich wünschte, es wäre für mich klar«, sagte ich.

»Das wird es«, sagte Copperfield lächelnd. »Aber zuerst werden wir einige Scones mit Sahne und Holunderbeermarmelade genießen, und ich werde Ihnen vom Spiegel des Marquis Maleficum erzählen.«

Mein Magen war so verknotet, dass ich mir nicht vorstellen konnte, irgendetwas zu essen. Also beobachtete ich, wie die anderen sich bedienten, während ich darauf wartete, dass die Direktorin fortfuhr.

»Es gab eine dunkle Zeit im Reich«, begann sie. »Es war ungefähr zu der Zeit, als du geboren wurdest.«

»Die Sternenlose Zeit«, sagte ich. Wir hatten im Geschichtsunterricht davon erfahren, und ich erinnere mich, dass ich damals dachte, was für ein schreckliches Timing es war, dass das Jahr meiner Geburt zufällig einen so üblen Teil unserer Vergangenheit einläutete.

»Ja, Asha, Liebes, die Sternenlose Zeit.«

»Was ist passiert?«, fragte Sam. Er hatte nicht den Vorteil einer Copperfield-Ausbildung.

»Das Reich wurde vorübergehend von bösartigen Mächten übernommen. Viele Menschen starben bei der Verteidigung des Guten. Zu viele Menschen. Es zwang einige unserer besten Reichsbewohner, in den

Krieg zu ziehen. Einige verloren ihre Schlachten, andere wurden Soldaten, die schworen, das Reich um jeden Preis zu schützen, und starben bei späteren Ausbrüchen.«

»Apollos Eltern?«, fragte Stoker.

Copperfield nickte feierlich.

»Niemand spricht gerne über die Sternenlose Zeit. Es ist zu schmerzhaft, an den enormen Verlust zu denken, den das Reich erlitten hat. So viele gute Männer, Frauen – sogar Kinder. Es war wirklich verheerend.«

»Wie endete es?«, fragte Sam.

»Da kommt der Spiegel ins Spiel«, antwortete Copperfield. »Die Widerstandsbewegung, die gegen die Septiker kämpfte –«

»Die Septiker waren eine Gruppe von sieben bösen Zauberern«, erklärte ich. »Sie hatten zu Beginn der schlechten Zeiten viele Namen, aber 'Sept' blieb hängen, weil es sowohl sieben als auch verrottet bedeutet.«

»Die Widerstandskämpfer wussten, dass sie die Septiker nicht besiegen konnten, deren vereinte Kraft stärker war als alles, was wir je zuvor erlebt hatten. Aber wir schafften es, sie zu überlisten.« Sie gab uns ein verschmitztes Lächeln. »Dem Widerstand gelang es, sie in einem magischen Spiegel gefangen zu nehmen, der speziell für diesen Zweck erfunden wurde. Wir konnten sie nicht schlagen, also sperrten wir sie ein. Dunkle Magie hat eben ihren Platz, verstehst du.«

»Das stand nicht in der Geschichtsstunde«, sagte ich stirnrunzelnd. »Ich meine, uns wurde die Sternenlose Zeit und die Sept beigebracht, und dass sie gefangen genommen wurden, aber nichts über irgendwelche Artefakte.«

»In der Tat«, sagte Copperfield. »Es wurde vereinbart, die Details wegzulassen, um kein Interesse an dem Spiegel zu wecken. Je mehr Menschen über seinen ... Inhalt Bescheid wüssten, sagen wir mal, desto gefährlicher würde er werden. Die Sept hatten Jahrzehnte Zeit, zu planen und Strategien zu entwickeln, was sie tun werden, wenn sie herauskommen – und eines Tages werden sie herauskommen –, daher ist es von größter Wichtigkeit, dass die Wahrheit geheim gehalten wird.«

»Können wir nicht einfach ...«, wagte Sam, »können wir nicht einfach ... ihn zerbrechen?«

Die Direktorin sah alarmiert aus. »Oh, nein. Nein!«, sagte sie und schüttelte den Kopf. »Das würde den gegenteiligen Effekt haben.«

»Stell dir vor, du stehst vor einem Spiegel«, sagte ich. »Du siehst eine Spiegelung. Jetzt stell dir vor, der Spiegel ist zerbrochen. Deine Spiegelung ist zersplittert, aber auch vervielfacht. Das Gleiche würde mit dem Bösen passieren.«

»Gut zu wissen«, sagte er und nickte. Ich lächelte ihn liebevoll an. *Armer Muggel.*

»Wo ist also dieser Spiegel?«, fragte Stoker.

»Lustig, dass du fragst«, antwortete Copperfield und zeigte auf ihre Decke.

Ich spürte, wie mir der Mund offenblieb. Meine Stimme wurde zu einem Flüstern. »Er ist in der Bibliothek?«

»Es ist eine recht neue Ergänzung«, sagte die Direktorin und schaute auf ihre Titan-Uhr. »Etwa dreißig Minuten jetzt.«

»*Apollo* hat ihn hergebracht?«, fragte ich.

Sie lächelte mich an. »Hat er. Nachdem er ihn dem Elfen gestohlen hatte, der damit beauftragt war, ihn sicher zu verwahren.«

»Ich will niemandem zu nahe treten«, sagte Stoker, »aber der Elf hat offensichtlich keinen besonders guten Job gemacht.«

»Oh, doch, hat er«, sagte Copperfield. »Jahrzehntelang blieb der Spiegel gut versteckt. Es gab keine Versuche, ihn zu stehlen, bis der junge Apollo ins Geschehen trat.«

Ich wurde misstrauisch gegenüber dem »reinen« Taschendieb. »Was will Apollo mit dem Spiegel?«

»Apollo hatte keine Ahnung, worauf er sich einließ«, erwiderte die Direktorin. »Er stahl ihn für einen seiner Kunden. Er hatte in der Vergangenheit einige ziemlich gefährliche Kunden, daher weiß er, dass er nicht zu viele Fragen stellen und einfach den Job erledigen sollte.«

Lass mich das richtig verstehen, konnte ich mich kaum davon abhalten zu sagen. *Apollo stiehlt Dinge für gefährliche Agenten und hat das letzte Jahr damit verbracht, über dunkle Magie zu lesen. Warum vertrauen wir ihm?*

»Wenn der Spiegel ein großes Geheimnis sein soll«, fragte Sam, »wer ist dann dieser Kunde, der wusste, wo er versteckt war?«

»Das ist eine wichtige Frage«, antwortete sie. »Und ich denke, wir werden die Antwort bald erfahren ... vielleicht sogar früher, als uns lieb ist.«

KAPITEL 58

DER RUF NACH DER GUILLOTINE

ASHA

»Du hattest recht«, sagte ich zu Madame Copperfield, nicht dass sie in meiner Erfahrung jemals falsch lag. »Diese Information ist wichtig und ... weitreichend.«

»Ich wollte, dass du verstehst, was auf dem Spiel steht«, antwortete sie. »Den Spiegel zu schützen ist alles.«

»Ja, Direktorin«, erwiderte ich.

»Nur um das klarzustellen, der Elf ist auch hier? Mit der Person, die genau das gestohlen hat, was er beschützen sollte?«, fragte Stoker.

»Ja«, antwortete Copperfield. »Sie scheinen auf freundschaftlichem Fuß zu stehen.« Sie wandte sich an Sam. »Ich denke, Sie werden feststellen, dass das Reich mit solchen... Unregelmäßigkeiten nur so wimmelt.«

Sam nickte. »Das ist mir in der Tat aufgefallen.«

Zum Beispiel, stellte ich mir vor, dass er dachte, während ich seinen Ring an meinem Finger drehte, *ein gesetzestreuer Detektiv, der sich in eine Killerin verliebt.*

»Was ist der nächste Schritt?«, fragte ich.

Direktorin Copperfield sah mich mit belustigt funkelnden Augen an. »Ich dachte, das könntest du mir vielleicht sagen.«

»Könnten wir jetzt Apollo sehen?«

»Wenn es nach mir ginge, ja. Aber leider hat mein Bibliothekar andere Pläne.«

»Aber Sie könnten es verlangen«, argumentierte ich. »Oder? Er steht doch in Ihren Diensten.«

Wieder dieser amüsierte Blick von der Direktorin. Ihre Augen funkelten sogar schelmisch. »Ich fürchte, Mister Blackloth folgt seinen eigenen Regeln. In seinem fortgeschrittenen Alter und mit seiner umfangreichen Erfahrung behandelt er meine Anweisungen als bloße Vorschläge.«

Ich konnte mir nicht vorstellen, der Direktorin nicht zu gehorchen. Niemals. »Wir könnten ihn höflich bitten.«

»Das habe ich bereits versucht, bevor ihr angekommen seid. Aber er hatte den Palast bereits abgeschlossen und klagte über eine schreckliche Migräneaura. Er rief nach der Guillotine, wie er es gerne tut, wenn die unvermeidlichen Kopfschmerzen einsetzen.«

Goblins. Melodrama. Hand in Hand.

Ich kratzte mir an der Stirn. »Okay«, sagte ich. *Na gut.* »Bitte rufen Sie uns an, wenn Blackloth ›sich erholt hat‹. In der Zwischenzeit werden wir versuchen herauszufinden, wer die Hexe hinter den Entführungen ist.«

»Die vermissten Töchter von Evaron«, murmelte Copperfield.

»Das Märchen, das Sie mir zum Lesen gegeben haben«, sagte ich. »Es verfolgt mich seitdem.«

»Eine Hexe, die Kinder stiehlt«, erwiderte sie. »Das ist ein jahrhundertealtes Motiv. Wir hätten es von Anfang an wissen müssen.«

Als wir ins Sonnenlicht hinaustraten, um frische Luft zu schnappen, flog ein Armeehubschrauber über uns hinweg. Wir alle beobachteten ihn und schirmten unsere Augen gegen den hellen Himmel ab.

»Es hat begonnen«, sagte ich, und mein Magen verkrampfte sich wieder. *Verdammt, warum ausgerechnet jetzt? Könnte ich nicht einfach ein paar Tage haben, um dieses Chaos zu ordnen, bevor der Krieg beginnt?* Mein Handy vibrierte in meiner Tasche und lenkte mich von meinen trübsinnigen Gedanken ab. Rick.

»Äh, Asha«, dröhnte die Stimme des Orks über die Leitung, als ich annahm. »Ich bin in deinem Haus. Du solltest vielleicht nach Hause kommen.«

»Es ist ein schlechter Zeitpunkt, Rick. Wir wissen, wo Apollo ist. Bei Copperfield. Wir warten nur darauf, dass er aus der verschlossenen Bibliothek herauskommt.«

»Deiner Freundin geht es schlecht. Sie braucht dich.«

Zuerst dachte ich, er spräche von Dusty, aber dann erinnerte ich mich an Savvy.

»Was ist mit ihr?«, fragte ich. Trotz des Offensichtlichen meinte ich.

Er senkte seine Stimme etwas. »Sie hatte einen... Zusammenbruch? Und jetzt läuft sie hier herum und redet mit sich selbst. Sie ist bei der halben Flasche Wodka angekommen. Trinkt direkt aus der Flasche, ohne Anzeichen aufzuhören. Dusty kommt nicht gut damit klar.«

Ich seufzte laut ins Telefon. »Verdammt. Danke, dass du mich informiert hast. Wir sind sofort da.«

Ich erzählte den Jungs, was Rick gesagt hatte, und wir sprangen alle in Sams Auto.

»Arme Frau«, sagte Stoker. »Ich kann mir nicht vorstellen, was sie durchmacht.«

Ich schüttelte den Kopf und erinnerte mich an Mildred Malachay. »Das reicht, um jeden in einen Zusammenbruch zu treiben.«

Wir fuhren vom Copperfield-Gelände weg und sahen bald Armeefahrzeuge, die die Autobahn entlang rumpelten. Andere Fahrer, Passagiere und Fußgänger beäugten die khakifarbenen Lastwagen mit Ausdrücken, die von Neugier bis Besorgnis reichten.

»Das wird ernst«, knurrte Stoker, sein Gesicht so grimmig wie seine Stimme.

»Ich weiß, dass Pip so schnell arbeitet, wie sie kann, aber ich muss wissen, aus welchen Waisenhäusern Lilian Black in den letzten Monaten Kinder verschleppt hat. Ich brauche nur den Namen von einem.«

»Ich bin sicher, sie wird bald etwas für dich haben«, versicherte Sam und spürte meine Frustration mit allem. Das Warten auf Apollo, das Warten auf Pip, während das Reich ins Chaos abglitt.

»Glaubst du, sie sind noch am Leben?«, fragte Stoker. Sam warf ihm einen Blick zu. »Was?«, fragte der Werwolf. »Wir müssen früher oder später den Tatsachen ins Auge sehen.«

»Sie sind noch am Leben«, antwortete ich fest und hoffte inständig, dass es wahr war. »Sie sind für die Hexe nur etwas wert, wenn sie atmen – und bluten.«

Rick empfing uns an der Haustür. »Es ist nicht schön«, sagte er. »Es ist deine Entscheidung, Asha, aber ich glaube, sie muss ins Krankenhaus.«

Ich stürmte hinein und sah Savvy in der Ecke des Raumes sitzen. Sie war so klein, wie ich sie noch nie gesehen hatte. Sie saß da, umklammerte mit den Armen ihre angezogenen Beine, die Stirn auf den Knien ruhend. Sie flüsterte mit sich selbst.

»Savvy«, sagte ich zärtlich. Ich ging vorsichtig auf sie zu, als wäre sie ein wildes Tier. »Savvy?«

Sie hob den Kopf und schaute mich an, ihr Gesicht mit tagelanger Wimperntusche verschmiert, die Augen von Weinen wund und geschwollen. »Asha?«

Ich warf die Vorsicht über Bord und warf mich auf sie, umhüllte sie in einer Umarmung. Savannah war schon immer dünn gewesen, aber jetzt fühlte sie sich skelettartig an. Vogelartig.

»Oh, Savvy«, weinte ich.

Wieder weinten wir zusammen. Man sagt, Wodka sei der beste Freund eines Alkoholikers, weil er keinen richtigen Geruch hat, aber Wodka war alles, was ich riechen konnte, als ich meine beste Freundin in den Armen hielt. Die leere Flasche lag neben ihr. Ich warf Sam einen vielsagenden Blick zu, und er verstand. Er nahm die Flasche und warf sie weg, dann begann er, meinen Alkoholschrank in eine Kiste zu leeren, alles zur Entsorgung.

Dusty kam von draußen herein, und sie sah fast so traumatisiert aus wie Savvy.

»Dusty!«, rief ich. Sie kam zu mir wie ein kleines Kind und schloss sich der Umarmung an. Wir saßen so lange Zeit auf dem Boden, während Stoker Sandwiches machte.

»Ich kann nicht aufhören, daran zu denken«, sagte Dusty. »Dad, der hierher kam und... tat, was er tat. Er wollte dich töten.«

Ihr Gesicht war so gequält, dass ich eine neue Runde Tränen kommen fühlte. Frustriert wischte ich sie weg. »Es ist vorbei, Dusty. Du musst dir keine Sorgen mehr um ihn machen.«

»Er wollte dich *töten*«, wiederholte sie, an einem Schluchzen erstickend. »Ich sehe immer noch das Blut auf den Federn.«

Ich umarmte sie noch fester. »Es ist jetzt vorbei, süßes Mädchen. Wir sind sicher«, flunkerte ich.

»Abigail nicht«, erwiderte sie.

»Ich werde Abigail finden«, sagte ich ihr. »Ich werde sie heute noch finden.«

»Was, wenn sie dir wehtun, Asha?«, fragte sie. Sie schüttelte den Kopf auf eine fast hysterische Weise. »Ich kann nicht ohne dich leben. Ich will nicht ohne dich leben.«

»Sag das nicht.«

»Es ist wahr«, sagte sie.

»Hör mir zu, Dusty.« Ich nahm ihr Kinn, um ihre ungeteilte Aufmerksamkeit zu bekommen. »Ich weiß, wie ich auf mich selbst aufpassen kann. Es wird mir gut gehen. Aber wenn mir doch *etwas* passieren sollte, musst du weiterleben. Du musst alles über deine Kräfte lernen und sie für das Gute einsetzen. Verstehst du?«

Sie schüttelte den Kopf. »Nicht ohne dich.«

»Doch, ohne mich!«, bellte ich, lauter als beabsichtigt. »Glaubst du, es war ein Zufall, dass du magische Kräfte geerbt hast? Nein! Es sollte so sein, wie alles. Du wirst lernen, deine Magie zu beherrschen, und du wirst Menschen helfen. Du wirst Leben retten. Verstehst du das?«

Dusty weinte, aber sie nickte. »Ja, Asha.«

Ich hielt immer noch ihr Gesicht. »Öffne deine Augen«, sagte ich, und sie tat es. Ich schaute tief in ihre geröteten Augen, diese telepathischen Iriden, die so viel latente Kraft enthielten.

»Du wirst deinen Teil tun, Dusty Viridian Rook. Und du wirst es großartig machen. Verstehst du das?«

Die junge Zauberin nickte und schenkte mir ein trauriges Lächeln.

KAPITEL 59
JED VERDAMMTER HARKNER

»**S**am hat den Alkohol weggeschüttet«, flüsterte ich, während Rick, Stoker, Sam und ich in der Küche zusammengedrängt Sandwiches aßen. »Also wird sie sich zumindest nicht zu Tode trinken. Wir müssen sie nicht ins Krankenhaus bringen, wenn sie sich ein bisschen beruhigt und ausnüchtert.«

Das war mein Optimismus, der da sprach. Ich wusste, dass es ihr unter medizinischer Aufsicht besser gehen würde, aber es wäre meiner Meinung nach illoyal gewesen, sie einfach an jemand anderen abzuschieben. Wenn sich ihr Geisteszustand verschlechtern würde, würden wir sie hinbringen, aber ich würde mein Bestes tun, um das zu verhindern. Ich versteckte alle Pillen, die ich in Badezimmerschränken hatte, sowie Rasiermesser, und schloss die Tür meines Tränkelabors ab. Savannah war keine selbstmordgefährdete Person, aber sich selbst für das Verschwinden der geliebten Tochter die Schuld zu geben, würde selbst die vernünftigsten unter uns dazu bringen, schreckliche Dinge zu tun.

Rick nickte. »Wir werden sie im Auge behalten.«

»Danke«, seufzte ich und fühlte mich überwältigt von der Dankbarkeit, die ich für den großen Ork empfand. Ich schaute zu Stoker und Sam. »Ich weiß ehrlich nicht, was ich ohne euch Jungs tun würde.«

»Du weißt doch, was man sagt«, witzelte Stoker. »Hinter jeder erfolgreichen Hexe steht ein... Werwolf, ein Ork mit einem Monster-Truck und ein Detektiv.«

»Vergiss nicht den Grimalkin«, tadelte Chione, die hereingeschwebt kam. Sie trug den Seidenschal, den ich ihr im Pfandleihhaus gekauft hatte.

»Oh, Göttin«, sagte ich. »Ich bin so froh, dich zu sehen.«

»Göttin?«, erwiderte sie. »Ich wurde schon schlimmer genannt. Wo ist die Schleimige?«

»Wir sollten wahrscheinlich nach ihr sehen«, sagte ich. Wir sollten auch nach Steiger schauen. Wenn wir nur mehr Zeit hätten. Ich überprüfte mein Handy in der Hoffnung, eine Nachricht von Ferra darüber zu sehen, dass Pip den Code geknackt hat, oder von der Direktorin über Apollo, aber leider nichts.

»Was machen wir jetzt?«, fragte Rick.

»Abwarten und Tee trinken«, sagte Stoker. »Wir können nichts tun ohne Apollo oder den Namen des Kinderheims. Deshalb habe ich Sandwiches gemacht. Es wird keine Zeit zum Essen geben—«

Mein Handy klingelte und unterbrach ihn. Als ich die Anrufer-ID sah, sprang ich auf und schüttelte meine Hände. »Das ist Ferra!«

»Ferra!«, rief ich ins Telefon. »Du hast keine Ahnung, wie froh ich bin, von—«

»Ah«, kam eine höhnische männliche Stimme, die eindeutig nicht Ferras war. »Frau Rook. Ich dachte mir, dass ich Ihre Nummer in diesem Telefon finden würde.«

Mein Magen fiel durch den Boden. »Wer ist da?«, fragte ich und stellte ihn schnell auf Lautsprecher.

»Hier ist Sergeant Jed Harkner«, sagte er. »Sie erinnern sich vielleicht an mich von unserem letzten Besuch hier im Copper Cog.«

»Sie sind im Cog?«, fragte ich. »Wo ist Ferra? Warum haben Sie ihr Handy?«

»Ich habe es konfisziert. Beweismaterial, verstehen Sie, in einer laufenden Ermittlung. Herr und Frau Fernak sind im Polizeiwagen. Ich habe einen Haftbefehl für ihre Verhaftung, sowie für Ihre. Ich hoffte, Sie würden herkommen, um uns die Mühe zu ersparen, Sie zu jagen.«

»Wovon zum Void reden Sie überhaupt?«, fragte ich. »Haftbefehl wofür?«

»Haben alle Hexen ein schlechtes Gedächtnis?«, fragte er laut.

»Was soll das heißen?«

»Erinnern Sie sich nicht an unsere kleine... Auseinandersetzung hier?«

Ich erinnerte mich. Ich erinnerte mich, wie ich dachte, dass sein hagerer Körperbau und seine langen Knochen hervorragenden Dünger für Ferras blühenden Gemüsegarten abgeben würden.

»Ich erinnere mich daran, dass Sie von einem Paar junger Mädchen ausgetrickst wurden«, stichelte ich. Ich konnte spüren, wie er durch die Leitung brodelte.

»Ja, nun, ich denke, Sie werden feststellen, dass das Behindern der Justiz und die Bedrohung des Lebens eines Polizeibeamten beides Straftaten sind.«

»Ach bitte«, sagte ich. »Sie sind genauso wenig ein Polizist wie ich. Sie sind ein Söldner.«

»Ich bin bei der Metro-Realm-Einheit angestellt–«

»Genau«, erwiderte ich. »Ihr seid ein Haufen Außenseiter und Söldner.«

»Meine Geduld wird dünn«, sagte er. »Kommen Sie her, oder kommen wir, um Sie zu holen?«

Ein Teil von mir – ein ziemlich großer Teil, um ehrlich zu sein – wollte ihm sagen, er solle seinen Haftbefehl dahin stecken, wo die Sonne nicht scheint, aber ich atmete durch und dachte an die Fernaks.

»Wenn ich sofort komme«, sagte ich. »Werden Sie sie gehen lassen?«

»Wen? Die hässlichen Zwerge im Wagen?«

»Ihr Streit ist nicht mit ihnen«, sagte ich.

»Und doch haben sie die Justiz behindert.«

Eher gemietet Waffen behindert.

»Ich stelle mich, wenn Sie sie gehen lassen. Es sind nicht sie, die Sie wollen, oder?«

Er seufzte und gab nach. »In Ordnung. Es wird all das Gejammer ihrer winselnden Kinder beenden, die an unseren Beinen hängen. Und es wird die Kunden davon abhalten, sich zu beschweren. Ja, wir haben einen Deal.«

»Ich breche jetzt auf. Ich werde in… fünfzehn Minuten da sein.«

»Bis dann, Frau Rook.«

Wir beendeten den Anruf.

»Jed verdammter Harkner«, murmelte ich. Hatte er die ganze Zeit geplant, mich zu verhaften? Eindeutig ein Mann, der wusste, wie man einen Groll hegt.

»Oh nein«, kam eine kleine Stimme. Es war Dusty. »Es tut mir leid.«

Sie hatte den Anruf mitgehört. »Du hast nichts, wofür du dich entschuldigen musst«, sagte ich.

Das Gesicht des Mädchens war verzweifelt. Ihr waren die Tränen ausgegangen. »Doch«, sagte Dusty. »All dieser Ärger ist wegen mir.«

Stoker war entschlossen, mit uns zu kommen, aber ich erinnerte ihn daran, wie Werwölfe draußen behandelt wurden. »Ich kann nicht zulassen, dass du verletzt wirst«, sagte ich ihm. »Ich brauche dich.«

Wir stritten eine Weile, und er willigte widerwillig ein, zu bleiben, um auf Savvy und Dusty aufzupassen. Der Rest von uns quetschte sich in Armstrongs Auto. Es war ein enger Sitz, und ich fragte mich, ob wir stattdessen den Monster-Truck hätten nehmen sollen.

»Ich vermisse Salty«, sagte Sam. »Wir müssen nicht so viel fahren, wenn sie in der Nähe ist.«

»Und ihre Portalfähigkeiten sind zurück«, sagte ich. »Seit Alyndra den Löffel abgegeben hat.«

Es war viel passiert in den letzten Tagen, aber ich weigerte mich, mich erschöpft zu fühlen.

»Dieser Harkner ist ein Stück Arbeit«, sagte Sam und schüttelte den Kopf. »Mir gefällt das alles kein bisschen.«

»Ich weiß«, antwortete ich. »Mir auch nicht. Er ist ein Scheusal von einem Mann.«

»Was ich nicht verstehe«, meldete sich Chione zu Wort, »ist, warum sie hinter *dir* her sind.«

»Er behauptet, ich hätte die Justiz behindert«, erwiderte ich. »Aber ich verstehe, was du meinst. Es gibt hier ein größeres Bild, das ich nicht sehe.«

»Es ist Wilkinson«, sagte Sam. »Er hat es auf mich abgesehen. Mich zu suspendieren war für ihn offensichtlich nicht genug. Er will mich da treffen, wo es wehtut.«

Inspektor verdammter Wilkinson. Göttin, ich verabscheute den Mann.

»Warum?«, fragte Chione. »Was hast du ihm getan?«

»Nichts«, antwortete Sam. »Na ja, ich hatte vielleicht eine leicht schlechte Einstellung. Er kam in die Station mit einem Ego so groß wie Pluto.«

»Also bist du ihm unter die Haut gegangen«, sagte der Grimalkin, »und jetzt lässt er dich dafür bezahlen.«

»Wenn wir von Bezahlen sprechen«, sagte ich. »Es ist klar, dass diese Typen Söldner sind, richtig? Im wahrsten Sinne des Wortes.«

»Ja«, sagte Rick.

»Also dann... wer genau finanziert sie?«

KAPITEL 60

EIN BEDROHLICHER MANN

ASHA

Im Copper Cog & Ale herrschte absolutes Chaos. Man hätte schwören können, es gäbe eine Bombendrohung oder einen Amoklauf, angesichts der vielen Streifenwagen und Blaulichter. Aufgebrachte Kunden beschimpften die Polizeibeamten, die sie wiederum mit vorsichtigen Blicken beobachteten, die Hände an ihren Holstern.

»Sie haben nichts falsch gemacht!«, schrie ein Zauberer, auf dessen Brille sich das Sonnenlicht spiegelte.

»Ja! Lasst sie frei!«, rief ein Kobold, und seine Freunde nickten und wiederholten seine Worte, während sie auf den Lieferwagen zustürmten, in dem vermutlich die Fernaks saßen.

»Bleib weg von mir«, sagte ein Beamter in der Nähe und schwang seinen Schlagstock. »Ich warne dich. Du willst nicht sehen, was das mit dem Schädel eines Kobolds anstellen kann.«

Die Aggression in seiner Körpersprache und Stimme verärgerte mich sofort. Ich trat vor, um etwas zu sagen, aber Armstrong zog mich zurück.

»Lass uns unsere Kämpfe sorgfältig auswählen«, flüsterte er, und er hatte Recht. Ich nickte ihm zu, und er drückte meine Hand. Wir suchten die aufgebrachte Menge nach Harkner ab. Er war leicht zu erkennen, da er inmitten eines Meeres von Zwergen und Kobolden so groß war. Wir bemerkten einander zur gleichen Zeit. Er schrie und zeigte auf mich, und schwarze Uniformen stürmten auf mich zu.

»Fass sie nicht an«, knurrte Sam.

»Zurück, Armstrong«, schnauzte Jed, der das Schlusslicht bildete. »Es sei denn, du willst auch wegen Behinderung verhaftet werden.«

»Zeig mir den Haftbefehl«, sagte Sam.

»Ich hab ihn nicht dabei«, antwortete Sergeant Harkner.

»Nicht?«, erwiderte Sam. »Okay, wir kommen wieder, wenn du ihn hast.«

»Asha Viridian Rook«, leierte der Sergeant herunter, »Sie werden wegen Behinderung der Justiz und wegen Angriffs auf einen Polizeibeamten verhaftet. Sie haben das Recht zu -«

»Angriff auf einen Polizeibeamten?«, sagte ich. »Wirklich? Was hab ich getan? Deine Gefühle verletzt?«

Er grinste mich höhnisch an.

»Eines Tages wird der Wind sich drehen und dein Gesicht wird so stehenbleiben«, warnte ich ihn. Es wäre das Gesicht, das er verdiente. Schrecklicher Mann. Vielleicht würde ich dem Wind bei seiner Arbeit helfen und es mit einem Fluch in dieser Position einfrieren.

Ein Polizist versuchte, mir Handschellen anzulegen, und Sam stieß ihn weg.

»Erinnerst du dich an unseren Deal?«, fragte Jed. »Du stellst dich, und die Zwerge dürfen frei gehen.«

»Unser *Deal* basierte auf der Tatsache, dass ihr einen Haftbefehl gegen mich habt«, antwortete ich. »Da ihr keinen habt, komme ich eurem Van nicht mal nahe.«

Chione hatte sich an der aufgebrachten Menge vorbeigeschlichen, und ich hoffte, dass sie dabei war, Ferra zu befreien. Rick stand mit verschränkten Armen hinter mir und starrte jeden an, der zu nahe kam. Sam hielt die kläffenden Jungpolizisten in Schach, die mir unbedingt Handschellen anlegen wollten.

»Kein Haftbefehl, keine Verhaftung«, sagte Sam. »Haben sie dir das nicht beigebracht – oh, warte. Die Metro Realm Unit hat nie an der Polizeiakademie teilgenommen, oder?«

Sergeant Jed Harkner funkelte uns wütend an. Er stieß einen seiner Handlanger mit dem Ellbogen an. »Hol Wilkinson.« Der Mann nickte und verschwand in der Menge.

»Ah«, sagte Sam. »Also ist Wilkie hier. Warum überrascht mich das nicht? Es ist ja ein Zirkus.«

»Für dich heißt es Inspektor Wilkinson«, sagte Harkner.

»Nein, tut es nicht«, erwiderte Sam. »Ich habe meine Marke abgegeben.«

Der Sergeant war verblüfft. »Es ist eine vorübergehende Suspendierung.«

»Nicht mehr«, sagte Sam mit einem Lächeln. »Ich will sie nicht zurück.«

Mein Mund klappte auf, und ich schloss ihn schnell wieder.

»Du gibst deine Marke ab?«, fragte Harkner. »Für *sie*?«

»Ich gebe meine Marke ab, weil ich nicht mit dir, oder Wilkinson, oder diesen... gierigen Söldnern in Verbindung gebracht werden will«, antwortete er.

»Wer bezahlt euch?«, fragte ich Harkner. »Wer finanziert diese neue Metro Realm Unit?«

»Ich sehe nicht, wie dich das etwas angeht«, spuckte er aus. »Du bist eine respektlose, gesetzesbrüchige *Hexe* und wir werden dich wegsperren. Wer für diesen öffentlichen Dienst bezahlt, geht dich nichts an.«

»Warum sucht ihr nicht nach den vermissten Mädchen?«, fragte Sam. »Löst echte übernatürliche Verbrechen, anstatt hier Chaos zu stiften, wo niemand irgendwelche Probleme verursacht hat.«

»Diese Hexe hat mich in einem *Keller* eingesperrt«, sagte der Sergeant. »Ist das kein Problem?«

»Nur weil du versucht hast, ein kleines Mädchen zu fangen«, erwiderte ich.

Er wollte gerade weiter streiten, als ein Schatten auf unsere enge Gruppe fiel. Wilkinson.

»Danke, dass Sie gekommen sind«, sagte der Inspektor.

»Fühl dich nicht zu dankbar«, antwortete ich. »Wir gehen.«

Ich suchte die Menge nach Chione ab, konnte sie aber nicht sehen. Ich drehte mich zu Rick und neigte den Kopf, damit er nachsehen würde, was mit den Zwergen passierte.

Die Menge schien anzuschwellen. Allerlei magische Kreaturen forderten Ferras Freilassung. Sie waren für ein Bier gekommen und für den Protest geblieben.

»Lasst die Fernaks frei!«, riefen sie. »Befreit Ferra! Befreit Fig! Befreit die Fernaks jetzt!«

Wilkinson sah verärgert aus. »Wir sollten das besser schnell erledigen«, sagte er zu Harkner, der nickte.

»Kommen Sie mit uns, Ms. Rook«, sagte er. »Machen wir keine Schwierigkeiten.«

»Kein Haftbefehl, keine Verhaftung«, wiederholte Sam.

»Warum bestehst du darauf, diese Kriminelle zu beschützen?«, fragte Wilkinson.

»Es gibt nur einen Kriminellen in diesem Gespräch«, antwortete Sam.

»Hm«, murmelte der Inspektor und tat, als ob er Bewunderung heuchelte. »Trotzig bis zuletzt, Detective Armstrong.«

»Ich bin nicht dein Detective«, erwiderte er. »Und wenn ihr keinen Haftbefehl habt, gehen wir.«

Wilkinson amüsierte das. »Ich habe euch beobachtet. Ich weiß, wie ihr arbeitet. Ihr werdet eure Zwergenfreunde nicht im Stich lassen, wenn sie in Schwierigkeiten sind.«

Ich sah Rick am Ende der Menge. Er grinste und zeigte mir einen Daumen nach oben. Ich nickte ihm kaum merklich zu, als Erleichterung durch mich strömte. Als ich wieder zum Inspektor schaute, hielt er ein Stück Papier hin. Sam nahm es und begann, die Worte zu überfliegen, dann lächelte auch er. Er zerknüllte es und warf es auf den Boden.

»Armstrong!«, schimpfte der Inspektor. »Willst du mit deiner Liebsten im Knast landen? Du weißt, dass es so nicht funktioniert.«

»Erzähl mir, wie es funktioniert, Inspektor Wilkinson«, sagte er gedehnt. »Erzähl mir, wie du einen gefälschten Haftbefehl ausstellst und erwartest, dass wir ihn für bare Münze nehmen.«

Wilkinsons Nasenflügel blähten sich auf, und wir sahen, wie er vor Frustration mit den Zähnen knirschte.

Wir mussten gehen, bevor sie merkten, dass ich mich nicht mehr mit Magie schützen konnte. »Lass uns hier verschwinden«, sagte ich, was Sam erkennen ließ, dass die Fernaks außer Gefahr waren. Er nickte und nahm meine Hand.

»Nicht so schnell«, sagte der Inspektor. Als ich mich zum Gehen wandte, spürte ich seine Hand auf meiner Schulter und drehte mich wütend um.

Wie wagst du es, mich anzufassen, wollte ich gerade sagen, als ich seine Waffe sah, die auf meinen Bauch gerichtet war. *Ernsthaft?* dachte ich. *Schon wieder? Was haben Männer nur mit Waffen?*

Der Lauf war nur wenige Zentimeter entfernt. Ich fühlte, wie die Menge im Hintergrund verschwamm, und es war, als ob Wilkinson und ich in einer Zeitlupenwelt gefangen wären. Er entsicherte die Waffe und hatte seinen Finger am Abzug.

Dusk Reaper, sagte mir mein Instinkt. Aber es war zu spät.

»Nein!«, hörte ich Sam schreien, als er mich beiseite schubste und sich in den Weg stellte.

Ein Schuss ertönte, dann ein zweiter.

Ich fiel bereits zur Seite und kippte in die Menge, als die Waffe ein drittes Mal abgefeuert wurde. Jede Zelle in meinem Körper schrie: *NEIN!*

Die Menschen kreischten und begannen zu rennen. Ich spürte Stiefel, die auf meinen Oberkörper traten, also hob ich meine Arme, um meinen Kopf zu schützen, und rollte mich in Embryonalstellung zusammen, während Kobolde, Orks und Zauberer über mich hinwegtrampelten. Ich musste sehen, ob es Sam gut ging, aber ich konnte nicht aufstehen. Konnte nichts sehen außer einem Wirrwarr aus Gliedmaßen und Leder-stiefeln, und jeder ihrer Schritte war wie ein Schlag. Die Spitze eines Schuhs traf mich an der Schläfe, und ich wurde fast ohnmächtig. Der Schmerz durchzuckte meinen ganzen Körper. Ich versuchte, mein Gesicht, mein Monokel, vor dem Ansturm der Schuhe zu schützen.

»Sam!«, schrie ich in den Dreck. Ich wusste nicht, ob ich nach seiner Hilfe rief oder um zu sehen, ob es ihm gut ging. Hatte ihn die Kugel getroffen? Ich spürte einen harten Schlag in meinen Magen und dann einen weiteren an meinem Kopf. Ich musste dort herauskriechen, oder ich würde zu Tode getrampelt werden. Mein Becken schmerzte und brannte. Es fühlte sich wie eine Ewigkeit an – mein Gesicht wurde in den Sand und die Steine gepresst, mein Körper verprügelt. Der Schmerz war intensiv, aber nicht zu wissen, ob es Sam gut ging, war schlimmer.

»Sam!«, rief ich erneut. Ich begann, mich wie ein Leopard aus dem Weg der Menge zu kriechen, die sich endlich lichtete. Mein ganzer Körper zitterte. Da sah ich Sam, meinen geliebten Sam, bewusstlos am Boden liegen, in einer sich ausbreitenden Blutlache.

KAPITEL 61

FLEISCHWUNDE

ASHA

»**N**ein!«, schrie ich. »Nein!!«

Rick hatte mich wohl gehört, denn plötzlich stand er vor mir und zog mich hoch.

»Bist du verletzt?«, fragte er.

Ich schüttelte den Kopf. Meine Worte versagten. Ich zeigte auf Sams Körper, und Rick fluchte und rannte auf ihn zu. Ich humpelte so schnell ich konnte hinterher, prallte dabei gegen die fliehenden Körper der letzten Menschenmenge. Ich konnte Wilkinson nicht sehen, aber ich wusste, dass er da war.

Er ist ein Zauberer, wurde mir klar. *Ein Dämmerungsschnitter. Warum sonst sollte er so versessen darauf sein, mir zu schaden?*

Ich brach neben Sams Körper zusammen, sein Blut durchtränkte sofort die Knie meiner Jeans. Ich riss sein Hemd auf. Ich brauchte nicht nach der Schusswunde zu suchen; sie war mitten in seiner Brust.

Nein nein nein nein nein.

Mit was sich wie übermenschliche Kraft anfühlte, hob ich seinen leblosen Oberkörper an, um seinen Rücken zu überprüfen, und sah das Austrittsloch.

»Okay«, sagte ich, meine Stimme zitterte genauso wie mein Körper. »Okay.« Wenigstens würde ich die Kugel nicht herausgraben müssen. Ich wollte ihn schütteln und ihm sagen, er solle bei mir bleiben, aber dafür war es zu spät. Er hatte zu viel Blut verloren, um bei Bewusstsein zu bleiben. Ich hörte Rick, der in sein Telefon nach einem Krankenwagen rief. Ich hoffte, er rief den Realm-Rettungsdienst und nicht den normalen. Sie waren viel schneller, da sie vom Rat die Erlaubnis hatten, sich zu ihren Einsatzorten zu portieren.

Ich versuchte, meinen Zauberstab mit einem *Ignem*-Zauber zu entzünden, um die Wunde zu kauterisieren, aber es kam keine Magie. Seine Atmung war mühsam. Ich vermutete mindestens einen kollabierten Lungenflügel. Ich warf meinen Zauberstab weg und legte beide Hände auf seine Brust.

»*Curas vulnum*«, sang ich. *Heile.* Ich wartete darauf, Wärme in meinen Händen zu spüren und das Gefühl, sie an Sam weiterzugeben. Wieder versagte ich.

»Ich brauche dich, Sam«, weinte ich. »Ich brauche dich.«

Er hustete, und ich wertete es als gutes Zeichen, bis ich sah, dass Blut aus seinem Mund kam. Rick half mir, ihn wieder auf die Seite zu drehen, damit er nicht daran erstickte. Als er aufhörte zu husten, legten wir ihn flach hin, und ich versuchte es erneut.

»*Curas vulnum*«, sagte ich. »*Curas vulnum, curas vulnum.*«

Noch nie in meinem ganzen Leben war ich verzweifelter gewesen, jemanden zu heilen, aber es funktionierte nicht.

Ich nehme den Pfeil, hatte er in Obsidian Castle gesagt. Und jetzt hatte er die Kugel abbekommen. Meine Wut auf Wilkinson loderte auf, aber ich schob sie beiseite. Alles, was zählte, war Sams Überleben. Ich schaute zu Rick hoch. Er war nicht mehr am Telefon und sah sich um, wartete auf die Notfallsanitäter.

Wilkinson ist ein Zauberer.

Die Person, die das Kopfgeld auf mich ausgesetzt hatte, war dieselbe Person, die die Metro-Realm-Einheit bezahlte. Die Person, die mich tot sehen wollte.

Wegen der vermissten Mädchen.

Es ist, weil du kurz davor stehst, die vermissten Mädchen zu finden.

Sam hustete wieder Blut.

»Bitte, Sam«, flehte ich. »Bleib bei mir.«

Ich hasste es, mich so machtlos zu fühlen. Wenn ich keine Magie einsetzen konnte, was hatte das Leben dann für einen Sinn? Wenn ich die Menschen, die ich liebte, nicht beschützen und heilen konnte, wenn sie in Gefahr waren, was hatte das dann für einen Sinn?

Sam hörte auf zu atmen. Seine Kehle machte ein hässliches Gurgeln, und sein Körper erschlaffte.

»Nein! Sam!«, schrie ich. »Sam!«

Rick hörte mich rufen und schaute zurück, sein Gesicht aschfahl. Ich wusste, wie es aussah. Es sah aus, als wäre Sam tot.

»Nein!«, schrie ich wieder. Ich legte meine Hände auf seine Wunde. »*Curas vulnum*«, flüsterte ich. »Bitte, Sam, bitte.« Immer noch auf den Knien und verzweifelt bemüht, ihn zu retten, erhob ich meine Arme zum Himmel.

»Leere, ich flehe dich an. Ich flehe dich an, sein Leben nicht zu nehmen. Ich brauche ihn. Bitte!«

Ich versuchte, Energie zu beschwören – irgendeine Energie, einen kleinen Funken Magie – und legte meine Hände wieder auf ihn. »*Curas vulnum.*«

Ich war mir nicht sicher, ob ich es mir nur einbildete, aber ich spürte einen Hauch von Wärme in meinen Händen, wo sie Sams Oberkörper berührten.

»*Curas vulnum*«, sagte ich erneut. Ja, da war eine subtile Wärme in meinen Fingern.

Ich sah mich in Ferras Garten um. Gaia sei Dank für Ferras Gärtner-künste. Er war gesund und stark und voller grüner Energie. Ich schöpfte daraus; ich atmete sie ein und versuchte, sie in Sams zusammengefallene Lunge zu drücken. Ich spürte, wie seine Brust anschwoll, und er atmete tief ein, ohne zu husten.

Ich schluchzte. *Ah, danke danke danke.*

Eine neue Sirene heulte. Ich beobachtete, wie der Krankenwagen scheinbar aus dem Nichts erschien. Es sah aus, als würde er vom Himmel fallen, die Reifen federten bei der Landung. Rick pfiff und winkte sie heran. In was sich wie eine Sekunde anfühlte, hatten sie bereits die Türen aufgerissen und kamen mit einer Wirbelsäulentrage an, hoben Sams Körper darauf, überprüften seine Vitalfunktionen, leuchteten mit einem Licht in seine reaktionslosen Pupillen. Das Team bestand aus zwei Menschen, die ich für Heilmagier hielt, und einem Kobold.

»Stabil«, rief einer der Sanitäter, und ich war so erleichtert, dass ich dachte, ich würde weinen.

Große-Mädchen-Höschen, sagte ich zu mir selbst. *Keine Zeit für Tränen. Keine Zeit für irgendetwas außer meine Schmerzen und Wut auf diesen Bastard Wilkinson niedergehen zu lassen.*

Einer der Sanitäter begann, mich zu untersuchen. Ich winkte ab. »Mir geht's gut«, sagte ich.

Der Rothaarige starrte mich an. »Nein«, sagte er, »das stimmt nicht.«

Ich erinnerte mich, wie ich niedergetrampelt worden war und einen Schlag gegen die Schläfe bekommen hatte. Ich berührte meinen Kopf, wo er pochte, und er war blutig. »Fleischwunde«, sagte ich. »Wird schon wieder.«

»Nicht das«, sagte er und zeigte dann auf meinen Bauch. »Das.«

Ich schaute nach unten. Ich trug wie immer Schwarz, also sah ich das Blut nicht. Mein Shirt sah nass aus.

»Das ist nicht mein Blut«, sagte ich und erinnerte mich, wie Sams Blut in meine Jeans gesickert war.

Der Magier war sanft zu mir. »Lassen Sie uns einfach zum Fahrzeug gehen, Ma'am«, sagte er.

Gut, dachte ich, *dann kann ich bei Sam sein.*

Ich nickte und versuchte aufzustehen. Ich spürte einen feurigen Blitz aus Schmerz durch mein Becken fahren. Ich keuchte vor Qual. Zuerst dachte ich, dass Wilkinson einen *fiat fulgur*-Zauber durch mich geschickt haben musste, aber ich konnte ihn nirgendwo sehen. Ich spürte den qualvollen Schmerz erneut. Verwirrt hob ich mein Shirt. Mein Bauchnabel war karmesinrot gefärbt, und es gab ein Loch in meiner Jeans direkt unter dem Knopf.

»Oh«, stöhnte ich, und der Sanitäter nickte.

»Keine Sorge«, sagte er, »Sie werden wieder gesund.«

Aber seine Augen erzählten eine andere Geschichte.

KAPITEL 62

DU BIST NICHT TOT. HERZLICHEN GLÜCKWUNSCH

ASHA

Ich spürte die Steifheit eines Rettungsbretts an meinem Rücken, während die Sanitäter mich in den Krankenwagen luden. Sam war in Reichweite, was mir ein besseres Gefühl gab. Er bekam Sauerstoff. Der Magier schnitt geschickt meine Jeans auf und übte Druck aus, um die Blutung zu stoppen. Ehe ich mich versah, hatte ich einen Tropf, der zu Sams passte.

Romantisch, dachte ich, während meine wirren Gedanken durch meinen Kopf wirbelten. Der Sanitäter spritzte etwas in meinen Zugang.

»Nein«, sagte ich zu spät. Ich war schon vor den Opiaten benommen. »Ich muss wach bleiben. Ich muss jemanden finden.«

Der Magier legte seine Hand auf meine Schulter. »Ich mache dir einen Vorschlag«, sagte er. Seine Augen waren freundlich, wie bei den meisten Magiern. »Sobald du aufhörst zu bluten und deine Vitalwerte unter Kontrolle sind, kannst du gehen.«

»Das scheint vernünftig«, antwortete ich.

»Du brauchst eine Operation«, verkündete er.

»Ich habe keine Zeit für eine Operation«, beharrte ich. »Ich muss jemanden finden.«

»Ich verstehe«, sagte er. »Manche Dinge können nicht warten.«

»Ja.« Er verstand tatsächlich.

»Die Operation ist etwas, das nicht warten kann«, sagte er.

Ich spürte, wie mein Gesicht zusammenfiel. Wie konnte das passieren?

»Kannst du es hier machen?«, fragte ich. »Jetzt?«

Er schluckte. »Technisch gesehen ja, aber überlassen wir das lieber dem Krankenhauspersonal. Ich bin Sanitäter, kein Chirurg.«

»Aber du bist ein Magier, oder?«

Er nickte.

»Bitte«, sagte ich. »Ich bin eine sehr schnelle Heilerin.« Oder war es zumindest.

Er seufzte, dann gab er nach. »Ich werde mein Bestes versuchen.«

»Danke«, sagte ich. »Vielen Dank.«

»Darf ich meine Hände auf dich legen?«

Ich nickte. Ich spürte warme Handflächen auf meinem Unterbauch. Er schloss die Augen und begann mit seiner Beschwörung. Ich schloss auch meine Augen und stellte mir vor, wie seine Energie in mich eindrang, genau wie meine in Sam. Ich konnte einen *curas*-Zauber genauso gut aussprechen wie jede andere Hexe oder jeder andere Zauberer, aber Heilermagier spielten in einer ganz anderen Liga. Ich spürte, wie mein zerschmettertes Becken zu leuchten begann. Er hatte eine leichte Berührung, aber seine Energie war stark. Ich stöhnte vor Schmerz, als ich spürte, wie sich Dinge unter meiner Haut verschoben und sich setzten. Ein Reißen, ein Nähen, ein Schneidbrenner aus Schmerz. Ich keuchte und weinte und hatte das Gefühl, ohnmächtig zu werden.

»Fast geschafft«, versicherte er mir. »Du machst das wirklich gut. Jetzt kommt der letzte Teil. Es wird wehtun.«

Ich verlangsamte meine Atmung und biss die Zähne zusammen. »Ich bin bereit.«

Der Magier sprach den letzten Teil seines *iatro*-Zaubers und ich spürte, wie meine Gebärmutter zusammengezogen und mit Flammen genäht wurde. Die Qual war zu viel, zu nah. Ich brüllte vor Schmerz und sah Lichtblitze durch meine blinden Augen.

Der Schmerz verblasste, und ich mit ihm. Ich spürte, wie mein Hinterkopf auf das Brett traf, und dann war ich weg.

~

»Du hast nicht gescherzt«, sagte der Sanitäter, als ich meine Augen wieder öffnete. »Du heilst wirklich schnell.«

»Ich bin nicht tot«, krächzte ich. Mein Mund war trocken, und ich schmeckte den metallischen Beigeschmack von Blut.

Er lachte. »Du bist nicht tot. Herzlichen Glückwunsch.«

Ich sah schnell zu Sam hinüber.

»Er ist auch nicht tot«, sagte der Magier lächelnd.

Ich stieß den größten Seufzer aller Zeiten aus. »Kann ich gehen?«

Er zuckte mit den Schultern. »Wenn du unbedingt musst. Die meisten Leute gönnen sich eine kleine Verschnaufpause, nachdem sie dem Tod von der Schippe gesprungen sind, weißt du. Die Füße hochlegen, eine Tasse Tee trinken.«

»Ich bin nicht wie die meisten Leute«, erwiderte ich.

»Ja«, sagte der Sanitäter, immer noch amüsiert. »Das kann ich sehen.«

»Dem Tod von der Schippe springen«, murmelte ich. »Das ist ein interessantes Konzept.«

Er sah nachdenklich aus. »Ich nehme an, das stimmt. Es ist eigentlich nur eine Redewendung.«

Ich fragte mich, ob der Tod sich jemals betrogen fühlte. Und ob er von Heilermagiern mit freundlichen Augen genervt war, die darauf bestanden, ihm seine Beute zu stehlen.

»Ich verdanke dir mein Leben«, sagte ich. »Was kann ich tun, um mich zu revanchieren?«

»Was?«, er sah verwirrt aus. »Nichts. Es ist mein Job.«

Er beugte sich vor, um meinen Zugang zu entfernen. »Ich habe nur Spaß gemacht mit dem Tee – irgendwie –, aber du solltest wirklich zumindest innehalten, um eine Flasche Wasser zu trinken.«

Hydrieren oder krepieren. SpongeBob SquarePants. Kugel. Sam. Wilkinson. Dusk Reaper.

»Ich fühle mich tatsächlich etwas unsicher«, sagte ich und setzte mich auf. »Verrätst du mir deinen Namen?«

»Du brauchst meinen Namen nicht zu wissen. Und ich brauche keine Bezahlung. Tu mir einfach den Gefallen und suche einen Arzt auf, wenn du kannst.« Er warf einen Blick auf meine neue Narbe. Ich nickte. Ich verstand, was er sagte. Nur weil ich wieder zusammengenäht war, bedeutete das nicht, dass es keinen dauerhaften Schaden gab. Es war ein Herzschmerz, den ich mir später erlauben würde zu spüren, wenn meine Freunde und die Mädchen in Sicherheit waren. Ich stand auf, um zu gehen, und merkte, dass ich keine Hose trug.

»Oh«, sagte er, »nimm diese.« Er reichte mir eine Schlafshorts. »Ich bewahre sie im Krankenwagen auf, falls wir abwechselnd schlafen bei einer Doppelschicht.«

»Danke«, sagte ich und zog sie an. Ich fühlte mich immer noch empfindlich, als ich meine Füße hob, aber es war erträglich. Ich war besonders froh über die Shorts. Von der Sittsamkeit abgesehen, würde ich einen persönlichen Gegenstand des Magiers behalten, einen Leiter, um regelmäßig Glückszauber darauf zu häufen.

Er hob seinen Finger. »Eine letzte Sache.« Er gab mir einen kleinen Zip-Beutel mit einer Kugel darin. »Ich dachte, du würdest sie vielleicht behalten wollen.«

Ich lächelte und nahm sie. »Danke.«

Ich blickte zu Armstrong hinüber, und der Magier entschuldigte sich. »Ich gebe euch etwas Privatsphäre«, sagte er und verschwand. Ich kroch auf die Liege, vorsichtig, um Sam nicht zu verletzen, als ich auf die Trage kletterte und mich neben ihn legte. Sein Körper war warm, und sein Atem wunderbar gleichmäßig.

»Fast verloren«, flüsterte ich. Ich hatte an diesem Tag viel verloren, aber alles verblasste im Vergleich zu Sam. Solange ich ihn hatte, war meine Welt noch in ihrer Achse. Ich merkte nicht, dass ich weinte, bis ich sein nasses Hemd an meiner Wange spürte. Ich fühlte, wie sein Arm sich bewegte, als er ihn über mich legte, und wir lagen dort, zusammengequetscht auf einem einzelnen schmalen Brett, und ich genoss jede langsame Minute.

»Ich liebe dich, Asha Viridian Rook«, sagte er. Ich schaute auf und sah ihn mich anblicken. Er lächelte nicht, aber seine Augen waren tief und voller Zuneigung.

»Ich liebe dich, Detective Samuel Armstrong«, erwiderte ich.

»Das ist nicht die romantischste Umgebung«, sagte er.

»Ach, ich weiß nicht. Es ist ziemlich romantisch. Wir hatten vorhin passende Infusionen.«

»Du hast recht«, antwortete er. »Das ist besser, als irgendwo am Strand zu sein.«

»Weißt du was noch?«, fragte ich. »Wir sind jetzt durch Blut verbunden. Da war eine ganze Pfütze davon, deins und meins.«

»Durch Blut verbunden«, sagte er. »Gut. Denn ich möchte den Rest meines Lebens mit dir verbringen.«

Mir fehlten eine Weile die Worte. Ich wollte sagen *Ich will auch den Rest meines Lebens mit dir verbringen*, aber ich war nicht mehr dieselbe Person, die ich gewesen war, als ich an diesem Morgen in seinen Armen aufgewacht war. Ich war nicht mehr ganz, und ich fühlte mich genauso zerbrochen wie mein Körper. Ich musste es ihm sagen. Es wäre sonst nicht fair. Ich schloss meine Augen, dann öffnete ich sie wieder.

»Meine Augen...«, ich machte eine Pause. »Sie werden nie mehr dieselben sein.«

»Du hast die schönsten Augen im Reich«, sagte Sam. »Vorher und nachher.«

»Ich werde keine Kinder bekommen können«, sagte ich mit zitternder Stimme. Sein Hemd war immer noch feucht und tränenbefleckt. Ich wusste, dass Sam eine Familie wollte.

Er war eine Weile still. Schließlich sprach er. »Weißt du, was ich mehr will als Kinder?«

Ich suchte in seinem Gesicht nach der Antwort.

Er zog mich fester an sich. »Dich.«

KAPITEL 63

EINE UMARMUNG UND EINE HERZHAFTE MAHLZEIT

ASHA

Ich weiß nicht, wie lange wir so dalagen. Wenn die Sanitäter ungeduldig waren, ihren Krankenwagen zurückzubekommen, zeigten sie es nicht. Ein rundes, gerötetes Gesicht erschien an der Tür, komplett mit roten Zöpfen und einem Wikingerhelm.

»Ich habe gehört, ihr zwei seid hier drin«, sagte Ferra.

»Ferra!«, rief ich, setzte mich zu schnell auf und zuckte vor Schmerz zusammen. Ich hatte fast vergessen, dass wir direkt vor dem Copper Cog parkten. Ich war so glücklich und erleichtert, sie zu sehen. Meine Zwergen-Feenpatin hatte ein Tablett in den Händen, als wäre der Krankenwagen lediglich eine Erweiterung der Kneipe.

»Nun, ich wusste nicht, ob du ein Bier oder einen Kaffee möchtest, also habe ich beides mitgebracht. Ach, und eine Flasche Wasser. Der Sanitäter bestand darauf.«

»Es tut mir so leid, was dir passiert ist«, platzte es aus mir heraus. »Du wurdest nur meinetwegen verhaftet.«

»Nun, zum Glück blieb ich nicht lange verhaftet!«, sagte sie und zwinkerte. »Ein gewisser Grimalkin konnte meine und Figs Handschellen knacken.« Sie grinste, aber es verblasste schnell. »Aber ihr zwei...«

359

»Uns geht's gut«, antwortete ich. »Nur ein bisschen angeschlagen.« In Wahrheit war es ein furchtbarer und tragischer Tag gewesen, aber wir hatten überlebt.

Ferra nickte, als hätte sie meine Gedanken gelesen. Sie stellte das Tablett ab. »Kommt rein, wenn ihr bereit für eine Umarmung und eine herzhafte Mahlzeit seid.«

Sam und ich kuschelten noch eine Weile, dann beschlossen wir aufzustehen und unsere Getränke mit in die Kneipe zu nehmen. Wir waren beide sanft miteinander, bedacht auf die Traumata und empfindlichen Körper des anderen.

»Bist du sicher, dass du dafür bereit bist?«, fragte er.

»Bereit für eine von Ferras rippenknackenden Umarmungen?«, scherzte ich. »Nicht wirklich. Und du?«

»Ich bin bereit für das Bier. Ich möchte feiern, dass wir noch atmen.«

»Wir haben beide Blut verloren«, entgegnete ich. »Wir sollten wahrscheinlich keinen Alkohol trinken.«

»Was meinst du damit? Es ist die beste Zeit, um Alkohol zu trinken«, sagte er. »Billige Dates, wir beide.«

Normalerweise hätte ich ihm einen Schlag auf den Arm gegeben, aber da ich wusste, dass er vielleicht noch Schmerzen hatte, drückte ich ihn nur schwach und lächelte ihn an.

Draußen sah es postapokalyptisch aus. Ich rief entsetzt, als ich die Zerstörung von Ferras wunderbarem Garten und das Chaos sah, das die Massenpanik hinterlassen hatte. Die Fahrzeuge der Metro-Realm-Einheit und die Beamten waren verschwunden, ebenso wie die Demonstranten. Ich hatte keine Ahnung, wo Rick oder Chione waren. Es war in der Tat eine trostlose Szene. Die Sonne ging unter, und ich beobachtete, wie ein einsames Band aus rotem Polizeiabsperrband im Wind wehte. Ich erschauderte und umarmte mich selbst. Sam und ich hielten Händchen und gingen ins Restaurant.

»Da seid ihr ja, meine Lieben«, sagte Ferra. Sie schenkte uns ein großzügiges Lächeln, aber ihr Gesicht war angespannt. Es war ein verheerender

Tag gewesen. »Ihr kommt gerade rechtzeitig zum Abendessen. Ich werde heute früh schließen. Was kann ich euch bringen?«

»Danke, Ferra. Ich habe eigentlich keinen Hunger.«

Wir setzten uns. Meine Gliedmaßen fühlten sich schwer an.

»Unsinn, du bist ein Häufchen Elend und brauchst Energie. Ich werde den Koch bitten, etwas zuzubereiten. Wenn es nach mir ginge, würde ich dich ein Steak essen lassen oder eine kräftige Schüssel Eintopf.«

Ich lächelte sie an. »Ich nehme heute Abend mein Eisenpräparat, versprochen.«

»Braves Mädchen«, sagte sie anerkennend. »Herr Detektiv? Was kann ich Ihnen bringen?«

»Was auch immer der Koch zubereitet, wird wunderbar sein, danke.«

Ferra küsste mich auf den Kopf – was angesichts unseres Größenunterschieds nicht oft vorkam – und machte sich auf den Weg zurück in die Küche. Ich schaute mich um und sah größtenteils leere Tische. Die Gäste, die da waren, unterhielten sich ernsthaft und pflegten verschiedene kleinere Verletzungen.

»Die sollten damit nicht davonkommen«, sagte ich.

Sam sah mich an und blinzelte. Er war in Gedanken versunken gewesen.

»Harkner und Wilkinson, meine ich. Und die anderen.«

Armstrong nickte, und ich sah in seinen Augen eine Wut, die ich noch nie zuvor gesehen hatte. Seine Hand umklammerte sein Bierglas so fest, dass ich befürchtete, es würde zerbrechen und seine Handfläche schneiden. Ich lockerte sanft seinen Griff.

»Ich hatte keine Ahnung, wie gefährlich Wilkinson war«, gab Sam zu. »Wenn mir jemand vor ein paar Wochen gesagt hätte, dass er auf uns schießen würde – geschweige denn an einem überfüllten öffentlichen Ort – hätte ich es nie geglaubt. Er ist wahnsinnig.«

»Nein«, erwiderte ich. »Nicht wahnsinnig. Er ist ein Dämmerungsschnitter. Mordecai hat mich davor gewarnt, dass das passieren würde.«

»Das Kopfgeld auf dich«, sagte Sam und rieb sich den Stoppelbart. »Glaubst du, es ist dieselbe Person, die auch die Metro-Söldner finanziert?«

Ich nickte. »Macht Sinn.«

»Und sie wollen dich tot sehen, weil du kurz davor bist, die vermissten Mädchen zu finden.«

»Ich denke schon. Die Vampire brauchen das Blut dieser Mädchen, um das ultimative Elixier herzustellen. Es steht ein riesiger Geldbetrag auf dem Spiel.«

Wo war Salty, wenn man sie brauchte? Sie hätte dieses unbeabsichtigte Wortspiel zu schätzen gewusst.

»Und natürlich geht es nicht um das Geld, sondern darum, was das Geld bringt. Was das Elixier bringen wird. Profit und Macht. Kein Wunder, dass die Vampire überall daran beteiligt sind. Und wer auch immer die verdammte Oberhexe dahinter ist, die das alles finanziert und die Befehle zum Töten gibt.«

»Wir werden sie finden«, sagte Sam. »Und wir werden die Mädchen finden.«

Ich schaute auf mein Handy. »Noch nichts von Copperfield wegen Apollo. Ich schwöre, wenn er nicht bald aus dieser Bibliothek rauskommt, breche ich ein. Uns läuft die Zeit davon.«

Bevor ich meiner Frustration und Sorge nachgeben konnte, war Ferra zurück und trug eine wunderschöne Platte mit Essen, die sie in die Mitte des Tisches stellte, damit wir sie teilen konnten.

»Ich dachte, eine volle Mahlzeit könnte ein bisschen zu viel für dich sein, Rookie, also habe ich den Küchenchef um eine Platte mit Häppchen gebeten.«

Einer ihrer Söhne folgte ihr dicht auf den Fersen mit einem Krug Wasser und zwei Gläsern und stellte sie vorsichtig auf den Tisch.

»Danke, Stinktier«, sagte Ferra und wuschelte durch sein rotes Haar.

Ich nahm einen großen Schluck Bier, um zu versuchen, meine Angst zu unterdrücken und das Gefühl der Beklemmung in meinem Hals loszuwerden. Obwohl ich überhaupt keinen Hunger hatte, sah die Platte mit Essen unglaublich aus.

Mozzarellabällchen und frische Feigen, beträufelt mit warmem Rosmarinhonig, knuspriges Sauerteigbrot, Kirschtomaten in einer Balsamico-Reduktion, Grissini mit Hummus und einem Basilikum-Pesto und Dip aus sonnengetrockneten Tomaten. Karotten- und Selleriestangen, geröstete Kartoffelspalten, marinierte Pilze.

»Das ist einfach perfekt«, sagte ich zu Ferra. »Danke.«

Ich holte ein paar Mal tief Luft und begann dann langsam, am Essen zu knabbern.

»Wenn wir mit dem Essen fertig sind«, begann Sam, »nehme ich dich mit nach Hause und lasse dir ein Bad ein. Ich werde eine Wärmflasche für das Bett füllen, deine gemütlichste Decke holen—«

»Du bist meine gemütlichste Decke«, sagte ich. »Wirst du heute Nacht bei mir bleiben?«

Es war mir egal, ob ich verzweifelt klang. Ich war verzweifelt.

Seine Stirn legte sich in Falten. »Natürlich, Asha«, sagte er und küsste mich. »Natürlich bleibe ich bei dir.«

KAPITEL 64

KLINGE, KUGEL, GIFT

ASHA

Wir schauten auf dem Weg aus dem Cog nach Pepin Belore, und ich fühlte mich einfach schrecklich, als ich ihren Zustand sah.

»Pip!«, rief ich.

Das arme Mädchen sah mich mit trüben Augen an, so blass wie Papier. »Asha«, sagte sie. »Ich bin so nah dran.«

»Ich hab ihr gesagt, dass sie schlafen muss«, sagte Eafaris. »Ihr Gehirn wird nicht funktionieren, wenn sie so müde ist.«

»Ich brauche nicht, dass mein Gehirn funktioniert«, sagte Pip. »Ich muss nur den Sequenzen folgen, dann komme ich ans Ziel.«

Sie sah vor Erschöpfung völlig zerzaust aus, und ich spürte, dass ihr Zwillingsbruder wütend auf mich war, weil ich sie so hart antrieb.

»Du solltest dich ausruhen«, sagte ich und betrachtete die leeren Energydrink-Dosen, die über den ganzen Schreibtisch verstreut waren.

Sie schüttelte den Kopf. »Nicht, wenn ich so nah dran bin«, sagte sie. »Es wird später Zeit zum Ausruhen geben.« Unter ihren Augen waren dunkle Ringe, und ihre Haare wirkten fettig. Sie sah mich an. »Ich brauche nur noch ein paar Stunden, dann habe ich die Informationen, die du brauchst.«

»Danke«, sagte ich, während Schuldgefühle auf meine Schultern sanken. »Und es tut mir leid, so viel von dir zu verlangen. Ich dachte nicht, dass es so lange dauern würde.«

»Die Seite ist super-sicher«, sagte Eafy. »Normalerweise kann Pip ein schwieriges System in weniger als einer Stunde hacken. Die Adoptionsseite ist in alle möglichen seltsamen Sicherheitscodes eingewickelt. Jemand hat viel Geld ausgegeben, um sicherzustellen, dass sie hacksicher ist.«

Ich spürte einen Funken Hoffnung, denn das bestätigte, dass ich auf der richtigen Spur war. Es gab keine Möglichkeit, dass eine reguläre Regierungsdatensite eine solch hohe Sicherheit haben würde – zumindest nicht in Südafrika. Jemand hatte sie mit eigenem Budget aufgerüstet, und ich vermutete, es war dieselbe reiche Hexe, die für alles andere bezahlte, einschließlich des Kopfgelds auf mich.

Als wir nach Hause kamen, erledigte Sam all die magischen Dinge, die er versprochen hatte. Ich verbrachte eine volle Stunde in der Badewanne, füllte heißes Wasser nach, wenn es abzukühlen begann, und beobachtete, wie die Kerzen niederbrannten, während ich versuchte, alles zu verarbeiten, was passiert war. Ich wusste, ich musste Dr. Gilbert aufsuchen, um die Dinge zu besprechen, sonst würde sich meine PTBS weiter verschlimmern. Ich spürte bereits ihren Griff. Das intensive Gefühl der Überwältigung, das mich fühlen ließ, als würde ich erwürgt, erstickt oder ertränkt werden. Schwarzes Wasser, das wie der Charybdis-Hafen anstieg, bereit, meine Knochen zu fordern.

Ich konnte nicht anders, als auf meinen Unterbauch zu starren, wo Wilkinsons Kugel solchen Schaden angerichtet hatte. *Denk nicht das Schlimmste*, sagte ich mir immer wieder, *denk nicht das Schlimmste*, aber tief im Inneren kannte ich die Wahrheit. Ich wollte trauern, aber ich hatte keine Tränen mehr übrig.

Außerdem, dachte ich, *was bringt es, über meinen kaputten Körper zu weinen, wenn ich stattdessen Rache planen kann?* Ich war nicht länger

Soleils angeheuerter Auftragskiller. Jetzt erstellte ich meine eigenen Namenslisten, und Wilkinson stand ganz oben. Er war gefährlich und musste so schnell wie möglich ausgeschaltet werden. Ich spielte in meinem Kopf ein Fantasieszenario durch, während ich im Wasser lag. Ich stellte mir den Blick in seinen Augen vor, nachdem ich ihm irgendeinen tödlichen Schlag versetzt hätte. Dieser Blick von Schmerz und Verwirrung, den man in den Augen seiner Opfer sieht. Die Zeitlupe, das Runzeln der Stirn, der offene Mund.

Ich sah ihn in meinem Kopf immer wieder zusammenbrechen, wie eines dieser Kinderspielzeuge, deren Gliedmaßen durch elastische Schnüre zusammengehalten werden. Zusammenbrechen, aufstehen, zusammenbrechen, aufstehen. Klinge, Kugel, Gift, Beschwörung. Es gab so viele Möglichkeiten, einen Dusk Reaper zu töten. Ich schaute auf die Schlafshorts, die ich über die Handtuchstange gehängt hatte. Der Heilungsmagier.

»Mögest du glücklich sein«, flüsterte ich. »Möge dein Leben frei von Leid sein. Möge dein größter Traum in Erfüllung gehen.«

Das Bett war warm, und ich legte die Wärmflasche, die Sam vorbereitet hatte, auf meinen frisch vernarbten Bauch. Es gab keine Schmerzen mehr von der Schusswunde, aber die Wärme war tröstlich. Als Sam neben mir ins Bett kletterte, fühlte ich mich völlig von seiner Zuneigung umhüllt. Ich kuschelte mich an ihn, brauchte das Gefühl seiner Haut auf meiner, und bald schliefen wir ein.

»WACH AUF!«, sagte jemand. »Asha! Wach auf!«

Ugh. Ich war zu müde zum Aufwachen. Ich wollte *tagelang* schlafen. Ich stöhnte und öffnete mit gewaltiger Anstrengung ein kratziges Auge. Sobald ich sah, dass Savvy in meinem Zimmer war, setzte ich mich kerzengerade auf. »Savvy!«

Sam begann sich zu regen. Ich schätzte anhand des schwachen Lichts, das ins Zimmer kroch, dass es früher Morgen war.

»Savvy? Was ist los?«

Für einen hoffnungsvollen Moment fragte ich mich, ob sie irgendwie Abigail zurückbekommen hatte.

»Asha«, sagte sie mit weit aufgerissenen, manischen Augen. »Dusty ist weg.«

KAPITEL 65

PLAN B

ASHA

»Nein«, antwortete ich. »Du hast geträumt.«

Sicherlich verwechselte Savvy Abigails Entführung mit Dusty. Sie war nicht sie selbst gewesen, vor Sorge fast wahnsinnig und hatte zu viel getrunken. Aber ich erinnerte mich, dass Sam den ganzen Alkohol entsorgt hatte. Savvy war nüchtern.

»Dusty?«, rief ich die Treppe hinunter.

»Was ist los?«, fragte Sam, setzte sich auf und rieb sich die Augen. Ich hielt nicht an, um zu antworten. Ich flog die Treppe hinunter zu dem Platz, wo Dusty geschlafen hatte, seit Savvy eingezogen war. Ihre hergerichtete Couch war leer. Ich rannte in die Küche. *Sie macht mir wieder Frühstück*, dachte ich. Aber die Küche war grau und leer. Mein Atem wurde unregelmäßig. *Draußen bei Jemima*, betete ich, aber als ich in den Dschungelgarten stolperte, war Dusty nicht da.

»Dusty?« Ich konnte den hysterischen Unterton in meiner Stimme hören.

»Dusty!«, hörte ich Sam von der anderen Seite des Hauses rufen. »Dusty?«

Ich rannte zurück ins Haus und durch zum Vorgarten. Sie war auch dort nicht.

Nicht in Panik geraten, sagte ich mir. *Bloß nicht in Panik geraten.* Aber mein Atem blieb mir im Hals stecken.

»Sie ist weg«, sagte ich, als ich zurück ins Haus rannte. Savvy und Sam standen da, und wir alle erstarrten für einen Moment.

»Sie hat mir gestern Abend einen Umschlag gegeben«, kam eine Stimme aus dem Ohrensessel, und wir alle zuckten zusammen.

»Stoker«, keuchte ich und legte die Hand aufs Herz. »Ich habe dich gar nicht gesehen.«

»Einen Umschlag?«, fragte Savvy.

Der Werwolf sah müde aus. Ich wusste, dass er die ganze Nacht Wache gehalten hatte.

»Ich habe letzte Nacht nach ihr gesehen, nachdem ihr alle ins Bett gegangen wart. Sie hat sich seltsam verhalten, seit dem Vorfall mit Garrett. Als sie erfuhr, dass ihr und Sam verletzt wurdet, wurde es noch schlimmer. Ich wusste, dass sie sich selbst die Schuld gab. Aber als ich nach ihr sah, schlief sie tief und fest. Jetzt frage ich mich, ob es nur gespielt war.«

Er stand auf und reichte mir den Umschlag. Mein Name stand darauf. Mein Körper fühlte sich schwer vor Angst an, als ich ihn öffnete. Ich musste ein paar Mal blinzeln und mich darauf konzentrieren, meine Sicht zu fokussieren, und es klappte gerade so, dass ich den Brief lesen konnte.

~

LIEBE ASHA,

Ich kann nicht in Worte fassen, wie dankbar ich dir für alles bin, was du für mich getan hast. Ich bewundere und liebe dich so sehr. Danke. Aber ich kann nicht länger in deinem Haus bleiben. Es ist offensichtlich, dass ich überall, wo ich hingehe, Traurigkeit und Ärger mitbringe, und ich liebe dich zu sehr, um noch mehr von meinem Pech in dein Leben zu bringen.

Ich habe bereits so viel Ärger und Schaden verursacht. Es tut mir so, so leid. Besonders leid tut mir, was mit deinen wunderbaren Hennen passiert ist, weil ich weiß, wie sehr du sie geliebt hast (ich habe sie auch geliebt). Ich werde dir mehr Hühner kaufen, aber ich weiß, dass es nicht dasselbe sein wird.

Außerdem weiß ich, dass Sam seinen Job wegen meinem Vater verloren hat, und das gibt mir ein schreckliches Gefühl. Am schlimmsten ist, was euch beiden gestern passiert ist. Ich kann nicht aufhören zu denken, dass ihr beide hättet sterben können, und es wäre meine Schuld gewesen, weil sie nur wegen dem, was mit meinem Vater passiert ist, hinter euch her sind.

Selbst bei Abigail fühle ich, als hätte ich verhindern können, dass sie entführt wird. Sie hat mir erzählt, dass sie sich in Griffin verliebt, und ich habe ihr Geheimnis bewahrt, weil ich es ihr versprochen hatte, aber ich hätte es dir sofort sagen sollen. Ich bin wütend auf mich selbst, weil ich es nicht gesagt habe. Ich dachte, es wäre nur eine harmlose Schwärmerei, aber jetzt sehe ich, dass es mehr als das war, denn warum sonst hätte er sie mitgenommen und wäre verschwunden? Ich wusste nicht, dass er ein Vampir war. Tut mir leid.

Jedenfalls ist mir klar geworden, dass es an der Zeit ist, aufzuhören, Chaos in dein Leben zu bringen, und dass es auch an der Zeit ist, die Dinge im Reich wieder in Ordnung zu bringen. Ich werde damit beginnen, Abigail zu finden. Ich hoffe, sie ist bei den anderen vermissten Mädchen, damit ich sie alle für dich finden kann. Ich glaube, es wird für mich einfacher sein, sie zu finden als für dich, weil ich im richtigen Alter bin, und wie du weißt, kann ich manchmal hören, was die Leute denken, also könnte das hilfreich sein.

Also werde ich das tun. Ich werde mit Abi zurückkommen. Ich werde versuchen, die Dinge wieder in Ordnung zu bringen.

Ich entschuldige mich im Voraus für die Sorgen, die ich dir damit bereiten werde, aber ich muss es tun. Ich glaube, du verstehst das vielleicht, weil ich gesehen habe, wie du dich in Gefahr begibst, um anderen Menschen zu helfen. Ich werde dich sofort wissen lassen, sobald ich etwas herausfinde, und auch nur um dir zu sagen, dass es mir gut geht.

Ich liebe dich.

Von Dusty

PS: Nichts hätte mich glücklicher gemacht, als bei dir zu bleiben und deine Lehrling zu sein. Es wäre das beste Leben überhaupt gewesen, und ich weiß nicht, ob ich jemals aufhören werde, darüber traurig zu sein.

ALS ICH DEN Brief zu Ende gelesen hatte, sackte ich in den Sessel. Savvy riss ihn mir aus der Hand, überflog ihn und reichte ihn dann an Sam weiter. Mein Verstand war vor Sorge für einige Minuten wie leer gefegt. Als er wieder zu arbeiten begann, zog ich mein Handy heraus und wählte Morgans Nummer.

»Hallo, Lieblingshexe«, sagte sie. »Wie kann ich dir die-«

»Morgan, Dusty ist weggelaufen. Ich glaube, sie will sich als Köder für die Entführer anbieten.«

»Was?«

»Dusty. Ich glaube, sie versucht, entführt zu werden. Du hast uns doch gesagt, dass sie Straßenkinder schnappen, oder?«

»Richtig«, sagte Morgan. »Es ist jedes Mal dasselbe Auto. Die Innenstadtkameras-«

»Bitte überprüf die Aufnahmen. Sie ist letzte Nacht weggelaufen, vor Mitternacht.«

»Ich setze sofort ein Team darauf an«, sagte sie.

»Danke.«

Nicht weinen, Asha. Du hast keine Zeit dafür.

»Was wirst du tun?«, fragte die Kapitänin.

»Was meinst du?«

»Was wirst du tun, wenn du erfährst, dass sie mitgenommen wurde?«

Ich wusste nicht, wie ich darauf antworten sollte. »Ich schätze, ich werde dasselbe tun müssen«, sagte ich.

»Ich will nicht, dass du auf irgendwelche verrückten Ideen kommst-«

»Ich werde mich selbst als Köder anbieten müssen«, sagte ich. »Ich werde einen Glamour-Vape benutzen, um passend auszusehen, und dann werde ich mich selbst als Köder anbieten. Ich kann nicht auf Apollo warten.«

Savvy, Sam und Stoker starrten mich an. Sam schüttelte den Kopf.

»Wer ist Apollo?«, fragte Morgan.

»Das ist jetzt nicht mehr wichtig«, sagte ich. »Wir sind bei Plan B.«

»Morgan wird die Überwachungsaufnahmen überprüfen«, teilte ich dem Team mit.

»Glaubst du wirklich, Dusty würde so etwas tun?«, fragte Savvy.

Ich werde mit Abi zurückkommen, hatte sie in dem Brief geschrieben. *Ich werde versuchen, die Dinge wieder in Ordnung zu bringen.*

»Ja«, antwortete ich. »Morgan wird uns Bescheid geben, ob Dusty auf den Straßen rumhängt – dann können wir sie abholen – oder ob ... oder ob sie bereits mitgenommen wurde.«

»Und du?«, fragte Stoker. »Meinst du das ernst mit Plan B?«

»Ich wusste nicht mal, dass wir einen Plan B haben«, sagte Sam.

»Ich auch nicht«, antwortete ich. »Bis jetzt.«

»Heiliger Hexenzauber«, sagte Savvy und hielt sich den Kopf. »Das ist zu viel.«

»Du brauchst dir keine Sorgen zu machen«, sagte ich zu ihr. »Ruh dich einfach aus und pass auf dich auf. Du hast viel durchgemacht.«

»Nein«, sagte sie und schüttelte heftig den Kopf. »Auf keinen Fall. Kein Warten mehr, kein Verstecken mehr. Ich werde kämpfen.«

Ich schaute meine beste Freundin an, so eine unwahrscheinliche Kriegerin, und mein Herz schwoll an.

Sam starrte mich noch immer an. »Bitte tu das nicht.«

Ich sah ihn verdutzt an. »Was tun?«

»Bitte lass dich nicht von ihnen mitnehmen.«

»Es ist der einzige Weg«, sagte ich ihm. »Apollo ist in einer Bibliothek *im Kopf eines Kobolds* eingesperrt, und Pip bringt sich mit ihrem Schlafmangel um, während sie versucht, die Daten der nationalen Adoptionsagentur zu hacken. Abigail wurde entführt, und es ist nur eine Frage der Zeit, bis Dusty verschwindet, wenn sie es nicht schon ist.«

»Was, wenn du nicht zurückkommen kannst?«, fragte er. »Was, wenn sie herausfinden, wer du bist?«

»Damit muss ich mich befassen, wenn und falls es passiert«, sagte ich und überprüfte mein Ritualmesser. »Wir können nicht zulassen, dass Angst uns davon abhält, das Richtige zu tun.«

»Woher weißt du, dass es das Richtige ist?«, fragte Sam. Sein Gesichtsausdruck war gequält.

Ich steckte meinen Zauberstab in meine Umhangtasche. »Weil es das Einzige ist.«

KAPITEL 66

HOLT DIE MÄDCHEN

ASHA

»Wir können dich nicht beschützen, wenn du entführt wirst«, sagte Stoker. Sam nickte.

»Ich schätze euch Leute wirklich sehr«, sagte ich. »Ihr habt alle bei verschiedenen Gelegenheiten mein Leben gerettet.«

»Und du hast unseres gerettet«, sagte Stoker.

»Wenn ihr bei mir seid, fühle ich mich stärker ... selbstbewusster. Sicherer. Aber das hier – die Mädchen zu finden – ist etwas, das ich alleine machen muss.«

Stoker seufzte und schüttelte den Kopf. »Ich habe kein gutes Gefühl dabei.«

»Ehrlich?«, antwortete ich. »Ich auch nicht.«

Ich hatte nicht nur schreckliche Angst um Abigail und Dusty, sondern auch um meine eigene Sicherheit. Mein armer Körper war in den letzten Wochen so misshandelt worden, angefangen mit diesem allerersten Angriff des Dämmerungstods, der mich mit sechsunddreißig Stichen im Kopf und einem Gedächtnis wie ein Sieb ins Krankenhaus gebracht hatte. Seitdem wurde ich von Adrathar gefoltert, von panikhaften

375

Werwölfen ins Gesicht geschlagen, von Orks verprügelt und eingesperrt, von einem Monster in Oblivion aufgespießt, von Alyndra Sybil geblendet und vergiftet und vom dunklen Zauberer Wilkinson schwer verletzt. War ich bereit für weitere Misshandlungen? Definitiv nicht. Ich brauchte eine Auszeit, Ruhe und eine Menge Therapie. Aber zuerst musste ich die Mädchen holen.

»Was sollen wir tun, während wir auf Nachricht von dir warten?«, fragte Sam.

»Der Krieg hat begonnen«, sagte ich. »Alles, was ihr tun könnt, um die Spannungen zu verringern, wäre gut. Stoker, kannst du dich mit Kieron Palefang treffen und versuchen, die Dinge zu verlangsamen?«

Er schüttelte den Kopf. »Ich kann es versuchen, aber ich bezweifle, dass es ihn interessieren wird, was ich zu sagen habe. Außerdem gibt jeder Tag, an dem er sich zurückhält, den Vampiren und Orks mehr Vorteile.«

»Verdammter Sugar Shagar und die Xarlugs«, sagte ich. »Und verdammte blutige Vampire. Wenn ich zurückkomme, werde ich anfangen, Waffen und alles andere, was helfen könnte, zu verhexen.«

»Die Xarlugs werden nicht aufhören, bis sie genommen haben, was ihnen ihrer Meinung nach rechtmäßig gehört«, sagte Stoker. »Und die Vampire werden nicht aufhören, bis sie die vollständige Kontrolle über das Reich haben. Wenn die Wölfe sich zurückhalten, gibt es niemanden, der sie abwehren kann. Der ganze Sinn von Palefangs Wachstum der Werwolfpopulation war es, gegen die dunklen Mächte zu kämpfen.«

Stoker hatte recht. Die Wölfe zum Warten zu bringen, würde den Krieg nicht verlangsamen. Er hatte bereits begonnen, und wir brauchten jeden, den wir kriegen konnten, um das Reich zu schützen.

»Okay«, antwortete ich. »Du hast recht. Mobilisierung ist das Richtige. Ich werde Ferra und die Stinktiere bitten, die Nachricht an die anderen weiterzugeben. Zauberer, Hexen, Elfen, Goblins, Orks. Wir brauchten jeden, der bereit ist zu kämpfen. Mein Handy vibrierte auf der Küchentheke.

»Wenn man vom Teufel spricht«, sagte ich. *Oder besser gesagt, wenn man vom Zwerg spricht.* Ich nahm es auf, meine Angst wuchs.

Bitte sei eine gute Nachricht, bitte sei eine gute Nachricht. Ich konnte einer weiteren chaotischen Schlacht in den verwüsteten Cog-Gärten nicht ins Auge sehen.

»Hallo, Ferra«, sagte ich ins Telefon. Sam reichte mir eine Tasse Kaffee, die ich ihn nicht einmal hatte zubereiten sehen. Ich formte lautlos »Danke« mit dem Mund. »Sag mir bitte, dass es dir gut geht und dass kein Psycho-Inspektor da ist, der versucht, dich wieder zu verhaften?«

Ich hörte sie kichern, was Balsam für meine Nerven war. »Rookie, Mädel, ich freue mich dir mitteilen zu können, dass heute Morgen keine Metro Realm Unit-Beamten hier sind, psychotisch oder nicht.«

»Oh, dem Void sei Dank«, sagte ich. Ich bekreuzigte mich rückwärts.

»Wie geht es Pip?«, fragte ich. Ich fühlte mich schuldig, nur ihren Namen zu sagen, nach allem, was ich ihr zugemutet hatte.

»Du wirst froh sein zu hören, dass sie tief und fest in ihrem gemütlichen Bett schläft – und wahrscheinlich für die nächsten vierundzwanzig Stunden! Ich habe noch nie einen Menschen gesehen, der so müde war ... außer vielleicht Jinx.«

Jax! Ich hatte sie nicht einmal gefragt, wie sie sich nach dem Zauberstab-Vergiftungsvorfall fühlte. Allein der Gedanke daran, wie es ihr ungeborenes Baby beeinflusst haben könnte, ließ meine Angst wieder in die Höhe schnellen.

Atme, Hexe, sagte ich zu mir selbst. *Du kannst nur so viel in einem bestimmten Moment lösen.*

»Ich verstehe, dass Pip eine Pause brauchte«, sagte ich. »Als ich sie sah, war das arme Mädchen vor Erschöpfung fast unzusammenhängend.«

»Oh, sie macht keine Pause«, sagte Ferra. »Sie ist fertig! Sie hat diesen komplexen Geheimcode wie den Rücken eines Buches geknackt. Es ist erledigt. Ich habe hier meterweise Daten für dich.«

Ich war nicht sicher, ob ich richtig gehört hatte. »Es ist erledigt?«, wiederholte ich. »Du hast die Informationen?«

»Seiten über Seiten davon, Rookie. Waisenhäuser, Manager, Adoptionen, Adoptiveltern, leibliche Eltern, Telefonnummern, Adressen. Alles ist hier.«

»Mögen dieses Kind und alle, die sie liebt, hundertfach gesegnet sein«, sagte ich.

»Von deinen Lippen in die Ohren des Voids«, antwortete Ferra. »Wenn das Void Ohren hat.«

Oh, die hat es, dachte ich. Es hatte mich um Sams Leben betteln hören, und es hatte zugehört.

Mein Gehirn schwirrte vor Gedanken, was als Nächstes zu tun sei.

»Wie soll ich dir das alles schicken?«, fragte sie.

»Ich brauche nicht alles«, sagte ich. »Kannst du darin nachschauen und mir sagen, ob es einen Adoptivelternteil namens Lilian Black gibt?«

Ich hörte Ferra tippen. *Komm schon,* dachte ich. *Komm schon, Lilian Black. Shadow Snow. Böser seidenweicher Vampir.*

»Hab's«, sagte Ferra. »Black, Lilian. Hat in den letzten Monaten fünf Kinder adoptiert.«

»Wohl eher fünfzig«, murmelte ich, »sie benutzt nur verschiedene Identitäten.«

Ferra schnaubte. »Furchtbares Ding.«

»Die neueste Adoption«, sagte ich. »Kannst du mir die Details sagen?«

Ich nahm einen Schluck von meinem Kaffee, während Ferra tippte.

»Okay Rookie, hab's. Es ist von einem Ort namens Woodhaven Kinderheim.«

»Woodhaven. Verstanden. Danke!«

»Ich schicke dir einen Standortpin und eine Kontaktnummer«, sagte Ferra. »Die Adoption war vor ein paar Wochen. Der Name des Kindes ist Mercury Ncele. Die Besitzerin und Leiterin des Heimes ist Georgia Hammond.«

»Woodhaven Kinderheim. Georgia Hammond. Mercury Ncele.«

»Wenn ich dich kenne, meine Liebe, wirst du ihnen einen Besuch abstatten, um mehr über unsere Freundin Lilian Black herauszufinden, ja?«

»So etwas in der Art«, antwortete ich. »Bitte, wirst du Pepin mit allem verwöhnen, was sie will, wenn sie aufwacht, und mir die Rechnung schicken?«

»Ach, Unsinn«, antwortete sie. »Der Koch bereitet bereits ihre Lieblingsgerichte zu, und Eafy hat einen spektakulären Ruhetag für sie geplant. Sie werden diesen Drachen-Popcorn-Maker nach oben bringen und einen Bettdeckentag machen. *Herr der Ringe* schauen.«

»Gott segne ihre Herzen«, sagte ich. »Und deins!«

»Viel Glück, mein Rookie, und pass auf dich auf.«

Wir beendeten das Gespräch. »Leichte Planänderung«, sagte ich dem Team. »Ich muss mich nicht mehr auf der Straße als Köder anbieten.«

»Oh, dem Void sei Dank«, sagte Savvy.

»Jetzt kann ich mich auf direktem Weg zur Entführerin als Köder anbieten.«

»Warte, was?«, fragte Sam.

»Woodhaven wird Blacks Kontaktdaten haben. Ich muss sie nur davon überzeugen, sie anzurufen und zu sagen, dass sie einen neuen Schützling haben, an dem sie interessiert sein könnte.«

Sams Augenbrauen schossen nach oben. »Das könnte funktionieren.«

»Könnte es«, stimmte ich zu. Außerdem machte mich die Menge an Erfahrung, die ich beim Aufwachsen in Pflegeheimen gesammelt hatte, zur perfekten Person für diesen Job.

Wer könnte ein Waisenkind besser spielen als ich?

KAPITEL 67
PERSÖNLICHER FLUCH

ASHA

Es herrschte geschäftiges Treiben, während ich mich vorbereitete. Ich würde einen lang anhaltenden Glamourzauber brauchen, da mir jeder Trank oder Vape-Stift wahrscheinlich abgenommen werden würde, sobald ich in Lilian Blacks Fänge geriet. Ich brauchte Teenager-Trendklamotten, die ich mir aus Dustys Koffer lieh. Ich musste meinen Zauberstab und meinen Dolch zurücklassen, was mich verletzlich machte, aber ich würde mein Giftphiolen-Amulett – meinen Zyanidzahn – tragen, nur für den Fall. Ich würde meinen Tansanit-Ring behalten, damit sein Aufblitzen mich vor Gefahr warnen konnte. Den magischen Samen von Skippy würde ich auch zurücklassen. Ich wollte den Skelettschlüssel mitnehmen, den Ferra mir aus dem eingeschmolzenen Zauberstab von Adrathar gemacht hatte, wusste aber nicht, wie ich ihn verstecken sollte.

»Dumme Hexe«, sagte Savvy. »Erinnerst du dich nicht daran, wie wir unsere Schmuggelware in Copperfield versteckt haben?«

Ich schaute sie an, während ich versuchte, mich zu erinnern, und sie wackelte mit ihren Brüsten.

Trotz des Ärgers, der Angst, der Wut ... trotz mir selbst musste ich lachen. Ja, ich erinnerte mich. Savvy war eine Expertin im Schmuggeln aller Arten von Konterbande. Die schiere Anzahl von Reisepack-großen Flaschen Old Brown Sherry und Holunderblütenwein, die wir in unseren BHs für Ausflüge und mitternächtliche Sternenbeobachtungen auf dem Dach versteckt hatten, würde selbst den erfolgreichsten Schwarzbrenner beeindrucken. Wir gingen in ihr Zimmer, wo ich das T-Shirt, das ich mir aus Dustys sauberer Wäsche geliehen hatte, anhob, und Savvy half mir, den Schlüssel sicher im Polster des Unterbrustdrahtes zu verstecken. Bevor wir den dämmrigen Raum verließen, ergriff sie meine Hand.

»Das werde ich nicht vergessen«, sagte sie.

»Das werde ich nicht zulassen«, witzelte ich und versuchte, es zwischen uns leicht zu halten. Es gab bereits mehr als genug Dunkelheit.

Sie versuchte zu lächeln, aber dann verzog sich ihr Mund nach unten und ein leises Schluchzen blieb ihr im Hals stecken.

»Ich meine es ernst, Ash«, sagte sie. »Ich werde dir für immer etwas schulden.«

Ich wollte einen Witz darüber machen, dass sie ihre Schulden in Gin Tonic begleichen könnte, aber es war nicht der richtige Zeitpunkt. Ich fühlte mich leicht schwindelig vor Nervosität und atmete tief ein, um mich zu beruhigen. Savvy umarmte mich und küsste meine linke Wange, dann meine rechte. Ich spürte ein warmes Kribbeln, wo ihre Lippen mich berührt hatten.

»Hast du gerade einen Segen ausgesprochen?«, fragte ich.

Savvy hatte ihre Magie seit einem Jahrzehnt nicht mehr benutzt.

»Nutze sie oder verliere sie«, antwortete sie. »Stimmt's?«

»Stimmt«, sagte ich. Jetzt, wenn ich den versteckten Schlüssel auf meiner Haut spüren würde, würde ich mich auch an diesen intimen Moment erinnern und wissen, dass was auch immer passierte, meine beste Freundin im Geiste bei mir war.

Wir drückten uns ein letztes Mal, dann gesellten wir uns wieder zu den anderen.

»Bereit?«, fragte Sam. »Ich fahre dich. Es ist wahrscheinlich besser, nicht mit dem Monstertrück bei einem Kinderheim aufzutauchen.«

Ich lächelte ihn an. »Danke.«

Das gibt uns Zeit, uns zu verabschieden, dachte ich und war entsetzt darüber.

Nein, sagte ich zu dem aufdringlichen Gedanken. *Es wird keine Abschiede geben, weil ich lebendig zurückkomme – und hoffentlich in einem Stück.*

»Hast du den Glamour-Trank?«, fragte Stoker.

Ich klopfte auf meine Tasche. »Langsam freisetzend, extra langanhaltend.«

Der Werwolf nickte anerkennend. »Lass mich wissen, wenn du zurückkehrst. Ich werde mich Palefangs Rudel anschließen, um gegen die dunklen Mächte zu kämpfen.«

Ich fühlte mich, als hätte man mir in den Magen geschlagen. »Das ist so gefährlich«, flüsterte ich.

»Wir müssen unsere Pflicht gegenüber dem Reich erfüllen«, sagte er. »Wenn du zurückkommst, werde ich an deine Seite zurückkehren, wie ich es versprochen habe.«

Ich schloss für einen Moment die Augen, als meine Emotionen hochkochten, und umarmte ihn.

Es wird keine Abschiede geben, erinnerte ich mich.

»Viel Glück, Stoker. Wir sehen uns, wenn ich zurückkomme.«

Er nickte, und bevor ich noch etwas sagen konnte, wuchsen ihm Fangzähne und Fell, er verwandelte sich in seine Wolfsgestalt und stürmte aus dem Haus.

Bevor ich Zeit hatte, über seinen Abschied melancholisch zu werden, pingte mein Handy dreimal schnell hintereinander. Captain Morgan.

Ein junges Mädchen, das aussieht wie Lisa Garrett/Dusty, wurde an der Ecke Simmonds Street/Main um 5:57 Uhr morgens aufgegriffen.

Gleiches Auto, gleiche Vorgehensweise.

Tut mir leid.

Sam und ich redeten auf dem Weg zum Woodhaven Kinderheim nicht viel. Ich konnte an seinem Gesichtsausdruck erkennen, dass er krank vor Sorge war, und ich fühlte mich ähnlich, nur dass ich diese nervöse Energie hatte, die mein Herz und meine Muskeln antrieb und es mir schwer machte, still zu sitzen. Es ist das seltsamste Gefühl, wenn du weißt, dass du kurz davor bist, einen Fluch zu brechen, ein Ziel zu treffen oder einen Fall zu lösen, weil es von Natur aus mit einer Menge Gefahr verbunden ist, sodass du Angst hast, aber gleichzeitig hast du diese erwartungsvolle Energie, die sich fast wie Aufregung anfühlt. Ich war nun so nah dran, diese Mädchen zu finden, nach so langer Zeit.

Ich flüsterte ein kaum hörbares Gebet: »Bitte Void, lass diesen Plan funktionieren.«

Sam blickte zu mir herüber. »Sprichst du mit dir selbst?«

»Irgendwie schon«, antwortete ich.

»Solange du mich nicht verhext«, sagte er.

»Als ob ich das tun würde!«

»Das wirst du, eines Tages«, sagte er. »Wenn wir unseren ersten Streit haben.«

»Wir, streiten?«, erwiderte ich. »Wird nie passieren.«

Er drückte mein Knie, und wir beobachteten eine Weile schweigend die vorbeiziehende Landschaft. »Bist du sicher, dass du dem gewachsen bist?«

»Ich bin mir bei nichts sicher«, sagte ich. »Außer dass sie jetzt so nah sind und ich sie finden muss.«

Sam nickte und schwieg eine Weile, dann sagte er: »Bei mir kannst du dir sicher sein.«

Ich schaute ihn an. Ich hatte das Leben des Detektivs im Grunde ruiniert. Ich fühlte mich wie sein persönlicher Fluch.

»Ich verdiene dich nicht«, sagte ich.

»Doch, das tust du«, antwortete er.

Wir sahen beide gleichzeitig das Woodhaven-Schild. Sam verlangsamte und bog in eine von Jasminbüschen gesäumte Einfahrt ein. Am Tor hing ein verblasstes Schild:

BITTE VORSICHTIG FAHREN. SPIELENDE KINDER.

Ich fragte mich, wie oft Lilian Black dieses Schild gesehen hatte.

Die Autoreifen knirschten über den Kies auf dem kleinen Parkplatz. Wir nickten einander zu und stiegen aus, und als wir zum Haus aufblickten, stand dort eine freundlich aussehende Frau mit beunruhigtem Gesichtsausdruck.

KAPITEL 68

WOODHAVEN KINDERHEIM

ASHA

»**G**uten Morgen«, rief ich der Frau zu, bei der ich vermutete, dass es sich um Georgia Hammond handelte.

»Die Rooks, nehme ich an?«, fragte sie mit vor sich gefalteten Händen.

Sam und ich lächelten einander an. »Ich bin Asha«, sagte ich, »und das ist Sam.«

»Sehr erfreut, Sie kennenzulernen«, erwiderte Hammond.

»Danke, dass Sie uns so kurzfristig empfangen.«

»Die kurzfristige Ankündigung macht mir nichts aus«, sagte sie. »Wir freuen uns immer sehr, potenzielle Eltern zu treffen, Tag oder Nacht!«

»Oh«, sagte ich und verlangsamte meine Schritte. »Ich fürchte, wir sind keine... potenziellen Eltern. Es tut mir leid, wenn meine Nachricht Sie verwirrt hat.«

Besorgnis zeichnete sich auf ihrer Stirn ab. »Sind Sie nicht?«

»Wir haben etwas Wichtiges zu besprechen. Ich brauche nur ein paar Minuten Ihrer Zeit.«

Sie zögerte auf den Eingangsstufen, vielleicht beunruhigt über unsere Absichten. Wenn man Kinder betreut, kann man nicht einfach Fremde durch die Vordertür hereinlassen. Lilian Black muss sie völlig um den Finger gewickelt haben.

Mit leiser Stimme fragte sie: »Sind Sie von der Bank?«

Jetzt war ich verwirrt. Sie tat mir leid. Das Heim stand offensichtlich unter finanziellem Druck. Die verblassten Schilder, das zerbrochene Fenster, die struppigen Pflanzen.

Ich schüttelte den Kopf. »Nein, wir sind nicht von der Bank.«

Georgia Hammond wirkte sofort erleichtert, aber ihre Verwirrung war noch immer offensichtlich. Wenn wir nicht von der Bank waren und nicht hier waren, um ein Kind zu adoptieren, was könnten wir dann von ihr wollen?

»Bitte«, sagte sie, »kommen Sie herein. Wir können in meinem Büro reden.«

Als wir ihr in das alte Gebäude folgten, konnten wir die fröhlichen Geräusche von Kindern hören. Das Haus mochte heruntergekommen sein, aber es war gemütlich und speziell für Kinder dekoriert. Mein Gefühl – das Gefühl, das sich entwickelt hatte, während ich als kleines Kind in vielen Waisenhäusern und Pflegefamilien gelebt hatte – sagte mir, dass es eines der besseren war. Ich hatte den Eindruck, dass Frau Hammond die Kinder in ihrer Obhut wirklich gern hatte, was sie zu einer Ausnahme machte. Bevor wir ihr Büro betraten, erblickte ich ein junges Teenager-Mädchen, das am Ende des Flurs herumstand. Sie hatte dunkles, lockiges Haar und schien so zu tun, als würde sie sich um ihre eigenen Angelegenheiten kümmern. Ich konnte eine Lauscherin aus einer Meile Entfernung erkennen. War dieses Mädchen die Augen und Ohren von Woodhaven? Ich lächelte und winkte ihr zu, und sie tat so, als hätte sie es nicht gesehen, änderte aber ihre Meinung und winkte zurück. Ich war sicher, dass es sehr interessant wäre, mit ihr zu reden.

Frau Hammond ließ die Tür offen, bedeutete uns, Platz zu nehmen, und setzte sich hinter ihren Schreibtisch.

»Nun«, sagte sie lächelnd. »Womit kann ich Ihnen helfen?«

Ich zögerte. Ich hatte versucht, mir auf dem Weg hierher zu überlegen, was ich sagen sollte, aber alles klang verrückt. Ich holte tief Luft und stürzte mich hinein.

»Wir haben Grund zu der Annahme, dass Sie von einer bestimmten... Adoptiveltern getäuscht wurden.«

Hammond runzelte die Stirn. »Ich habe keine Ahnung, was Sie meinen.«

»Das letzte Kind, das aus diesem Heim adoptiert wurde, wurde von einer Lilian Black adoptiert, richtig?«

Sie sah erschrocken aus. »Diese Informationen sind streng vertraulich.«

»Sie haben zugelassen, dass Mercury Ncele von dieser Frau adoptiert wird, ohne Hintergrundüberprüfungen durchzuführen oder sich nach dem Wohlbefinden des Kindes zu erkundigen.«

»Wir führen immer Hausbesuche durch«, argumentierte Hammond. »Vor und nach der Adoption. Der Adoptionsprozess ist langwierig und mit jeder Menge Bürokratie verbunden.«

»Und trotzdem gab es bei Lilian Black absolut keine Bürokratie und keine Hausbesuche«, beharrte ich.

Sie wirkte verwirrt. »Ich... Lassen Sie mich in die Akte schauen...«

Ich merkte, dass ich streitlustig war, also änderte ich meinen Ton. Es war nicht ihre Schuld, dass sie von einem manipulativen Vampir hypnotisiert worden war.

»Bitte denken Sie nicht, dass ich Ihnen irgendwie die Schuld gebe«, sagte ich. »Ich verstehe, dass Sie das Beste für die Kinder wollen und dass Sie in die Irre geführt wurden.«

Hammond hatte, was ich vermutete, Mercurys Akte geöffnet und durchforstete die Unterlagen.

»Hier steht, dass die Hausbesuche durchgeführt wurden und dass Black als Interessent zugelassen wurde.«

»Ein Interessent?«

Hammond schüttelte den Kopf. »Ich meine als potenzieller Elternteil. Wir – die Kinder und ich – nennen potenzielle Eltern 'Goldsucher', weil sie meine kleinen Goldnuggets sind.«

Sie liebt sie wirklich, dachte ich. Ich sah die Zuneigung in ihren Augen, selbst hinter der Sorge.

»In der Akte steht, dass *Sie* die Hausbesuche gemacht haben?«, fragte ich. »Erinnern Sie sich an das Haus?«

Hammond, mit immer noch gefurchter Stirn, schüttelte den Kopf. »Ich kann mich nicht erinnern. Und normalerweise mache ich Notizen und Fotos, aber in dieser Akte gibt es keine.«

»Was ist mit den anderen Kindern, die Black von hier adoptiert hat?«, fragte Sam. »Vielleicht sind die Informationen zu den Hausbesuchen dort abgelegt?«

Hammond antwortete nicht. Sie wirkte wie erstarrt. »Geht es Mercury gut?«, fragte sie.

»Wir wissen es nicht«, sagte ich. »Wir versuchen, sie zu finden, zusammen mit all den anderen Mädchen, die Black entführt hat.«

Frau Hammond stieß einen ungläubigen Ausruf aus. »Entführt? Nein.«

»Nein?«, fragte Sam.

»Ich würde niemals zulassen, dass so etwas passiert«, sagte Hammond. »Niemals.«

»Ich werde Ihnen etwas sagen, das Sie schwer zu glauben finden werden«, sagte ich.

Sie blickte mich mit großen, ängstlichen Augen an.

»Wissen Sie, was es bedeutet, hypnotisiert zu werden?«, fragte ich.

»Ich möchte, dass Sie jetzt gehen«, sagte sie. »Wir haben uns nichts mehr zu sagen.«

Ich nickte. »Das ist es, was man Ihnen zu sagen befohlen hat.«

Sie schüttelte den Kopf. »Nein, Sie haben die falsche Idee. Völlig falsch. Ich zeige Ihnen den Weg nach draußen«, sie schaute auf die Uhr an der Wand. »Ich habe bald einen Termin.«

»Ich gehe nicht«, sagte ich zu ihr. »Nicht bevor ich Sie von der Hypnose befreit habe.«

»Ich habe genug davon«, sagte sie mit zittriger Stimme. Ich konnte sehen, dass sie nicht an Konflikte gewöhnt war und dass es Mut brauchte, um uns die Stirn zu bieten.

»Georgia Hammond«, sagte ich. »Denken Sie an Lilian Black.«

Sie blinzelte mich an.

»*Monstras*,« sagte ich. »*Revelare mesmerism.*«

Hammond keuchte laut, und es sah aus, als würde sie zurückgedrückt werden. Sie kämpfte gegen die unsichtbare Kraft an, schüttelte den Kopf.

Sam schaute mich besorgt an. »Es ist okay«, flüsterte ich. »Es wird ihr nicht wehtun.«

Hammond stöhnte und schloss ihre Augen, dann bedeckte sie ihr Gesicht und beugte sich nach vorne, legte ihren Kopf auf den Schreib-tisch. Als sie still und ruhig war, erklärte ich ihr den Zauber.

»Ich habe den Zauber umgekehrt, den Black benutzt hat, um Sie zu manipulieren«, sagte ich. »Sie ist eine mächtige Frau, die alles tut, was sie braucht, um zu bekommen, was sie will. Sie trifft keine Schuld.«

Hammond schaute auf, ihre Augen feucht, ihre Lippen zitternd. »Ich habe sie Mercury nehmen lassen.«

»Sie hätten sie nicht aufhalten können, selbst wenn Sie es gewollt hätten«, antwortete ich.

»Es gab keinen Hausbesuch. Keine Hintergrundüberprüfungen. Über-haupt keine Bürokratie. Sie ist einfach hereingeflogen und hat sie mitgenommen.«

»Wir werden sie zurückholen«, versicherte ich ihr.

»Der Termin, den ich jetzt habe...«, ihre Stimme versiegte, und Angst ließ die Farbe aus ihrem Gesicht weichen. »Sie kommt, um Marielle zu holen.«

Ich erstarrte. »Was?«

»Lilian Black ist auf dem Weg-«

»Auf dem Weg *hierher*?«, fragte ich, das Herz schlug mir bis zum Hals.

Hammond nickte. »Fräulein Black rief an und erzählte mir, dass Mercury Marielle vermisse und dass sie glücklich wäre, beide Mädchen zu adoptieren. Sie hat bereits die Freigabe von Mercurys Adoption, also sollte es eine einfache Vermittlung sein.«

»Lilian Black ist auf dem Weg hierher, um das andere Mädchen abzuholen? Das Mädchen im Flur draußen?«

»Ja«, antwortete Hammond. »Sollen wir die Polizei rufen, um sie abzufangen?«

Ich schüttelte den Kopf. »Nein. Wenn Black verhaftet wird, werden wir die Mädchen nie finden.«

»Die *Mädchen*?«, fragte Hammond entsetzt. »Wie viele von ihnen hat sie genommen?«

»Mehr als Sie oder ich wissen wollen«, antwortete ich.

Sam wurde unruhig. »Wann erwarten Sie, dass sie ankommt?«

Hammond blickte wieder auf die Uhr, ihre Körpersprache steif vor Angst. »In zehn Minuten«, sagte sie. »Und Lilian Black ist immer pünktlich.«

KAPITEL 69
NEUN MINUTEN

ASHA

»Zehn Minuten!«, rief ich aus.

»Eher neun«, erwiderte Hammond, den Blick immer noch auf die Uhr gerichtet.

Ich musste schnell handeln. »Holen Sie Marielle.«

Hammond zögerte, dann eilte sie aus ihrem Büro und den Korridor hinunter zu dem Mädchen, das dort wartete. Sie wechselte ein paar dringende, geflüsterte Worte mit ihr, und das Gesicht des armen Mädchens durchlief eine ganze Palette von Emotionen.

»Woher wissen Sie, dass Sie ihnen vertrauen können?«, hörte ich sie sagen.

Ich hörte Ms. Hammonds Antwort nicht, aber das Mädchen schien davon überzeugt zu sein, dass wir vertrauenswürdig waren.

»Mercury ist in Schwierigkeiten?«, fragte sie, als sie hereingerannt kam, mit weit aufgerissenen Augen und geröteten Wangen.

»Ja, aber mit deiner Hilfe werden wir sie zurückholen können«, sagte ich. »Gib mir deinen Rucksack.«

Sie reichte ihn mir. Ich zog ihre Kleidung, Bücher und Toilettenartikel heraus, während sie zusah. Eine Einhorn-Duschhaube fiel zu Boden.

»Sieben Minuten«, sagte Hammond.

Ich fluchte leise und begann, Dustys Klamotten abzustreifen. Ich fand Marielles Haarbürste in ihrer Tasche und riss die Haare heraus.

»Was machst du da?«, fragte das Mädchen.

»Lass sie ihre Arbeit machen«, sagte Sam.

»Löffel«, sagte ich zu Sam, während ich das kleine Fläschchen mit dem Trank aus meinem abgelegten Umhang nahm. Er fand einen auf einem Teetablett nahe dem Fenster. Ich entdeckte ein Feuerzeug auf dem Kaminsims, neben einer Sammlung von Kerzen. Ich goss den Trank in den Löffel, fügte eine verknotete Strähne von Marielles dunklem Haar hinzu und hielt das Feuerzeug darunter, bis die Mischung blubberte und das Haar sich aufgelöst hatte. Ich goss alles zurück in die Tränkeflasche und trank sie aus. Es schmeckte widerlich, und die Textur war fettig und ekelhaft, aber das war mir egal.

»Vier Minuten«, sagte Hammond.

Ich würgte.

Nein, sagte ich zu mir selbst. *Nicht kotzen. Du musst es drinbehalten, sonst gibt es keinen Plan B mehr.* Ich würgte erneut.

Ich spürte Sams tröstende Hand auf meinem Rücken, die sanft darüber strich. »Du schaffst das.«

Ugh. Es war so ekelhaft. Kein Wunder, dass sich meine Vapes bei Mason & Sons so gut verkauften.

Ich würgte noch einmal, dann rülpste ich. »Okay«, sagte ich. »Es ist drin.«

Mein Magen rumorte. Er war mit seinem neuen Inhalt nicht glücklich. Mir wurde warm und dann kalt, als die Magie zu wirken begann. Gänsehaut bedeckte jeden Quadratzentimeter meiner Haut, und es fühlte sich an, als würden mir die Haare zu Berge stehen.

»Es funktioniert«, sagte Sam, während er mich aufmerksam beobachtete, dann auf die Uhr schaute und dann wieder zu mir.

»Ja«, sagte ich. »Ich kann es spüren.«

Meine Wirbelsäule knickte ein wenig ein, meine Gliedmaßen wurden kürzer, und ich bekam etwas zusätzliche Polsterung. Mein Haar verwandelte sich von glatt in kraus, und unangenehme Metallspangen erschienen auf meinen Zähnen. Ich konnte nicht anders, als sie mit der Zunge zu ertasten. Ich hatte noch nie Zahnspangen gehabt. Wie hielten die Leute das aus?

Mir wurde klar, dass ich aus beiden Augen sehen konnte. Meine Brust wurde etwas flacher, und ich machte mir Sorgen, dass der Skeletschlüssel von Ferra nicht mehr sicher in meinem BH wäre, aber es war in Ordnung. Ich spürte, wie Pickel auf meinen Wangen und meinem Kinn auftauchten; winzige stechende Flecken, und da war ein juckender Ekzemfleck an meiner Ellenbeuge. Marielle zu sein war nicht der bequemste Zustand, aber es war eine viel einfachere Verwandlung als die in einen Ork.

Marielle stand in der Nähe und beobachtete mich mit offenem Mund. Ich zog schnell ihre Kleidung an und packte ihre Tasche wieder ein, abzüglich der Bücher.

»Exzellente Arbeit«, sagte Sam, der mein neues Aussehen bewundernd betrachtete und ungläubig den Kopf schüttelte. Er hatte mich, Gott sei Dank, nicht in meiner Ork-Aufmachung gesehen, also muss es in der Tat bizarr gewesen sein, mich glamourisiert zu sehen.

Hammond nickte. »Unglaublich«, stimmte sie zu.

Ich lächelte mit meinem neuen Metallmund und zeigte ihnen einen Daumen nach oben, genau in dem Moment, als wir hörten, wie ein Auto auf dem Kies draußen vorfuhr. Ms. Hammond spähte aus ihrem Bürofenster und bestätigte, dass es Lilian Blacks Auto war. Ich drückte Marielle ihre Bücher in die Hände und sagte ihr, sie solle sich verstecken. Sprachlos drehte sie sich um und rannte davon.

»Du musst auch gehen«, sagte ich zu Sam. »Sonst wird sie dich hypnotisieren.«

Er nickte und küsste mich. »Du bist eine mutige Frau, Asha Rook«, sagte er. Er nahm meinen Umhang und Dustys abgelegte Kleidung. »Ich liebe dich. Viel Glück.« Bevor ich antworten konnte, war er verschwunden. Ich sah Georgia Hammond an und holte tief Luft. Wir nickten einander zu – ein stilles Einverständnis, dass wir das hinbekommen würden. Draußen wurde eine Autotür geöffnet und geschlossen.

Ich setzte mich mit Marielles Tasche neben mich auf die Couch und versuchte, mädchenhaft und unschuldig auszusehen. Ich war nervös, aber das würde ein neues Adoptivkind auch sein, also musste ich es nicht verbergen.

Hammond atmete aus und schritt dann aus ihrem Büro hinaus auf den Parkplatz.

»Miss Black!«, rief sie herzlich. »Wie wunderbar, Sie wiederzusehen.«

KAPITEL 70
WIE ZWEI ERBSEN IN EINER SCHOTE

ASHA

»Ich bin Ihnen wirklich dankbar, dass Sie mich so kurzfristig empfangen«, hörte ich Miss Black sagen.

»Sie sind hier immer herzlich willkommen«, erwiderte Hammond. Ich konnte das Lächeln in ihrer Stimme hören. »Bitte, kommen Sie doch herein.«

Ich war mir nicht sicher, ob Hammond für diese Täuschung bereit sein würde, daher war ich erleichtert, dass ihre schauspielerischen Fähigkeiten ziemlich gut zu sein schienen. Mein Herz raste, als ich hörte, wie sie das Gebäude betraten. Als sie die Tür zum Büro erreichten, stand ich auf und hielt meine schweißnassen Handflächen vor mir gefaltet.

»Miss Black, Sie kennen Marielle bereits.«

»In der Tat«, sagte der Vampir und lächelte vorsichtig, während sie hereinrauschte. »Wie geht es dir, liebes Kind?«

Ich schluckte schwer. »Guten Morgen, Miss Black.«

Ihr Outfit war unglaublich: ein pechschwarzes, langes Kleid im viktorianischen Stil. Ihr Korsett betonte ihre winzige Taille, und ihre glatte, blasse Haut hob sich eindrucksvoll vom dunklen Stoff ab.

»Ich mag Ihr… Kleid«, nuschelte ich nervös.

Black lächelte wieder und machte fast einen Knicks. »Danke, meine Liebe. Wie freundlich von dir.«

Wir setzten uns auf Hammonds Aufforderung hin. »Nun, ich weiß, Sie sind eine vielbeschäftigte Frau«, sagte sie, »und Sie wurden bereits für diese Adoption freigegeben, also können Sie bald aufbrechen.«

»Oh, das sind gute Neuigkeiten«, schnurrte Black. »Ich würde Marielle gerne vor dem Abendessen zum Einkaufen für ihre neue Schuluniform mitnehmen.« Sie drehte sich zu mir. »Koch Pablo wartet darauf zu erfahren, was dein Lieblingsessen ist, damit er es für dich zubereiten kann.«

Mein Kopf war wie leergefegt. Lieblingsessen? »Oh«, sagte ich. »Alles wäre schön.«

»Marielle ist ein braves Kind«, sagte Hammond und schielte zu mir herüber. »Sie macht keinen Aufstand.«

»Aber du musst doch ein Lieblingsessen haben«, beharrte Black.

»Ja«, antwortete ich nickend. »Ja, habe ich. Es ist Pizza.«

Mit Pizza kann man nichts falsch machen, oder?

Hammond lachte nervös. »Wie Sie sich vorstellen können, servieren wir hier nicht sehr oft Pizza, also wird es etwas Besonderes sein.«

»Okay«, sagte Black, zufrieden mit der Antwort. »In diesem Fall werde ich Koch Pablo sagen, dass er den Abend frei nehmen kann. Wir werden auf dem Heimweg bei einer Pizzeria vorbeischauen.«

»Danke«, sagte ich.

»Wie gesagt, Miss Black, ich werde Sie nicht lange aufhalten. Aber ich muss fragen, wie es Mercury geht?«

»Ah!«, rief der Vampir aus. »Dieses Kind ist wunderbar. Sie haben mir gesagt, dass sie etwas Besonderes ist, aber sie ist wirklich einzigartig, nicht wahr?«

»Also ist sie glücklich?«, fragte Hammond. »Ich hatte gehofft, Sie würden sie heute mitbringen.«

»Oh, sie wollte kommen, liebe Ms. Hammond. Und sie lässt Sie grüßen. Aber es gab heute so viel zu tun, um die Ankunft ihrer besten Freundin vorzubereiten. Sie spricht die ganze Zeit davon! Ja, sie ist glücklich. Wunderbar sogar. Sie liebt die neue Schule. Sie liest immer noch unersättlich und geht jeden Tag im Garten spazieren. Sie hat viele besondere Freunde gefunden, aber sie hat Marielle trotzdem sehr vermisst.«

Ms. Hammond lächelte. Es war kein besonders überzeugendes Lächeln, und ich hoffte, Black würde es nicht bemerken.

»Es ist so wunderbar von Ihnen, dass Sie ihre Freundschaft ermöglichen«, sagte Hammond. »Sie waren hier in Woodhaven wie zwei Erbsen in einer Schote.«

»Und das werden sie wieder sein«, erwiderte Black. Ich hatte das Gefühl, dass sie es langsam leid war, ihr Lächeln zu erzwingen, und dachte, dass sie Hammond mit einem weiteren *Mesmer*-Zauber belegen würde, wenn wir nicht bald gehen würden, damit sie schnell verschwinden könnte.

»Ich bin so aufgeregt«, sagte ich mit immer noch fest gefalteten Händen.

»Nun, dann gibt es keinen Grund, uns weiter aufzuhalten«, sagte Ms. Hammond und stand auf. Wir beide folgten ihrem Beispiel. »Ich werde dich vermissen, meine liebe Marielle. Sei ein braves Mädchen, ja?«

Ich nickte und umarmte sie, und sie strich mir über das Haar.

»Sollte ich nicht... irgendetwas unterschreiben?«, fragte der Vampir.

»Oh ja, natürlich«, antwortete Hammond. »Wie dumm von mir.« Sie öffnete Marielles Akte und reichte Miss Black einen Stift. Wir beobachteten alle, wie der Stift in Hammonds Hand zitterte. Der Vampir warf ihr einen misstrauischen Blick zu.

»Verzeihen Sie mir«, lachte Hammond. »Ich bin ziemlich emotional. Ich bin Marielles Vormund, seit sie drei Jahre alt war.«

»Ich werde sehr gut auf sie aufpassen«, versicherte Miss Black und nahm den zitternden Stift. »Sie müssen sich um nichts sorgen.«

Sie unterschrieb das Papier und reichte mir dann den Stift. Ihre Hand zitterte nicht.

Ich holte tief Luft und unterschrieb das Papier, zögerte nur einen kurzen Moment, als ich mich daran erinnerte, dass ich Marielles Namen anstatt meinen eigenen unterschreiben musste.

»Wunderbar«, schnurrte der Vampir. »Hast du deine Sachen?«

Ich nickte, lächelte so fröhlich wie möglich und klopfte auf meinen Rucksack.

»Dann lass uns ins Auto steigen und einkaufen gehen! Du kannst auf dem Weg überlegen, was du brauchst. Kleidung, Bücher, Snacks, Make-up, was immer du möchtest.«

Ich versuchte, überrascht und dankbar zu wirken, als wir das Büro verließen und auf ihre Luxuslimousine zugingen. Mir fiel auf, dass sie keine Nummernschilder hatte, und ich dachte an die Überwachungsaufnahmen vom frühen Morgen. »Vielen Dank, Miss Black!«

»Wie aufregend«, fügte Hammond hinzu und umarmte mich ein letztes Mal. »Viel Glück«, flüsterte sie mir ins Ohr.

Wir stiegen ins Auto, und ich konnte mir vorstellen, wie sich Mercury gefühlt haben musste, als sie dasselbe getan hatte. Der Vampir lächelte mich an und startete den Motor. Ich öffnete das Fenster, um zum Abschied zu winken. »Tschüss, Miss Hammond! Danke für alles, was Sie für mich getan haben!«

»Sag Mercury, dass ich sie vermisse!«, rief sie zurück.

»Das werde ich, ich verspreche es. Tschüss!« Ich winkte wild, wie ich dachte, dass es ein emotionaler Teenager tun würde. Black setzte zurück, und wir fuhren davon, aber nicht bevor ich durch ein Fenster einen Blick auf Marielles besorgtes Gesicht hinter einer Gardine erhascht hatte.

KAPITEL 71

WIE ELEGANT DAS BÖSE
SEIN KANN

ASHA

»Das wird wunderbar«, schwärmte ich. »Ich kann es kaum erwarten, Mercury wiederzusehen.«

Lilian Black lächelte, hielt ihren Blick aber auf die Straße gerichtet. »Wir werden schneller dort sein, als Sie denken.«

»Können Sie mir etwas darüber erzählen?«, fragte ich. »Ich möchte vorbereitet sein.«

»Es gibt nichts, was Sie wissen müssen«, antwortete Black. »Es ist ein wunderbarer Ort, und ich bin sicher, dass Sie dort glücklich sein werden.«

»Sie sagten, Mercury geht im Garten spazieren? Ist er groß?«

»Er ist riesig«, sagte sie. »Sie werden ihn lieben.«

»Wie lange dauert die Reise?«

»Ein paar Stunden«, sagte der Vampir. Ich konnte spüren, dass sie meiner Fragen bereits überdrüssig wurde. Sie lächelte nicht mehr so viel und ihr Ton war etwas schnippisch.

Es war surreal, in einem so intimen Raum mit genau dem Vampir zu sein, der Mädchen entführt hatte. Der Vampir, der die Kellerkinder für den alten Taranath gekidnappt hatte. Wie schön und elegant das Böse sein kann. Sie war wohl die bösartigste Person, der ich je begegnet war ... und ich saß mit ihr in einem Auto.

»Es gibt Kopfhörer im Handschuhfach«, sagte sie. »Falls Sie etwas hören möchten, damit Ihnen nicht langweilig wird.«

Ja, sie war definitiv meiner Fragen müde, und ich hatte noch nicht einmal viele gestellt. Ich vermutete, sie hatte sie alle schon hundert Mal zuvor gehört. Ich öffnete das Handschuhfach und sah die Kopfhörer.

»Oh«, sagte sie und blickte nach unten. »Da ist ein Proteinshake von Chefkoch Pablo, wenn Sie möchten. Gesalzenes Karamell. Es wird noch eine Weile dauern, bis wir die Pizza bekommen.«

»Danke«, erwiderte ich. Ich nahm die Kopfhörer heraus, ließ den Shake aber liegen.

Black tippte mit den Fingern auf das Lenkrad. »Sie sollten den Shake wahrscheinlich trinken«, drängte sie. »Er ist gut für Sie, und Pablo wird nicht erfreut sein, wenn wir ihn verschwenden.«

»Ich würde gerne«, antwortete ich. »Nur ist mir etwas übel. Ich glaube, das liegt daran, dass ich nervös bin.«

»Es gibt keinen Grund, nervös zu sein, Marielle. Wir werden uns gut um Sie kümmern.«

»*Wir?*« fragte ich.

»Die Schule«, sagte sie. »Ich arbeite dort, also werden wir dort wohnen.«

»Also ist es wie ein ... Internat?«

»Wir mögen den Begriff *Internat* nicht. Das klingt ziemlich düster, wie eine Strafe, nicht wahr? Nein, es ist kein *Internat*. Sie werden sehen, dass Celestia der wunderbarste Ort ist.«

Celestia.

»Es ist eher wie eine ... superluxuriöse höhere Töchterschule. Ein zweites Zuhause, wo wir Sie zu einem gesunden Lebensstil und viel Spaß mit Ihren Freunden ermutigen.«

»Das klingt wunderbar«, sagte ich. »Eigentlich wie Woodhaven.«

Der Vampir schnaubte. »Nein, Liebes. Celestia ist nichts wie dieser ... kleine Ort, an dem Sie aufgewachsen sind. Sie haben nie etwas Besseres gekannt, aber das werden Sie bald.«

Ich seufzte und versuchte, meinen Körper im Sitz zu entspannen. Wenn die Fahrt ein paar Stunden dauern würde, könnte ich genauso gut versuchen, etwas zu ruhen. Ich hatte keine Ahnung, was mich auf der anderen Seite erwartete. Betrieben sie die Blutfarm wirklich wie eine Schule? Ich verstand nicht, wie das funktionieren sollte. Eine fröhliche Schule mit freiwilligen Blutspenden? Oder stahlen sie das Blut der Mädchen, während sie schliefen? Oder war ganz Celestia eine Fiktion, genau wie Chefkoch Pablo?

»Es ist Zeit, den Proteinshake zu trinken«, sagte Black. Ihr Tonfall ließ wenig Spielraum für Widerspruch, aber grundsätzlich nahm ich nichts zu mir, wenn ich der Person, die es hergestellt hatte, nicht vertraute. Außerdem wusste ich nicht, wie der Shake mit dem Glamour-Trank interagieren würde, der noch immer in meinem gestressten Magen schwappte. Es war einer der Nachteile eines lang anhaltenden Tranks – sie blieben typischerweise eine Weile bei einem, und der, den ich gewählt hatte, würde etwa achtundvierzig Stunden wirken. Hoffentlich würde das genug Zeit sein, um hineinzukommen, die Mädchen zu finden und wieder herauszukommen, obwohl ich noch nicht sicher war, wie das alles funktionieren würde. Manchmal muss eine Hexe einfach improvisieren. Ich kratzte an der Ekzemstelle an meinem Arm. Es schien schlimmer zu werden. Wahrscheinlich lag das am Cortisol, das meinen Körper durchflutete.

»Wenn es Ihnen nichts ausmacht, Miss Black«, sagte ich. »Ich würde lieber nicht.«

Ich konnte förmlich spüren, wie die schöne Vampirin mit den Augen rollte. Ich dachte, sie würde es vielleicht auf sich beruhen lassen, aber plötzlich bremste sie stark und fuhr an den Straßenrand. Ein Auto, das uns zu dicht folgte, bremste, schlingerte und hupte wie eine wütende

Gans, bevor es beschleunigte. Lilian Black zischte den Rücklichtern hinterher.

Als sie sich zu mir umdrehte, zwang sie sich zu einem zornigen Lächeln. »Marielle.« Der Name klang wie ein Knurren. »Ich habe Sie auf jede nette Art, die mir einfällt, gebeten, den Proteinshake zu trinken. Versuchen Sie, mich wütend zu machen?«

Ich schüttelte den Kopf. »Nein, Miss Black.«

Sie knirschte mit den Zähnen. »Sind Sie sicher?«

»Ja, Miss Black. Ich entschuldige mich.«

Sie startete den Wagen nicht. Stattdessen beobachtete sie mich weiter, wartend, bis ich begriff, dass wir nirgendwo hinfahren würden, bis ich den verdammten Shake getrunken hatte. Ich griff nach dem Becher, öffnete ihn und nahm einen langen Schluck. Die Vampirin startete den Motor wieder und fuhr zurück auf die Straße.

»Danke«, sagte sie.

Wie erwartet begann ich mich bald benommen zu fühlen. Der fiktive »Chefkoch Pablo« war sicherlich großzügig mit welchem Beruhigungsmittel auch immer er dem Getränk hinzugefügt hatte. Ich fühlte mich desorientiert und machte mir Sorgen, dass ich nicht in meiner Rolle bleiben würde, wenn ich benebelt war. Ich war auch beunruhigt darüber, welche Auswirkungen das Beruhigungsmittel auf meinen Glamour-Trank haben würde. Was, wenn ich aufwachte und wie ich selbst aussähe? Oder wie jemand völlig anderes? Aber bald wurden meine Sorgen von dem pferdestärkengleichen Beruhigungsmittel weggewaschen, und das Einzige, was ich noch sehen konnte, waren meine Augenlider von innen.

KAPITEL 72
PURITAS ANTECEDIT

ASHA

Ich war ziemlich verwirrt, als ich in einem Raum aufwachte, der aussah und sich anfühlte wie ein ruhiges Zimmer in einem Krankenhaus. Alles in dem Raum war weiß, von den Bodenfliesen über die Vorhänge bis zur Decke. Ich trug ein weißes Baumwollnachthemd, so dünn wie Papier. Die Droge war noch in meinem System, denn der Raum hatte einen seltsamen Fischglas-Look, und ich war zu schwindelig, um aufzustehen. Es brauchte ein paar Minuten, bis mir klar wurde, dass sich mein Körper seltsam anfühlte, weil es nicht mein regulärer Körper war. Mein Mund war trocken und die Metallklammern an meinen Zähnen fühlten sich zu groß für meinen Mund an. Ich starrte eine Weile auf meine rundlichen Knöchel und breiten Füße und die Sommersprossen auf meinen Unterarmen. Schließlich fühlte ich mich gut genug, um aufzustehen und zum Spiegel zu taumeln, um sicherzustellen, dass mein Gesicht immer noch wie Marielles aussah. Es tat es, und ich war erleichtert. Ich versuchte es an der Tür, wissend, dass sie abgeschlossen sein würde. Sie war es. Ich taumelte zurück zum Bett und muss eingeschlafen sein, denn als ich meine Augen öffnete, hatte das schwache Morgenlicht dem hellen Sonnenschein des Vormittags Platz gemacht und mein Kopf war klar.

Ich schnupperte in der Luft. Essen. Jemand war mit einem Frühstückstablett hereingekommen. Ich schaute auf mein Nachtschränkchen und sah einen Teller mit Croissants und Obst sowie ein Glas Orangensaft. Ich war ausgehungert und machte kurzen Prozess mit dem ganzen Teller. Zwei Gebäckstücke, frische Ananaswürfel, ausgelöffelte Kiwi und gemischte Beeren. Es war köstlich. Das war sicherlich keine Hinterhof-Blutfarm. Ich goss den Saft ins Waschbecken, spülte die Beweise weg und trank stattdessen Wasser aus dem Wasserhahn.

Es gab ein leichtes Klopfen an der Tür.

»Herein«, rief ich.

Ich hörte den Schlüssel im Schloss drehen, und Miss Black rauschte herein, in ihrem anspruchsvollen Korsettkleid, das sie so zu lieben schien. Ich fragte mich, ob sie es genossen hatte, diesen Kleidungsstil in der viktorianischen Ära zu tragen und einfach nie zu zeitgemäßer Kleidung übergegangen war. Ich hatte das bei männlichen Vampiren gesehen, aber noch nicht bei einer Vampirin. Ich konnte mir sie jedenfalls nicht in einem Outfit aus den 60ern vorstellen.

»Marielle, Liebes«, sagte sie. Sie war wieder oberflächlich warm und freundlich. »Wie hast du geschlafen? Wie fühlst du dich?«

»In beiden Fällen sehr gut«, sagte ich, erinnerte mich dann aber, dass ich eine junge Teenagerin sein sollte, und versuchte, meine Sprache weniger förmlich zu gestalten. »Gemütliches Bett, und das Essen war lecker.«

»Oh ja, die Küche hier in Celestia hat den unglaublichsten Patissier. Warte, bis du die Schokoladeneclairs probierst. Sie sind zum Sterben schön.« Sie sah mich eindringlich an, und ich versuchte, mich aus ihrem laserartigen Blick zu winden.

Da ist etwas anders an dir, konnte ich sie denken hören. *Ich werde es herausfinden.*

Ich räusperte mich und schaute mich um. »Wird das mein Schlafzimmer sein?«

»Oh nein, Kind. Das ist der medizinische Flügel.«

»Der medizinische *Flügel?*«, fragte ich. »Warum braucht eine Schule einen ganzen medizinischen Flügel?«

»Weil wir deine Gesundheit und dein Wohlbefinden hier äußerst ernst nehmen«, antwortete sie. »Zum Beispiel wirst du heute eine Reihe von Tests durchlaufen, um festzustellen, wie gesund du bist und was wir tun können, um deine Vitalität zu optimieren.«

»Tests?«, fragte ich. »Welche Art?«

»Alles!«, antwortete sie fröhlich. »Wir wollen alles über dich wissen ... medizinisch gesprochen.«

»Oh«, sagte ich.

»Aber keine Sorge, Liebes, nichts ist zu invasiv. Du wirst dich nicht unwohl fühlen. Betrachte es als einen Tag zum Ausruhen und Auftanken, bevor du dich den anderen Mädchen anschließt.«

»Wie viele Mädchen gibt es?«, fragte ich.

Die Vampirin runzelte die Stirn und schaute nach oben, als würde sie im Kopf rechnen. »Wir haben etwa hundert Schülerinnen zu jeder Zeit. Wenn die älteren Mädchen ihren Abschluss machen, nehmen wir jüngere Mädchen auf, wie dich.«

»Haben Sie viele Mädchen, die... ihren Abschluss machen?«, fragte ich. »Wie lange dauert das?«

Ich wollte nicht zu sehr drängen, aber meine Zeit als Marielle war begrenzt, und jede Information, die ich aus dem Wesen herausbekommen konnte, würde mir in der nächsten Phase des Plans helfen.

»Das kommt darauf an, Marielle, Liebes. Denk daran, dass ich dir gesagt habe, Celestia ist wie eine Finishing School, also gibt es keinen festgelegten Lehrplan oder eine Reihe von Prüfungen, die du bestehen musst, um deinen Abschluss zu machen. Du musst nur als bereit... und würdig erachtet werden.«

»Würdig?«

»Wir legen hier großen Wert auf Reinheit«, antwortete Black. »Reinheit des Körpers und Reinheit des Geistes. *Puritas antecedit.* Reinheit hat Vorrang.«

Das erklärte wohl die komplett weiße Inneneinrichtung. »Verstehe.«

Ich war gerade dabei, weitere Fragen zu stellen, als sie eine Hand hob. »Du bist ein neugieriges Mädchen, Marielle, nicht wahr?«

»Das ist das Zeichen eines wachen Verstandes«, antwortete ich und fügte schnell hinzu: »Ms. Hammond hat das immer gesagt.«

»In der Tat«, erwiderte Black. »Aber ich denke, das ist genug für heute. Lass mich dich jetzt zu Dr. Bianca bringen und diese Tests durchführen.«

Ich bewegte mich nicht, und Miss Black spürte meine Besorgnis. »Es gibt keinen Grund zur Sorge, Liebes. Sie ist eine wunderbar sanfte Ärztin, und die Tests werden schneller vorbei sein, als du denkst.«

Dr. Bianca wärmte ihr Stethoskop, bevor sie es auf meine Brust und meinen Rücken drückte. Sie entschuldigte sich für den Stich der Nadel bei der Blutabnahme und für das Unbehagen durch das Spekulum beim Abstrich. Sie war zufrieden damit, wie ich verkabelt auf dem Laufband abschnitt, und auch mit meinem Lungenbelastungstest, bei dem ich so hart wie möglich in eine kleine Maschine ausatmen musste. Dann einige Röntgenaufnahmen, ein MRT, einige Fragebögen und schriftliche Tests.

Ich wurde für das Mittagessen und ein Nickerchen in mein Zimmer zurückgeschickt, während wir darauf warteten, dass das Labor die verschiedenen Testergebnisse verarbeitete. Am Nachmittag wurde ich zurück in Dr. Biancas Sprechzimmer gerufen. Mir wurde eine Uniform gegeben: ein wunderschönes weißes Tunikakleid mit elegantem himmelblauem Besatz. Die Ärztin bot mir einen Platz an, und ich nahm ihn.

»Nun«, sagte sie warmherzig, »du hast mit Bravour bestanden.«

Ich war erleichtert.

»Alle deine Werte liegen im Normalbereich, deine Lunge ist stark, dein Herz ist gesund. Es gibt absolut nichts Besorgniserregendes. Du bekommst einen einwandfreien Gesundheitszustand bescheinigt!« Sie schaute mich an, als würde sie auf eine fröhliche Reaktion warten.

»Danke«, murmelte ich.

»Ich habe nur noch eine letzte Frage für dich. Sie ist leider ziemlich persönlich.« Sie nahm ihre Brille ab und legte sie auf den Schreibtisch zwischen uns.

»Ich habe nichts gegen persönliche Fragen«, sagte ich. »Zumindest nicht von einer Ärztin.«

Bianca lächelte. »Es ist wichtig zu wissen, dass es keine falsche Antwort gibt. Es wird überhaupt keine Beurteilung geben. Die einzige Priorität ist Ehrlichkeit.«

Interessant, dachte ich.

»Du wirst also die Wahrheit sagen?«, drängte sie. »Null Beurteilung.«

Innerlich spottete ich über das »null Beurteilung«, als ich mich an Blacks Worte erinnerte. *Puritas antecedit.* »Ja, ich verspreche es.«

Sie nickte zurück und nahm ihren Stift, bereit, meine Antwort in meiner Patientenakte zu vermerken.

»Als ich dich untersuchte, schien es, als wärst du noch nicht sexuell aktiv gewesen.«

»Richtig«, sagte ich. Ich würde darauf wetten, dass Marielle eine Jungfrau war.

»Du bestätigst das also?«, sagte Dr. Bianca, den Stift über dem Papier schwebend.

»Ja«, antwortete ich. »Ich war nicht sexuell aktiv.«

Die Ärztin lächelte, ihr Blick verweilte einen Moment länger als ich erwartet hatte. Konnte sie erkennen, dass ich nicht die ganze Wahrheit sagte? Sie schaute wieder nach unten und kreuzte das entsprechende Feld in der Akte an. »Nun, dann sind wir fertig! Danke, dass du so kooperativ warst.«

»Gern geschehen«, antwortete ich, weil ich nicht wusste, was ich sonst sagen sollte.

»Und jetzt darfst du die Schule sehen«, sagte sie, schlug die Hände zusammen und lächelte. »Ich bin sicher, sie wird dir gefallen.«

KAPITEL 73
ES GESCHIEHT WIRKLICH

ASHA

Miss Black wartete vor dem Behandlungszimmer auf mich. Ihre Lippen verzogen sich zu einem Lächeln. »Das ist aufregend.«

Sie führte mich aus dem medizinischen Flügel hinaus. »Jetzt kannst du alles sehen. Jeden. Und du darfst mit dem Rest von uns zu Abend essen.«

»Ich kann es kaum erwarten, Mercury zu sehen«, sagte ich. »Ich habe sie vermisst.«

Black antwortete nicht.

Wir verließen die weißen Wände der Arztkorridore und gingen die Treppe hinunter – eine riesige, prachtvolle Treppe, die in einen mit persischen Teppichen ausgelegten Raum führte. Über uns funkelten Kronleuchter.

»Dies ist der Empfangsbereich.« Black deutete auf einen Schreibtisch, der wie ein Hotelempfang aussah. »Wenn du jemals etwas brauchst, kannst du den Concierge fragen.«

Es geschieht wirklich, sagte ich zu mir selbst, als ich das erste Mädchen erkannte, das ich aus den Fallakten kannte, gekleidet in die gleiche Tunika wie die, die ich trug. Dann sah ich eine weitere.

Es geschieht wirklich.

Ich hatte die vermissten Töchter gefunden.

Es war absolut surreal. Ich konnte nicht glauben, dass ich hier war, mit ihnen, in diesem verrückten Theater, das die Vampire erschaffen hatten. Die Mädchen liefen ohne die geringste Sorge herum, mit weichem, fließendem Haar, das mit Gänseblümchen und Schleierkraut geschmückt war. Sie plauderten und kicherten und schienen alle vollkommen glücklich mit ihrer Situation zu sein. Wie machten die Vampire das? Wussten die Mädchen nicht, dass sie entführt worden waren? Oder waren sie so hypnotisiert, dass sie sich an nichts mehr aus ihrem früheren Leben im Reich erinnerten? Ich konnte nicht anders, als ihre unbeschwerte Körpersprache und ihre glücklichen Gesichter anzustarren.

Ich suchte verzweifelt nach Dusty, Abigail und Zaleria. Sie waren hier irgendwo. Es kostete mich große Willenskraft, nicht aus voller Kehle nach Dusty zu rufen.

»Komm mit, Marielle«, sagte Black. »Lass mich dir das Gelände zeigen. Die Iris sind diese Woche besonders hübsch.«

Der Garten war tatsächlich wunderschön. Bäume, die schwer von Blüten waren, Rosen, die über Bögen rankten, mexikanische Gänseblümchen zu unseren Füßen. Der Rasen sah viel zu perfekt aus, um lebendig zu sein. Ich beugte mich hinunter und berührte ihn. Die Grashalme fühlten sich echt an. Wie machten sie das? Wie zogen sie eine so riesige, umfassende Illusion auf? Es musste eine unglaubliche Menge an Magie erfordern. Woher kam sie?

Black bemerkte meine gerunzelte Stirn.

»Es gibt hier nichts, worüber du dir Sorgen machen musst, liebe Marielle«, versicherte sie mir, wie sie es sicherlich schon bei mehr als hundert Mädchen vor mir getan hatte. »Es gibt keine Prüfungen, kein Bestehen oder Durchfallen. Das Einzige, was du hier gut machen musst, ist glücklich und gesund zu bleiben, was wir dir wirklich leicht machen.«

Ihre Sätze waren so gut einstudiert, dass sie sie sicher im Schlaf aufsagen konnte.

»Möchtest du dein Zimmer sehen?«

Ich klebte ein Lächeln auf mein Gesicht und nickte auf eine Weise, die hoffentlich aufgeregt wirkte.

Wir gingen die große Treppe wieder hinauf. Ich spähte in einige der Zimmer mit offenen Türen und konnte nicht glauben, was ich sah. Die Vampirin wirkte jetzt weniger angespannt, wahrscheinlich weil ich die medizinischen Tests bestanden hatte und aufgehört hatte, so viele Fragen zu stellen. Wir erreichten das Ende des Korridors und wurden langsamer. Miss Black öffnete die Tür mit der Nummer 28.

Mein neues Schlafzimmer war riesig, mit viel Platz, weißen Wänden und hohen Decken.

»Du solltest alle Toilettenartikel, die du brauchst, im Schrank haben«, sagte Miss Black. »Aber wenn du etwas anderes benötigst, kannst du einfach eine Bestellung am Empfang aufgeben.«

»Danke«, antwortete ich. Wer auch immer diesen Ort betrieb, musste Unmengen an Geld verbrennen.

»Es gibt vorerst ein Bett, aber wenn du entscheidest, dass du eine Zimmergenossin möchtest, lass es mich einfach wissen, und wir werden es arrangieren.«

Auf dem Schreibtisch lag neben einem Obstkorb eine schmale Geschenkschachtel, eingewickelt in demselben Blauton wie die Verzierung auf meinem neuen Tunikakleid und mit einer eleganten weißen Schleife umbunden.

»Das ist für dich«, sagte Black und betrachtete das eingepackte Geschenk. »Mach es ruhig auf.«

Ich öffnete die Schachtel, und darin befand sich eine Smartwatch.

»Oh«, sagte ich. »Danke.« Herzfrequenz, Sauerstoffsättigung, gelaufene Schritte. Und ich war mir sicher, dass sie einen Mikrochip enthielt ... umso besser, um uns zu überwachen.

»Die Uhr hilft uns genauso wie den Schülerinnen. Du wirst sehen, dass alle Mädchen eine haben. Du erhältst Benachrichtigungen für alle Mahlzeiten, Neuigkeiten und Spaßveranstaltungen. Wenn du es dir also zur Gewohnheit machst, sie zu tragen, wird dein Leben einfacher sein.«

Nachdem sie gegangen war, durchsuchte ich die Schubladen und fand Hygieneprodukte, Unterwäsche, frisch gewaschene Uniformen und Bücher. Ich suchte nach versteckten Kameras und Wanzen, aber mir wurde klar, dass all das wahrscheinlich in die Uhr eingebaut war, die ich jetzt trug. Ich würde sehr vorsichtig sein, wohin ich ging und was ich sagte, wenn ich sie trug. Während ich das Gerät inspizierte, vibrierte es, und ein Benachrichtigungsfenster erschien. »Essenszeit«, stand dort, mit einem Essens- und Sabbersmiley. Ich trat auf den Flur hinaus und schloss mich der Schar anderer Mädchen an, die zum Speisesaal gingen. Ich fand einen Platz an einem Tisch in der Nähe der Küche und setzte mich, wobei ich schüchtern die anderen Mädchen ansah, die mich beobachteten.

»Du bist neu«, sagte ein freundliches Gesicht. »Hallo.«

Ich lächelte zurück. »Hallo.«

Die anderen Mädchen lächelten ebenfalls und murmelten Grüße und Willkommensworte.

»Ich bin Francine«, sagte sie. »Meine Freunde nennen mich Frankie.«

»Ich bin A-« *Ups!* Ich korrigierte mich schnell. »Ich bin Marielle.«

Der erste Gang kam: ein kleiner Teller Spaghetti mit einer cremigen Tomaten-Garnelen-Sauce. Ich sagte dem Kellner, dass ich keine Meeresfrüchte esse, und sie sah verwirrt aus.

»Das stand nicht in Ihrer Akte«, sagte sie, »sonst hätten wir etwas anderes für Sie zubereitet.«

»Oh, das ist in Ordnung«, antwortete ich. »Ich habe sowieso keinen großen Hunger.«

»Ah«, sagte Frankie. »Machst du eine Diät?«

Ich wollte gerade nein sagen, dachte aber, dass es eine praktische Ausrede wäre, um das Essen zu vermeiden. Ich nahm an, dass die Vampire nicht wirklich für vegane Gefangene gesorgt hatten.

Ich nickte. »Ja«, antwortete ich. »Dr. Bianca meinte, ich könnte ein paar Kilogramm verlieren.«

»Wie unhöflich von ihr«, sagte Frankie, und wir lächelten beide wieder. Sie lehnte sich verschwörerisch vor. »Bei mir hat sie dasselbe gesagt, als ich ankam. Es ist nicht leicht, hier abzunehmen, aber sie ... helfen dir dabei.«

»Was meinst du?«

Sie deutete auf meine Uhr. »Schritte und Kalorienzählen. Es ist ein echter Albtraum, aber es funktioniert.«

»Sie scheinen hier einen straffen Zeitplan zu haben«, sagte ich.

Francine nickte, und ich dachte, sie würde vielleicht etwas sagen, aber sie beschloss, es für sich zu behalten.

»Marielle«, hörte ich Blacks Stimme hinter mir, und meine Haare stellten sich auf. Ich versuchte zu lächeln und drehte mich zu ihr um. »Wie lebst du dich bisher ein, meine Liebe?«

»Sehr gut, danke, Miss Black«, antwortete ich.

»Sind die anderen Mädchen nett zu dir?«

Ich nickte. »Sehr nett.«

»Die Kellnerin hat gemeldet, dass du die Vorspeise nicht gegessen hast.«

Ich starrte sie einen Moment an. »Ich habe nicht viel Hunger«, sagte ich.

»Das ist überhaupt kein Problem. Ich habe dir ein Nahrungsergänzungsmittel von Dr. Bianca mitgebracht, um eventuelle Nährstoffmängel auszugleichen.« Sie hielt einen kleinen Teller mit einer Pille darauf.

»Oh, das ist nicht nötig«, sagte ich schnell. »Ich werde etwas essen.«

Der Tisch verstummte, während alle auf Blacks Reaktion warteten. Die Augen der Vampirin brannten sich in meine.

»Marielle«, sagte sie. »Bitte nimm das Ergänzungsmittel.«

»Ja, Miss Black«, sagte ich und nahm die Pille vom Teller. Sie wartete.

Alle Mädchen am Tisch beobachteten mich. Ich steckte sie in meinen Mund und nahm einen Schluck Wasser.

»Braves Mädchen«, sagte sie und legte eine kühle Hand auf meine Schulter. »Du wirst dich hier im Handumdrehen zurechtfinden.«

KAPITEL 74

HYPNOTISIEREN, MEDIKAMENTIEREN, MANIPULIEREN

ASHA

Nach einem ziemlich angespannten Abendessen begleitete Frankie mich zurück zu meinem Zimmer. »Wir sind Nachbarn«, sagte sie und zeigte auf das Zimmer gegenüber von meinem, während sie breit grinste.

»Darüber bin ich wirklich froh«, sagte ich, während die Innenseite meiner Lippen an der Zahnspange rieb, an die ich mich immer noch nicht gewöhnt hatte, als ich sie anlächelte.

»Darf ich dich besuchen?«, fragte sie.

»Ja, natürlich, das würde mich freuen«, antwortete ich.

Francine brauchte keine weitere Ermutigung und ließ sich auf mein Kingsize-Bett fallen. »Ich wollte nur kurz mit dir reden, bevor du heute Abend deine Sitzung bei Black hast.«

Mein Magen verkrampfte sich. »Äh... welche Sitzung?«

»Deine Einführung. Hat sie dir nichts davon erzählt?«

»Sie hat mir bereits alles gezeigt«, sagte ich.

»Ja, aber heute Abend wirst du für eine kurze Sitzung in ihr Büro gehen. Einführung, so nennen sie das.«

417

»Wurdest du auch eingeführt?«

Sie nickte. »Jeder wird es, wenn er ankommt. Aber weißt du, was das Seltsame daran ist?«

»Was?«

Francine verdeckte das Zifferblatt ihrer Uhr, also tat ich es ihr gleich. Sie senkte ihre Stimme zu einem Flüstern. »Niemand erinnert sich wirklich daran, was dort passiert.«

»Das ist seltsam«, flüsterte ich zurück.

»Also habe ich mich gefragt«, fuhr sie fort, »ob du heute Abend genau aufpassen könntest und, wenn es dir nichts ausmacht, mir erzählst, was passiert. Nur aus Interesse, natürlich.«

In meinem Gehirn fing es an zu arbeiten. Frankie war definitiv ein Mädchen, das ich auf meiner Seite haben wollte. »Ich werde genau aufpassen und dir alles erzählen«, sagte ich.

Frankie sah zufrieden aus. »Das würde ich wirklich zu schätzen wissen.«

»Kein Problem«, sagte ich. »Ich schätze es, dass du so freundlich bist.«

»Ich gehe jetzt«, sagte sie, dann flüsterte sie: »Du kannst die Pille in Ruhe ausspucken.« Sie ließ ihre Uhr los, zwinkerte mir zu, sprang auf und ging zur Tür.

»Nein, warte«, sagte ich. »Geh nicht. Ich habe ... Fragen.«

»Fragen bringen dich hier in Schwierigkeiten«, erwiderte sie, und mit einem Winken war sie verschwunden.

Ich ging ins angrenzende Badezimmer und spuckte die Pille aus, die ich während des gesamten Abendessens an meiner Wange gehalten hatte. Sie hatte sich ein bisschen aufgelöst, also spülte ich meinen Mund mit Wasser aus und hoffte auf das Beste. Ich überlegte, mich zum Erbrechen zu bringen, entschied aber, dass es nicht nötig war.

Ich zog den schönen Baumwollpyjama an, den ich in meiner Kommode fand, und ließ mich auf das wunderschön gemachte Bett fallen, die

Hände hinter dem Kopf verschränkt, während ich alles in meinem Kopf durchging.

Ich konnte immer noch kaum glauben, dass ich es tatsächlich in das Taschenreich des Vampirs geschafft hatte. Die Tatsache, dass ich diese Mädchen schon so lange suchte und dabei stets das Schlimmste befürchtete, machte es wirklich bizarr, ihr Leben hier zu erleben, so glücklich und sorglos. Die einzige Erklärung, die für mich Sinn ergab, war, dass sie alle komplett einer Gehirnwäsche unterzogen worden waren.

Es war klar, dass Celestia eine Art Kult war, aber wie genau hielten die Vampire sie so glücklich? Black und diese Quacksalberin Bianca waren offensichtlich sehr gut in Manipulation und nutzten jedes Mittel, das ihnen zur Verfügung stand: Hypnose – was die »Einführung« wahrscheinlich war – und eine mächtige Kombination aus pharmakologischer und psychologischer Gehirnwäsche. Ich dachte an das Nahrungsergänzungsmittel, auf dem der Vampir bestanden hatte, und vermutete, dass es sich um eine Mischung aus Beruhigungs- und Betäubungsmitteln handelte, um die Mädchen ruhig und glücklich zu halten.

Hypnotisieren, Medikamentieren, Manipulieren.

Ergänzt durch die erstaunlichen Anlagen, das Essen und die Aktivitäten, die hier zur Verfügung standen, und bald würden die Mädchen sich nicht einmal mehr an das Leben erinnern, das sie mit ihren Familien geführt hatten. Sie würden sich überhaupt nicht mehr an ihre Familien erinnern. Ich wollte Frankie unbedingt fragen, ob sie Zaleria Chalice oder Mercury kannte, war aber besorgt, dass meine Uhr mich ausspionierte, und ich hatte Lilian Black an diesem Abend bereits einmal verärgert – ich wollte nicht in Einzelhaft gesteckt werden oder was auch immer das Celestia-Äquivalent war. Nein, ich musste die Dringlichkeit meiner Situation gegen die Gefahr abwägen, entdeckt zu werden. Ich rechnete damit, dass mein langanhaltender Glamour-Trank noch etwa vierundzwanzig Stunden wirken würde, und in dieser Zeit musste ich so viel wie möglich herausfinden, ohne Shadow Snow auf meine Mission aufmerksam zu machen.

Ich lag stundenlang in dem riesigen, bequemen Bett mit seiner teuren Bettwäsche und den Memory-Foam-Kissen und beobachtete, wie das Licht vom späten Abend zur tiefen Nacht verblasste. Ich war mir sicher, dass all die anderen Mädchen unter dem Einfluss der magischen Ergänzungsmittel, die zum Abendessen verteilt wurden, tief und fest schliefen. Ich wartete darauf, aus dem Bett geholt und »eingeführt« zu werden, aber niemand kam. Es war kurz vor elf Uhr, als ich beschloss, dass ich auch aufstehen und eine Erkundung des großen Hotel-Blutfarmen-Komplexes versuchen könnte, der sich als vornehme Bildungsanstalt tarnte. Ich zog eine Strickjacke gegen die leichte Kühle in der Luft an und blieb barfuß, damit ich mich so leise wie möglich bewegen konnte. Ich wünschte, ich hätte meinen Zauberstab für Licht und Schutz dabei, aber ich musste ohne ihn auskommen. Das Gebäude war neu, was mir bei meiner heimlichen Mission half, weil ich mich nicht mit knarrenden Holzböden oder quietschenden Türangeln herumschlagen musste. Der Boden im Korridor war kalt, und ein Schauer lief mir über den Rücken. Wieder überwältigte mich fast die surreale Natur dessen, was geschah. Ich hatte das Gefühl, mich in einem dunklen Traum zu bewegen, als ich den Gang entlangschlich, auf der Suche nach jeder Art von Information, die mir helfen würde, diesen giftigen, tödlichen Ort zu beenden.

Wenn Chione hier wäre, würde sie mich fragen, was mein Plan sei, und mir diesen katzenhaften Blick der Missbilligung zuwerfen, wenn ich zugeben müsste, dass ich keinen hatte. Ich ertappte mich dabei, wie ich mir wünschte, dass sie für diesen Teil der Erkundung an meiner Stelle wäre – schließlich hatte sie Nachtsicht – ganz zu schweigen von der Fähigkeit, sich bei Bedarf in eine kleine schwarze Katze zu verwandeln. Ich näherte mich dem Ende des Korridors und war mir nicht sicher, in welche Richtung ich gehen sollte. Ich dachte, es könnte gut sein, den Weg zurück zum medizinischen Flügel zu finden, da diese krankenhausähnliche Umgebung der Ort zu sein schien, an dem sie den Mädchen Blut abnehmen würden. Als ich gerade im Begriff war, vom dunklen Korridor in einen noch dunkleren abzubiegen, hörte ich das leiseste Schlurfen direkt hinter mir. Ich wirbelte herum und keuchte unwillkürlich auf, als ich eine Hand spürte, die meinen Mund bedeckte. Automatisch schlug ich auf den Schatten ein, der meine Schnüffelei entdeckt hatte, und hörte einen mädchenhaften Schrei der Überraschung und des Schmerzes, als sie meinen Mund losließ.

»Ich bin's!«, flüsterte sie dringend. »Ich bin's, Frankie!«

»Oh, *verflixt*«, flüsterte ich zurück. »Oh, beim Hades! Es tut mir so leid!«

»Was *machst* du da?«, fragte sie und rieb sich die Brust, wo ich sie getroffen hatte.

»Ich weiß nicht«, antwortete ich, unsicher, wie viel ich preisgeben sollte. »Ich dachte, ich sehe mich ein bisschen um.«

»Hast du die Angewohnheit, mitten in der Nacht herumzuschnüffeln und Leute zu schlagen?«

»Äh-«, erwiderte ich.

»Du hättest mich verdammt noch mal warnen können. Aua.«

»Es tut mir wirklich leid«, flüsterte ich. »Ich bin erschrocken.«

Wenn ich mich weniger großzügig gefühlt hätte, hätte ich sagen können: *Hast du die Angewohnheit, dich an Leute anzuschleichen und zu versuchen, sie von hinten zu ersticken?*

»Schon okay«, sagte Frankie. »Aber du solltest besser zurück ins Bett gehen, bevor Black dich findet.«

»Warum sollte sie mich finden?« Sollte Lilian Black nicht selbst im Bett liegen und tief schlafen? Natürlich nicht. Immerhin ist sie ein Vampir.

»Miss Black macht nachts Kontrollgänge«, flüsterte Frankie. »Sie überprüft jede Einzelne von uns, manchmal sogar mehr als einmal.«

»Woher weißt du das?«, flüsterte ich zurück.

Frankie zögerte, bevor sie antwortete. Sie wusste, wonach ich wirklich fragte.

»Ich habe auch aufgehört, die Nahrungsergänzungsmittel zu nehmen«, antwortete sie und beobachtete meine Reaktion.

»Warum?«, fragte ich.

»Komm schon«, sagte sie leise. »Lass uns den Korridor verlassen. Wir können in meinem Zimmer reden, aber wir sollten uns beeilen.«

KAPITEL 75
STEPFORD-SCHÜLERINNEN

ASHA

Wir bewegten uns leise zurück zu unseren Zimmern und schlüpften in Frankies. Sie zog mich zu ihrem Bett und wir saßen zusammen im Dunkeln, nah genug, um das Flüstern der anderen zu hören. Wir bedeckten beide unsere Uhren. Meine Augen hatten sich angepasst, sodass ich ihr Gesicht erkennen konnte, aber nicht viel mehr.

»Es gibt etwas, das du über diesen Ort wissen solltest«, sagte sie.

»Was?«, fragte ich.

»Es ist nicht das, wonach es aussieht.«

»Was ist es dann?« Woher wusste sie, dass hier etwas Böses im Gange war, wenn sie doch wie alle anderen hypnotisiert gewesen war?

Sie schüttelte den Kopf. »Ich bin mir nicht sicher. Ich versuche, es herauszufinden. Ich habe das Gefühl, dass ich vielleicht paranoid bin, aber irgendwas stimmt hier einfach nicht. Spürst du das nicht auch?«

Ich nickte. »Ich spüre es.«

»Ich war hier glücklich«, fuhr sie fort. »Wie die anderen Mädchen. Aber es gab ein Mädchen hier, das anfing, Fragen zu stellen, und sie… nun, sie hat ‚absolviert', aber–«

»Was bedeutet das? Dass sie gehen durfte?«

Frankie schüttelte den Kopf. »Nein. Ich weiß es nicht. Sie sagen, sobald man bereit ist, kann man von Celestia absolvieren. Sie schicken dich ins Ausland an eine wunderschöne, wichtige Ivy-League-Universität in Europa–«

»Aber man hört nie wieder von ihnen«, sagte ich.

»Ja!«, zischte sie. »Ja. Woher wusstest du das?«

Ich holte tief Luft. Wenn ich wollte, dass Frankie mir alles erzählte, was sie wusste, musste ich auch ehrlich zu ihr sein. Bis zu einem gewissen Punkt natürlich.

»Der Grund, warum ich hier bin, ist, die Schule zu untersuchen«, antwortete ich und beobachtete ihre Reaktion.

»Was?«, sagte sie mit großen Augen. »Das glaub ich jetzt nicht. Im Ernst?«

»Ernst wie ein Herzinfarkt«, erwiderte ich. »Und ich habe nicht viel Zeit. Um diese Zeit morgen muss ich hier raus sein.«

»Aber was ist mit uns?«, fragte sie. »Ich will nicht hierbleiben.«

»Ich werde euch alle rausholen«, versprach ich. »Aber zuerst müssen wir wissen, womit wir es zu tun haben. Ich muss einen Weg finden, euch alle nach Hause zu bringen.«

Frankie zuckte zusammen, als hätte ich sie wieder geschlagen. »Nach Hause?«

»Ja«, antwortete ich. »Ihr seid alle von irgendwo hergekommen. Wo ist dein Zuhause?«

»Die Vergangenheit ist nicht wichtig«, sagte sie. »Es hat keinen Sinn, in der Vergangenheit zu verweilen.«

Ich beobachtete sie und hoffte, dass sie mehr sagen würde, aber sie tat es nicht.

»Aber deine Familie«, drängte ich. »Deine Eltern. Sie werden dich vermissen.«

»Eltern«, echote sie, blinzelnd, als ob sie versuchte, sich an etwas zu erinnern. »Ich weiß nicht, ob ich Eltern habe.«

»Wo warst du, bevor du hier… *eingeschrieben* wurdest?«

Sie dachte eine Weile nach. »Ich weiß es nicht. Es fühlt sich an, als wäre ich hier geboren, aber irgendwie weiß ich, dass das nicht stimmt?«

»Und die anderen Mädchen?«, fragte ich.

»Ich kenne niemanden hier, der sein Zuhause oder seine Familie vermisst. Sie sind alle glücklich, hier zu sein.«

Das hatte ich selbst gesehen. Sie waren alle jung, schön, gesund und glücklich, wie Stepford-Schülerinnen.

»Warum hast du aufgehört, das Nahrungsergänzungsmittel zu nehmen?«

»Wegen meiner Freundin, Mercury.«

Mercury!

»Die Freundin, die absolviert hat. Sie hörte auf, es zu nehmen, und fing an, sich seltsam zu verhalten. Sie stellte zu viele Fragen. Sie bekam Ärger mit Miss Black… und als sie nach der Behandlung zurückkam, war sie wie ein Roboter.«

»Und dann?«

»Und dann hat sie absolviert. Ehrlich gesagt glaube ich, sie hat sie nervös gemacht, also mussten sie sie dorthin bringen, wo sie keinen Ärger mehr machen würde.«

»Wen hat sie nervös gemacht?«

»Die Mächtigen. Black. Die Ärztin – Dr. Bianca. Und Ms. M.«

Mein Herz schlug schneller. »Ms. M?«

Ich spürte, wie sich etwas veränderte. Frankie rutschte leicht zurück, als wolle sie Abstand zwischen uns bringen. Ihre Körpersprache sagte, dass sie befürchtete, zu viel verraten zu haben. »Ich glaube, du solltest jetzt zurück in dein Zimmer gehen.«

»Frankie«, sagte ich. »Ich kann dir nicht helfen, wenn du mir nicht alles erzählst, was du weißt.«

»Ich kenne dich nicht«, sagte sie. Was sie wirklich meinte, war: *Ich weiß nicht, ob ich dir vertrauen kann.*

»Kennst du Zaleria Chalice?«, flüsterte ich.

Ihr Mund klappte auf. »Du kennst *Zaleria?*«

»Ich wurde von Zalerias Eltern hierher geschickt«, erzählte ich ihr. »Sie sind verzweifelt auf der Suche nach ihr. Frankie, *Zaleria wurde entführt.*«

Ihre Augen waren so weit aufgerissen, dass ich das Weiße selbst im schwachen Licht leuchten sehen konnte.

»Entführt?«, sagte sie schließlich. »Das ergibt keinen Sinn. Sie hätte es mir erzählt. Wir waren Freundinnen.«

»Hör mir zu«, drängte ich. »Zaleria wurde entführt und hierher gebracht. Wenn sie sich nicht daran erinnerte, bedeutet das, dass sie einer Gehirnwäsche unterzogen wurde. Verstehst du, was das bedeutet? Was das für dich und den Rest der Mädchen hier bedeutet?«

Sie starrte mich an. Ich gab ihr eine Minute; ich wusste, dass das alles viel zu verdauen war.

»Kannst du versuchen, dich zu erinnern, woher du kommst?«

»Die Vergangenheit ist nicht wichtig«, antwortete sie wie ein Automat und schlug sich dann erschrocken die Hand vor den Mund, die Augen weit aufgerissen.

»Sie haben dich programmiert«, sagte ich. »Sie haben deine Erinnerungen an die Vergangenheit gelöscht und dich so programmiert, dass du hier glücklich bist und keine Fragen stellst.«

Sie schloss die Augen und schüttelte den Kopf. »Ich würde sie das nicht tun lassen«, sagte sie.

»Du konntest nichts tun, um sie aufzuhalten. Siehst du es nicht? Sie haben es zur Perfektion gebracht.«

Hypnotisieren, medikamentieren, manipulieren. Und was dann?

»Zumindest hast du aufgehört, die Medikamente zu nehmen«, sagte ich. »Du wirst schwieriger auszunutzen sein, wenn du nicht unter ihrer pharmakologischen Kontrolle stehst.«

»Ausnutzen!«, sagte sie. »Wofür?«

Ich seufzte. »Ich hatte gehofft, du könntest es mir sagen.«

»Sie tun uns nichts Seltsames an«, beharrte sie. »Falls du das meinst.«

»Nicht, dass du es weißt«, sagte ich. »Oder vielleicht einfach noch nicht.«

Frankie erschauderte. »Hilf mir«, flehte sie. »Ich wusste, dass mit diesem Ort etwas nicht stimmt. Bitte hilf mir, hier rauszukommen.«

»Das werde ich, ich verspreche es.«

»Wie?«

»Ich habe es noch nicht herausgefunden.«

Frankie schnappte scharf nach Luft.

»Ich muss mit Zaleria sprechen«, sagte ich. »Wo kann ich sie finden?«

Sie schüttelte traurig den Kopf. »An einer noblen Universität in Europa... von der ich jetzt vermute, dass sie nicht existiert.«

Ich schloss die Augen und nickte. »Okay.« Es war nicht die beste Nachricht, aber ich hatte es vermutet, als ich das Chalice-Mädchen weder auf dem Gelände noch beim Abendessen gesehen hatte.

»Ich habe Dr. Bianca und Miss Black kennengelernt«, flüsterte ich. »Wer ist Ms. M?«

Frankie drehte ihre Finger ineinander, als ringe sie mit der Antwort, und sobald sie den Mund öffnete, wurde der Raum von einem grellen gelben Licht durchflutet, was uns beide erschrocken aufkeuchen ließ.

Wir blickten zur Tür und waren beide entsetzt, Lilian Black in ihrer wallenden schwarzen Spitze dort stehen zu sehen, die Hand am Lichtschalter. Sie zwang sich zu einem wütenden Lächeln.

»Nun, nun. Was haben wir denn hier?«

KAPITEL 76

ICH WERDE NICHT BEISSEN

ASHA

Frankie begann sofort, sich zu entschuldigen. »Es tut mir so leid, Miss Black. Wir wollten keinen Ärger machen. Wir waren nur-«

»Ich konnte nicht schlafen«, unterbrach ich sie. »Ich habe Frankie geweckt. Es ist meine Schuld. Ich entschuldige mich. Ich gehe jetzt sofort zurück ins Bett.« Ich stand auf und warf Frankie einen entschuldigenden Blick zu.

»Nein, das wirst du nicht«, erwiderte die Vampirin. »Du kommst mit mir nach unten.«

»Bitte bestrafen Sie sie nicht«, flehte Frankie. »Es ist ihre erste Nacht; sie wollte nichts Böses.«

»Sie bestrafen?«, fragte Black, fast spöttisch. »Francine, meine Liebe, du solltest es besser wissen. Wir bestrafen keine Schülerinnen hier in Celestia.«

»Ja, Miss Black.«

»Wohin bringen Sie mich?«, fragte ich.

Lilian Black lächelte wie eine Katze, die gerade den Kanarienvogel gefangen hatte. »Zu deiner Einführung, Liebes.«

429

»Mitten in der Nacht?«, fragte ich.

»Warum nicht? Du hast selbst gesagt, dass du nicht schlafen kannst. Es gibt keine bessere Zeit als die Gegenwart.«

Frankie und ich tauschten einen besorgten Blick aus. Falls ich einer Gehirnwäsche unterzogen würde, könnte sie mir wenigstens davon erzählen.

»Warum kommst du nicht auch mit?«, sagte Black, ihre Augen bohrten sich in Frankies.

»Oh, nein danke«, antwortete sie und huschte unter ihre Decke. »Ich bin erschöpft. Ich muss schlafen.«

»Es wird überhaupt nicht lange dauern«, entgegnete die Vampirin. »Du kannst genauso gut mitkommen und deiner neuen Freundin Gesellschaft leisten.«

»Nein, danke, Miss Black«, sagte Frankie und vermied den Blickkontakt. »Ich möchte nur schlafen.«

Black setzte ihr am wenigsten aufrichtiges Lächeln auf. »Ich bestehe darauf.«

Frankies Gesicht war fast so weiß wie die Wand, als sie aus dem Bett stieg. In meinem Kopf explodierte ein Strauß von Flüchen, und ich spürte, wie mein Hass auf Lilian Black wuchs. Die blutsaugende Tyrannin. Ich knirschte mit den Zähnen. Ich konnte es kaum erwarten, ihrer Macht ein Ende zu setzen.

Wir folgten der schrecklichen Frau den Korridor entlang, mein Magen brodelte vor Angst. Ich fühlte mich furchtbar, weil ich Frankie in Gefahr gebracht hatte. Sie war nur ein junges Mädchen. Ihr Körper ruckte unelegant, während wir liefen, und zeigte ihre Angst. Ich versuchte, sie zu beruhigen, aber sie mied meinen Blick. Ich dachte an all die anderen Mädchen, die diesen Gang entlangmarschiert waren, genauso ängstlich wie wir.

Ich hatte gehofft, dass wir zum medizinischen Flügel gehen würden, damit ich versuchen könnte herauszufinden, von wo aus sie die Blutfarm betrieben, aber wir hielten vorher an. Black schloss eine Tür auf und schaltete das Licht ein. Es offenbarte ein Büro, von dem ich vermutete, dass es ihres war.

»Kommt rein, meine Lieben«, gurrte sie und schien sich über unsere Besorgnis zu amüsieren. »Keine Sorge, ich werde nicht beißen.«

Lilian Black stellte drei Stühle mit harter Lehne in einem kleinen Kreis auf und bat uns, Platz zu nehmen. Es war unangenehm eng, und unsere Knie berührten sich fast. Ich fühlte mich körperlich abgestoßen, so nah an der Vampirin zu sein, aber ich versuchte, es nicht zu zeigen. Angst strömte in Wellen von Frankie aus, und ich konnte die Säure darin riechen. Black hingegen duftete trotz der späten Stunde nach teurem französischen Parfüm.

»Also, Mädchen«, sagte sie in ermutigendem Ton. »Ich denke, es wird angemessen sein, die Regeln durchzugehen.«

»Ja, Miss Black«, sagten wir im Chor.

»Sobald die Glocke für das Lichtausschalten geläutet hat, solltet ihr in euren Betten bleiben.«

»Ja, Miss Black«, sagte Frankie.

Lilian gab mir einen bedeutungsvollen Blick, bis ich ihr antwortete. »Ja, Miss Black«, erwiderte ich. Das würde eine lange Nacht werden.

»Ich verstehe ein wenig Plauderei nach dem Lichtausschalten, aber es scheint, dass ihr zwei absichtlich die Regeln gebrochen habt. Stimmt ihr beide zu, euch mehr zu bemühen, die Vorschriften zu befolgen, die wir hier festgelegt haben? Sie sind alle zu eurem eigenen Besten. Sie sollen euch glücklich und gesund halten, was immer unser Hauptanliegen ist.«

»Ja, Miss Black.«

»In Ordnung«, sagte sie und entspannte sich leicht in ihrem Stuhl. »Francine?«

Frankies Gesicht errötete. »Ja, Miss Black?«

Die Vampirin berührte das Mädchen zwischen den Augen. »Schlaf.«

Genau so fiel Frankie dort auf der Stelle in Schlaf, aufrecht auf dem unbequemen Stuhl sitzend. Ich starrte ihr unbewegtes Gesicht an, ihre geschlossenen Augen und den schlaffen Kiefer, dann schaute ich zurück zur Vampirin.

»Nun, Marielle«, sagte Black. »Ich bin sicher, du freust dich darauf, Mercury zu sehen.«

»Oh, ja«, antwortete ich. »Sehr sogar.«

»Nun, ich möchte von jetzt an dein bestes Benehmen sehen, und dann werde ich ein Treffen für euch beide arrangieren.«

»Danke, Miss Black«, sagte ich, wohl wissend, dass sie log.

»Jetzt schau mir in die Augen«, sagte sie.

Berühmte letzte Worte, dachte ich, *wenn sie von einer Vampirin kommen.* Ich musste mich sehr schnell entscheiden, ob ich ihr erlauben würde, mich zu hypnotisieren und damit meine gesamte Mission zu gefährden, oder ob ich die Flucht ergreifen sollte. Natürlich wusste ich, dass es keinen Ort gab, an den ich hätte fliehen können. Ich hatte in Obsidian Castle gelernt, dass es kein Entkommen aus einem Taschenreich gab, wenn es dich dort behalten wollte. Ich zwang mich, der Vampirin in die Augen zu sehen. Sie waren kalt und grau, und ich konnte förmlich spüren, wie sie mich hineinzogen.

»Du wirst hier glücklich sein«, sagte Black. »Du wirst die Regeln befolgen.«

»Ich werde hier glücklich sein«, antwortete ich. »Ich werde die Regeln befolgen.«

»Gut«, sagte sie. »Du bist dankbar für diese wunderbare Gelegenheit.«

»Ich bin dankbar für diese wunderbare Gelegenheit«, sagte ich.

Ihre Augen glitzerten mit silbernen Funken. »Du kannst dich nicht mehr gut an dein Leben vor deiner Ankunft hier erinnern.«

»Ich kann mich nicht mehr gut an mein Leben vor meiner Ankunft hier erinnern.«

»Die Vergangenheit ist nicht wichtig«, sagte Black mit besonderem Nachdruck. »Die Vergangenheit ist voller Schmerz und nicht wert, darüber nachzudenken.«

Die Vergangenheit ist voller Schmerz, dachte ich. Das stimmte. Vielleicht gibt es etwas für sich, die Vergangenheit hinter sich zu lassen. Es war verlockend.

»Die Vergangenheit ist nicht wichtig«, wiederholte ich. »Die Vergangenheit ist voller Schmerz und nicht wert, darüber nachzudenken.«

»Alles, was zählt, ist glücklich, gesund und optimistisch zu bleiben. Reinheit hat Vorrang.«

»Alles, was zählt...«, stammelte ich.

Die Vampirin war geduldig. Sie erinnerte mich an die Zeile.

»Alles, was zählt, ist glücklich, gesund und optimistisch zu bleiben«, sagte ich. »Reinheit hat Vorrang.«

Die Vampirin nickte anerkennend. Ich dachte, das wäre das Ende, und ich fühlte mich erleichtert. Ich hatte es geschafft, die Hypnose ohne große Nachwirkungen zu überstehen. Ich hatte immer noch meine eigenen Gedanken im Kopf, und ich konnte mich an meine Vergangenheit erinnern. Ich spürte, wie meine Schultern sanken, als die Anspannung in meinem Körper nachließ.

Bevor ich erkannte, was sie tat, lehnte sich Miss Black nach vorne und tippte mich zwischen die Augen. Es kippte mich rückwärts in die Dunkelheit, aber nicht, bevor ich sie sagen hörte: »Schlaf.«

KAPITEL 77

LADE DIE KRIEGERINNEN EIN

ASHA

Ich träumte, dass Lilian Black herausgefunden hatte, wer ich war. Ich träumte, dass sie an meinem Bett stand und sagte: *Süße Träume, Marielle. Oder sollte ich lieber sagen*, Asha.

Als ich aufwachte, brauchte ich eine Weile, um mich zu erinnern, wo ich war und was in der Nacht zuvor passiert war. Ich blinzelte zur weißen Decke hinauf und lauschte dem Surren und Piepen der medizinischen Geräte. Zuerst dachte ich, ich wäre wieder im Krankenhaus, bis die Erinnerung an Lilian Black zurückkam. Aber ich war nicht mehr in meinem luxuriösen Zimmer in Celestia mit seinen wehenden weißen Vorhängen und dem wunderschönen Blick auf die Gärten. Ich spürte die Metallspange an meinen Zähnen und war erleichtert, dass der Glamourzauber noch wirkte. Ich lag in einem Krankenhausbett, aber als ich versuchte, mich aufzusetzen, bemerkte ich, dass meine Handgelenke mit Klettverschlüssen an den Seitengittern festgemacht waren, und ich spürte ein Ziehen an meiner Armbeuge, wo ein intravenöser Tropf angeschlossen war. Ich trug immer noch den gestärkten weißen Schlafanzug, in den ich am Abend zuvor gewechselt hatte, kurz nachdem Frankie mich vor dem Induktionsprozess gewarnt hatte.

War das Teil der Einführung? Ich glaubte nicht. Der Saal war mit identischen Betten gefüllt. Es müssen insgesamt fast fünfzig gewesen sein, und alle mit Körpern darin. Die Körper junger Mädchen, an Infusionen angeschlossen, lebendig, aber unheimlich still.

Ich hörte ein gedämpftes Gespräch und Schritte aus dem Unsichtbaren. Schnell lehnte ich mich zurück in mein Kissen und schloss die Augen, tat so, als würde ich schlafen, damit ich lauschen konnte.

»... es war nicht die einfachste Aufnahme, die wir je hatten«, sagte eine weibliche Stimme, die ich nicht erkannte.

»Sie war problematisch von dem Moment an, als ich sie abholte«, antwortete Lilian Black. »Ich musste sie praktisch zwingen, den Shake zu trinken.«

»Sie hat einen Kampfgeist, das ist sicher.«

»Im Nachhinein«, sagte Black, »hätte ich sie direkt hierherbringen sollen. Ich hätte wissen müssen, dass sie nicht in die Kultur von Celestia passen würde.«

»Sie haben dem Protokoll gefolgt, Fräulein Black. Sie haben das Richtige getan. Wie hätten Sie wissen sollen, dass sie so schlecht auf die Einführung reagieren würde?«

»Durchaus«, erwiderte der Vampir.

Ich riskierte es, meine Augen einen Spalt zu öffnen und sah, dass es eine Krankenschwester war, mit der Black sprach.

»Wie auch immer«, fuhr die Krankenschwester fort, »am Ende hat alles geklappt. Wir brauchten sowieso einen frischen Körper, wie es der Zufall wollte. Celestia 19 hat das Programm gestern verlassen, also waren wir dabei, eine Anfrage für einen neuen Bestand zu stellen.«

»Oh, hat sie das?«, fragte Black. »Sie war lange Zeit eine gute Kandidatin.«

»Ja«, stimmte die Krankenschwester zu. »Sehr produktiv. Ihr Ertrag wird vermisst werden. Sie wählen sie gut aus.«

Lilian Black seufzte. »Ich gebe mir Mühe. Aber wie bei allem gibt es Treffer und Fehlschläge.«

Sie schlichen an mein Bett. »Wie diese hier.«

»Man weiß nie«, sagte die Krankenschwester. »Nur weil sie in Phase eins problematisch war, heißt das nicht, dass sie in Phase zwei keine gute Kandidatin sein wird. Tatsächlich könnte ihr Kampfgeist sie zu einer unserer besten Anlagen machen. Sie leben tendenziell länger als die Sanftmütigen.«

Oh, Hades. Hoffentlich sprechen sie nicht von Abigail.

»Sie haben natürlich recht, Schwester Vena. Die Probleme, die sie am Anfang verursachen, werden bald von ihrer Produktivität überschattet. Sehen Sie sich die Aufnahme von gestern Morgen an. Erinnern Sie sich, wie diese Straßengöre mit uns gerungen hat?«

Dusty! Ich versuchte, meinen Gesichtsausdruck neutral zu halten, als sie auf mich hinabblickten. Es war unglaublich schwierig. Ich fühlte, wie meine Wangen heiß wurden, und wusste, dass es mich sofort verraten würde, aber die beiden Frauen schienen ihre Aufmerksamkeit bereits dem nächsten Bett zugewandt zu haben.

»Das wäre schwer zu vergessen! Noch eine Kämpferin. Sie hat einige Schäden an der Ausrüstung verursacht.«

»Und dennoch… wie wunderbar ihr Ertrag gewesen ist.«

Lilian Black kicherte, was mich überraschte. Ich dachte nicht, dass sie zum Lachen fähig war. »Nun, liebe Vena, vielleicht sollte das meine neue Vorgehensweise sein. Lade die Kriegerinnen ein.«

Ich hörte die Schritte verhallen, als sie die Reihe entlanggingen.

»Wir hätten wissen müssen, dass Kriegerinnen gut bluten.«

Ich wartete, bis die Vampire gegangen waren, dann wartete ich noch etwa zehn Minuten, um sicherzugehen, dass sie weg waren, bevor ich die Augen aufriss. Gab es andere Körper, die vortäuschten, bewusstlos zu sein? Nein, sah nicht so aus. Ich konnte nicht verstehen, warum ich die einzige war, die wach war. Der einzige Grund, der mir einfiel, war, dass der Glamourtrank vielleicht etwas damit zu tun hatte. Ich hatte die möglichen Wechselwirkungen mit anderen Medikamenten nicht untersucht, als ich ihn hergestellt hatte, aber es war definitiv etwas, das in Zukunft zu erforschen war. Ich flüsterte einen schnellen *rumpis*-Zauber auf den Klettverschluss an meinem linken Handgelenk, und er riss mit einem lauten Kratzgeräusch auf.

Mist.

Ich wartete darauf, dass jemand reagierte, aber niemand kam, also setzte ich mich auf und löste den Gurt an meinem rechten Handgelenk so leise wie möglich. Die Entfernung meiner Infusionsleitung war einfacher. Ich überprüfte den Inhalt des Beutels und sah, dass es flüssige Nahrung war, die Art, die sie Patienten am Ende ihres Lebens geben, die nicht mehr essen können. Kohlenhydrate, Proteine, Fett und ein Multivitaminpräparat, alles in einem kühlen cremefarbenen Beutel. Sehr praktisch, wenn man fünfzig Mädchen so stark sediert, dass sie praktisch im Koma liegen. Ich schaute auf das Mädchen, das im Bett neben mir lag, an mehr Leitungen angeschlossen als ich. Kochsalzlösung, Beruhigungsmittel und Nahrung gingen hinein, und Abfallproduktbeutel waren unter Papierhüllen versteckt. Die Situation war so verkommen, dass ich spürte, wie Säure in meinem Hals aufstieg. Ich wusste, dass Vampire schwarzherzig waren, aber das war auf einem anderen Level. Mir wurde etwas schwindelig, also hielt ich inne, bis ich in der Lage war, die Sterne wegzublinzeln. Ich begann, die Gesichter der Mädchen nach welchen abzusuchen, die ich erkannte. Sie schliefen alle tief; so unschuldig und so verletzlich.

Ich fragte mich, wie oft sie den Mädchen Blut abnahmen. Unterschied sich der Zeitplan für Einzelpersonen, oder gab es einen festen Tag im Kalender, an dem die Krankenschwestern ihre Latexhände rieben und sich auf die Ernte vorbereiteten? Ich erschauderte und bewegte mich weiter, untersuchte jedes Mädchen Gesicht. Einige sahen bekannt aus, und ich vermutete, dass das von den Fotos der vermissten Mädchen stammte, die Morgan mir gezeigt hatte. Ich keuchte, als ich zum nächsten Bett kam und bedeckte schnell meinen Mund. Zaleria Chalice.

Zaleria Chalice! Ich hatte sie gefunden. Was für eine Mission es gewesen war, aber ich hatte sie endlich gefunden. Sie sah größtenteils unverletzt aus, und ihre Vitalzeichen waren stark. Nur ein paar Betten weiter fand ich Dusty, die direkt neben Abigail lag. *Dusty und Abi!* Am Leben und zusammen. Ich hätte mich am liebsten über sie geworfen. Ich hätte vor

Erleichterung weinen können, aber ich wusste, dass es viel zu früh zum Feiern war. Es war ein kleiner Sieg, sie atmen zu sehen, aber wir alle waren immer noch in Lebensgefahr.

Ich ging schnell mögliche Aktionspläne durch. Da die Mädchen bewusstlos waren, ließ mir das nicht viele Optionen. Offensichtlich wäre der Plan, alle Mädchen zu retten, aber ich verstand, dass ich in der ersten Runde vielleicht weniger ehrgeizig sein musste, vor allem, da ich A) unbewaffnet und B) miserabel in Portalmagie war.

Verdammt, ich brauchte Apollo. Wo war der Taschendieb, wenn ich ihn brauchte?

Die Mächte würden es sofort wissen, sobald ich mit der Handvoll Mädchen, die ich mitnehmen wollte, geflohen wäre, und das würde die anderen in Gefahr bringen. Aber das war alles nur Theorie, denn in Wirklichkeit hatte ich keine Möglichkeit zu entkommen, mit den Mädchen oder ohne.

KAPITEL 78
UNENDLICHER TRAUM

ASHA

»Wer bist du?«, fragte eine sanfte Stimme hinter mir.

Ich wirbelte herum, die Hand auf dem Herzen, um zu verhindern, dass es mir aus der Brust sprang. Ein wunderschönes dunkelhäutiges Mädchen saß in ihrem Bett auf und als sie mein Gesicht sah, rief sie aus: »Marielle!«

»Mercury?«, fragte ich.

Sie nickte heftig, eine ganze Palette von Emotionen huschte über ihr Gesicht. Erkennen, Freude, Sorge, Kummer. »Sie haben dich auch erwischt«, rief sie. »Ich wünschte so sehr, ich hätte dich warnen können, damit du wegbleibst.«

»Keine Sorge«, sagte ich, trat näher an sie heran und senkte meine Stimme. »Marielle ist sicher in Woodhaven bei Ms. Hammond.«

Sie runzelte die Stirn und schüttelte den Kopf. »Träume ich?«

»Das wird nicht ... leicht zu glauben sein«, erklärte ich ihr. »Aber das hier«, ich deutete auf mein Aussehen, »ist nicht echt. Es ist eine Fassade. Ich verspreche dir, dass Marielle völlig in Sicherheit ist. Ich musste sie verkörpern, um hier reinzukommen. Um von Miss Black adoptiert zu werden.«

Mercury schüttelte immer noch den Kopf. »Aber du siehst genauso aus wie sie.«

»Es ist eine sehr wirkungsvolle Illusion«, antwortete ich. »Aber sie wird nicht mehr lange halten. Du wirst schon sehen.«

»Aber sogar deine Stimme«, beharrte sie. Ich konnte es dem Mädchen nicht verübeln, dass sie verwirrt war, besonders nach allem, was sie durchgemacht hatte. Sie würde fürs Leben misstrauisch sein.

»Unsere Körper sind in jeder Hinsicht identisch, einschließlich meines... ihres... Stimmapparats«, sagte ich.

Vielleicht war es Verzweiflung, die sie dazu brachte, mir zu glauben, aber ihre Augenbrauen entspannten sich.

»Mein Name ist Asha«, flüsterte ich. »Ich suche schon seit Wochen nach euch Mädchen.«

Sie blickte zu den anderen Betten hinüber. »Was machen sie mit uns?«

»Ich versuche immer noch, das herauszufinden.« Ich wollte sie nicht völlig verrückt machen, indem ich von Vampiren und Blutfarmen sprach. Zumindest nicht, bevor ich einen Plan hatte.

»Was wirst du tun?«

Lustig, dass du fragst, dachte ich. »Ich arbeite noch daran. Vielleicht kannst du mir helfen.«

Sie nickte.

»Warum bist du wach?«, fragte ich. »Während die anderen...« Ich sprach nicht weiter, da es nicht nötig schien, den Satz zu beenden.

»Ich bin eine gute Schauspielerin«, antwortete sie. »Ein Talent, das ich hier schnell gelernt habe.«

»Was meinst du damit?«

»Die Medikamente, die sie uns geben«, sagte sie und blickte auf ihre Infusion. »Es ist sehr individuell. Manche brauchen mehr Beruhigungsmittel als andere. Ich habe festgestellt, dass sie die Dosis verringern, wenn ich bewusstlos wirke. Dann kann ich hier liegen und nachdenken. Über einen Ausweg nachdenken. Anfangs habe ich versucht, mich umzusehen, aber die Maschinen haben einen stillen Alarm, wenn man seinen Monitor abnimmt.«

Ich war besorgt, dass ich den Alarm ausgelöst hatte, aber sie sagte: »Keine Sorge, sie haben dich noch nicht richtig angeschlossen.« Sie deutete vielsagend auf das Gerät neben meinem leeren Bett, das nicht eingesteckt war.

»Das bedeutet, ich habe ein Zeitfenster«, dachte ich laut nach. Ein kurzes Fenster, in dem ich mich als Marielle bewegen konnte, bevor sie mich fanden oder der Glamour nachließ.

Mercury nickte. »Aber sobald sie dich beim Herumlaufen erwischen, werden sie dich komplett ruhigstellen. Du wirst eine Woche lang nicht wissen, wo du bist.«

»Okay«, erwiderte ich. »Was kannst du mir sonst noch sagen? Über diesen Ort?«

Achselzuckend presste Mercury die Lippen zusammen. »Nicht viel. Es ist wie ein unendlicher Traum, hier zu sein. Ein bisschen wie tot sein, aber nicht ganz.«

»Wie oft machen sie ihre Runden?«, fragte ich.

»Das ist schwer zu sagen ohne Fenster und ohne Uhren an der Wand. Und mit den Wellen der Betäubungsmittel. Aber wenn ich raten müsste, vielleicht sechs- oder siebenmal am Tag? Es sei denn, jemand versucht, sein Bett zu verlassen, oder es gibt eine Art... Zwischenfall.«

»Zwischenfall?«

»Medizinischer Vorfall, nennen sie es. Wenn ein Mädchen aufhört zu atmen oder so.«

Ich schob den Schrecken darüber beiseite und überlegte, ob wir den stillen Alarm zu unserem Vorteil nutzen könnten. »Ich denke gerade«, sagte ich. »Wir könnten absichtlich den Alarm auslösen und die Leute überwältigen, die darauf reagieren. Anstatt hier wie Enten auf dem Präsentierteller zu sitzen.«

Mercury setzte sich ein wenig gerader hin. »Nun, jetzt sind wir schon zu zweit. Wir könnten eine Chance haben.«

Das brachte mich auf eine weitere Idee. »Was wäre, wenn wir noch mehr wären?«

Ein Hauch von Optimismus zeigte sich auf ihrem Gesicht. »Das könnte funktionieren«, sagte sie.

Ich ging zu Dustys Bett und drehte ihre Infusion ganz herunter, dann tat ich dasselbe bei Abigail und Zaleria. Mir fiel auf, dass das Chalice-Mädchen einen blassen, wächsernen Teint hatte, und ich sprach es an.

»Sie sieht nicht gut aus«, sagte ich. »Ich habe das Gefühl, dass uns nicht viel Zeit bleibt.«

»Zaleria ist meine Freundin«, flüsterte Mercury. »Sie hat mir gesagt, ich hätte eine Bestimmung.«

Ich blickte Mercury in die Augen. »Gemeinsam werden wir diese Mädchen retten. Willkommen zu deiner Bestimmung.«

KAPITEL 79

GÖTTIN DER TÄUSCHUNG

ASHA

Mercury und ich beschlossen, beide so zu tun, als wären wir in der nächsten Runde sediert. Das sollte meinen Mädchen genug Zeit geben, aus ihrem pharmakologischen Dämmerzustand aufzutauchen. Wir würden ihnen unseren Plan mitteilen und dann ausführen. Ich bemerkte, dass die Ekzemstelle an meinem Arm nicht mehr juckte, und deutete das als erstes Anzeichen dafür, dass der Trank langsam nachließ.

»Ich glaube, der Glamourzauber lässt nach«, flüsterte ich Mercury zu. »Also erschrick nicht, wenn Marielle verschwindet und stattdessen eine tätowierte Hexe auftaucht.«

Mercury blinzelte mich an, nicht sicher, ob ich scherzte. »Hexe?«

»Das ist eine lange Geschichte«, sagte ich. Eine, für die ich keine Zeit hatte, bevor die Vampire zurückkehrten. Ich glitt zurück zu meinem Krankenbett und sprang hinein, klebte den Infusionsschlauch wieder an meinen Arm und bedeckte mich mit dem dünnen Leinenlaken. Ich legte mich zurück und kontrollierte meine Atmung so, dass ich hoffentlich das ruhige Erscheinungsbild des Schlafes hatte. Ich spürte, wie sich etwas in meinem Mund bewegte. Als ich mit der Zunge meine Vorderzähne erkundete, merkte ich, dass einer der Drähte an der Zahnspange gebrochen war.

Verflucht, dachte ich. Das Timing war alles andere als optimal. Ich tastete nach meinem Gesicht. Ich hatte immer noch Marielles Gesichtszüge, aber die Haut war glatter, die Pickel verblassten. Ich kam zu dem Schluss, dass ich keine Zeit hatte, auf die nächste Runde oder darauf zu warten, dass die Mädchen aufwachen würden.

Wie war noch gleich dieser Spruch von Direktorin Copperfield? *Das Leben passiert, während du andere Pläne schmiedest.* Ich musste schnell denken. Ich wünschte, sie wäre hier, um mich zu leiten, oder irgendeine der anderen Ersatzmütter, die ich glücklicherweise in meinem Leben hatte – Soleil oder Ferra.

Ich würde immer diese offene Wunde haben, die eine fehlende Mutter hinterlässt – eine Mutter, die mich als Baby in einer Hütte im Wald ausgesetzt hatte; eine Mutter, die mich als Fluch betrachtete. Aber die Matriarchinnen, die eingesprungen waren, um mich zu führen, waren ein ausgezeichneter zweiter Preis gewesen. Ein Pflaster für die Wunde, die nie heilen würde.

Ein weiterer Dentaldraht brach. Hades, diese von Muggeln hergestellten Geräte waren eine Folter. Alles, was schiefe Zähne wirklich brauchten, war ein schneller *contendis*-Zauber. Ich machte mir eine geistige Notiz, Marielles Zähne für sie zu richten, wenn wir hier jemals rauskämen.

Knack, knack, machte der Draht, und ich fluchte. Ich musste mich konzentrieren, aber meine wachsende Angst verstreute meine Gedanken überall. Ich hatte keine Zeit für diesen umherschweifenden Geist, und doch drängten sich diese Gedanken an mich heran und bestanden auf meine Aufmerksamkeit.

Der Zauber, den ich für Marielles Zähne verwenden würde.

Ferra, Soleil, Copperfield.

Die Hütte, der Spiegel, die Schüsseln, der Wolf.

Die gesichtslose Mutter im monochromen Raum, die ihren eigenen Bauch aufgerissen hatte, um mich zur Welt zu bringen, nicht um mein

Leben zu retten, sondern um ihr eigenes zu retten. Warum hatte sie mich so gehasst?

Konzentrier dich, sagte ich mir selbst. *Dir läuft die Zeit davon.*

Ich hörte wieder Schritte.

Dem Nichts sei Dank!

Marielles Gesichtszüge würden vielleicht gerade lange genug für diesen Besuch halten, solange die Vampire nicht zu lange blieben. Ich konzentrierte mich wieder auf meine Atmung und versuchte zu verhindern, dass meine Sorge mir ins Gesicht geschrieben stand – was, wie du dir vorstellen kannst, leichter gesagt als getan ist.

Ich erkannte Lilian Blacks Stimme sowie die von Schwester Vena, als sie in gedämpften Tönen sprachen, während sie den langen Gang mit den Betten entlanggingen.

Bitte bemerkt nicht, dass ich die Infusionen abgestellt habe, betete ich.

Bitte bemerkt nicht, dass ich wach bin. Oder dass ich nicht Marielle bin.

Bitte lass keine "Vorkommnisse" passieren, während sie hier sind.

Wenn es eine Göttin der Täuschung gegeben hätte, hätte ich zu ihr gebetet, aber so schickte ich meine Gebete einfach ins Nichts und hoffte, dass jemand sie hören würde.

Ich hörte, wie ihre Schritte langsamer wurden, aber ich wusste, dass ich meine Augen nicht öffnen konnte, um zu sehen, was sie aufgehalten hatte.

»Was ist das?«, fragte Vena.

Ich war verzweifelt darauf aus, nachzusehen. Was hatten sie bemerkt?

»Hmm«, kam Blacks Antwort. »Sie sieht nicht gut aus.«

Nach der Herkunft ihrer Stimmen zu urteilen, vermutete ich, dass sie sich auf Zaleria bezogen.

»Sollen wir sie außer Betrieb setzen?«, fragte die Krankenschwester.

Ich spürte, wie sich die Haare in meinem Nacken aufstellten.

»Nein«, antwortete Black. »Diese nicht. Überprüf ihre Akte, sie ist eine VIP. Sie haben Pläne für sie. Aber verzögere jede Entnahme, bis sie besser aussieht.«

»Ja, Ma'am.« Ich konnte die Enttäuschung in der Stimme der Krankenschwester hören. Sie dachte offensichtlich, dass es keinen Sinn hatte, einen Menschen am Leben zu erhalten, wenn man ihn nicht anzapfen konnte.

»Und gib ihr etwas, das sie aufmuntert, ja? Wir können sie nicht wie eine Wachspuppe aussehen lassen, wenn der Boss vorbeikommt.«

»Ja, Fräulein Black«, wiederholte die Krankenschwester. Ich hörte ein Kugelschreiberklicken, ein Kratzen, und dann begannen sie sich wieder zu bewegen und näherten sich meinem Bett.

Es war ein Glück, dass ich noch nicht an einen Herzmonitor angeschlossen war, denn ich bin mir ziemlich sicher, dass ich den Alarm ausgelöst hätte. So wie es war, fühlte es sich an, als würde mein Herz versuchen zu fliehen.

»Warum ist diese hier noch nicht angeschlossen?«, fragte der viktorianische Vampir.

»Entschuldigung, Fräulein Black«, antwortete die Krankenschwester. »Es gab ein Problem mit den ersten Blutergebnissen, deshalb mussten wir eine zweite Probe nehmen. Das Labor wird bald Bericht erstatten. Wie Sie wissen, nehmen wir keines der Vermögenswerte in Betrieb, bevor wir einen klaren Befund haben–«

»Was für ein Problem?«, fragte Black scharf.

»Nichts allzu Besorgniserregendes. Es gab einige Fragen bezüglich der Blutgruppe. Sie schien sich zu ändern.«

»Blutgruppen ändern sich nicht«, erwiderte Black, als wäre die Krankenschwester ein Vorschulkind ohne medizinische Ausbildung.

»Das weiß ich«, sagte Vena, leicht defensiv. »Und der Labortechniker weiß das auch. Und trotzdem–«

»Hmm«, murmelte der Vampir, während sie auf mich herabsah. Ihre intensive Prüfung war schwer zu ertragen. Ich hatte das Gefühl, kalte Laser würden über meine Haut laufen.

Oh, verflucht, dachte ich. *Oh, verfluchter Fluch.* Das verhieß nichts Gutes. Das verhieß überhaupt nichts Gutes. Sie würde erkennen können, dass ich nur vorgab, sediert zu sein. Es würde verräterische Anzeichen geben, wie Augenbewegungen unter den Lidern, die ich nicht einmal zu fälschen wusste. Je mehr ich mir Sorgen machte, desto sicherer war ich, dass man es mir ansah. Ich widerstand dem Drang, den Schweiß von meiner Oberlippe zu wischen.

Verdammt.

Bitte lass sie einfach weitergehen.

Knack, machte der Dentaldraht.

Ich spürte, wie ihr Schatten näher an mich herankam – Schneeschatten – und wusste, dass sie im Begriff war, das Laken anzuheben, um meinen Körper zu inspizieren. Wenn sie das täte, würde sie sehen, wie meine Tattoos anfingen zurückzukehren. Aber als sie die Baumwolle berührte, kam ein Würgegeräusch von der anderen Seite des Raumes. Black ließ es fallen, und beide Frauen eilten zu der Stelle, von der das alarmierende Geräusch kam. Ich riskierte einen winzigen Blick, um meinen Verdacht zu bestätigen, und sah, wie die Krankenschwester Mercurys schlaffen Körper in eine sitzende Position hob und ihr auf den Rücken schlug, bis sie aufhörte zu „würgen". Nach etwa einer Minute legten sie sie wieder hin und gratulierten sich gegenseitig dafür, dass sie zur richtigen Zeit da waren, um eine potenzielle Katastrophe abzuwenden.

»Dem Nichts sei Dank, dass wir hier waren!«, rief Schwester Vena. »Wir hätten eines unserer besten Vermögenswerte verlieren können.«

»Absolut«, erwiderte Lilian Black, als sie den Raum verließen.

Und dem Nichts sei Dank für die schnell denkende Mercury, dachte ich. *Sie ist wirklich ein Vermögenswert.*

Wir warteten noch gute zehn Minuten, nachdem die Vampire gegangen waren, um sicherzustellen, dass sie wirklich weg waren.

»Danke«, sagte ich zu Mercury. »Du hast mir die Haut gerettet.«

»Du wärst nicht einmal hier, wenn du nicht versuchen würdest, uns zu retten«, antwortete sie. »Das war das Mindeste, was ich tun konnte.«

»Du bist clever«, sagte ich. »Und mutig und einfallsreich.«

Sie strahlte und erinnerte mich an Dusty, die noch tief schlief. Das Herunterdrehen der Infusion hatte nicht die gewünschte Wirkung gehabt. »Sie sehen nicht anders aus, oder?«, fragte ich. Sie waren immer noch betäubt.

»Nein, aber du schon«, sagte Mercury.

Sofort drückte ich meine Zunge gegen meine Zähne und fand dort kein Metall mehr. Als ich auf meinen Körper hinabblickte, erkannte ich ihn als meinen eigenen, einschließlich der sich windenden Ranken und Blätter aus Tinte auf meiner Haut. Meine Sehkraft war nicht mehr hundertprozentig.

Ich fluchte leise vor mich hin.

Dennoch hatte der Trank meine Erwartungen übertroffen. Er hatte mich bis ins Mark in Marielle verwandelt, nach den verwirrenden Bluttestergebnissen zu urteilen. Die Ergebnisse, die Lilian Black sicherlich gerade auf dem Weg war einzusehen. Ich hatte den Drang, ihr ins Labor zu folgen, um zu sehen, was ich noch entdecken könnte, aber ich wusste, dass es zu gefährlich wäre.

»So sieht also eine Hexe aus«, sagte Mercury und beobachtete mich.

»Nicht alle von uns«, antwortete ich.

»Es gibt noch mehr von euch?«, fragte sie mit leuchtenden Augen.

»Das ist eine weitere lange Geschichte«, sagte ich und lächelte. Ich ging zu Dustys Bett und fühlte ihre Stirn. Ich weiß nicht, woher diese mütterliche Geste kam.

»Dusty«, sagte ich sanft. »Dusty. Ich bin's, Asha. Zeit aufzuwachen.«

Aber die junge Zauberin war für die Welt nicht erreichbar. Sie rührte sich nicht einmal bei dem Klang meiner Stimme oder dem Schütteln ihrer

Schulter. Ich war versucht, Magie zu benutzen, um sie und die anderen beiden aufzuwecken, aber die Droge würde immer noch in ihren Systemen sein und wahrscheinlich zu Chaos führen. Gleichzeitig wollte ich nicht herumwarten, besonders da Zaleria noch schlimmer aussah als zuvor.

Ach, Apollo, dachte ich. *Wo bist du?*

KAPITEL 80

VOR-MARQUIS VERDAMMTER SPIEGEL

APOLLO

Ich weiß nicht, wie lange ich in Craic Blackloths Gedächtnispalast gewesen war. Wir hatten geredet und geplant und Pläne geschmiedet, während wir gefühlt hunderte Tassen Kaffee tranken, bis wir alle vor Erschöpfung eingeschlafen waren. Niemand wollte ohne einen hervorragenden Plan gehen, und genau der wollte sich nicht einstellen. Ich wachte mit einem steifen Nacken auf, weil ich in einem seltsamen Winkel auf dem Chesterfield-Sofa geschlafen hatte, und stolperte zum Feuer, das immer noch fröhlich loderte, obwohl es seit Stunden nicht mehr geschürt worden war.

Meine Zähne waren pelzig, mein Mund schmeckte, als hätte ich einen Zwei-Uhr-morgens-Gammelbürger vom Imbiss Mr. Hot Dog in der Innenstadt gegessen. Ich brauchte eine Dusche und etwas anständiges Essen. Der alte Kobold schlief in seinem Lieblingssessel, seine Holzpfeife ruhte auf seiner Brust unter seinem offenen Mund, während er schnarchte wie eine orkgroße Kettensäge. Haryk Virvaris lag ausgestreckt auf dem Tisch, was, wie ich mir vorstellte, keine besonders bequeme Schlafposition war, vor allem angesichts seiner früheren Verletzungen, aber Elfen hatten den Ruf, hervorragende Schläfer zu sein – was wohl damit zusammenhing, dass sie Unmengen an Geld und das egoistische Gen besaßen und daher nachts nicht wach lagen und sich wie der Rest von uns um den Zustand des Reiches und leere Bankkonten sorgten. Als ich seinen großen Körper so daliegen sah, konnte ich nicht anders, als eine gewisse Zuneigung für ihn zu empfinden. Er war bei weitem der selbstloseste Elf, dem ich je begegnet war, und ich machte mir Sorgen um sein Wohlbefinden, wohl wissend, dass Wilkinson alles tun würde, um an das Gemälde zu kommen. Oder vielmehr an den Spiegel im Gemälde.

Ich seufzte und rieb mir die Augen. Es gefiel mir nicht, diese Art von Verantwortung auf meinen Schultern zu tragen. Ich bevorzugte das Leben vor dem Marquis-verdammten-Spiegel bei weitem.

Der Weg nach vorn wurde mir plötzlich klar. Haryk Virvaris wäre nicht sicher, solange er sich in der Nähe des magischen Artefakts befand, da er der Einzige war, der wusste, wie man den Spiegel aus dem Gemälde entfernt. Wilkinson, unterstützt von seinen Schergen, würde nicht aufhören, bis er ihn in seinen schmutzigen Pfoten hätte. Was blieb also anderes übrig, als das Gemälde – wieder einmal – zu nehmen und zu verschwinden? Vollständig und absolut aus meinem Leben zu verschwinden und dabei das Reich zu schützen.

Wozu sonst hatte ich die Portalkräfte, mit denen ich geboren wurde und die scheinbar aus dem Nichts kamen? Warum sonst hatte ich all diese Jahre lang Diebestouren unternommen? Es musste zu irgendetwas führen, und jetzt wusste ich wozu. Ich könnte den dunklen Zauberer und seine Affen überlisten, aber ich musste jetzt handeln. Ich musste ihnen voraus sein und voraus bleiben, aber der einzige Weg, wie das funktionieren würde, war, wenn ich sofort aufbrach.

Es tat mir leid, den anderen nichts zu sagen, aber ich wusste, dass sie mit dem Plan nicht einverstanden sein würden. Unsere Gespräche hatten sich stundenlang im Kreis gedreht, jeder fand berechtigte Probleme mit den Ideen der anderen. Aber wir konnten nicht weiter reden. Jetzt war es Zeit zu handeln. Ich zog meine Sneaker an und schnupperte an meinem Hemd, was ich sofort bereute. Ich schaute auf das Gemälde und schluckte. Es sah bescheiden aus – ein so gutes Versteck für das, was sich in seinem Rahmen verbarg. Oder besser gesagt, *wen* es beherbergte.

Mit dem Gefühl, ein absoluter Wurm zu sein, hob ich das Gemälde auf und blickte in die Augen der Frau. Sie erinnerte mich immer noch an jemanden, aber ich war mir nicht sicher, an wen. Ich schaute in ihre Augen und sah die winzigen Silhouetten der darin gefangenen Menschen. Ein Teil von mir wollte das Gemälde einfach nehmen und irgendwo von einer Brücke werfen, aber ich wusste, dass Magie dieser dunklen Art nicht so leicht zu besiegen war. Wenn dem Gemälde etwas zustoßen würde, könnte es genau den gegenteiligen Effekt haben, als wir wollten, und das Böse darin könnte metastasieren. Nein, wir mussten es um jeden Preis in Sicherheit bringen. Ich klemmte die Last unter meinen Arm und seufzte, sagte still auf Wiedersehen – und entschuldigte mich stillschweigend – bei beiden Männern, die ich liebgewonnen hatte. Ich war bereit zu verschwinden und nie wieder gesehen zu werden. Ich schloss Blackloths Palast auf, was von innen einfach war, und nutzte meine Portalmagie, um mich durch die Leere zu schleudern.

KAPITEL 81

GIRLANDE ROTER WARNSIGNALE

ASHA

Ich hatte mir eingestehen müssen, dass ich die Idee aufgeben musste, von einem reinherzigen Taschendieb gerettet zu werden, den ich nie getroffen hatte. Es sah so aus, als wäre es an Mercury und mir, einen Weg aus dieser weißen, sterilen Hölle zu finden, die langsam die Seelen der Mädchen aussaugte, die sie gefangen hielt.

Mit vollem Bewusstsein in meinem eigenen Körper, Tinte und allem, schlich ich zurück zu Dustys Bett, um erneut zu versuchen, sie zu wecken.

»Dusty«, sagte ich. »Dusty. Wach auf.«

Sie stöhnte. Ich sah mich um und prüfte, ob wir noch sicher waren.

»Dusty, du musst jetzt wirklich aufwachen.« Ich rüttelte sie erst sanft, dann heftiger. »Dusty!«

Ihre Wimpern flatterten, aber ihre Augen blieben geschlossen. Mercury betrachtete Zaleria mit sorgenvoll gefurchter Stirn. Unsere Blicke trafen sich und spiegelten die gegenseitige Besorgnis wider.

»Wir müssen hier raus«, sagte sie. »Jetzt.«

Ich nickte. Wie sollte ich ihr sagen, dass es unmöglich war? Ich war gekommen, um sie zu retten, aber in Wirklichkeit war ich nur eine weitere Insassin geworden.

Vielleicht war es Zeit, aufzuhören zu denken. Vielleicht war es Zeit zu handeln.

Als hätte sie mich gehört, klappte Mercurys Mund auf. Ich folgte ihrem Blick. Am Ende des Bettensaals stand, in einem weißen Lichthof, die dunkle, elegante Gestalt von Lilian Black, die bis ins Detail wie der viktorianische Vampir aussah, der sie war.

Kein Problem, sagte ich zu mir selbst. *Das ist genau das, was passieren muss.* Ich erinnerte mich an den Abend auf dem EverShade-Nachtmarkt, als sie mir gesagt hatte: »Du gehörst nicht hierher«, und ich spürte, dass das auch jetzt zutraf. Ich gehörte nicht hierher, und diese armen Mädchen auch nicht.

»Lilian«, sagte ich und hoffte, dass die Verwendung ihres Vornamens sie ärgern würde. Nach ihrem Blinzeln zu urteilen, tat es das auch.

»Asha«, erwiderte sie.

»Woher kennen Sie meinen Namen?«

»Weil du nicht so gut darin bist, deine Spuren zu verwischen, wie du denkst.«

»Dann scheinen wir etwas gemeinsam zu haben«, entgegnete ich.

Nach ihrem Blick zu urteilen, hatte ich sie erfolgreich erneut verärgert.

Lilian Black hatte, soweit ich feststellen konnte, noch keine Verstärkung gerufen. Ich hoffte, dass ihre Arroganz ihr zum Verhängnis werden würde.

»Und *du*«, fauchte sie Mercury an. »Ich wusste von Anfang an, dass du eine Unruhestifterin bist.«

»Tatsächlich?«, fragte Mercury und blieb standhaft. »Seltsame Entscheidung, mich dann hierher zu bringen.«

Black ignorierte ihre Unverschämtheit und wandte sich wieder mir zu. »Wie hast du mich gefunden?«, fragte sie.

»Sagen wir einfach, du hast die Geisterwelt verärgert«, antwortete ich. »Genauer gesagt einen jungen Jungen namens Henry, der im Keller eines alten Zauberers namens Taranath gestorben ist.«

»*Henry?*«, wiederholte sie ungläubig.

»Ja, *Henry*«, sagte ich.

»Und dieses Geisterkind. Hat er dir den Standort per SMS geschickt?«

»Spotte nur, *Vampir*«, sagte ich. »Das Wichtige ist, dass ich dich gefunden habe. Und jetzt, wo ich dich gefunden habe, kann ich dich aufhalten.«

»Aufhalten?«, erwiderte sie. »Asha, Liebes, selbst wenn es dir gelingen sollte, mich aufzuhalten, würde es nichts ändern. Dieses Projekt ist viel größer als du oder ich. Du hast keine Ahnung.«

Amüsiert kam sie auf uns zu. Ich spürte Mercurys Angst. Zaleria stöhnte im Schlaf, als spürte sie das schlechte Juju im Raum.

»Das Labor hat etwas sehr Interessantes in deinem Blut gefunden«, sagte der Vampir.

»Ja, ich weiß«, antwortete ich. »Meine Blutgruppe hat sich verändert, während sie es untersuchten.«

»Mehr als das«, sagte sie, erklärte aber nicht weiter.

Nun war ich diejenige, die verärgert war. »Was?«

»Wir haben hier äußerst ausgereifte Tests«, fuhr sie fort. »Das Blut wird immer auf hunderte von Kriterien geprüft, damit wir ein vollständiges Bild erhalten. Unter anderem das Erbe der Vorfahren. So präzise und so sehr detailliert.«

Ich starrte sie an. Ich wusste, dass sie psychologische Kriegsführung betrieb, aber es war mir egal. »Was willst du damit sagen?«

Sie sah so zufrieden aus, dass mir schlecht wurde. »Ich sage, dass ich weiß, wer deine Eltern sind.«

Mir stockte der Atem. »*Waren*«, sagte ich. »Wer meine Eltern *waren*.«

Sie spottete erneut, und ich hätte sie am liebsten getreten. In ihr selbstgefälliges Gesicht.

»Deine Eltern leben durchaus noch, meine Liebe.«

»Nein«, antwortete ich. »Das tun sie nicht.«

Sie grinste hämisch. »Tatsächlich, als dein Blut sich stabilisierte – das heißt, als es sich von Marielles Blut zurück zu deinem verwandelte – erschien eine regelrechte Girlande roter Warnsignale.«

Wenn ein Vampir dir sagt, dass es rote Warnsignale gibt, weißt du, dass du in Schwierigkeiten steckst.

Ich hatte mit der Leere einen Pakt geschlossen, alle Hoffnung auf eine Mutter aufzugeben, aber ich konnte nicht anders.

»Erzähl es mir«, sagte ich. »Bitte.«

Mercury gab einen leisen Laut von sich, und ich war nicht sicher, ob es aus Angst oder aus Mitgefühl war.

»Du solltest dich vielleicht setzen«, sagte Black und genoss jede Minute.

»Spuck's aus, Lilian«, sagte ich.

Sie funkelte mich an. »Kein Grund, unhöflich zu werden.«

Ich trat einen Schritt vor. »Ich bin keines deiner Celestia-Mädchen, Black. Sag mir, was du mir sagen willst, damit wir weitermachen können.«

»Hmm«, sagte sie und dachte nach. »Nein, ich glaube nicht. Denn du wirst wollen, dass ich am Leben bleibe, wenn ich die Einzige bin, die es weiß.«

»Das Labor weiß es«, sagte ich.

»Ich habe angeordnet, die Ergebnisse zu vernichten«, erwiderte sie. »Und ich habe zugesehen, wie sie es getan haben.«

»Du bluffst.«

Der Vampir schüttelte den Kopf. »Nein. Ich musste es tun. Wenn die Leute es herausfinden würden, wären die Konsequenzen... gewaltig. Ich beschloss, je weniger Leute es wissen, desto besser.«

Zaleria begann sich zu bewegen und drückte ihre blassen Handgelenke gegen die Fesseln. Auch Dusty begann sich zu regen.

Ich hatte das Gefühl zu ersticken. *Ich musste es wissen.* Und was noch schlimmer war, der Vampir hatte Recht. Ich wusste, dass ich sie nicht töten könnte, obwohl ich wusste, dass Lilian Black es absolut verdient hätte zu sterben.

ENDE

BÜCHER VON JT LAWRENCE